浙江文化研究工程成果文庫

浙江文獻集成

浙江文叢

宋玄僖集

〔明〕宋玄僖 著　商略 點校

浙江古籍出版社

圖書在版編目（CIP）數據

宋玄僖集 / (明) 宋玄僖著 ; 商略點校. -- 杭州 : 浙江古籍出版社, 2024. 11. -- (浙江文叢). -- ISBN 978-7-5540-3141-4

Ⅰ. I214.82

中國國家版本館CIP數據核字第20245MK951號

浙江文叢

宋玄僖集

〔明〕宋玄僖 著　商　略 點校

出版發行　浙江古籍出版社

（杭州市環城北路177號　郵編：310006）

網　　址　http://zjgj.zjcbcm.com

責任編輯　吴宇琦

封面設計　吴思璐

責任校對　葉静超

責任印務　樓浩凱

照　　排　浙江大千時代文化傳媒有限公司

印　　刷　浙江新華數碼印務有限公司

開　　本　710 mm × 1000 mm　1/16

印　　張　31.25

字　　數　350千

版　　次　2024年11月第1版

印　　次　2024年11月第1次印刷

書　　號　ISBN 978-7-5540-3141-4

定　　價　220.00圓（精裝）

ISBN 978-7-5540-3141-4

浙江省文化研究工程指導委員會

浙江文化研究工程成果文庫總序

習近平

有人將文化比作一條來自老祖宗而又流向未來的河，這是說文化的傳統，通過縱向傳承和橫向傳遞，生生不息地影響和引領着人們的生存與發展；有人說文化是人類的思想、智慧、信仰、情感和生活的載體、方式和方法，這是將文化作爲人們代代相傳的生活方式的整體。我們說，文化爲群體生活提供規範、方式與環境，文化通過傳承爲社會進步發揮基礎作用，文化會促進或制約經濟乃至整個社會的發展。文化的力量，已經深深熔鑄在民族的生命力、創造力和凝聚力之中。

在人類文化演化的進程中，各種文化都在其內部生成衆多的元素、層次與類型，由此決定了文化的多樣性與複雜性。

中國文化的博大精深，來源於其內部生成的多姿多彩；中國文化的歷久彌新，取決於其變遷過程中各種元素、層次、類型在內容和結構上通過碰撞、解構、融合而產生的革故鼎新的强大動力。

中國土地廣袤、疆域遼闊，不同區域間因自然環境、經濟環境、社會環境等諸多方面的差異，建構了不同的區域文化。區域文化如同百川歸海，共同匯聚成中國文化的大傳統，這種大傳統如同春風化雨，滲透於各種區域文化之中。在這個過程中，區域文化如同清溪山泉潺潺不息，在中國文化的共同價值取向下，以自己的獨特個性支撑着、引領着本地經濟社會的發展。

從區域文化入手，對一地文化的歷史與現狀展開全面、系統、扎實、有序的研究，一方面可以藉此梳理和弘揚當地的歷史傳統和文化資源，繁榮和豐富當代的先進文化建設活動，規劃和指導未來的文化發展藍圖，增强文化軟實力，爲全面建設小康社會、加快推進社會主義現代化提供思想保證、精神動力、智力支持和輿論力量；另一方面，這也是深入瞭解中國文化、研究中國文化、發展中國文化、創新中國文化的重要途徑之一。如今，區域文化研究日益受到各地重視，成爲我國文化研究走向深入的一個重要標誌。我們今天實施浙江文化研究工程，其目的和意義也在於此。

千百年來，浙江人民積澱和傳承了一個底蘊深厚的文化傳統。這種文化傳統的獨特性，正在於它令人驚歎的富於創造力的智慧和力量。

浙江文化中富於創造力的基因，早早地出現在其歷史的源頭。在浙江新石器時代最爲著名的跨湖橋、河姆渡、馬家浜和良渚的考古文化中，浙江先民們都以不同凡響的作爲，在中華民族的文明之源留下了創造和進步的印記。

浙江人民在與時俱進的歷史軌跡上一路走來，秉承富於創造力的文化傳統，這深深地融匯在一代代浙江人民的血液中，體現在浙江人民的行爲上，也在浙江歷史上衆多傑出人物身上得到充分展示。從大禹的因勢利導、敬業治水，到勾踐的卧薪嘗膽、勵精圖治；從錢氏的保境安民、納土歸宋，到胡則的爲官一任、造福一方；從岳飛、于謙的精忠報國、清白一生，到方孝孺、張蒼水的剛正不阿、以身殉國；從沈括的博學多識、精研深究，到竺可楨的科學救國、求是一生；無論是陳亮、葉適的經世致用，還是黄宗羲的工商皆本；無論是王充、王陽明的批判、自覺，還是龔自珍、蔡元培的開明、開放，等等，都展示了浙江深厚的文化底藴，凝聚了浙江人民求真務實的創造精神。

代代相傳的文化創造的作爲和精神，從觀念、態度、行爲方式和價值取向上，孕育、形成和發展了淵源有自的浙江地域文化傳統和與時俱進的浙江文化精神，她滋育着浙江的生命力、催生着浙江的凝聚力、激發着浙江的創造力、培植着浙江的競争力，激勵着浙江人民永不自滿、永不停息，在各個不同的歷史時期不斷地超越自我、創業奮進。

悠久深厚、意韻豐富的浙江文化傳統，是歷史賜予我們的寶貴財富，也是我們開拓未來的豐富資源和不竭動力。黨的十六大以來推進浙江新發展的實踐，使我們越來越深刻地認識到，與國家實施改革開放大政方針相伴隨的浙江經濟社會持續快速健康發展的深層原因，就在於浙江深厚的文化底藴和文化傳統與當今時代精神的有機結合，就在於發展先進生産力與發展先進文化的有機結合。今後一個時期浙江能否在全面建設小康社會、加快社會主義現代化建設進程中繼續走在前列，很大程度上取決於我們對文化力量的深刻認識、對發展先進文化的高度自覺和對加快建設文化大省的工作力度。我們應該看到，文化的力量最終可以轉化爲物質的力量，文化的軟實力最終可以轉化爲經濟的硬實力。文化要素是綜合競争力的核心要素，文化資源是經濟社會發展的重要資源，文化素質是領導者和勞動者的首要素質。因此，研究浙江文化的歷史與現狀，增强文化軟實力，爲浙江的現代化建設服務，是浙江人民的共同事業，也是浙江各級黨委、政府的重要使命和責任。

二〇〇五年七月召開的中共浙江省委十一届八次全會，作出《關於加快建設文化大省的決定》，提出要從增强先進文化凝聚力、解放和發展生産力、增强社會公共服務能力入手，大力實施文明素質工程、文化精品工程、文化研究工程、文化保護工程、文化産業促進工程、文化陣地工程、文化傳播工程、文化人才工程等『八項工程』，實施科教興國和人才强國戰略，加快建設教育、科技、衛生、體育等『四個强省』。作爲文化建設『八項工程』之一的文化研究工程，其任務就是系統研究浙江文化的歷史成就和當代發展，深入挖掘浙江文化底藴、研究浙江現象、總結浙江經驗、指導浙江未來的發展。

浙江文化研究工程將重點研究『今、古、人、文』四個方面，即圍繞浙江當代發展問題研究、浙江歷史文化專題研究、浙江名人研究、浙江歷史文獻整理四大板塊，開展系統研究，出版系列叢書。在研究内容上，深入挖掘浙江文化底藴，系統梳理和分析浙江歷史文化的内部結構、變化規律和地域特色，堅持和發展浙江精神；研究浙江文化與其他地域文化的異同，釐清浙江文化在中國文化中的地位和相互影響的關係；圍繞浙江生動的當代實踐，深入解讀浙江現象，總結浙江經驗，指導浙江發展。在研究力量上，通過課題組織、出版資助、重點研究基地建設、加强省内外大院名校合作、整合各地各部門力量等途徑，形成上下聯動、學界互動的整體合力。在成果運用上，注重研究成果的學術價值和應用價值，充分發揮其認識世界、傳承文明、創新理論、諮政育人、服務社會的重要作用。

我們希望通過實施浙江文化研究工程，努力用浙江歷史教育浙江人民、用浙江文化薰陶浙江人民、用浙江精神鼓舞浙江人民、用浙江經驗引領浙江人民，進一步激發浙江人民的無窮智慧和偉大創造能力，推動浙江實現又快又好發展。

今天，我們踏着來自歷史的河流，受着一方百姓的期許，理應負起使命，至誠奉獻，讓我們的文化綿延不絶，讓我們的創造生生不息。

二〇〇六年五月三十日於杭州

前言

宋玄僖，初名元僖，字無逸，號庸菴，浙江餘姚人。生於元皇慶元年（一三一二），卒於明洪武十二年（一三七九），或稍後。

餘姚宋氏世居燭溪湝塘（今餘姚市陽明街道群立村湝塘），以務農爲生。至玄僖父，家業漸裕，遂徙居南城通濟橋下修文里（今餘姚市杜義弄，近南雷路一側）。宋玄僖在《餘姚宋氏宗譜序》中提到：『吾先父雖失學，而寬厚忠直出於天性，樂與賢士大夫接，教吾兄弟甚篤。吾自九歲讀書家塾，越三年而喪父。猶記先父在時，嘗撫吾頂，顧謂岑静能（安卿）先生曰：「此兒何日能以之乎者也爲用乎？」是固切切以爲士望我也。』由此可見，宋父對玄僖的期待，不過是以『之乎者也』爲生活的人。他書小傳多載宋父曾爲玄僖規劃『市井胥吏』的人生道路，因玄僖抵觸，又得母親資助，才能繼續求學。後來師從諸暨楊維楨、莆田陳旅。

至正十年（一三五〇），宋玄僖中江浙副榜，補繁昌教諭，才十九日，便辭官返鄉。萬曆《紹興府志》載：『是時，海内大亂，玄僖無復用世志，退而遁諸山澤，家貧無衣食資，唯授徒以自給。』玄僖返鄉後，自榜其室曰『庸軒』，開始了授徒自給的鄉儒生活，『庸菴』之號，由此而來。

洪武二年（一三六九），因宋濂舉薦，玄僖赴南京天界寺史局修《元史》，『自《高麗傳》以下，悉无逸手筆。覽《元史》者所當知也』（朱彝尊《静志居詩話》）。這是自秦漢開縣以來，餘姚學者參與官方正史編撰的第一人。

明初兩次編撰《元史》，宋玄僖在第一次的十六人中，同時有汪克寬、胡翰、陳基、趙壎、高啓等，第二次則有朱右、貝瓊、王廉、王彝等，皆是極富盛名的文人學士。他們有的擅長辭章，有的以經術著稱，故明人都南濠云：『當是時，修《元史》者三十有二人，皆極天下之選。』（都穆《王常宗集序》）清人朱彝尊亦云：『明修《元史》，先後三十史官，類皆宿儒才彦。』（《元史類編序》）

元末明初之時，姚江學者雖無『承前』之資，却啓發了後三百餘年的學術傳統，貫穿着王守仁的『陽明心學』和黄宗羲的『浙東史學』。姚江學派的興起，不是一個孤立的學術現象，它得益於明初以來數代學者的沉積與醖釀，以及不斷完善的治學傳統。宋玄僖善詩文，兼及治史，在姚江學術風氣形成之初，無疑起到了十分關鍵的作用。

宋玄僖詩文俱佳，邑人張羲年《暾莊全集·庸菴集提要》評論：『禧學問本出於楊維禎。維禎才力橫軼，所作詩歌專爲槎牙兀奡之格，一時學者翕然從之，號爲「鐵體」。而禧詩乃清和婉轉，獨以自然爲宗，頗出入香山、劍南之間。文亦詳贍明達，而不詭於理，可謂善變所學，視當時之隨流播波以至墮入險怪者，其得失相去遠矣。』玄僖的詩歌氣質雖接近白香山，其審美趣味和語詞風格，却更傾向於杜工部而非陸劍南。他頻頻化用杜工部句意，又以口語形式表現出類似白香山輕松調侃的語調，故朱彝尊稱之『對法流轉，頗饒自然之趣』。

元末明初，整個江浙地區的文學、學術領域，呈現出開放多元的獨特態勢。僅餘姚一邑，除了岑安卿、宋玄僖、鄭彝、楊瑛、楊璲、楊瑀兄弟等人的文學，還有景星的經學（著有《大學中庸集説啓蒙》），趙撝謙的小學（著有《六書本義》《聲音文字通》），而爲官或客居餘姚及鄞縣上虞、慈溪的著聞之士，有黄溍、柳貫、朱右、戴良、揭汯、劉仁本、危素等，宋玄僖與其中的大多數人保持著密切交往。在這些人的詩文中，我們常能看到對於宋玄僖的贊譽，如栲栳山人岑安卿有『只今年纔二十幾，瑰詞藻語超倫夷』（《勉宋無逸向學》）；一代醫家滑壽有『文章無計重才名，貧賤真能闊友生』（《送宋學士還四明二首》）；詩人丁鶴年有『龍泉城外絶囂喧，寄傲全勝在漆園』（《寄餘姚宋無逸先生》）；明初小學大家趙撝謙更是盛贊『天啓其功，人宗其學』（《宋徵君無逸先生像贊》）。明初，高僧恕中無愠曾使弟子居頂『時謁無逸，講授爲文之法』（《山菴雜録》），本書輯佚的《文章緒論》由此而生。清代朱彝尊亦云：『无逸有盛名，詩見於選本絶少。』

據黄虞稷《千頃堂書目》，明末尚有《庸菴文集》三十卷、《庸菴詩集》十卷。至清而詩集尚存，文集散佚，四庫館臣從《永樂大典》輯文三十篇，析爲四卷附於詩後，合爲十四卷，名《庸菴集》，收入《四庫全書》。近代整理《全元文》和《全明詩》時，都把宋玄僖收入其中。

元明清文獻對玄僖之名説法不一，他的生卒年、著作版本等也因年代久遠而日漸模糊，以下就玄僖之名、生卒年及著作版本、輯佚等情況，逐一加以探討和説明。

壹、宋玄僖之名考辨

「玄僖」之名，諸書記録不一。

元魏士達《敦交集》「宋無逸，名玄僖」，萬曆《紹興府志》、萬曆《新修餘姚縣志》、明抄本《藝海彙編》卷六《文章緒論跋》亦作「宋玄僖」；《明史》、光緒《餘姚縣志·文苑傳》作「宋僖」；錢謙益《列朝詩集小傳》作「宋元僖」；黄宗羲《姚江逸詩》及雍正《東山志》作「宋元僖」；朱彝尊《静志居詩話》「宋禧，初名元禧，字无逸」。

上海古籍出版社《全明詩》小傳：「宋玄僖，後改名禧，字無逸，號庸菴。」又附注：「「玄僖」，清鈔本《庸菴詩集》作「元僖」，《四庫總目提要》作「元禧」，《永樂大典》卷二一八〇八、二一八〇九、二一八一三引其詩，均作「玄僖」。蓋避清諱。」

鳳凰出版社《全元文》小傳：「宋禧，初名玄禧，字無逸。」

今人欒貴明先生在《四庫輯本别集拾遺》中對「玄僖」之名有所考索：「宋禧，初名玄僖。」并附注：「《四庫全書總目》卷一六八作「初名元禧」，玄諱作元，《永樂大典》均作「玄僖」，今從之。」但令人疑惑的是，欒氏《拾遺》小傳仍作「宋禧」。

今人王樹林先生《〈全元文〉中宋禧漏收文拾輯及生平著作考》認爲：「宋禧初名玄禧，後改名禧，一作僖，清康熙後重板書籍避康熙帝諱，改「玄」爲「元」。』

以上諸書，多有避諱改作『元僖』之説，其實是對宋玄僖『初名元僖』的誤解。嘉靖《餘姚縣志》：『宋玄僖，字無逸，初名元僖。』此志爲嘉靖刊本，不存在避諱情況。又，上海博物館藏顧園《丹山紀行圖卷》有玄僖題詩，末識『餘姚宋玄僖』，鈐印『宋元僖』，則進一步印證了嘉靖《餘姚縣志》『初名元僖』的説法。

今從嘉靖《餘姚縣志》及上海博物館藏顧園《丹山紀行圖卷》，把作者姓名釐定爲『宋玄僖』。本書附録資料如傳記、評論等，則按文本原貌，不作改動。

貳、宋玄僖的生卒年

宋玄僖生卒年，舊傳及《餘姚宋氏宗譜》均未記載。鳳凰出版社《全元文》認爲玄僖出生於一三一二年（仁宗皇慶元年）。今人王樹林先生《〈全元文〉中宋禧漏收文拾輯及生平著作考》的觀點同《全元文》，而對玄僖卒年則云『缺如』，并推測『卒年當於公元一三七三年以後』。

宋玄僖生年，可從幾個方面進行推斷：

（一）本書卷十三《贈徐君采序》：『余行年四十矣，固知仁義之施於物者，惟醫猶庶幾焉。』是文題注『辛卯』，即至正十一年（一三五一），上推四十年爲元皇慶元年壬子歲（一三一二）。

（二）本書卷六《三月七日留題黄草堂壁》：『生同壬子頭先白，莫怪高歌似楚狂。』合於玄僖出生的壬子歲，即元皇慶元年（一三一二）。

（三）本書卷六《十二月廿九日承滑攖寧先生韋惟善與鄉中諸親友以予初度之辰致禮見過因賦詩一首奉謝》，知玄僖生辰爲農曆十二月二十九日，而公曆在一三一三年一月二十六日。

（四）《餘姚宋氏宗譜》載其生於『皇慶元年壬子十二月二十九日酉時』。

宋玄僖卒年，有以下相關記載：

（一）明初無愠《山菴雜録》：『洪武九年六月，因疾，命門人王至等爲書《示子詩》一首，笑談自若，忽以扇摇曳，止其家人曰：「我方静，汝毋撓我。」遂閉目，以扇掩面而終。時天隆暑化，斂容色，含喜笑，益鮮潤。』

（二）葉晋《餘姚海隄集》所録玄僖《寄王君仲遠詩自序》：『今年丁巳，侯之子孔昭氏過吾邑，别久而會，殆若所謂隔世者。』此『丁巳』，在洪武十年（一三七七）。

（三）陸時化《吴越所見書畫録》卷三《元末趙撝謙篆書戒銘卷》，撝謙自識：『洪武戊午正月既望，後學趙古則謹識。』下附玄僖跋文。陸氏題注『庸菴、唐志淳、汪性三人之跋在本身，孫履初另紙』，即玄僖『跋』與撝謙『篆書』在同一紙上，爲先後次序。由此判定，玄僖題跋時間不早於『洪武戊午（十一年）正月既望』。

（四）餘姚梨洲文獻館所藏《滑伯仁先生事實紀年》載：『洪武己未春，越州牒起廢學士宋元禧等六人，隱逸二人，而公與焉。』洪武己未爲十二年，故暫定玄僖卒年在洪武十二年（一三七九)或稍後。

叁、版本情况

宋玄僖詩文刊本,清初已不完整。黄宗羲《景州詩集序》:『無逸詩集久堙,余從其後人鈔之以傳。』其在《倪小野先生集序》中又説:『吾姚文章之統,代不乏人。隋唐以上,歸之虞氏;有宋則孫季和、高九萬爲傑出;元末明初,作者林立,鄭彝、方九思之徒,集皆不傳。其最著者爲岑静能、宋無逸,雖有集亦皆殘缺失次。』其《姚江逸詩》云:『余從其族孫賓王得《庸菴詩集》十卷,再令其訪尋文集,則不可得矣。』《姚江逸詩》據此收録玄僖詩歌七十七首。

邑人張羲年,是《四庫提要》作者之一。他的《庸菴集提要》云:『黄虞稷《千頃堂書目》載《庸菴文集》三十卷,又《庸菴集》十卷。自明初以來,從未刊行,故流播絶尠。今浙江採進者即《千頃堂書目》所云十卷之本,乃其詩集僅存,而文集則久已散佚。惟《永樂大典》各韻内詩文并載,尚具梗概,以浙本相校,其詩僅多七言絶句四首,又詞一首,其他轉不若浙本之詳備。』這是説,《四庫全書》收録《庸菴集》,其中詩集以『浙江採進本』對校『《永樂大典》各韻内詩文』,并輯得『七言絶句四首,又詞一首』,其中文集則輯自《永樂大典》。這是一個經過校勘和輯佚的版本,也是最早的詩文合刊整理本。

上海古籍出版社《全明詩》第三册《宋玄僖詩集》:『所撰《庸菴文集》三十卷、《庸菴詩集》十卷,自明以來未有刊版,流傳絶稀。《文集》三十卷久佚,《四庫全書》所收其《文集》四卷,係從《永樂大典》輯出。《詩集》十卷今存，有清鈔本及《四庫全書》本（簡稱《四庫本》），二本互有優劣。現以清鈔本爲底本，并以《四庫》本校補（《四庫》本多詩六首，四首輯自《永樂大典》，二首輯自《西湖志》）。」

近人欒貴明《四庫輯本别集拾遺》，校本爲南海孔氏鈔本《庸菴集》十四卷（藏廣東省立中山圖書館），經檢索，廣東省立中山圖書館藏《庸菴集》十四卷爲『孔氏岳雪樓影抄文瀾閣四庫本』。

今人王樹林先生在《〈全元文〉中宋禧漏收文拾輯及生平著作考》中，對玄僖著作考核頗詳，今迻録於此：

> 《明史·藝文四》著録宋禧《文集》三十卷、《詩》十卷。明初《文淵閣書目》卷二著録内閣藏書有『宋玄禧《庸菴文集》一部三册，完全』。明中期葉盛《菉竹堂書目》卷三著録『宋玄禧《庸菴文集》一部三册』。至明萬曆二十二年焦竑撰《國史經籍志》，於卷五還有著録『《宋玄禧稿》三十卷』。萬曆三十三年張宣等重理内閣藏書，其《内閣藏書目》卷三著録《宋庸菴文集》三册，已謂『不全』，并云『莫詳卷數』。清初黄虞稷《千頃堂書目》雖著録《庸菴文集》三十卷，又《庸菴集》十卷。但此書書目多轉引他目，并非親手檢得，不可謂有目即全書尚存。由於明三百餘年未見刊本，故流布甚少。清初朱彝尊編《明詩綜》，卷六收其詩四首，注云：曾『購得其集』。清乾隆時修《四庫全書》，清内閣書庫已不存，僅從

浙江採進遺書中搜得宋禧詩集，大概即《明史》著録之《詩集》十卷，也可能即朱彝尊購得之集。其文集則已不可得見，四庫館臣只能從《永樂大典》中輯出其文，編爲四卷，置於十卷詩後。今存《永樂大典》殘本尚有不少宋禧詩文，分題爲《庸菴集》、《庸菴稿》、《庸菴後稿》，皆有詩有文，并非詩文分刊。四庫館臣將《永樂大典》所存詩文與浙江採進十卷本《庸菴詩集》相較，『其詩惟多七言絶句四首，詞一首，其他轉不若浙本之詳備，疑編録之時多所刪汰』。館臣又從《西湖志》補詩二首，《餘姚志》補文二篇。編爲十四卷。最後四卷三十九篇文章，每題之下各載甲子，皆元至正間所作，不見入明後作品，其數量與原三十卷當相差甚遠，可見其文散佚最爲慘重。清嘉慶十三年（一八〇八），餘姚宋氏據四庫本以活字刊印，前置邵瑛序及四庫全書提要，卷末有張廷枚（字羅山）題詩和宋廷桓《贈張羅山》詩，後置吴大本跋。今國家圖書館藏有傅增湘校本，傅氏跋云，其以法式善詩龕舊藏四庫館寫本與嘉慶本對勘，共訂正一百二十五字。今人欒貴明《四庫輯本别集拾遺》據《永樂大典》殘帙補輯宋禧詩八首，文五篇。但《全元文》并未吸納欒貴明《四庫輯本别集拾遺》成果，僅從《永樂大典》輯文二篇，尚有漏文三篇。今又於其它文獻拾輯其文四篇，共得七篇之文，以補《全元文》之缺。

據王樹林先生所述，嘉慶十三年餘姚宋氏家刻本與傅增湘校本，均不出四庫範圍。筆者共檢索得宋玄僖著作四種版本：

(一)《庸菴詩集》十卷,抄本。杭州八千卷樓插架本,有些詩題標注干支紀年。

(二)《庸菴集》十四卷,抄本。清人邵晋涵藏抄本,内鈐『晋涵』和『邵二雲印』,是邵晋涵編修《四庫全書》時,令館史所抄,即四庫本的再抄本。

(三)《庸菴集》十四卷,刻本。嘉慶十三年餘姚宋氏家刻本,據張廷枚題『乾隆甲辰秋,從二雲太史處借得全集,録畢並題』,説明這個本子是以邵晋涵藏抄本爲底本的。

(四)《庸菴集》十四卷,文淵閣《四庫全書》本。

據上可見,凡十四卷本的《庸菴集》,無論邵二雲藏抄本,還是嘉慶十三年宋氏家刻本,或南海孔氏鈔本,都以《四庫全書》爲底本。而十卷的《庸菴詩集》抄本,大概就是黄宗羲、張羲年所見的本子。《全明詩》第三册《宋玄僖詩集》,以十卷清抄本爲底本,但詩題下無干支紀年,當有别於八千卷樓的十卷本。

因八千卷樓本《庸菴詩集》錯訛較多,《全明詩·宋玄僖詩集》所用底本不詳,故本書《詩集》仍以文淵閣《四庫全書》十四卷《庸菴集》爲底本(省稱『底本』),主要參校了八千卷樓十卷本《庸菴詩集》(省稱『八千卷樓本』)、邵晋涵藏十四卷抄本《庸菴集》(省稱『邵二雲藏抄本』)、上海古籍出版社《全明詩》第三册《宋玄僖詩集》(省稱『《全明詩》本』)、《永樂大典》本、黄宗羲《姚江逸詩》(省稱『《姚江逸詩》本』)所録的七十七首,以及《餘姚縣志》《上虞縣志》《明詩綜》《列朝詩集》等文獻中散見的作品,並在校勘記中收入《欽定四庫全書考證》的校文。

本書《文集》，以文淵閣《四庫全書》十四卷《庸菴集》爲底本，參校邵晉涵藏十四卷抄本《庸菴集》、嘉慶十三年餘姚宋氏家刻本（省稱『嘉慶宋氏家刻本』），以及《永樂大典》收録的玄僖作品（省稱『《永樂大典》本』）。所有輯佚文獻，則迻入《庸菴集補編》。

肆、輯佚情況

宋玄僖作品輯佚情況，以成書先後排列，文章不重見：

（一）中華書局《四庫輯本别集拾遺》（欒貴明著）輯得十一首：《野梅圖》《題紅梅畫三首》《題畫梅二首》《求放心齋銘并序》《心一齋記》《雪篷齋記》《代趙聲翁祭兄文》《祭岑樗峰先生文》。

欒氏誤輯兩首：一是《題王時敏畫梅》，《庸菴集》（四庫全書本）卷十有録，題作《題王時敏畫》；二是《洞巖》，孔延之《會稽掇英總集》卷四：『宋禧《留題洞巖》：翠巖仙洞白雲深，躡石捫蘿一訪尋。真馭不逢山色暝，澗風吹袂冷森森。』嘉泰《會稽志》卷十一『嵊縣』條下：『仙巖洞，在五泄山。宋禧留題云：「翠巖仙洞白雲深，躡石捫蘿一訪尋。」』按《會稽掇英總集》成書於宋熙寧五年（一〇七二），《廣信府志》收録『宋禧《留題洞巖》』時，篡改成『宋玄僖《洞巖》』，後又收録至《永樂大典》第九千七百六十四卷。

（二）上海古籍出版社《全明詩》（第三册）第七十二至八十一卷《宋玄僖詩集》輯得一首：《西湖竹枝詞》。

（三）鳳凰出版社《全元文》（第五十一册）第一五七七至一五七八卷《宋禧文集》輯得一篇：《靈源山明真寺記》。

（四）中華書局《金元詩文與文獻研究》（王樹林著）輯得三篇：《劉仁本羽庭集序》《上省都事書》《文章緒論（附跋）》。

（五）本書輯得二十四首（篇）：《贈李光道》原注（卷四）、《送岑山人》原注（卷六）、《虞家城記》（卷十四）、《寄王君仲遠》（以下補入《補編》）、《題顧雲屋丹山紀行圖》、《寄白水宫毛外史》、《奉寄仲遠仲剛漢章賢主賓》、《題梅畫》、《題風烟雪月梅畫四首》、《倒枝蘸水梅花畫》、《雙桂軒詩》、《養志堂序》、《餘姚宋氏宗譜序》、《栲栳山人岑先生詩集序》（殘文）、《栲栳山人岑先生詩集小序》、《觀錦軒記》、《跋趙撝謙篆書戒銘卷》、《元隱士貞元先生像贊》、《滑伯仁先生像贊》、《吴養源墓銘》（殘文）、《岑静能約居守志》（殘文）。

伍、校注説明及其他

本書使用通用繁體字及新式標點。每詩文附校勘記，凡底本不誤，校本誤者，概不出校；凡底本與校本差異較大者，均出校。對底本中的古今字、通假字一般不作改動，小部分生僻異體字亦予保留。文中避諱字，則徑改作通用字。

本書在《庸菴集》十四卷和佚文補編之後，附録傳記、提要、評論、序跋題識、相涉詩文、家譜資料以及年譜簡編等内容。

本書在點校過程中參考了已有的輯佚、校勘和研究成果。這些成果，包括上海古籍出版社《全明詩》（宋玄僖部分由朱延春先生點校），中華書局《四庫輯本别集拾遺》（欒貴明著），鳳凰出版社《全元文》（宋玄僖部分由李軍先生點校），以及中華書局《金元詩文與文獻研究》（王樹林著）等。在此，特向付出艱辛努力的各位老師致以誠摯感謝。

本書在點校過程中得到了嘉興鄒漢明，南京楊波（育邦），餘姚朱炯，慈溪王孫榮、童銀舫，台州蘇明泉等友人的幫助，特此致謝。

商略
二〇二二年一月

目録

宋玄僖集卷二…………（二二）

宋玄僖集卷三

宋玄僖集卷五 ……（七二）

宋玄僖集卷十 ……（一七二）

宋玄僖集卷十四……（三三八）

宋玄僖集補編……（三四三）

宋玄僖集卷一

五言古詩

遊宿恭書記林居

昨夜共適野〔一〕，返宿河水湄。翳翳夕陰下，密葉覆參差。山鹿下飲水，庭鳥來擇枝。與子暫遊止，晤語契深期。緇塵冒遠道，静宇諧曠夷。榻外風雨至，秉燭爲題詩。明發復繾綣，竟日衿風隨。絃誦滌旅悶，子樂諒在斯。驟暄變凉候，春服又所宜。相視宇宙内，委順尚何疑。

校勘記

〔一〕「適」，底本、邵二雲藏抄本作「宿」，據八千卷樓本、《全明詩》本改。

四月廿八日即事一首貽胡斯原〔一〕

晨飡止東院〔二〕，晚食留西居。水濱坐啜茗，柳下觀釣魚。無事乃爲樂，所得良有餘。緬思征途者，去去將何如。

校勘記

〔一〕『胡斯原』，底本、八千卷樓本、邵二雲藏抄本作『胡斯原』。按，本書卷七《看雲樓》詩序有『（胡）斯厚』。光緒《餘姚縣志》卷二十三：『（胡惟聰）季弟惟博，庶母姚出也，居宅東樓，惟博死，思之不置，以「看雲」名其樓，取杜甫詩語以寓其憶弟之意也。』又道光《滸山志》卷五：『看雲樓，在天香里，胡斯敏憶弟斯厚也，因以「看雲」額之。』

〔二〕『飡』，底本作『飧』，據八千卷樓本、《全明詩》本改。邵二雲藏抄本作『餐』，舊同『飡』。

用韻酬友人

海隅足辟地，所慰得安居。時艱愧蔬食，矧敢謳無魚。往來感故意，倡酬絃誦餘。言旋望城郭，肆志將焉如。

四月廿八日川上晚詠示胡斯原〔一〕

落景在平野，森木翳横川。清風度葉下，行行水紋連。光影眩凡目，游鱗躍青天。静叟晚食餘〔二〕，爲憩高門前。諸生慰孤抱，待客父兄賢。湯茗與筆簡，隨需相後先。浮蹤良可嘆，所駐亦偶然。我衰已皓首，撫運還自憐。勉哉後生者，無恃毛髮玄。

校勘記

〔一〕「八」，八千卷樓本、《全明詩》本作「九」。「晚」，《全明詩》本作「夜」。

〔二〕「静」，邵二雲藏抄本作「晴」。

桐湖八詠爲王遯菴作

看雲樓

孤雲何處來，相對纔咫尺。隨風出山去，青天忽無跡。往來固無心，幽人候朝夕。高樓爲徘徊，無使長相憶。

蘭　谷

中谷見芳草，令人憶沅湘。沅湘不可往，極目烟塵黄。獨醒一何苦，佩服垂幽光。懷人千載下，楚越遠相望。

桃花塢

東塢何所有，藹藹桃千株。花間掛錦服〔一〕，石上留酒壺。樂土不易得，塵暗荆棘途。無謂武陵遠，即此堪隱居。

校勘記

〔一〕『服』，《全明詩》本作『帳』。

梧桐岡

高岡生梧桐，西舍足避暑。白日變窈冥，清陰落窗户。洗硯金井泉，觀文丹鳳羽。翛然坐題詩，凉葉過朝雨。

菊　徑

開徑延故人，種菊娱晚節。撫運掇其英，天寒霜似雪。彭澤獨何心，耿耿書歲月。摇落感時邁，孤芳慰人傑。

芙蓉隄〔一〕

澄澄山下水，粲粲芙蓉隄。翠幢雜絳節，秋色分雲泥。緩步念脱屣，獨立知扶藜。豈望衮衣至，可期鳧舄來〔二〕。

校勘記

〔一〕『蓉』，八千卷樓本作『容』。

〔二〕『來』，《全明詩》本作『飛』。邵二雲藏抄本注：『案，「來」字出韻。』

乳泉

甘泉白勝乳，飲之可延年。老人慰飢渴〔一〕，嬰兒顔色鮮。福地天所秘，食飲非偶然。塵居就枯槁，令人思乳泉。

校勘記

〔一〕『飢』，底本作『饑』，據八千卷樓本、邵二雲藏抄本、《全明詩》本改。

合澗橋

石梁在山邊，雙澗此中合。清流本同源，白礫無污雜。朝暮度漁樵，車塵不相接。木客有時來，山童掃黃葉。

川上即事

婉婉雙白鵝，晚凉浴河水。野翁怯隱憂，臨流書未已。平生懶學書，老至隨筆耳。鳥跡誰復觀，月光在沙觜。

八月廿六日遊梅川長慶寺有感

古寺歷塵劫，空山見清秋。木葉日夜落，海氣東北浮。滌煩憩微跡，望遠增隱憂。行吟瓦礫間，盛觀焉可求。草露豈常濕，巖雲亦暫留〔一〕。轉思學仙者，脱身事長游。在在曷自苦〔二〕，起滅同浮漚。

校勘記

〔一〕「亦」，嘉靖《餘姚縣志》、萬曆《新修餘姚縣志》作「應」。
〔二〕「在在」，嘉靖《餘姚縣志》、萬曆《新修餘姚縣志》作「在世」。

送丕大基自天界寺歸佛隴己酉〔一〕

炎暑伏深院，朝夕誰與娱。緇素雖異路，旅寓同一區。我來已衰朽，子出復何如。幽棲豈無所，邈在東海隅。竹色翳几榻，池中净圖書〔二〕。中夜忽有念，凉晨理迴車。所向就昭曠，行矣勿躊躇。

校勘記

〔一〕題注據八千卷樓本補。

〔二〕『中』，《全明詩》本作『光』。

八月十三夜史局儒士醵飲天界寺西庭叙别分韻得天字

秋寺積黄葉，行見江月圓。衆客感時邁，史籍已成編。迢遞四方至，同舍非偶然。久集有分期，念之還足憐。醵飲際良夕，露坐望青天。明發各有適，羽鱗異天淵。少壯宜努力，衰病得生旋。酣詠在兹席〔一〕，静言乃離筵。耿耿亦何爲，且就殘夜眠。

校勘記

〔一〕『席』，《姚江逸詩》本作『夕』。

題蘭川圖

君子川上居，忘機對芳草。芳草有娉節，日夕慰幽抱。故鄉别幾年，洞庭風嫋嫋。何人獨行吟，秋來轉枯槁。優游萬壑間，中夜思遠道。遠道勿復言，令德聊自保〔一〕。諒懷濂溪翁，生意齊物表。逝者果無窮〔二〕，生者殊未了。邂逅爲哦詩，霜寒越山曉〔三〕。

校勘記

〔一〕『遠道勿復言，令德聊自保』，底本作『勿復言令德，遠道聊自保』，邵二雲藏抄本作『勿復言令德，遠聊自保』，據八千卷樓本、《全明詩》本改。

〔二〕『果』，八千卷樓本、《全明詩》本作『固』。

〔三〕『霜』，邵二雲藏抄本作『宿』。

還自龍河次韻酬趙德純

皓首戀丘壑，征途嗟轉蓬。生還亦偶爾，見念鄉里中。周旋答衆施，蹇步敢劬躬〔一〕。童時未覺遠，閲世忽成翁。常懷俟爾坦〔二〕，青佩游泮宫〔三〕。禮樂在諸老，遺澤沾羣蒙。與君桑梓契，異彼萍水逢。往來慰衰暮，感慨寧無同。願重古人約，道義薰予衷。

校勘記

〔一〕『敢』，八千卷樓本作『甘』。

〔二〕『坦』，八千卷樓本、《全明詩》本作『袒』。

〔三〕『泮』，八千卷樓本作『浮』。

二月六日夜宿倪以道宅爲題畫梅〔一〕庚戌〔二〕

春夜宿溪上，看花屢吟哦。珠璣宛在眼〔三〕，其如粲者何。衰朽不自輟，秉燭褰青蘿。冰雪融土脉，星月垂澗阿。别離在明發，於焉留短歌。

校勘記

〔一〕『畫梅』，八千卷樓本、《全明詩》本作『梅畫』。

〔二〕題注據八千卷樓本補。

〔三〕『璣』，《永樂大典》本作『佩』。

七月廿七日以考藝至福建水口驛驛官姚惠卿乃吾鄉人有沐浴飲食之留而四明桂同德又先至半日以俟皆出望外喜而賦詩

老去畏行役，病餘慮炎蒸。陟降雲霧嶺，奔趨風水程。去越影生桂，入閩葉凋蓂。浴垢水口驛，遡風山上亭。顧慰值鄉彥，遲需謝文明。衰朽樂疎散，餘事非吾能。

在閩省試院次韻主文盱江吴尚志述懷之作

妙化魚躍淵，流光蛇赴壑。出書洛川龜，閱世遼海鶴。文運復有興，儒行固無薄。持衡宗楚材，盍簪集閩郭〔一〕。謇予素愚蒙，老至焉有覺。伴食愧羶腥，還山憶藜藿。

校勘記

〔一〕《欽定四庫全書考證》卷八十六：『《在閩省試院次韻》：「持衡宗楚材，盍簪集閩郭。」原本「盍」訛「盌」，今改。』

次韻盧陵王子讓秋夜試院有作

我日已去邁，不見秋葉紅。明月昨夜滿，白露下梧桐。殊方瘴癘地，文會逢數公。按圖得騏驥，一笑凡馬空。人事豈能必，取舍歸蒼穹。鳥啼庭前樹，誰復知雌雄。晤歌在今夕，聚散皆浮蹤。歸途畏跋涉，皓首嗟飛蓬。

八月廿六日雨止遊鼓山靈源洞至天風海濤亭賦詩一首

雲卧已三夕，山行歡百靈。西林日華赤，南澗秋草青。仙佛宛如在，笙磬誰與聽。陟降循水曲，窈窕度巖扃。風濤忽在目，颯爽敞孤亭。茗飲助幽賞，世外便獨醒。尚瞻紫陽翰，不隨霜露零。聞見慨今昨，思惟著儀刑。遠來慰衰朽，奇覽遺昏冥。但愧無聞者，凡迹同浮萍。

吴尚志蕭自省而下七人九日自三山驛飲罷登烏石山分韻序別以五字十句爲率得盡字〔一〕

文飲從醉吟，旅游資汲引。升高力已疲，覽勝歡未盡。烏石會何如，龍山迹難泯。視昔均有懷，此別良不忍。采菊惜兹辰，行當還舊隱。

校勘記

〔一〕『省』，八千卷樓本、《全明詩》本作『賓』。按，蕭自省，江西廬陵人。王禮《麟原文集·瀛洲圖詩序》：『三年秋，某忝校藝閩省，同郡蕭自省、劉允泰，盱江吳尚志，會稽宋無逸，四明桂同德，上饒余從善，延平孫永齡諸名士咸與焉。』『烏』，八千卷樓本、《全明詩》本作『鳥』。下『烏石會何如』，二本亦作『鳥石會何如』。按，烏石山在今福州市區，亦稱烏山。明萬曆《福州府志》卷四：『烏石山，在西南隅，與九仙山對峙。唐天寶八載，敕改爲閩山。宋改道山，郡守程思孟所名，舍人曾鞏記略：「福州治侯官，於閩爲土中，所謂閩中也。其地於閩爲最平以廣，四出之山皆遠，而長江在其南，大海在其東。」』

慈溪人求詩贈醫者章敬德

三年艾可得，八載詩未成。此事太迂闊，吾憐東海生。病肺一年苦，對酒甘獨醒。誰能愈其疾，酬德非常情。良醫有章子，方寸冰雪清。珠玉文字重，羽毛金帛輕。作詩以爲報，藝苑尋簪纓。遷延歲月久，坐見兵甲寧。今秋我爲客，迢遞閩中行。新冬始迴櫂，心氣猶未平。過門客難謝，茅屋雞犬鳴。索詩如索租，衰朽詎能勝。賈島詩思拙，得句雙淚零。百篇遇太白，但用斗酒傾。如何迫我甚，兩耳聞風聲。老至疾易作，采藥隔滄溟。空言適爲累，浮生安足憑。章子倘念我，妙訣全神形。歲晚東海上，有約當合并。

十月晦日與諸友過葉伯泰隱居

出門風日暄，野趨慰徒步。行行五里餘，訪舊寂寞處。隱居隔青烟，涉津向紅樹。幽人不在家，童子留客住。爲尋主翁歸，北里復東渡。乃從南山還，衣巾認中路。匍匐趨柴門，歡喜見情素。止渴得土酥〔一〕，充飢思藷蕷〔二〕。厚意愧吾曹，爲饌雞黍具〔三〕。望外出陳醪，房中藉賢婦。遂令周孫徒，痛飲不欲去。獨醒笑老夫，徒自耿憂慮。人生歡會難，萬事皆有數。今春曾此游，重來歲云暮。白白潮入川，青青蔬在圃。時序雖有移，郊墟但如故〔四〕。平生麋鹿姿〔五〕，羶腥非所慕。裹飯倘同襟，有懷即相顧。

校勘記

〔一〕『土』，八千卷樓本作『玉』。土酥，即蘿卜。陳達叟《本心齋蔬食譜》：『土酥，蘆菔也，一名地酥。』

〔二〕『飢』，底本作『饑』，據八千卷樓本、邵二雲藏本、《全明詩》本改。

〔三〕『饌』，八千卷樓本、《姚江逸詩》本、《全明詩》本作『治』。

〔四〕『但』，《姚江逸詩》本作『坦』。

〔五〕『姿』，八千卷樓本、《姚江逸詩》本、《全明詩》本作『資』。

雨中寫懷奉寄朱伯言周宗性兼呈悦白雲辛亥〔一〕

雨水足新歲，綿延冬旱餘。泥濘固可畏，仍欣長園蔬。嘉賓過我語，繾綣慰久疎。自顧復有歉〔二〕，敝篋唯舊書。一飲不敢具，隻雞耻言無。病兒卧在床，藥物勞猥圖。微生乃如此，故知謂何如。俛仰宇宙内，草木向春蘇。游詠豈無所，且復充所娱。日出即暄暖，緩步有乾途。相期出東郭，寫心高士居。

校勘記

〔一〕題注據八千卷樓本補。

〔二〕『歉』，八千卷樓本、《全明詩》本作『慊』。

二月八日雨中有作

水南掩關坐，春雨生晝寒。一榻委文史，沉吟苦無歡〔一〕。路阻玄鳥至，雲海何漫漫〔二〕。羣生有常運，向背詎無端。惟兹窮巷士〔三〕，静言聊自安。生緣諒已定，過憂徒永嘆。

校勘記

〔一〕『苦』，《全明詩》本作『若』。

〔二〕『何』，邵二雲藏抄本作『河』。

〔三〕『惟』，邵二雲藏抄本作『爲』。

送周宗性上昌化教諭

睽違倏九載，過門兵革餘。江郭尚如昔，所向迎酒壺。筮仕云有所，簪笏重文儒。年稔飯自足，春暄氊可無。家室久留滯，去台甘在吴。學舍近天目，登車三日途。念兹亦吾慰，晤對爲躊躇〔一〕。苦乏旅囊贈，微言詎非迂。蒼蒼山上柏，濯濯水中蒲。歲候有黄落，物性豈無殊。願言毖恒德，慎勿忘厥初。

校勘記

〔一〕「對」，八千卷樓本、《全明詩》本作「語」。

寄宋景濂先生三十韻

相處纔數月，相違已三年。人來即問訊〔一〕，矯首玉堂仙。尺書固邈邈，寸心每懸懸。孰謂金蘭契，而如萍梗然。憶昨被殊渥，草茅倏牽連。平生坐環堵，豈意乘官船。修史與末役，乏才愧羣賢。强述外國傳〔二〕，荒疎僅成篇。賴有班馬手，筆削容巨編〔三〕。素餐竊恐懼，衰疾頻纏綿。小几聚藥裹，空床重艾烟〔四〕。旅邸命如綫，仁人俱見憐。同舍既足藉，同姓尤惓惓。早晚辱安慰，殘喘聊自延。凉風送越柁，而得歸園田。當時十八士，去留各有緣。中秋佛寺裏，明月照離筵。後夜復叙别，慘慽燈影前。贈言諸教誨，有暇寄江邊。縹帙已拜惠，所獲尚未全。去年攖寧叟，往還情爲傳。我亦薦行邁，南閩涉山川。考藝非所任，冒往誰舍旃。知己諒輿閔，疲駑詎勝鞭。鬢髮日已短，貧病無由痊。策杖山野間，静曠庶相便。擊壤或歌詠，忘憂臨澗泉。緬懷青雲彦，文會濫隨肩。作詩謝疇昔，一一莫能專。諸公倘垂愛，契闊寧我愆。

校勘記

〔一〕『訊』，《姚江逸詩》本作『詢』。

〔二〕『强述外國傳』，《姚江逸詩》本作『强述大荒傳』，八千卷樓本、《全明詩》本作『强述外夷傳』，邵二雲藏抄本作『强出外國傳』。

〔三〕『容』，《全明詩》本作『成』。

〔四〕『重』，《姚江逸詩》本作『薰』。

秋熱嘆二首

其一

秋序已云深，秋暑何太熾。衰朽心益煩，常望風雨至。風雨杳無期，烈日徹厚地。白露夜未晞，窗壁貯炎氣。恨無松桂林，移榻一假寐。老疾將焉違，輾轉發長喟。

其二

去歲度閩嶺，暑途猶可禁。行舟溪水驛，解帶榕樹林。宿疾不復作，亦足紓憂心。今去閩嶺遠〔一〕，秋陽何爍金。疫癘起乘熱，窮苦誰能任。矯首望雲漢，沉吟復沉吟。

校勘記

〔一〕《欽定四庫全書考證》卷八十六：『《秋熱嘆》其二：「今去閩嶺遠，秋陽何爍金。」原本「閩」訛「閟」，今改。』

題牧溪所作阿羅漢圖

吾聞十八士，隱見天台山。石梁隔塵世，路滑莓苔斑〔一〕。樹色在彼岸，飛鳥能往還。山中何所樂，食飲非人寰。巖石深復深，衣冷雲霧間。密葉足蕭爽，靈獸無冥頑。大海逼孤絶，高泉瀉幽閑。冥心萬化表，長往窮躋攀。焉知有衰朽，畏壘常相關。

校勘記

〔一〕『莓』，八千卷樓本作『每』。

小山陳氏清暉樓

層構謝囂溷，憑陵高曠間。出日離東嶺，歸雲度西山。山溪被光景，林木霽容顔〔一〕。陽明浄可挹，而無陰翳刪。仙居復誰好，游子紆珮環。朝躋足澄觀，夕眺慰餘閑。於焉釋煩慮，詎謂忘人寰。萬化一冥合，經心秋雁還。

校勘記

〔一〕『林』，《全明詩》本作『嶺』。

次韻朱雲巢遊鍾山有作〔一〕壬子〔二〕

有事汗青暇，羡君山水游。吾獨阻衰疾，素興徒綢繆。霞光日邊近，樹色雲中幽。覽勝屬青眼，含情嗟白頭。高懷既兼得，况歷人事周。紬書金石富〔三〕，傾蓋簪纓稠。俛仰慨今古，直筆伸故侯。雄才固馳騁，餘力殊未休。嘯歌寥廓際，天風灑清秋。先還我何乖，後往君久留。鬱鬱山氣佳，滔滔江水流。新篇足諷咏，使我生遠愁。

校勘記

〔一〕《欽定四庫全書考證》卷八十六：『《次韻朱雲巢遊鍾山有作》，案，此詩爲禧入史局，在江寧時所作。浙本「鍾」訛「鐘」，今據《永樂大典》改。』

〔二〕題注據八千卷樓本補。

〔三〕『富』，邵二雲藏抄本作『當』。

壬子歲四月甲申夜紀夢

積雨暗長夜，山行經險巇。悲風撼林木，崖谷蔽參差。遠聞豺虎號，鬼燐弄光輝。十步九失足，中心祇自持。所適既迢遞，黽勉焉可爲。道傍見明燭，抵宿依茅茨。開户念生客，而逢主翁慈。煖湯趣妻子，然薪爲更衣。艱難又奚怨，少息非所期。雞鳴夜將旦，熟寐百無知。欣戚一以忘，何有安與危。生死宇宙内，曠懷亦如斯。聊紀夢中事，誰當賡我詩。

題雪浦待渡圖

吾邑王性常，客居羅壁山中〔一〕。歲晏，躡冰雪還水北省親。時中吴顧雲屋留其家，爲作《雪浦待渡圖》以贈之。予觀其圖，有感于中，賦古詩一首。

冉冉歲云晏，蕭蕭林木疎。積雪遍原隰，山川今昔殊。遠眺既茫昧，近矚迷舊途。游子去家久，思親賦歸與。寧不畏凜冽，飛鳴有慈烏。川廣不可越，臨津爲踟躕。舟子隔雲渚，迴篙憐久需。故廬在何許，北里路非迂。豈無澤中雁，亦有冰下魚。甘旨恒在念，釣弋誠良圖。生理何獨拙，往返攜琴書。俛仰宇宙内，幽抱聊自舒。日出長夜後，陽復沍寒餘。兹理諒無舛，不樂復何如。

校勘記

〔一〕『居』，八千卷樓本作『授』，《全明詩》本闕。

萬壑樹聲圖

層崖望不極，溪谷何巉巖。秋風起天末〔一〕，奔泉落空潭。石林高下響，猨鶴韻相參。幽人戀巖穴，寂寞居山南〔二〕。萬籟慰哀暮，忘憂非酒酣。援琴寫蕭散，此樂吾所耽。

校勘記

〔一〕『末』，底本作『木』，據八千卷樓本、邵二雲藏抄本、《全明詩》本改。

〔二〕『山』，八千卷樓本、《全明詩》本作『水』。

爲徐性全題顧山人天際歸舟圖

佳期諒無失，歸近心反勞。蕭蕭江樹冷，落落雲山高。孤舟來浩蕩，所望非漁舠。風水協龜卜，秋來多濁醪。

爲方景常題顧雲屋蘭亭圖

崇山氣磅礴，羣峰静儀刑。風泉瀉霞嶠，迢遞委幽亭。溪林何濯濯，汀蘭亦青青。良辰各有適，列坐集簪纓。胡獨一時樂，而遺千載名。浮雲變晨暮，山川久含靈。撫運慨幽獨，寧忘今古情。

題雲屋所贈高峰遠澗圖

今年壬子秋九月，余與玉山逸人顧雲屋連夜宿吾邑羅壁山中，時近九日。羅壁之顛有所謂龍門，足以適登高眺遠之興。雲屋以余未遊爲歉，明日將偕往，先爲作《高峰遠澗圖》以贈。及還，予乃賦詩書其上云〔一〕。

高泉落雲中，大澤露羣石。霜降草木黄，青松有顔色。緬思玉山期，邂逅滄洲客。登高贈畫圖，賦詩宿羅壁。

校勘記

〔一〕『書』，邵二雲藏抄本闕。

題畫癸丑〔一〕

伊誰愛茲境，而忘登涉勞。一水天上遠，雙松野中高。峭壁無樵徑，深溪絶漁舠。唯應學仙者，麋鹿與遊遨。

校勘記

〔一〕題注據八千卷樓本補。

六月十日過極樂寺寫懷〔一〕

紺園草樹緑，清飆朝暮涼。當暑出闤闠，憩此獨徜徉。過客適邂逅，遨遊山水鄉。晤語廣居下，隱憂忽遺忘。況復霖雨餘，市津來米航。豐年足慰意，撫運念平康。樂土亦何遠，伊誰望西方。

校勘記

〔一〕邵二雲藏抄本題作『六月十三日過極樂寺寫懷』。

宋玄僖集卷二

七言古詩

爲浦江鄭仲涵題鳴鶴軒己酉〔一〕

客舍炎蒸汗如雨，終日昏昏獨無語。白頭無復青雲心，落月聞雞卧茅宇。仙華山下神仙居〔二〕，何人夜半長讀書。高天凉風落松桂，鳴鶴在庭窗户虚。學仙歸來幾人在，尚想當時度遼海。人間父子喜團欒，誰似清門今不改。我懷好音知幾秋，一琴欲往山中遊。試覓康成書帶草，看花何必到揚州。

校勘記

〔一〕題注據八千卷樓本補。

〔二〕『華』，邵二雲藏抄本作『童』。

爲宋顯彰題桐江釣隱圖〔一〕

桐江釣絲長幾尋，山高石出江水深。當時羊裘已無跡，今人誰得千載心。吾宗之中有才傑，家住桐江釣寒月。往年曾着從事衫〔二〕，已覺緑簑勝雨雪。開元相業不可期，人生行藏端有時。戎馬驚心幸無恙，沙鷗在眼俱忘機。今歲逢君鑑湖曲，又復起身勞案牘。黄冠謾憶賀知章，老病憐予簡書趣。子陵故鄉秋夢多，歸舟還向鑑湖過。在君客舍看圖畫，奈此雲山江水何。

校勘記

〔一〕『彰』，邵二雲藏抄本作『彭』。

〔二〕『着』，邵二雲藏抄本作『有』。

己酉冬還自龍河補王漢章宅元夕宴集鐵字韻詩〔一〕

新年會飲元夕節，秩秩賓筵日中設。滿座烏巾異昔時，在眼華燈待明月。江梅尚覺花惱人，野老誰言心似鐵。當杯酣詠不成章〔二〕，歲晚孤吟客歸越。

校勘記

〔一〕『補』，底本、邵二雲藏抄本作『浦』，據八千卷樓本、《全明詩》本改。

〔二〕『杯』，八千卷樓本、《全明詩》本作『時』。

楊妃菊歌代人次柳宗岳韻

秋花顔色如春花，過客看花停小車。玉環一去不復返，遊魂血污愁天涯。當時昭陽第一人，沉香亭北酣暮春〔一〕。三郎眼眩傾國色，惟聞芍藥疑太真。金橋夜入嫦娥宫，丹桂當秋香露濃。晚節黄花想如舊〔二〕，同時不羡芙蓉紅。何曾賞菊對妃子，歌詞新進供奉李。從來邪正莫相干，秋花羞與春花齒。漁陽鼙響鐵騎嘶，繁華一夜隨霜蹄〔三〕。妖芳在眼恨如海，清秋獨立風凄凄。金錢能慰彭澤令〔四〕，愛却中央顔色正〔五〕。頽顔只合屏荒畦，舊族寧容雜三徑。誰於隱逸加醜名，覆邦尤物安足稱。白髮黄花鎮相得，故園擬作歸來亭。

校勘記

〔一〕邵二雲藏抄本『北』下衍『此』字。

〔二〕『舊』，邵二雲藏抄本作『此』。

〔三〕『華』，邵二雲藏抄本作『花』。舊同。

〔四〕『能』，底本、邵二雲藏抄本作『態』，據八千卷樓本、《全明詩》本改。

〔五〕『愛却』，八千卷樓本、《全明詩》本作『爲愛』。

題三香圖短歌庚戌〔一〕

湘皋仙人弄珠佩，極浦更闌月華墜。霜寒青鳥未傳書，誰染春衣寄天外。生來同芳能幾何，兄弟相思夢中會。人間愁殺紫荆花，曾爲田郎夜憔悴。

校勘記

〔一〕題注據八千卷樓本補。

庚戌秋在閩中爲新安鄭居貞題練溪漁隱圖

澄江如練人如玉，何年磯頭結茅屋。垂竿已喜喚漁郎，脱屣豈須稱宦族。秋風蕭條來遠天，沙際蘆花吹白綿。釣月不愁中夜冷，繫舟可傍西巖眠。遠憶當年子真叟，手把一犁耕谷口。只今孫子謝簪纓，千載相知寸心否。會稽野老遊南州，子亦去家成久留。畫圖在眼爲歌詠，思鄉共立三山頭。

自閩省還至建寧作短歌行贈别胡彦功

三山半月鎖秋院，與子相聞始相見。綉衣使者重斯文，白面書生作良掾。深堂四更官燭紅，簾前白露零青空〔一〕。何人三夜見題目，繩纆先歸青眼中〔二〕。知子胸中富經史，安定先生好孫子。十載浮沉江海間，憲府揚才遇知己。野客辭閩歸會稽，重陽已過風凄凄。建寧城下復爲别，落日吟詩溪水西。

校勘記

〔一〕『青』，邵二雲藏抄本作『晴』。

〔二〕『纓』，八千卷樓本、邵二雲藏抄本、《全明詩》本作『墨』。

爲王漢章題王山農畫梅〔一〕

山陰狂客王山農，平生游戲梅花中。梅花解作忘機友，雪天月夜長相逢〔二〕。腰圍固有食肉相，忍餓惟知罵卿相。清癯仙質愛梅花，寫神迥出緇塵上。湯楊墨跡世上傳，山農與之争後先。只今片紙不易得，豪家豈惜黄金錢。推篷之圖爲誰作，爛熳千花競交錯。逸興可發文章家〔三〕，走筆花前風雨落。我昔避地留梅川，梅川孤舟花底眠〔四〕。冰霜滿眼畫無路，桃源誰送漁郎船。王家高堂對圖畫，白首忘愁了諸債〔五〕。南風灑灑吹寒花，往事令人感時邁。

校勘記

〔一〕『畫梅』，八千卷樓本、《全明詩》本作『梅畫』。

〔二〕《欽定四庫全書考證》卷八十六：『《爲王漢章題王山農畫梅》：「梅花解作忘機友，雪天月夜長相逢。」原本「月夜」訛「一夜」，據浙本改。』

〔三〕『發』字，《永樂大典》本作『廢』。

〔四〕『眠』字，《永樂大典》本作『眼』。《欽定四庫全書考證》卷八十六：『又「我昔避地留梅川，梅川孤舟花底眠。」案浙本作「孤舟花底冰霜眠」，今從《永樂大典》本。』

〔五〕『諸』字，八千卷樓本、《永樂大典》本、《全明詩》本作『詩』。

采烟山長歌寄贈新昌周銘德

采烟山者，越之新昌之名山也，隱者周銘德居其上。上有良田美圃，綿亘三十餘里，以與平陸無異，地雖僻而有利。及遠〔一〕，朔南醫家所用白术其産也。銘德賢而好讀書，以孝友稱于鄉。其友胡汝州、史孟通，爲予道其爲人，又爲索予詩〔二〕。予以汝州輩之言足信，而嘉銘德之爲人，遂作《采烟山長歌》一首，書以遺之。異日或一往遊其山，過剡，見故人王公玉、許時用二先生，寧不爲我助扉屨之需乎？歌曰：

吾聞沃州天姥間，又有采烟之高山。山上之岡三十里，平視沃姥浮青鬟〔三〕。其中隱者吾所羨，身世長與浮雲閑。種术可療九州疾，種稻自給千家餐。橘柑棗栗與桑柘，種者不少資者繁。雞犬走巷陌，鹿豕游林園。官府無事日，人家總平安。乃知桃源在兹土，淵明所記欲往難。周郎一何樂，居此勝居官。晝則治家事，夜則經史觀。其人天性孝且友，與弟同財慈母歡。擇交朋友重高誼，急難可託輸肺肝。我恨不一見，今秋過江干。胡史二生喜告我，世有斯人爲長嘆〔四〕。北閣高樓送吾目〔五〕，采烟遠在青雲端。嗟我老病畏塵俗，剡中乘興逢時艱。故人倘見招〔六〕，舟楫寧吾慳。丹楓葉冷風嫋嫋，清溪水落灘漫漫。此時過門見王許，青鞋從此躋巖巒。作歌訂約在秋晚，豈待娥江風雪寒。

校勘記

〔一〕「及遠」，《全明詩》本作「凡」。

〔二〕「又」，邵二雲藏抄本作「及」。

〔三〕「沃姥」，《全明詩》本作「天姥」。

〔四〕「世」，邵二雲藏抄本作「是」。

〔五〕「閣」，八千卷樓本、《全明詩》本作「郭」。

〔六〕「故人」，八千卷樓本、《全明詩》本作「之子」。

八月廿五夜宿鳳亭夏叔方遺安室聽王時敏鼓琴夜分不寐叔方求詩題其素壁爲書短歌一首〔一〕

夕陽之東秋水西，梧桐不見葉萋萋。誰憐今夜鳳亭客，一曲琴彈烏夜啼。洞門白雪照燈影，阿閣清時看鳳棲。古往今來足相憶，綵筆好將桐葉題。

校勘記

〔一〕『夜』，邵二雲藏抄本闕。『遺』，《全明詩》本作『易』。

春夜曲壬子〔一〕

銀塘奇峰叠羣玉，柳色暗連流水緑。十二仙橋半月光〔二〕，翠閣青鸞鳴紫竹。詞客酒污宫錦袍，題詩畫屏照蘭膏。紅袖當筵罷歌舞，鳳味泉乾春筍勞。酣吟爲繫珊瑚樹，烏啼西牆未歸去。衆賓別院引明燭，墮翠遺珠百花路。暖雲氣密鴛鴦衾，不惜千金惜寸陰。夢中寒雪侵天冷〔三〕，窗外楊花滿地深。

校勘記

〔一〕題注據八千卷樓本補。

〔二〕『仙』，邵二雲藏抄本作『先』。

〔三〕『寒』，八千卷樓本作『塞』。『侵』，八千卷樓本作『僾』。

題雲屋山人大松圖歌

吾聞丹山松一株，盤根錯節鐵不如。萬牛相送美材盡，獨以偃蹇留仙都。松根燒丹學仙者，仙成已去千載餘。夜夜丹光到今出，泰山徒誇秦大夫。誰能畫此古松樹，中吴高士身姓顧。張燈驚起潭底龍，揮毫墮落月中兔。聲名世重定無虚，人物天生真有數。精靈邂逅宇宙間，唯有造化知其故。我夢羽人在丹臺〔一〕，飄飖緑髮春風回。半年高士不相見，招我看畫山中來。古松在眼爲再拜，重是抑塞之奇材〔二〕。一時作歌强衰朽，千古少陵安在哉。

校勘記

〔一〕『羽』，邵二雲藏抄本作『與』。

〔二〕『材』，八千卷樓本作『林』。

題顧山人秋江叠嶂圖歌〔一〕

顧侯避俗留越山，高情長在山水間。秋堂夜半夢巴蜀，孤帆遠逐西風還。榷床呼燈怪遲緩，萬里江山猶在眼。澄澄素練天際長，叠叠青鬟日邊遠。寫來巫峽令人愁，神女陽臺居上頭。尚見雲陰含過雨，可憐樹色送行舟。地形何處接吴楚〔二〕，林薄人烟帶洲渚。黄帽西來打鼓郎，茜裙東去唱歌女。畫圖不盡意有餘，太平人物俱歡娱。多愁宋玉在何許，好賦顧侯山水圖。

校勘記

〔一〕『歌』，邵二雲藏抄本、《姚江逸詩》本闕。

〔二〕『形』，邵二雲藏抄本作『行』。

題顧侯江山圖歌

岷峨之山昔所聞，下臨江水高入雲。層巒奔流到東海，乃有巴蜀吴楚分。暮年今見畫圖好，滿目江山驚野老。峨眉新月遠關情，巫峽朝雲愁未了。客舟幾日下瞿塘〔一〕，誰倚高樓望漢陽。人烟晚集磯頭樹，天邊秋水去茫茫。忽憶蘇翁遊赤壁，西望蜀山歸未得。當時謫宦尚逍遥，月下吹簫從二客。顧侯留滯東海頭，放懷思上洞庭舟。龍門連月坐風雨，畫圖一洗今古愁。

校勘記

〔一〕『幾日』，邵二雲藏抄本作『日日』。

爲方處士題顧山人所作鑑湖漁隱圖

東南山水會稽好，鑑湖一曲歸賀老。狂客幽人樂未央，酒船釣艇愁可掃。玄英先生懶作官，好與嚴陵寫懷抱。垂竿竟入鑑湖中，着鞭不上長安道。古來謾説勾踐都，越女色白天下無。千巖萬壑有清氣，相看未必如老漁。適志生涯萬金藐〔一〕，忘機身世片舟虚〔二〕。功成頗怪鴟夷子，却載西施浮五湖。

校勘記

〔一〕『志』，八千卷樓本、《全明詩》本作『意』。

〔二〕『片』，八千卷樓本、《全明詩》本作『扁』。

題顧山人畫古松歌

能畫古松天下少，昔有畢韋今顧老。顧老作畫書法同，或變真書作行草。硬黄古紙一丈餘〔一〕，落筆古松隨一掃。糾纏黑白成文章，恍惚陰陽割昏曉。半年作客羅壁山〔二〕，但畫江山極幽渺。亂葉點點晋書圓，直樹行行秦篆小。有人請畫松一株，草書張顛合驚倒。一株兩株八九株，變怪無窮出天造。愧我題詩勞寸心，數日一篇方脱稿。何如顧老畫古松，游戲草書書法好。

校勘記

〔一〕『硬』，《姚江逸詩》本作『梗』。

〔二〕『壁』，《姚江逸詩》本作『璧』。

題李唐牧牛圖

金華柳待制、天台柯博士，爲吾餘姚前貳守鐵侯題李唐《郊原曉牧圖》已三十餘年矣。

此圖今爲吾邑陳生克和所得。癸丑歲二月望後，大雪始霽，予過克和家，見此圖，適有所感，因題七言古詩一首。

冥濛烟雨郊原曉，草色入天青未了。柳林獨倚簑笠翁，眼底三牛無大小。三牛那得如五馬，馬在亨衢牛在野。故鄉長見牧牛人，遠道空懷乘馬者。江城二月雪滿空，縣令騎驢纔勸農。我過城南見牛畫，李唐筆跡稱柯公。柯公奎章監書日〔一〕，朝野歡娱耽紙筆。當時名重柳先生，典雅文章非勝質。二老南還鬢已華，題詩看畫鐵侯家。應憐牛放桃林野，尚憶鶯啼紫禁花。古畫今人兩難遇，今人已與古人去。三公翰墨共流傳，富貴真如草頭露。可喜陳生得此圖，重是三絶今已無。耕田讀書有餘樂，更爲子孫多買書。

校勘記

〔一〕「監」，《全明詩》本作「簽」。

吕山人養父歌

新昌世家吕山人德升，隱居授徒，樂于養父而克遂其志。余聞而喜之，爲賦短歌一首，授史孟通爲德升贈。胡汝州、周銘德皆德升友，余爲作歌者，蓋有信于二友也。

剡中吕翁能養父，父今行年九十五。朝朝尚啖肉一斤，遠勝張公飲人乳。吕翁愛日心何如，一喜一懼瞻桑榆。但願親如廣成子，沃洲住似崆峒居。我與吕翁齒相若，每憶高堂淚空落。人生由來命不同，短歌徒爲呂翁作。

孤雲曲爲韋惟善作

孤雲度江江北來，江南二月百花開。錦衣笑看綵衣舞，憶昔關心烏夜啼。烏夜啼，不肯棲，五更遶樹飛千迴。有兒頭白早〔一〕，來棲鳳凰臺〔二〕。仙家寶樹紅果熟，口銜丹砂凌劫灰。劫灰已冷甘雨來，孤雲高出楊花泥。

校勘記

〔一〕『白早』，八千卷樓本、《全明詩》本作『早白』。

〔二〕『棲』，八千卷樓本、《全明詩》本作『自』。

義猫歌有序〔一〕

故無爲太守太原白公季清〔二〕，官浙東宣閫時，家有二猫，同時而乳，凡生五子，而居之各以所。未幾，其生三子者，以己子就彼所，并乳其二子。其生二子者，又復彼三子于其所，而以己子就之。于是五穉猫之育同一所，而乳于二母，無親疏彼吾之間。嘻，異哉！君子謂白氏世積其善之祥也。予聞其事，乃爲作《義猫歌》曰。

人而猫，骨肉相殘家難交，其面非若猫有猫而人，二猫育子無疎親，非知勉强其真〔三〕。

毛。中州白家積仁義，猫有人心感和氣。北平猫載昌黎文，人而無稱良可愧。良可愧，負天地。彼猫爲獸非我類，人胡弗如甘自棄。

校勘記

〔一〕『有序』，底本闕，據八千卷樓本、《全明詩》本補。

〔二〕『季』，邵二雲藏抄本訛作『李』。按，白公季清即白湛。湛，字季清，太原人，白恪之子。楊亮《袁桷集校注》卷二十七《朝列大夫同僉太常禮儀院事白公（恪）神道碑銘》：『男五……湛，今承事郎、浙東道宣慰司都元帥府都事。』

〔三〕『非知』，《全明詩》本作『知非』。

挂劍臺行壬子〔一〕

泗水日夜流，千古流不休。誰爲挂劍臺，名聲聞九州。九州行人泗水過，北來南去瞻嵯峨。乃知挂劍一時事，劍與古人名不磨。古人重知己，九鼎何足比。况是三尺鐵，肯背生與死。徐君愛劍口無語，季子心中業相許〔二〕。生死知心上國回，劍挂墳前淚如雨。墳前今有臺，季子不復來。當時寶劍安在哉，無乃一夜隨風雷。君不聞，歌風臺上赤帝子，寶劍龍吟哭蛇鬼。神物變化從何來〔三〕，整頓乾坤須仗爾。嗚呼！神物去就，上天所使。隱見不常，獲者有幾。吾知寶劍勳業多，季子徐君焉得而有此。沛縣臺高風大起〔四〕，風起雲飛連泗水。守四方，得猛士，臺兮臺兮可徒挂劍而已矣。

校勘記

〔一〕題注據八千卷樓本補。

〔二〕『許』，邵二雲藏抄本作『與』。

〔三〕《全明詩》本『神物』下無『變化從何來，整頓乾坤須仗爾。嗚呼，神物』。

〔四〕『風大起』，八千卷樓本、《全明詩》本作『大風起』。

宋玄僖集卷三

五言律詩

胡氏斗室丁未〔一〕

一室從渠小，能容何限人。孰知江海客〔二〕，不恡往來頻。紫竹長年好，黄花臘月新。我來時一飯，避地作東鄰。

校勘記

〔一〕題注據八千卷樓本補。

〔二〕『孰』，八千卷樓本、《全明詩》本作『熟』。

胡氏一鶴亭

一鶴歸何晚，人間事已非。野亭留獨立，海月照孤飛。落落新黄葉，蕭蕭舊縞衣。主人鷗夢遠，對汝亦忘機。

贈岑敬先戊申〔一〕

不見岑徵士，驚心忽二年。三山新歲到，一棹舊情牽。執紼哀吾母，通家見汝賢。相過不相遇，邂逅在梅川。

校勘記

〔一〕題注據八千卷樓本補。

贈徐生

下榻東軒夜，看花北海春。愁來驚歲月，老去厭風塵。邂逅論文地，留連避世人。眼明衿佩合，燈下肯相親。

歸　雁

歸雁離南海，翩翩向北飛。青春愁送目，白髮淚沾衣。萬里渠能往，孤雲夢已違。關山今夜月，應爲照清輝。

送友人

老去復相見，别來今幾年。窮鄉君再到〔一〕，多病我堪憐。渡水山雲薄，當樓海月圓。客邊愁送客，頭白聽啼鵑。

校勘記

〔一〕『再』，邵二雲藏抄本作『獨』。

送謝用敬

白髮梅川客，梅天看種田。故人能再見，往事勝相傳。海氣樓臺盡，山輝玉石全。秋來還有約，雞黍願豐年。

徐氏瞻緑軒

緑竹似君子，長年不厭看。沉吟風雨夜，牢落雪霜寒。開徑連書屋，臨流足釣竿。眼中高節在，早晚候平安。

水竹軒

水竹都堪愛，幽居二美兼。曉光浮釣艇，秋色暗書簾。已有江湖興，寧無雨露霑。我來聞好語，酒量爲渠添。

送天界寺書記季芳聯歸四明省母〔一〕己酉〔二〕

四明三佛地，一出幾番歸。母在頻回首，秋來遠寄衣。燈前黄葉落，舍上白雲飛。愁極成歡喜，禪心既此機。

校勘記

〔一〕『季芳聯』，諸本作『聯季芳』，據宋濂《送季芳聯上人東還四明序》乙正。

〔二〕題注據八千卷樓本補。

送景德輝庚戌〔一〕

水汎春江緑，山圍曉郭青。登高花黯黯，送遠雁冥冥。禮樂興周室，賢良滿漢庭。從來多際會，念子久窮經。

校勘記

〔一〕題注據八千卷樓本補。

蘭　室

幽人種芳草，宛在書室前。天香熏夕寢，琴曲入春絃。耿耿同心友，飄飄遺世賢。相逢曾解珮，山澤往來便。

竹深軒

曲徑晝陰合，虚窗寒色交。琴清風動葉，衣潤露垂梢。徑造不須問，遠謀能解嘲。相過待春晚，留客筍供庖〔一〕。

校勘記

〔一〕『留客筍供庖』，八千卷樓本作『留容苟供庖』。

王生允承以其畫像求詩像畫古冠服手執書卷有抱琴者從其後于古槐之下游息焉蓋其家有軒扁曰嘉樹云〔一〕

陰陰嘉樹下，有此稱家兒。冠服超流俗，琴書樂盛時。趨庭應有訓，出户政多岐。念爾槐根立，清晨有所思。

校勘記

〔一〕『嘉』，邵二雲藏抄本作『喜』。

爲楊灌園題鄭山輝天涯芳草圖

春草生長坂，幽人竟不知。參差添翠羽，蕭散長青絲。西日高低照，東風晝夜吹。畫圖非鄭老，遠道望渠思〔一〕。

校勘記

〔一〕『望』，八千卷樓本、《全明詩》本作『豈』。

爲徐自牧題李侯墨竹

瀟灑金閨彦〔一〕，分明玉箸書。天機元不淺，繪事未應疎。持節風霜際〔二〕，含香雨露初。江南相別後，清興更何如。

校勘記

〔一〕『瀟灑』，八千卷樓本作『瀟瀟』。

〔二〕『持』，八千卷樓本作『時』。

七月廿五日題崇安驛壁

到得崇安驛，初聞打鼓聲〔一〕。白衣知不侮〔二〕，烏帽出相迎。考藝思前輩，明經愧後生。往還愁遠道，老病重關情。

校勘記

〔一〕『打』，八千卷樓本作『村』。
〔二〕『侮』，底本、邵二雲藏抄本作『悔』，據八千卷樓本、《全明詩》本改。

八月二日留題靈山庵靈山去福建省治十五里

江郭待期入，雲山連夕留。星明俄近斗，露下不知秋。迢遞逢僧語，虛空忘客愁。勞生真似夢，暮景願回頭。

還自閩中過鵝湖寺

落日過鵝湖，青山塔影孤。當時論道處，今我憶先儒〔一〕。舊寺烟霞窟，荒祠草木墟。躊躇多古意，僕馬趣前途。

校勘記

〔一〕『今』，八千卷樓本、《全明詩》本作『令』。

冬至前一日宿永樂寺水竹居次鄭山輝吴主一壁間倡和韻

寒過冰上客，陽復地中雷。宇宙兵車静，山林佛寺開。舊交多死去，久别始重來。知己三更語，傾心一宿迴。

懷紀大璞

二月朔，過廣濟寺，觀上虞士人送傅本真〔一〕、徽正音游學杭之《普福詩卷》，有懷大璞講主，且喜傅、徽二子已還舊隱，乃題詩卷末。

聞説芝山老，虚名只累身。城居長借榻，官事苦勞人〔二〕。二妙陪寒夜，孤舟别早春。歸來詩卷好，江海尚緇塵。

校勘記

〔一〕『傅』，八千卷樓本、邵二雲藏抄本、《全明詩》本作『傳』，下字同。

〔二〕『官事苦勞人』，八千卷樓本作『宫事若勞人』，《全明詩》本作『官事若勞人』。

題釋交卷

天台朱伯言當吴越道梗時，挈家由海道抵上虞而居。既而遭母夫人之喪，時同郡周宗性爲税官五夫，爲助治喪事〔一〕，殊有力焉。伯言感其誼，著《釋交》一通以遺之。今予見其卷，乃題五字八句。

兩賢交有道，同郡又同心。度海秋風急，聯床夜雪深。親喪埋旅櫬，家難助籯金。高誼稱詞伯，雄文動士林。

校勘記

〔一〕『喪』，八千卷樓本、《全明詩》本作『葬』。

次毛進仁留題張氏書舍韻

步屧幽居近，論文畏友稀。春郊風落帽，晚渡水沾衣。對榻良宵坐，題詩逸興飛。雨聲生客悶，帆影待潮歸。

留題張德言書舍

連日勤相過，寧知曲徑迂。雨中春剪韭，飯後夜投壺。巾屨緇塵外，琴書碧海隅。竹林逢二阮，古意慰狂夫。

過東山寺航毒海房留題

湖曲藏深院，山空出遠鐘。森森春砌筍，肅肅晚衙蜂〔一〕。僧老看孤榻，兵餘憶舊松。自憐花竹畔〔二〕，獨畏酒杯濃。

校勘記

〔一〕此句，嘉靖、光緒《餘姚縣志》作「心迷佛場選，詩入碧紗籠」。

〔二〕「畔」，嘉靖《餘姚縣志》作「伴」。

秋懷十首

其一

枕上憐衰朽，江邊遣寂寥。緑楊臨水立，黄葉帶風飄。扇去清秋雨，帆回落景潮。凉襟何日遂，愁思暫時消。

其二

往事隨塵夢，新愁對物華。暮年身少藥，秋暑眼添花。剥落風前棗，荒凉雨後瓜。相逢皆此況，慰意野人家。

其　三

秋半江城裏，砧聲夜不聞。衣裳雖未换，機杼豈無分。暑枕留冰簟，寒閨惜布裙。蕭蕭桑葉畔，誰與倚斜曛。

其　四

閑暇多高誼，艱難有俗情。水深魚始樂，林盡鳥須驚。邂逅非吾事，盈虚任此生。已知齊物我，漸覺一身輕。

其　五

秋熱愁無雨，秋凉雨復愁。衣單驚夜半，屋漏聽床頭。且得山家樂，還看地利收。吾生聊自遣，有計補冬裘。

其　六

海角思相贈，濠梁阻數陪。十年袍可補，千里客難迴〔一〕。范叔寒如舊，王郎醉必哀。高秋頻送目，鴻雁幾時來。

原注：時王遯庵留淮右。

校勘記

〔一〕『難』，邵二雲藏抄本作『南』。

其七

舟楫何增價，衰翁訪舊難〔一〕。只嫌前路遠，轉失向時歡。酒滿金波甕，瓜寒玉露盤。梅川胡老子，秋夜幾相看。

原注：予留梅川時，胡白石待予甚篤。

校勘記

〔一〕『衰』，《姚江逸詩》本作『山』。

其八

憐才心獨苦，恨別淚頻流。又報吹笙客，將爲跨鶴遊。鳴琴山水夜，下榻竹梧秋。頭白貪來往，誰能爲我留。

原注：吹笙客指王時敏〔一〕。

校勘記

〔一〕『指』，邵二雲藏抄本作『謂』。

其　九

燭湖秋雨過，山閣定清凉。髮爲高僧白，塵兼落照黄。老懷同閲世，空境更聯床。有約酬花月，良宵意不忘。

原注：高僧白雲翁也〔一〕。

校勘記

〔一〕『翁』，《姚江逸詩》本作『悦』。

其　十

晚歲情偏切，英才遇亦稀。豈知麟在野，翻使淚沾衣。東閣朝相候，南塘晚共歸。傳經今已矣，此事與心違。

原注：此詩爲梅川胡生斯厚作〔一〕。

校勘記

〔一〕此句，《姚江逸詩》本作「爲梅川胡斯厚」。

自題葉氏隱居壁上墨戲

桃竹秋生筍，藤蘿早着花。暄涼驚物候，老壯惜年華。重過招賢里，遲留處士家。月明貪坐石，天近欲乘槎。

次韻徐性全同宿小山陳氏書樓有作

出郭天猶暖，登山興獨深。雨餘初衣褐，秋盡未聞砧。黄葉經過處，青燈故舊心。客樓頻對榻，倡和有清吟。

三山王叔婉世善堂

舊識王徵士，今登世善堂。青氊多過客，白首未爲郎。作堰三山近，修隄百里長。傳家有遺澤，鄉井豈能忘。

贈應生自脩壬子〔一〕

憶汝童蒙日，從親邑郭時。七年今已過，萬卷早相期。世變看渠長，河清嘆我衰。功名歸少壯，辛苦勸男兒。

校勘記

〔一〕題注據八千卷樓本補。

次韻滑先生六月十六日宴集鄉校東齋有作

汗流聊解帶，心定復垂紳。蕭爽論文地，淹留避暑人。杖攜桃竹舊，衣製芰荷新。共愛山翁醉，相過作近鄰。

鄭氏竹亭

空山喬木畔，種竹傍溪亭。水落霜初白，人來眼共青。也知棲獨鶴，猶憶度流螢。凉處誰相過〔一〕，題詩酒半醒。

校勘記

〔一〕『處』，八千卷樓本、《全明詩》本作『夜』。

爲王生題東軒

早起東軒坐，晨光海上來。乾坤誰久住，日月底相催。梅熟從今喫，松高自昔栽。後生須有用，書卷及時開。

輝谷上人東軒

東軒何所有，日出見光輝。客去仍懸榻，鐘鳴早着衣。市聲聞下界，山色悟初機。時有看雲叟，朝來暮不歸。

正月廿八日偕白雲長老過葉伯泰隱居

浦遠春潮急〔一〕，風高晚渡遲。同來非舊伴，一宿似前時。雨對高僧飯，花題病叟詩。新年行樂少，重過答幽期。

校勘記

〔一〕『遠』，八千卷樓本作『迥』，《姚江逸詩》本作『迥』，《全明詩》本作『逈』。

五言排律

三月廿三夜與張與權宿建初寺燭下爲賦生意亘十四韻庚戌〔一〕

同宿城南寺，吟詩過夜分。爲誰揮我筆，念爾好斯文。静裏含生意，亘中謝俗氛〔二〕。當階春草長，入户妙香聞。清液看朝露，微酣倚夕曛。豈知愁似海，但覺氣成雲。濂洛堪傳業，岐黄可策勳。天心常惻隱，世事謾紛紜。孰契鳶魚妙，難同虎豹羣。窮陰陽始復，殘夜日將昕。至理從誰究，深衷爲汝云。張燈破昏黑，得句慰慇懃。屢聽城頭鼓，長延鼎内薰〔三〕。一時留勝事，明發報嚴君。

校勘記

〔一〕題注據八千卷樓本補。

〔二〕『氛』，八千卷樓本作『氣』。

〔三〕『薰』，八千卷樓本作『熏』。

贈魏松岡俞復嬰二道士十韻

予以庚戌秋九月廿四日，自閩省還至崇安。武夷宫魏鍊師松岡率紫清庵俞逸人復嬰，以小舟偕予與四明桂徵士同德等數客遊九曲，以水淺，中道而還。是日，予與同德出溪口，上驛舟，向浙水東而歸〔一〕。舟中賦十韻以别魏、俞二師云。

武夷山水窟，自古集羣仙。半世看圖畫，三秋入洞天。情親雙羽士，勝引一漁船。飯罷擕茶具，經存及草玄。雲巖風颯颯，石瀨水濺濺。九曲何如好〔二〕，中途不得前。紫陽餘舊跡，清氣望先賢。世變仍奇觀，吾衰已暮年。分袪閩嶺下，歸櫂浙江邊。何日重相見，神交諒有緣。

校勘記

〔一〕『浙水東』，《全明詩》本作『浙東』。

〔二〕『何如』，八千卷樓本、《全明詩》本作『如何』。

送承漢德復往濠梁兼寄王遯庵十四韻

久客多親舊，殊方似故鄉。南還經鑑曲，北上到濠梁。賀老黄冠好，莊生清夢長。未須論往事，且復惜流光〔一〕。治圃甘辛苦，思家付渺茫。果蔬資雨露，萍梗歷星霜。脱屣神仙宅，揮毫翰墨塲。浮生雖浩蕩，勝地足徜徉。爲問吹笙客，何當過草堂。寄來承解珮，别去憶聯床。幾見桐花落，又驚梅雨凉。湖山長有待〔二〕，淮海尚相忘〔三〕。託子傳心素，懷人覺鬢蒼。詩成兼送遠，離思滿斜陽。

校勘記

〔一〕『惜』，八千卷樓本、《全明詩》本作『借』。

〔二〕『長』，邵二雲藏抄本作『常』。

〔三〕『忘』，八千卷樓本、《全明詩》本作『望』。

挽汪太守二十韻癸丑〔一〕

五馬人生貴，三衢歲貢奇。賢能真間有，名節固無虧。伏枕吾鄉日，憂天故國時。病來辭藥裹，死去了心期。既覺黄粱夢，難求白璧疵。漢庭曾有策〔二〕，周室豈無詩。誰憶天人對，空懷黍稷悲。殺身多進士，報主足爲師。同輩公無愧〔三〕，純臣世不疑。當書班固筆，已撰蔡邕碑。舊治三遺愛，凡民百爾思。桐鄉知負土，萬里望歸旗。有子恩情切〔四〕，逢人涕泗垂。孝思難奪志，哀輓謾修辭〔五〕。山郭迎棺久，江船上瀨遲。秋風鳴驛樹，朝露泣園葵。華表今聞鶴，佳城舊卜龜。幽明俱已盡，魂魄更何之。神道停飛盖，仙遊看奕棋。洞天雖可樂，官舍肯相遺。

校勘記

〔一〕題注據八千卷樓本補。

〔二〕『庭』，八千卷樓本、《全明詩》本作『廷』。

〔三〕『無』，八千卷樓本、《全明詩》本作『何』。

〔四〕『恩』，八千卷樓本、《全明詩》本作『思』。

〔五〕『輓謾』，八千卷樓本作『輓謾』、邵二雲藏抄本作『挽漫』。

宋玄僖集卷四

七言律詩

冬夜書懷丁未〔一〕

海邊積雨客愁長，底事高樓有月光。酒醒只疑天欲旦，烏啼猶苦夜多霜〔二〕。遣懷詩賦添華髮，在眼山林缺草堂。欲問君平無覓處，暮年人事付茫茫。

校勘記

〔一〕題注據八千卷樓本補。

〔二〕『苦』，八千卷樓本作『若』。

望　雪

荒郉臘月十三日，雨後出門泥半乾。欲雪未雪雲葉亂〔一〕，似暮非暮風華寒。敝裘在篋一冬暖〔二〕，遺蝗入地千尺難。今夜不知多少雪，閉門忍凍有袁安。

校勘記

〔一〕《欽定四庫全書考證》卷八十六：「《望雪》：「欲雪未雪雲葉亂，似暮非暮風花寒。」案，朱彝尊《静志居詩話》摘此句，作「雲葉暗」，與此互異。」

〔二〕「袠」，八千卷樓本、《全明詩》本作「貂」。

胡氏連理榆

兩株榆樹隔河生，長對君家好弟兄。連理可成嘉樹傳，同居真得古人情。今看胡氏書青簡，轉使田郎惜紫荆。歲晚鄰家誰煮豆〔一〕，眼中祥瑞最分明。

校勘記

〔一〕「晚」，邵二雲藏抄本作「暮」。

胡氏養志堂

兄弟同心四五人，相看慈母白頭新。長垂涕淚艱難際，不棄詩書寂寞濱。父没已隨嘉樹朽，歲寒今見故園春〔一〕。我來聽説君家事，喜有諸郎慰老親。

校勘記

〔一〕『今』，八千卷樓本作『全』。

衛公鶴題畫〔一〕

衛公好鶴鶴乘軒，玉露金風灑羽翰。鶴壽可期千歲永，君恩曾使萬人看。縞衣忽與緇塵暗，清夢空留白雪寒。松下仙翁能跨汝，瑤臺一望月團團〔二〕。

校勘記

〔一〕『題』，八千卷樓本、《全明詩》本闕。按，疑作『題衛公鶴畫』。

〔二〕『團團』，八千卷樓本作『團圓』。

胡達道觀錦軒

胡家錦雞何處來，小軒花下爲渠開。日中錦綬自能吐，世上金刀誰解裁。富貴還鄉同一夢，虛無過眼已千迴。主人閱世今頭白，鶴氅時時坐綠苔。

岑氏聯桂東樓

君家雙桂上林中，念爾長思兩伯翁。諸老神遊明月夜，高樓影接廣寒宮。殿前作賦知誰敵，花下吟詩笑我窮。頭白羡君才力盛，尚看玉兔立秋風。

徐氏怡怡軒〔一〕

人間兄弟幾家好，伯仲壎箎自古希。我向梅川行野色，君開竹户接朝暉。隔河雞犬春聲急〔二〕，繞屋田園豆葉肥。更喜諸郎秋共被，吟詩酌酒爲忘歸。

校勘記

〔一〕「怡怡軒」，八千卷樓本、《全明詩》本作「怡軒」。

〔二〕「春」，八千卷樓本作「舂」。《欽定四庫全書考證》卷八十六：「《徐氏怡怡軒》：『隔河雞犬舂聲急，繞屋田園豆葉肥。』原本『舂』訛『春』，據《静志居詩話》改。」

重過烏山即事

冬晴重過烏山寺，年老今非白面郎。石髓汲來椶葉井，䗪軀浴罷菊花湯。三生有約誰能記，一醉無愁自不妨。酒醒出山空極目，獨憐白髮對斜陽。

眉山王氏雲林書舍

我愛雲林事事幽，况聞書屋住溪頭。春天氣暖蛟龍雨，月夜陰凉翡翠樓。作賦豈無攀桂客〔一〕，卜鄰曾有種瓜侯。夢中白髮空經過，何日溪邊泊釣舟〔二〕。

校勘記

〔一〕『作』，邵二雲藏抄本作『竹』。

〔二〕『邊』，八千卷樓本、《全明詩》本作『頭』。

送張士儀經歷

張侯不見十餘年，淮海歸來雪滿顛。九歲兒郎能負米，半生客路未歸田。寒宵燈燭西窗下，春日杯盤北海邊。客邸相逢又相别〔一〕，殘年多病重潸然。

校勘記

〔一〕『邸』，八千卷樓本、《全明詩》本作『底』。

元日書懷

未歸城郭避車塵，且伴妻孥住海濱。臘月雨連元日雨，故鄉人作客居人。魯連東海誰攜手，甯戚南山自託身。只有愁心耿長夜，已餘短褐對新春。

宿陸氏山莊

故舊相招爲放舟，上林佳處得重遊。西家客過東家宿，仲氏情同伯氏留。夜坐競歌三疊曲〔一〕，春歸只在五更頭。自憐白髮渾無寐，銀燭分明照客愁。

校勘記

〔一〕『競』，《姚江逸詩》本作『静』。

重過上林井亭感舊

二十年前向此過，凉亭寒井慰奔波〔一〕。當時未覺青山好，此日重來白髮多。投轄幾人懷往事，煎茶何處聽清歌。路傍野老能迎客，樹下幽居奈爾何。

校勘記

〔一〕《欽定四庫全書考證》卷八十六：『《重過上林井亭感舊》：「二十年前向此過，凉亭寒井慰奔波。」原本「凉」訛「源」，今從浙本改。』

爲楊仲容題柳莊

誰家柳莊溪水頭，我來柳下維孤舟。柳花如雪送春去，楊子種田看水流。北窗陰凉足高卧，東皋鄰近時一遊。門前種柳似彭澤，世上有官愁未休。

陸氏秀野軒

陸家軒子傍山開，花竹當階手自栽。對酒春衣看紫氣，奕碁夏簟坐青苔。上林芳賞令人憶，三徑幽尋有客來。底用雲間聽鶴唳，沙鷗相近不相猜。

楊氏萬竹樓

童子曾登萬竹樓，題詩今作暮年遊。老蒼不見諸君子，喪亂猶驚四月秋。窗户青雲通窈窕，兒孫錦服繼風流。清溪流向樓前過〔一〕，能與笙簧洗客愁。

校勘記

〔一〕『樓』，《姚江逸詩》本作『門』。

楊氏聽水軒

金沙溪上小軒開，静夜泉聲爲爾猜。仙子笙簫雲裏過，詞人環珮月中來。紫烟目眩香爐頂，白浪魂驚灩澦堆。我愛幽人卧空谷，鈞天在耳夢初迴。

四月十五日偕岑宗昭胡斯美及其從弟斯敏遊宿竹山精舍明日題詩於壁而還〔一〕

龍潭橋西山谷中，茅屋住者皆樵農。兵前送官大木盡，春後斸筍高峰重。同行何人黑漆髮，精舍有佛黄金容。三更月明五更雨，子規來叫門前松。

校勘記

〔一〕『十五』，《姚江逸詩》本、《明詩綜》作『十三』。『從』，邵二雲藏抄本作『徒』。《欽定四庫全書考證》卷八十六：『《四月十五日偕岑宗昭何斯美及其從弟斯敏游宿竹山精舍》，案，《明詩綜》「十五日」作「十三日」，「從弟」訛「徙弟」，據此可証《明詩綜》之誤。』

次韻王允昭遊源山中夜宿有感

餘春紅紫尚菲菲，訪舊傷情故老稀〔一〕。秉燭山林連夜宿〔二〕，思家道路幾人歸。龐公采藥知何往，杜老誅茅願豈違。他日幽居山谷裏，與君開户看雲飛。

校勘記

〔一〕『訪』，光緒《餘姚縣志》作『話』。

〔二〕『宿』，乾隆、光緒《餘姚縣志》作『雨』。

贈陸生

迴棹游源日已斜，道逢二陸立晴沙〔一〕。借人几榻開漁舍，送客壺觴出酒家。柘葉青連溪岸樹〔二〕，藤梢白覆竹籬花。連朝多謝慇懃意，自念風塵兩鬢華。

校勘記

〔一〕「二陸」，邵二雲藏抄本作「岐路」。

〔二〕《欽定四庫全書考證》卷八十六：「《贈陸生》：『柘葉青連溪岸樹，藤梢白覆竹籬花。』原本『連』訛『蓮』，今改。」

贈徐生

徐卿生子世積善，杜老作歌稱絶奇。麒麟千古同一夢，豚犬何人譏二兒。橘花滿林定結實，蚕蠒在箔終成絲。寸陰可惜緑陰下，正是清和四月時。

凰山范氏碧梧軒

范家從來有賢母，東漢流風東海邊。孤兒當室鳳雛立，寡婦下帷梧葉連。高岡日射文明地，阿閣雲飛咫尺天。頭白無愁看玉樹，舊書長在緑陰前。

爲黄克敏賦農隱

短褐力田山海間，春耕秋穫心自閑。飯牛身遠虎狼窟，狎鷗夢空鵷鷺班〔一〕。且復殺雞留宿客，未須采藥入春山。荒茅夾徑草廬暗，鄰舍有誰相往還。

校勘記

〔一〕『鵷』，八千卷樓本作『鶴』。

題鄭山輝效高房山作枯木竹石圖〔一〕

山輝戲作房山畫，己亥經今恰十年。館閣當時文物盛，風塵何處畫圖傳。神交未覺龍蛇遠，羽化猶疑翡翠鮮。前輩風流歸鄭老，令人注目海雲邊。

校勘記

〔一〕『作』，底本闕，據八千卷樓本補。八千卷樓本闕『山』。

羅氏兩寡婦

梅川羅氏有兩寡婦，皆姓朱氏，一爲姑，一爲婦也。姑既失其夫，有一子，娶而生子，甫三歲，又蚤世。其妻與姑氏皆守節，力紡績以活，備服艱苦，其志弗回也。予以辟兵寓其鄉，其鄉人好義者往往爲予道兩寡婦志節若此。今過其家塾，見孤子祥能讀書〔一〕，甚勤。問其年，已十五矣。其祖母與其母又能力教之，切切焉冀其成人〔二〕。予聞其鄉人稱之又若此，遂爲賦詩一首，以塞其請云。

阿姑阿婦在空帷，每對冰霜涕淚垂。底向一門同苦節，絶憐兩世看孤兒。門前大石何曾轉，山上喬松不可移。鄉里都稱雙節婦，兒郎在眼爲題詩。

校勘記

〔一〕『祥』，邵二雲藏抄本作『詳』。

〔二〕『切切焉』，《全明詩》本闕。

贈李光道

余自壯歲與四明李君仁山數相接，嘗嘆其有吏才，而甘隱于術家。今余已衰暮，而仁山没九年矣。兵變之後，予繇海裔還邑郭〔一〕，遇仁山之子賚字光道者于途。或謂光道于其五行學益用力以深，予多多驗之〔二〕，果與平常推休咎者有異。乃信其術之進，非前日光道矣。因駭而問其故，光道曰：『某以父死家罄，無恒業足賴以養老母。遂顓意所嘗學者〔三〕，博求其書，潛玩其旨，日蒐之，歲獲之，頗有入于心而不敢自已也。』予于光道别久而復見，既驗其術之進，又聞其進之由，而喜仁山氏有子矣。感嘆之際，乃賦詩一首〔四〕，爲光道贈。然則凡平日與仁山相接而念其子者〔五〕，亦將有感于此詩也夫。〔六〕

城郭歸來百事疎，殘生猶問五行書。故人有子能傳業，樂土何時許卜居。青眼爲開分別後，白頭幸活戰爭餘。喜君跨竈翻垂淚，感舊憐貧豈獨予。

校勘記

〔一〕『裔』，《全明詩》本闕。

〔二〕『多多驗之』，《全明詩》本作『叩之輒驗』。

〔三〕『遂顯意所嘗學者』，《全明詩》本作『遂顯意所學』。

〔四〕『詩』，《姚江逸詩》本闕。

〔五〕『與仁山』，《姚江逸詩》本闕。

〔六〕底本、邵二雲藏抄本闕詩序，據《姚江逸詩》本、八千卷樓本、《全明詩》本補。

送趙仲容東遊

會稽趙仲容先生，近以一病幾不救。多難之餘，不得坐以俟命，將以繪事游山海間。予念其艱難之際，所向皆然〔一〕，姑以救一時之急焉耳。間語及此〔二〕，爲之悵然〔三〕，遂以詩送之。先生見吾諸故人煩務其間〔四〕，其無有觀詩觀畫如疇昔者乎〔五〕？聊以先生之行卜之也。

漂泊風塵嘆此公，早年習畫畫堂中。風流尚在時非舊，急難何多老更窮。市駿莫憐曹霸馬，作歌未遇杜陵翁。逢人不必論前日，好與君平賣卜同。

校勘記

〔一〕『所向皆然』，《全明詩》本作『所向未必偶。先生曰』。

〔二〕『間』，《全明詩》本闕。

〔三〕『爲之悵然』，《姚江逸詩》本作『甚悵然』。

〔四〕『煩務其間』，八千卷樓本、《姚江逸詩》本、《全明詩》本作『煩務有間』，邵二雲藏抄本作『試問其間』。

〔五〕『其無』，底本、邵二雲藏抄本闕，據八千卷樓本、《姚江逸詩》本、《全明詩》本補。

贈華松溪己酉〔一〕

往歲，廬陵龍君子高常爲予談浙水東有工畫時人像者，下筆點染輒逼真〔二〕，未常起草，一時同事者鮮出其右，華君松溪其人也。松溪，吾邑世家，與予同黨而生，常游江海間，子高稱之甚確，予則未之識焉。今年正月八日，遇諸邑郭鮑氏藥肆，即欣然出楮筆，爲予寫衰陋之相，睥睨立就。神骨顏色，一市人見之，無不撫掌發笑以爲予也。予無以答其勤〔三〕，乃贈詩一首。

龍侯長説華山人，世上寫真真絶倫。下筆縑緗辭起草，驚人童穉巧傳神。花前爲灑烏巾雪，兵後猶看白苧塵。十載相聞能一笑，豈知邂逅在新春。

校勘記

〔一〕題注據八千卷樓本補。

〔二〕『輒』，邵二雲藏抄本作『情趣』。

〔三〕『以』，邵二雲藏抄本作『所』。

題煮石山房

吾里鮑生思美，既冠而有子矣，氣質日益醇。每日即蚤起，從其父處北市藥肆，終日治生事。夜則歸其室，讀孔孟書不倦，吾聞而喜之。近自山野還邑郭，以心疾費調遣，常曳杖徐步静巷中。一日值鮑生，因過其所謂煮石山房者，壁上見一詩，乃廬陵龍君子高所題也。吾又讀龍詩而喜之，喜而技癢，遂忘心疾之苦，亦爲賦七字八句詩一首，而律則有不能協者矣。生之東鄰，有園數畝、屋一區，常有學仙者居之，今不知其何逝矣。吾聞神于醫者，多仙人之流，有能愈吾疾者往來其地，吾將假一夕之榻而與之宿乎，生爲我候之。

鮑生賣藥江水北，夜歸讀書江水南。南山白石爲誰煮，北海清尊留客酣。仙家火候憶烹鼎，人世天倫知盍簪。老我多憂得心疾，月明借榻東家庵。

清明日過張與權書樓既爲題唐玄宗擊毬醉歸圖餘興未已又賦五十六字

病翁日夜抱春愁，喜值清明出郭遊。唐帝擊毬看畫卷，張生留客坐書樓。興衰可見千年事，歡樂翻成四海憂。我爲前修墮清淚，諸孫能憶曲江不。

新歲岑處士見訪

去年海角往來頻，多謝高情洗客塵。别後歲寒江竹老，愁中春煖野花新。西樓爲下青燈榻，南郭能尋白髮巾。江水雲山猶在眼，何時耕釣得相親。

七月廿七日在天界寺送炯用明還永樂寺〔一〕

秋懷叙别立高臺，晚色金銀佛寺開。家問已勞三月望，舟行先向大江回。故鄉苦樂令人憶，甘露登臨待客來。白髮滿頭今更短，東歸山水定徘徊。

校勘記

〔一〕『寺』，八千卷樓本、《全明詩》本闕。

送天台葉夷仲之官高唐

路遶天台萬叠山，當年有志出鄉關。黄河北渡之官去，白象南來奉使還。際會風雲初發跡，憑陵瘴癘已開顔。中原一望多秋草，爲政知君未得閑。

悼蓉峰處士原注：處士，宋景濂先生父。

處士年高太史宅，仙華山墜少微星。客車送柩過千兩，子業傳家重六經。山氣猶疑風肅肅，溪光長見水泠泠。從來同姓多傷感，三誦哀章涕淚零。

崔氏萬松山房

揚州城外松萬株，誰葬此丘崔大夫。生賢總是廊廟具，濟世豈同山澤癯。秋榦巢雲來海鶴，春花啄露集臺烏。當年讀禮關心處，舉目難忘室一區。

宋玄僖集卷五

七言律詩

送諸道初該萬有歸寶林寺

天末二郎思舊隱，山中一老望歸來。乾坤多被樓臺隔，昏曉長爲鼓角催。月色清凉何處見，夢魂辛苦有時迴。還鄉又在中秋後，黄葉蕭蕭寶殿開〔一〕。

校勘記

〔一〕『寶』，邵二雲藏抄本作『宫』。

送人還高麗

奉使遠離山水國，稱藩先入鳳凰都。素聞箕子明皇極，更憶周家展地圖。風舉天池鵬一息，潮迴遼海鶴相呼。中華自古通殊域，北往南來萬里途。

贈紫芝山人

紫芝山人有青門種瓜之志，而未得其所。五口之家，無一夕之儲，不知造物者將何處之也。今慕義而遊，將以石刻集王右軍書墨本售凡好事者〔一〕。予竊有感焉，因賦此詩爲山人道〔二〕。噫！時既艱矣，歲既晏矣，山人所嚮，其有値乎？其無値乎？雖然，吾故人見吾紫芝而讀吾詩〔三〕，其爲前途之導者〔四〕，蓋不獨吾也。紫芝其往哉！

有客有客王紫芝，江空歲晚欲何依。試看墨本打碑賣，勝謁朱門冒雪歸。浙水文章依舊在〔五〕，晉賢字跡到今希。年饑有粟知相易〔六〕，不用山中更采薇。

校勘記

〔一〕『集』，《全明詩》本闕。

〔二〕『道』，《全明詩》本作『導』。

〔三〕『吾』，邵二雲藏抄本作『莫謂無』。

〔四〕『導』，八千卷樓本、《姚江逸詩》本作『道』。

〔五〕『章』，八千卷樓本、《姚江逸詩》本、《全明詩》本作『華』。

〔六〕『知』，邵二雲藏抄本作『如』。

十二月廿五日送趙鳴玉以其所畫游南山〔一〕

雪滿空山二尺深，可人獨步費幽尋。政同沙漠飡氊厄，豈有山陰返棹心。不惜衾裯換斗粟〔二〕，誰言圖畫直千金。南山親舊知吾意，除夜歸來聽好音。

校勘記

〔一〕『日』，《姚江逸詩》本闕。

〔二〕『粟』，八千卷樓本作『果』，《姚江逸詩》本作『米』。

贈術者胡桂堂〔一〕

鄉間見面不知姓，江海傳聲未識君。百歲人生易相失，五行家學許誰聞。天寒北郭初青眼，日落西山總白雲。萬事忘言唯一笑，謝君點檢更云云。

校勘記

〔一〕邵二雲藏抄本題作『贈術士』。

送赫彥明庚戌〔一〕

惜君遠去在新正，貧病無緣叙別情。臘雪已消三尺盡，春潮初送一舟行。天涯有夢尋鄉曲，海角何年聽珮聲。烏帽蕭蕭俱皓首，萍流蹤跡嘆浮生。

校勘記

〔一〕題注據八千卷樓本補。

留題葉氏隱居

正月廿三日，偕王處士起東、王山人紫芝出城東門，過葉君伯泰隱居。及竹山渡，先濟而往者郭廷羽，伯泰之鄰。會吾人同席而飲者〔一〕，張子仁也。過午而還，賦詩一首以贈伯泰。

生來兩過竹山渡，早歲經今已暮年。黃認橘林寒雪後，白知梅蘂暖風前。麻鞋屢約通家舊，草閣幽居覺爾賢。作伴豈知江海客〔二〕，爲誰激烈酒樽邊。

校勘記

〔一〕『人』，《全明詩》本闕。『飲』，底本、邵二雲藏抄本作『隱』，據八千卷樓本、《全明詩》本改。

〔二〕『知』，八千卷樓本、《全明詩》本作『無』，邵二雲藏抄本作『如』。

喜柯氏復舊物爲賦詩一首

天台柯君叔静，以童時喪其先公奎章閣博士所遺圖書等物之最重者，無以考世德、瞻親像、驗家慶，而恒以爲大憾。凡與親故語，未嘗不流涕而皇皇焉。蓋叔静自知人事〔一〕，即不能釋于懷者有年矣。山陰唐君彦常，好義之士也。于柯氏舊物之喪，嘗得之以重直。一旦見叔静而閔其孝，悉以向所得者歸柯氏不靳。于是大夫士以詩文美叔静之孝〔二〕、彦常之義者，無愧辭焉。予雖不敏，而詩之爲作〔三〕，固不得而辭也。

奎章博士丹丘公，輝赫聲名天曆中。遺像還家兼舊物，佳兒隔世識先翁。趙人猶喜歸全璧，魯史曾書得大弓。好義今聞唐處士，解憂孝子寸心同。

校勘記

〔一〕『叔』，邵二雲藏抄本作『取』。

〔二〕『大夫士』，《全明詩》本作『士大夫』。

〔三〕『作』，邵二雲藏抄本作『贈』。

二月三日過媚戚倪氏深秀樓留宿賦詩一首〔一〕

福地重來白髮疎，仙標誰復好樓居。驚心世事三年後，照眼梅花二月初〔二〕。解凍陽岡仍種橘，生賢後代每收書。君家積德由來盛，親戚相過喜有餘。

校勘記

〔一〕『賦詩一首』，《姚江逸詩》本闕。

〔二〕『初』，邵二雲藏抄本作『花』。

爲汪復初題四明溪舍

丹山赤水洞天中，水出長溪似白虹。簾外鶯聲春樹緑，潭邊鷗影晚花紅。汪倫釀酒能留客，李白題詩不負公。欲看丹經坐清夜，爲予下榻候仙翁。

爲倪原道題九老圖〔一〕

何代傳來九老圖，清平文物定何如。水中亭館晴移棹，樹下衣冠晝讀書。閲世長於佳處住〔二〕，論交不與少年居。可憐奔走風塵客，田舍歸來白髮疎。

校勘記

〔一〕『倪原道』，底本、邵二雲藏抄本作『倪道原』，據八千卷樓本、《全明詩》本改。

〔二〕『於』，八千卷樓本作『者』。『住』，八千卷樓本、《全明詩》本作『在』。

倪安道一樂堂

高堂並坐白頭親，兄弟相看樂意真。對酒雲溪金奏響，過庭華月錦衣新。兵前骨肉誰無恙，屋外田園況不貧。家慶從來最慳得，願將愛日答洪鈞。

倪焕章藏翠軒

長松高竹覆春陰，小院開簾翡翠深。逕轉賀溪知幾曲，枝巢越鳥見層林。清狂未羨黄冠好，少壯無愁白髮侵。勳業關心書萬卷，酒船何用客相尋。

留題上虞陳處士皆山樓

老來厭住城郭中，眼暗車塵千丈紅。十日看山坐西閣，半春多雨怕東風。榻移更覺陳蕃好，賦就那知宋玉工〔一〕。夜對青蓮須秉燭，明朝有約遍溪東〔二〕。

校勘記

〔一〕『知』，邵二雲藏抄本、光緒《上虞縣志》作『如』。

〔二〕『遍』，八千卷樓本、《全明詩》本作『過』。

再題皆山樓

高樓百尺坐元龍，客到山間度幾重。雲薄霏霏含翡翠，窗虚面面見芙蓉。空中書寄仙人鶴，月下詩成佛寺鐘。三十六峰都在眼，登臨更憶最高峰。

原注：皆山樓去丹山赤水洞天十五里，劉、樊昇仙之蹤尚存。樓之東一里許，有山若屏障列其牖前，山之

外有所謂東明寺在其下。風清月朗，往往聞其鐘磬之音，登是樓者，恍惚若與仙佛接，故詩中及之。

二月十六日過楊氏嘉樹軒訪三山岑宗昭

嘉樹軒中久不來，新年窗户爲誰開。生還再見三山客，老去同觀二月梅〔一〕。天際相思曾聽雨，花前一笑爲銜杯。清江難覓漁郎棹〔二〕，醉後愁吟坐石苔。

校勘記

〔一〕『二』，八千卷樓本作『三』。

〔二〕『清江難覓』，光緒《餘姚縣志》作『清河誰覓』。

過亡友楊昭度宅見其諸子復習舊業悲喜交集爲賦詩一首

楊子宅前春草新，老夫一過一沾巾。城東聞笛經三載，江上垂竿復幾人。當室兒郎愁獨立，通家子弟喜相親。新年又聽書聲好，竹徑幽尋莫厭頻。

爲楊生簡兄弟題嘉樹軒〔一〕

軒前嘉樹爲誰栽〔二〕，南國曾移此樹來。孝子懷金寒果熟，德人比玉暖花開。侵凌冰雪寧無難，粲爛文章定有才。愛汝諸郎對書册，東家桃李自尊罍。

校勘記

〔一〕『生』，邵二雲藏抄本闕。

〔二〕『爲』，八千卷樓本、《全明詩》本作『是』。

題鄭山輝畫蘭〔一〕

醉眠居士何憔悴，託意秋蘭似獨醒。身後流芳頭已白〔二〕，人間看畫眼俱青。湘靈夢寐同紉佩，楚語愁吟可續經。誰解烹茶留此老，吴興文物久凋零。

校勘記

〔一〕『畫蘭』，八千卷樓本、《全明詩》本作『蘭畫』。

〔二〕『流』，邵二雲藏抄本作『留』。

爲王漢章題鄭山輝李石樓合作蘭竹圖

冀北李侯多晚興，江南鄭老有春愁。風潭對影來溪曲，雲谷聞香坐石頭。會合可稱雙璧在，畫圖將見萬金收。清華自古歸王謝，所愛曾兼二美不。

爲老圃生題錢舜舉畫瓜〔一〕

官路歸來兩鬢華，誰知老圃樂生涯〔二〕。種瓜不作封侯想，攀桂猶稱進士家。一卷畫圖兵後物，百年世事眼中花。炎天客過三山下，豈厭煎茶與設瓜。

校勘記

〔一〕『畫瓜』，八千卷樓本、《全明詩》本作『瓜畫』。

〔二〕『樂』，邵二雲藏抄本作『藥』。

三月一日再過楊氏嘉樹軒與岑宗昭王起東楊生宗權對酒既用前韻再賦〔一〕

半月春風兩度來，楊家兄弟酒尊開。西軒已爲吟嘉樹，東閣那堪見落梅。此去緑陰還在眼，寧貪清晝更傳杯。吾曹相過多深意〔二〕，門徑無令長緑苔。

校勘記

〔一〕『楊生宗權對酒既用前韻再賦』，八千卷樓本作『飲楊生宗權酒酒既用前韻再賦』，《全明詩》本作『飲楊生宗權酒既用前韻再賦』。

〔二〕『吾曹』，八千卷樓本、《全明詩》本作『我曹』。

爲聞人生題鄭先生李太守合作蘭竹圖

石樓寫竹有書法，山輝作蘭非畫師。絶憐一老衰遲日，虚憶諸公全盛時。澤國凄凉今見此，玉堂文采舊稱誰〔一〕。流傳後代應難得〔二〕，肯與聞人玉雪兒。

校勘記

〔一〕『玉』，八千卷本作『王』，《全明詩》本作『黄』。

〔二〕『流』，《姚江逸詩》本作『留』。

三月十六日會蘇伊舉于楊氏嘉樹軒辱示見寄詩一首次韻酬之

老病生還九死餘，杖藜寧嘆出無車。五年不見先生面，三徑相逢處士居。芳草緑陰還自好，落花紅雨已成虚。白頭會合知誰健，見説燈前尚著書。

過建初奉上人房

城南僧舍我頻過，塵世閑情奈爾何。雨後畫圖修竹潤，春深窗户落花多。齋庖燒筍留人飦，醉筆題詩倩客歌。緩步幽尋知幾度，虚期杖履入烟蘿。

周原信南溪草堂〔一〕

南市津頭春水生，南溪一里上流清。堂前日夜生芳草，海角平安過大兵。先世圖書猶在眼，故鄉山水更關情。出門舟楫元非遠，問柳尋花及晚晴。

校勘記

〔一〕『周原信南溪草堂』底本作『周信原南溪草堂』，邵二雲藏抄本作『周信雲南溪堂』，據八千卷樓本、《姚江逸詩》本、《全明詩》本改。

周氏木香亭

城南周氏木香亭，人倚欄杆眼爲青。照夜白華春澹澹，生凉緑葉晝冥冥。月明不怕緇塵暗，露重能令宿酒醒。誰向東家看芍藥，愁來簫鼓不堪聽。

三月廿三日南門訪柯逸人及還遇張與權偕過建初佛舍觀畫題詩之際與權出舊紙索詩遂爲書五十六字〔一〕

南郭春晴縠雨餘，爲尋山客過郊居。留侯孫子歸途遇，佛氏園林與世疎。頻見赤松清夢裏，同遊寶地緑陰初。老夫已悟人間事，爾祖丹經願起予。

校勘記

〔一〕『遂』，底本、邵二雲藏抄本闕，據八千卷樓本、《全明詩》本補。

三月廿七夜與諸友宿孫尚質書舍

白頭病叟歸鄉里，杖履清遊及暮春〔一〕。連夜城南隨處宿〔二〕，五更燈下有誰嗔。穿花送茗呼童子〔三〕，隔屋聞雞報主人。莫怪閑情太真率，去年辛苦在風塵。

校勘記

〔一〕『履』，八千卷樓本、《全明詩》本作『屨』。

〔二〕『隨處宿』，八千卷樓本、《全明詩》本作『隨宿處』。

〔三〕『穿』，邵二雲藏抄本作『芽』。

與諸友宿城南即事

吾邑東門外五里許〔一〕，有岱嶽行祠，在小黄山。俗傳三月廿七夜，其神出而還〔二〕，恒有火光若列炬。自諸叢祠出送嶽神還，明滅聚散雲霧間不可勝數者，是其徵也。每歲，邑人候而觀之，以爲常。今年其夕，周原信、孫尚質、范德梓、郭廷羽〔三〕、趙自立、張與權、陳子範輩要予宿南門外。初不知觀所謂神燈者〔四〕，因賦詩一首，以寓感慨之意云。

同宿城南有八人，送春箇箇惜殘春。空中何物明燈燭，夜半高歌動鬼神。白雪滿頭猶激烈，緇塵在眼復酸辛。年華不及諸郎好，作賦吟詩齒髮新。

校勘記

〔一〕『許』，邵二雲藏抄本闕。
〔二〕『而還』，《全明詩》本作『巡』。
〔三〕『羽』，邵二雲藏抄本作『自』。
〔四〕『初不知觀所謂神燈者』，八千卷樓本、《姚江逸詩》本作『初不知觀所爲謂神燈者』，《全明詩》本作『觀所爲神燈者』。

四月廿九夜宿楊氏嘉樹軒〔一〕

前月城南連夜宿，今宵水北對花眠。梅天未食楊家果，夜雨都耕舜水田。惡客不來成好夢，大兵已過重豐年〔二〕。酒醒得句呼燈燭，一丈紅葵在榻前。

校勘記

〔一〕『楊氏』，邵二雲藏抄本闕。
〔二〕『重』，八千卷樓本、《姚江逸詩》本、《全明詩》本作『定』。《欽定四庫全書考證》卷八十六：『《四月廿九夜宿楊氏嘉樹軒》：「惡客不來成好夢，大兵已過重豐年。」案，朱彝尊《静志居詩話》摘此句「重豐年」作「定豐年」，與此互異。』

留飲汪尚志成趣軒

城東門外步晴暉，柳絮無情作雪飛。好客兒郎留午宴，看花今日送春歸。霓裳自愛荼蘼好，雲錦誰憐芍藥稀。念爾通家今再世，歲時歡會莫相違。

松雲軒

幽人屋前多古松，松上白雲知幾重。蒼蒼寒色經年在，漠漠春陰盡日封。子規啼月許同宿，神龍作雨能相從。丈夫出處亦如此，山澤巢居恐未容。

題張立中負米詩卷

竹山渡東葉處士，爲我曾談張立中。負米只期慈母飽，還家不泣暮途窮〔一〕。太倉黠鼠無饑歲，老樹啼烏有烈風。薄俗驚心那可説，長歌在耳慰衰翁。

校勘記

〔一〕『泣』，八千卷樓本、《全明詩》本作『道』。

題沈鍊師樵雲卷

白雲只可自怡悦〔一〕，此語曾聞陶隱居。有客樵雲吾未解，通宵煮石豈成虚。神仙對奕看何厭，富貴忘情樂有餘。應念當時賣薪者，暮年勤苦讀何書。

校勘記

〔一〕『只可』，底本、邵二雲藏抄本作『可只』，據八千卷樓本、《全明詩》本乙正。

五月十日楊灌園留飲後清漁舍且用梅字韻見教予亦用韻酬之

長懷載酒爲君來，夢裏寒花一夜開。識字可期天禄閣，吐詞何望廣平梅〔一〕。田園歸處松三徑，詩賦生涯水一杯〔二〕。白首追從頻有約，今朝又爲掃蒼苔。

校勘記

〔一〕『詞』，八千卷樓本、《全明詩》本作『辭』。

〔二〕『水』，光緒《餘姚縣志》作『酒』。

五月十日訪楊灌園于後清漁舍而唐景顏澄了然先生留飲至晚與了然還及汪尚志之門遇雨見留甚勤又置酒臨昏而散乃用向所留題韻紀其事〔一〕

梅天踈雨灑斜暉，水北平田白鷺飛。飲酒偶同諸客醉〔二〕，吟詩相伴一僧歸。茅堂會合誰知好，蓮社交遊更覺稀〔三〕。暝色苦催花底散，南鄰留客意難違〔四〕。

校勘記

〔一〕「生」，八千卷樓本、《姚江逸詩》本、《全明詩》本作「坐」。

〔二〕「客」，八千卷樓本、《姚江逸詩》本、《全明詩》本、光緒《餘姚縣志》作「老」。

〔三〕「社」，八千卷樓本訛作「杜」。「遊」，光緒《餘姚縣志》作「情」。

〔四〕「南鄰」二字，邵二雲藏抄本作「尚憐」。

方氏山意樓

山意銜寒欲放梅，杜陵詩句爲誰裁。南山種樹人猶在，東閣看花客再來〔一〕。風煖小春能自耐，雪深殘臘未須開。早年訪舊曾同宿，白髮題詩愧不才。

校勘記

〔一〕『客』，邵二雲藏抄本作『人』。

五月廿八日爲梅川羅翁題會稽俞景山山水圖

關情俞老廿餘年，忽見畫圖東海邊。閲世兵戈成死别，銷愁山水覺渠賢。登高昔有穿雲屐，訪舊今無泛雪船〔一〕。索我題詩羅處士，卷簾梅雨落梅川。

校勘記

〔一〕『雪船』，八千卷樓本作『雲舟』。

贈杖錫寺安大愚長老

四明山中仙佛居，世界自與凡人疎。藤蘿諸天映微月，樓閣孤禪棲太虚。金錫何年留寶地，石窗有客寄丹書。生平欲往已衰老，路遠安得乘籃輿。

留贈郭思賢

去年己酉夏，余有龍河之行，以衰疾留滯錢唐十餘日。寓所與郭子思賢氏相近〔一〕，間與語，若舊相識。然其家世業婦人醫〔二〕，由汴徙錢唐已及三百年，而其名不替，以趙郭氏稱于遠近者是。今年七月，予以考藝適閩，道經錢唐，復與思賢會，迺爲賦詩一首，蓋塞其去年之請也。

種樹曾聞郭槖駝，錢唐趙郭業如何。名家汴水逾三世，治疾邯鄲擅一科。舊歲客居頻晤語，新秋藥室再經過。暮年遠向三山去，歸對黄花爲醉歌。

校勘記

〔一〕『子』，八千卷樓本、《全明詩》本闕。

〔二〕『然』，八千卷樓本、《全明詩》本闕。

過釣臺

先生昔自吾鄉來，愛此桐江雙石臺。石臺萬古端有待，羊裘一出能復迴。在越丘園成感慨，入閩舟楫爲徘徊。豈知陵谷推遷後，過客暮年青眼開。

大浪灘

大浪灘頭大雨來，樓船不放四窗開。低流江水來如箭，直下山泉響似雷。豈怕晚凉行李濕，只愁秋熱簡書催。白頭涉險緣何事，考藝南閩愧俊才。

宋玄僖集卷六

七言律詩

過崇安縣留贈税使夏文敬

今年秋七月，予有閩中之行。廿三日入分水關，其暮抵崇安縣驛而宿〔一〕。明旦，遇税使夏文敬于縣郭中。文敬，益都人，年未三十。既問予姓，而笑曰：『疇昔之夜，夢造藍明之先生之廬〔二〕。先生不見，見一人狀貌若吾子者，在其門外官道上。吾問曰：「子何姓？」曰：「姓宋。」其夢若是。吾與子雖並生于世，而南北之居相去數千里而遠，且生平素不相聞，何夜之所夢，與旦之所見〔三〕，其容其姓，其邂逅之地，無一之不有徵耶！是可異也。』予聞其語，亦有樂于中，乃賦七字八句詩一首以贈之〔四〕。

老年觸熱向三山，暫宿崇安驛路間。與子平時初不識，何緣昨夜獨相關〔五〕。浮生邂逅皆塵夢，遠道馳驅有汗顏〔六〕。官舍設瓜知愛客，看花更待暮秋還。

校勘記

〔一〕『縣』，八千卷樓本、《姚江逸詩》本、《全明詩》本闕。
〔二〕『之』，《全明詩》本闕。
〔三〕『與』，底本、邵二雲藏抄本闕，據八千卷樓本、《姚江逸詩》本、《全明詩》本補。
〔四〕『之』，八千卷樓本闕。《姚江逸詩》本此句作『乃賦此以贈之』。
〔五〕『獨』，《姚江逸詩》本作『便』。
〔六〕『馳驅』，八千卷樓本、《全明詩》本作『驅馳』。

爲閩省掾劉宗海題瀛洲圖

三山有客瀛洲仙，一住人間今幾年。桑田變海望歸路，天禄校書懷昔賢。頗怪令威成白鶴，還期太乙泛青蓮。題詩爲坐榕陰下，病叟南來也可憐。

留題鼓山丈室

鼓山，閩之勝地也，予故人用明師主其寺焉。去歲，用明自浙左赴鼓山，予嘗爲文以送之。今年秋〔一〕，不意叨與考藝，亦有三山之行。既事，主文江右吴、蕭二先生而下凡七人，約遊鼓山。予與四明桂徵士同德先至山下以俟。及暮，諸公不至，乃登山，入其寺宿焉。與用明語至夜半，有足感者。其夜，風雨俄至，煩熱頓解，遂賦律詩一首。明旦，録上鼓山丈室，就以爲别。八月廿四日也。

棘闈半月閉秋暑，巖寺幾程登暮雲〔二〕。勝地江山兵後見，高天風雨客邊聞。送師東海新春别，秉燭南州静夜分。賓主三生端有契，靈源重會讀吾文。

校勘記

〔一〕『秋』，《姚江逸詩》闕。

〔二〕『暮』，八千卷樓本作『暑』。

閩省宣使張文中伴諸公遊鼓山索詩爲贈

江海諸公早晚迴，勝遊都向鼓山來。同行喜有乘槎使，相贈慚無作賦才。先到後還空卧病，東瞻西眺更徘徊。閩中驛路通吴越，歲晚相思爲折梅。

八月廿三日至鼓山夙病復作述懷〔一〕

山僧錯唤病維摩，傴僂提攜入薜蘿。鄉里自憐扶杖久，道途誰笑折腰多。度關峻嶺應如昨，送客安車又若何〔二〕。回首會稽雲霧外，二千餘里費奔波〔三〕。

校勘記

〔一〕『病』，八千卷樓本作『疾』。

〔二〕『車』，邵二雲藏抄本作『居』。
〔三〕『千』，邵二雲藏抄本作『十』。

送人赴惠安驛

我到三山路二千，經過驛舍總安然。異鄉送客緣同郡，樂土爲官屬壯年。入貢好迎天外使，觀光應識海隅賢。亨衢流轉非前日，錦服歸來鏡水船。

題牧羊圖

高鼻羣羊塞北來，晴原花竹是誰栽。牧人何處占春夢，草逕應看落日迴。好雨一犂當有備，豐年四海已無災。翻思持節蘇卿苦，風雪憑凌白髮催。

毘陵卞孝子永清幼失其母于兵難求之十三年得見于龍河軍營中而未遂迎養臨川危先生爲序其事今年秋予遇永清于閩出示其卷有感于中爲賦詩一首

早失慈親最可憐，周流兵甲十餘年。只期見面黄泉下，誰使驚心白日邊。喜極還臨大江哭，愁深未挽小車旋。平生情事終難了，孝行潛通咫尺天。

休寧任本立水南山房

水南山人讀書處，溪光半浸松蘿山。白雲變化朝暮裏，黄卷逍遥山水間。休從乃祖釣鰲去〔一〕，好與山人騎鶴還〔二〕。三山秋色浄如洗〔三〕，四海兵車今已閑〔四〕。

校勘記

〔一〕『從』，八千卷樓本、《全明詩》本作『尋』。

〔二〕『山』，八千卷樓本、《全明詩》本作『仙』。

〔三〕『色』，邵二雲藏抄本作『水』。

〔四〕『今』，八千卷樓本作『令』。

九月十五日自三山驛還至懷安驛盧陵劉允泰以詩贈别次韻酬之〔一〕

官船送客勝漁舠，千里凉風入布袍。秋院校文同點檢，晴溪歸路重遊遨。月圓楚澤鄉情遠，水落閩關石勢高。奇會翻成離别恨，暮年更怕往來勞。

校勘記

〔一〕『泰』，底本、邵二雲藏抄本作『恭』，據八千卷樓本、《全明詩》本改。按，劉允泰，盧陵人。王禮《麟原後集》卷二《瀛洲圖詩序》：『三年秋，某忝校藝閩省，同郡蕭自省、劉允泰，盱江吴尚志，會稽宋無逸，四明桂同德，上饒余從善，延平孫永齡諸名士咸與焉。』

九月廿三夜留題武夷宫殿壁

大王峰下武夷宫，九曲溪邊一徑通。身到名山頭已白，眼明秋日葉初紅。神仙定在虛無裏，兵甲曾棲澒洞中。秉燭題詩留過客，浮生蹤跡似冥鴻。

九月廿三夜宿武夷宫燭下爲魏松岡提點題閩中士大夫送歸武夷詩卷

入閩遠作三山客，迴棹重經九曲溪。洞口仙人如有約，燈前詩卷爲留題。苦吟豈似彌明句，昏照還資太乙藜。當暑送歸吾不及，秋宵下榻聽金雞。

留贈諸葛仲華

金華名族諸葛仲華爲曹娥驛官〔一〕，三年于兹矣，以廉能稱。被其惠者眷眷焉，惟懼其去，而借留于上官者甚衆〔二〕，仲華之修職于斯者可知已。予去歲有龍河之行，往還過其驛，仲華禮甚恭，欲得區區之言，予固心許之矣。今年秋，以考藝適閩。冬十月還，與仲華會，日昃未飯，爲具食私舍，不獲固辭。瀕别，率爾成律詩一首，以謝其意。

去歲官船此往還，詩文曾許寸心間。官程今復經閩嶺〔三〕，驛舍相迎對越山。一飯情深分薄俸〔四〕，片帆家近破愁顔〔五〕。去官送別寧無語，只恐回轅野老攀。

校勘記

〔一〕『金華名族』，八千卷樓本作『金世各族』，邵二雲藏抄本闕，《全明詩》本作『金世名族』。

〔二〕『而』，底本、邵二雲藏抄本作『其』，據八千卷樓本、《全明詩》本改。

〔三〕『官』，八千卷樓本、《全明詩》本作『客』。

〔四〕『俸』，八千卷樓本作『澤』。

〔五〕『片』，八千卷樓本作『先』。

爲孫尚質題山輝翁蘭蕙圖

蕙花江上逢冬至，又見鄭翁蘭蕙圖。落筆十年身後在，懷人三絶眼中無。陽回后土幽芳發，雪滿陰崖衆草枯。看畫幾番曾墮淚，題詩此日更愁吾。

送岑山人

北山猿鶴久相違，城郭黄塵上客衣。雨雪虚無知臘盡，江山寥落索詩歸。梅梁水涸魚龍遠，麥隴沙乾雁鶩稀。更待明年春草緑，相隨湖上蹋晴暉。

原注：吾鄉相傳，燭湖旁舊有大梅樹，人伐其榦，斷而爲梁者三〔一〕：其一在郡之禹廟，其一在鄞之它山堰，

其一留燭湖中。風雨大作之時，居人嘗窺知其靈異云〔二〕。

校勘記

〔一〕「斷」，《全明詩》本作「斵」。「者」，《永樂大典》本、八千卷樓本闕，據《全明詩》本補。

〔二〕底本、邵二雲藏抄本無尾注，據《永樂大典》本補。

人日有作辛亥〔一〕

新正雨雪數朝同，屏跡茅堂未覺窮。人日晝陰開晚照，老年寒極向春風〔二〕。荊榛豈阻尋芳客，葵藿還親避俗翁。元夕張燈看不遠〔三〕，試聽簫鼓月明中。

校勘記

〔一〕題注據八千卷樓本、《永樂大典》本補。

〔二〕《欽定四庫全書考證》卷八十六：「《人日有作》：「人日晝陰開晚照，老年寒極向春風。」案，朱彝尊《静志居詩話》摘此句「向春風」作「愛春風」，與此互異。」

〔三〕「遠」，《永樂大典》本作「近」。

送趙仲容還會稽〔一〕

江郭往來三十年，黑頭相見甲兵前〔二〕。生平畫馬不能走，垂老瞻烏真可憐。客舍茶甌龍井下，故鄉書屋鏡湖邊。攜家八口始歸去，春水爲浮天上船。

校勘記

〔一〕『容』字，八千卷樓本作『客』。

〔二〕『甲兵』，《姚江逸詩》作『兵甲』。

正月十五夜趙鳴玉還郡城與予語别遂賦詩送之

新正泥濘出門遲，百感春愁只自知。送客正當明月夜，看燈不似少年時。冥鴻歸路聲何遠，老驥征途志已衰。簫鼓城頭偏惜别，圖書船畔一吟詩。

二月四日久雨始霽過水北王大本家觀山輝翁春草圖爲題詩一首〔一〕

江上茅堂春雨多，春來野色竟如何。老夫朝朝望白日，隔水茫茫生緑莎。踏青屐齒畏泥濘，垂白鬢毛愁棹歌。何時乘我五湖興，翡翠蘭苕迎釣簑。

校勘記

〔一〕『圖』，邵二雲藏抄本闕。

嚴氏蒼雲軒

我住城南對北山，子陵墳墓在山間。每思高節空回首，得見諸孫爲破顔。鄉里未尋書屋去，客途曾向釣臺還。連年奔走頭添雪，愛汝看雲日日閑。

題潘氏壁

今年春三月四日，予偕邑子周原信、王公遠過燭溪潘鈞輔家〔一〕。鈞輔與其季鈞茂情好若舊，留宿其東軒，張燈置酒，主賓甚樂。戊戌、己亥間，以避地，常挈家累輩寓其家〔二〕，今十三四年矣。舉觴道故舊，且觀故太守李侯墨竹、亡友鄭先生墨蘭，喜戚交集，而于鈞輔伯季之更世變能不失其常者，尤有感焉。爲賦七字八句詩一首，秉燭書于壁，以俟知我者和之。

昨日正當三月三，今宵水北共清酣〔三〕。幾年不到知懸榻，上巳初過喜盍簪〔四〕。兵後放歌誰尚在，燈前痛飲我何堪〔五〕。君家兄弟情如舊，頭白相看得笑談。

校勘記

〔一〕『遠』，八千卷樓本、《姚江逸詩》本、《全明詩》本作『達』。『燭溪』，底本、邵二雲藏抄本作『越溪』，據八千卷樓本、《姚江逸詩》本、《全明詩》本改。

〔二〕『以避』，八千卷樓本、《姚江逸詩》本作『以辟』。邵二雲藏抄本作『予避』。『常挈家累輩寓其家』，八千卷樓本、《姚江逸詩》本、《全明詩》本『嘗挈累輩寓其家』。

〔三〕『宵』，《姚江逸詩》本作『朝』。

〔四〕『盍』，八千卷樓本、《姚江逸詩》本、《全明詩》本作『合』。

〔五〕『何』，邵二雲藏抄本作『猶』。

爲王雲谷題王若水畫

吾鄉王雲谷先生，奉其母夫人官中吴。時錢唐王若水處士以其親年過八十，且有禄養之樂，爲作《萱塘竹雀圖》贈之，其年至正癸未也。後二十有八年，予過邑之東山，雲谷出此圖以觀，感慨之際，爲題五十六字。

江南四月薰風凉，鶴髮慈親坐北堂。萱草花開百憂遠，竹林筍生三尺長。野雀哺雛依翠石〔一〕，水禽得伴傍銀塘。年光物色都堪畫，此樂人間不可忘。

校勘記

〔一〕『雀』，底本、邵二雲藏抄本作『鶴』，據八千卷樓本、《姚江逸詩》本、《全明詩》本改。詩序作『萱塘竹雀圖』，當以『雀』爲是。

今年春三月六日過東山哭故太守汪公樞公之子彦舉留宿書樓其禮甚恭其意甚勤感嘆之際以詩贈之

故侯遺愛民猶憶，有子承家我復過。徐孺生芻慚自緩，謝家寶樹奈渠何。兵戈每覺東山遠，絃誦還聞北里多。老去憐才情轉切，燈前爲汝賦菁莪。

三月七日留題黄草堂壁

我愛風流黄草堂，暮年重過惜春光。虚聞錦樹燒銀燭，不遇芙蓉見海棠〔一〕。舊客關情愁遠道，好花在眼醉斜陽。生同壬子頭先白，莫怪高歌似楚狂。

校勘記

〔一〕『海』，八千卷樓本作『梅』。

三月十四日夜宿周叔榮家留贈〔一〕

自歷風塵三十秋〔二〕，重來海上爲遲留。青春誰解看花去，白髮真成秉燭遊。遠跡雲山仍近榻〔三〕，驚心海月正當樓。眼中諸友能相慰，舊日牙籤尚肯收〔四〕。

校勘記

〔一〕『縈』，八千卷樓本、《全明詩》本作『塋』，《姚江逸詩》本作『滎』。
〔二〕『三』，八千卷樓本、《姚江逸詩》本、邵二雲藏抄本、《全明詩》本作『二』。
〔三〕『雲山』，八千卷樓本、《姚江逸詩》本、《全明詩》本作『山雲』。
〔四〕『收』，底本、邵二雲藏抄本作『休』，據八千卷樓本、《姚江逸詩》本、《全明詩》本改。

和韋惟善登龍泉山舜江樓二首〔一〕

其一

絶頂曾題處士詩，後來丞相有心期。都知在眼爲霖雨，誰向天心聽子規。北客遠來文似錦，南人老去鬢成絲。相逢倡和春雲裏〔二〕，此日登臨異昔時。

其二

山郭遺民憶有虞，江樓落日眇蒼梧。登高能賦韋公子，在昔成名葉大夫。南浦農簑雲萬頃，東橋漁網柳千株。眼中風物還淳朴，未讓桃源入畫圖。

校勘記

〔一〕《欽定四庫全書考證》卷八十六：『《和韋惟善登龍泉山舜江樓二首》，案，此詩爲和韋惟善作，故第二首有「登高能賦韋公子」句。《永樂大典》脱此四字，今從浙本補。』

〔二〕『裏』，八千卷樓本、《全明詩》本作『曲』。

同滑先生飲酒周氏荼蘼亭分韻得堂字

總愛瓊芳戀夕陽，南鄰老子最彷徨。惜春幾度行花徑，攜酒先期過草堂。天上夢回青瑣闥，月中愁破白霓裳。百年舊物兵餘見，莫遣清陰出粉牆。

題白太常三歲時手書卷後

太原白應章，以其曾祖太常竹梧先生三歲時手書八卦名及諸名公贊美詩文卷示玄僖〔一〕。玄僖伏玩之際〔二〕，乃知太常爲一代偉人者，非獨間氣所鍾。元遺山先生于其作字時，以七言古詩美之，大有期待，而果如其言，蓋太常生有異質，實能成于問學故也。近代王文公謂金溪民方仲永者，世隸耕，生五年未嘗識書具，忽啼求之，即書詩四句，并自爲其名。其詩以養父母睦族爲意〔三〕，自是指物作詩立就，其文理皆有可觀者〔四〕，邑人奇之。然以其父利其慧〔五〕，日環丐於邑人，不使學。及其十二三時見之，令作詩，不能稱前時之聞。卒之，泯然爲衆人。乃爲著文一篇，曰《傷仲永》。今觀太常幼歲墨跡，及聞其生平所就〔六〕，有賴于學而後然，則知其與王文公之所傷者，所以有霄壤之辨〔七〕。于其歸也，玄僖於是竊有所感，爲賦詩一首，書于卷末云。

世家白氏出名儒，三歲能書有竹梧。喬嶽千年降神秀，樂天七月識之無。琮璜琢就藍田玉，騏驥調成汗血駒。不似半山傷仲永，遺山期待應時須。

校勘記

〔一〕『卦』，八千卷樓本作『封』。

〔二〕『玄僖』，八千卷樓本、《全明詩》本闕。

〔三〕『睦』，八千卷樓本作『牧』。

〔四〕『有』，底本、邵二雲藏抄本闕，據八千卷樓本、《全明詩》本補。

〔五〕『慧』，八千卷樓本闕。

〔六〕『聞』，《全明詩》本作『跡』。

〔七〕『辨』，八千卷樓本作『辯』。

賦白氏瓶中梅

太原白子芳都事，居其父無爲太守喪時，常折梅一枝，樹新陶器中。其華既落，而布葉結實，蔚然有生意，當世諸名公以詩文美之。既成鉅軸矣，其子應章乃索予詩，辭不獲，爲成五十六字。

墓門有梅冰雪殘，令人斷魂誰忍觀〔一〕。思親窮廬白侯苦，失本孤芳青子酸。生成可曉神明意〔二〕，感應難同怪事看。也爲吟詩鐵心動，江頭笛聲梅雨寒。

校勘記

〔一〕『令』，八千卷樓本作『今』。

〔二〕『生』，八千卷樓本作『坐』。

過張氏書舍

憶昔我年三十三，讀書日夜在城南。能親魯史留三載，誰似張翁愛兩男。閲世青氊猶在榻，回頭白髮不勝簪。壯年蹤跡同春夢，愁破梅天酒半酣。

爲蘇養正題子猷訪戴圖

剡中秀異吾所思，剡中隱者多故知。平生扁舟未能往，幽興及門空有期。雪夜勞人誰好事，秋風看畫我題詩。只今莫説無安道，王許風流似晉時〔一〕。

校勘記

〔一〕『許』，邵二雲藏抄本作『謝』。

題赤壁圖

百年身世幾扁舟，如此江山兩度遊。人物當年惜良夜，畫圖此日對新秋。仙翁得向清時樂，我輩難消白髮愁。孤鶴不來明月好，空思天際大江流。

八月廿三日偕白雲訪西隱於龍泉山閣西隱將有四明之行與予語別遂賦詩送之

龍泉高處爲誰登，曲徑幽尋樹下僧。黄葉又經秋夜雨，青鞋曾蹋歲寒冰。西來山閣隨雲隱，東去江船待月乘。邂逅浮生還惜別，吟詩落照倚蒼藤。

白雲軒

小齋素壁積霜雪，虚窗恍惚含白雲。西山朝氣出龍窟〔一〕，北海秋陰來鶴羣。在舍雙親何太喜〔二〕，檢書一榻有誰分。東家愛爾書聲好，雲裏吹笙不足聞。

校勘記

〔一〕『氣』，邵二雲藏抄本作『飛』。

〔二〕『太』，八千卷樓本、《全明詩》本作『大』。

次韻趙德純阻雨小山有作兼簡徐性全并謝陳氏諸親舊

雲谷重來遇二公，故鄉情合異鄉中。高樓聞笛三秋盡，舊榻吟詩幾夜同。短髮飄飄渾欲落，深尊處處不愁空。獨醒却負諸親舊〔一〕，聽雨留連復聽風。

校勘記

〔一〕『舊』，邵二雲藏抄本作『友』。

送讓無吾住定覺寺兼簡衍福玘大璞講主〔一〕

江邊佛寺近孤城，曾向江隄幾度行。暮景難留林下伴，遠途猶繫世間情。千村黄葉時時落，十月清砧處處鳴。惜别老懷兼憶舊，潮來南浦爲誰平。

校勘記

〔一〕『吾住』，八千卷樓本、《姚江逸詩》本、《全明詩》本作『我住』，邵二雲藏抄本作『吾往』。『玘』，邵二雲藏抄本作『紀』。按，玘大璞即僧如玘，字大璞，卷三有《懷紀大璞詩》，疑『大璞講主』俗姓

『紀』，僧號『如玘』。

冬十月過上林鄉爲岑孝廉題鄭山輝雜畫就用其韻

重過岑家懷鄭老，畫圖歲晚見春榮。芝蘭玉樹昔同賞，山澤布衣今獨行。十月誰憐衆芳歇，上林曾聽早鶯鳴。南樓日色令人愛，洗硯題詩重有情。

冬至後三日留題方允彰南樓

方氏樓居兩度過，南山在眼興如何。衆丘皆作兒孫拜，樂土猶聞父老歌。愛日當樓書滿榻，寒溪繞竹水盈科。陽生幽谷人重到，更待中秋月色多。

十一月十二日過竹山胡氏書舍觀王時敏梅畫賦詩一首

竹山書舍王徵士，長説鄰翁與往來〔一〕。翰墨曾揮銀燭夜，兒郎總慕玉堂才。故人一去雲霄遠，老我初過歲月催。冬日南窗對圖畫，梅花臨水爲誰開。

校勘記

〔一〕『與』，八千卷樓本作『興』。

十二月廿九日承滑攖寧先生韋惟善與鄉中諸親友以予初度之辰致禮見過因賦詩一首奉謝

老去歡娱復幾人，歲寒山郭對黄塵。艱難人事都非舊，貧賤交情倍覺真。除夜敢因初度飲，同心故向暮年親。城南行共千花笑，已有江梅著早春。

宋玄僖集卷七

七言律詩

留題岑氏隱居

冬十月既望，予過三山岑西峰隱居，嘗再宿焉。明月十五日，自游原將過梅川〔一〕，西峰長子子軿又要予宿其家。西峰蓋善士，晚歲恒誦佛書，不涉外事。是日夜，予與其父子語至雞鳴不睡，明日别去，留題律詩一首。

白頭兩度過三山，三宿西峰紫翠間。明月再圓潮滿海，寒雞亂叫石當關。論文半夜新知樂，齋佛殘年老子閑〔二〕。榻下諸郎總清秀，雲中丹桂許人攀。

校勘記

〔一〕『過』，八千卷樓本作『遇』。

〔二〕『殘』，乾隆《餘姚縣志》作『長』。

聞宋思賢等將還有作

半載江頭悵望頻，遠途音信苦難真。雲霄忽報辭鵷鷺，郊野還看養鳳麟。别去孤舟秋節晚，歸來斗酒歲華新。海隅山角長相見，歌詠同爲擊壤民〔一〕。

校勘記

〔一〕『詠』，邵二雲藏抄本作『誦』。

新正即事 壬子〔一〕

日色相催暖氣回，千家寒盡舊爐灰。南山臘雪新年在，東海春潮昨夜來〔二〕。野老獨登高閣望，江梅遠背故人開。感時懷抱無今古，强學詩翁近酒杯。

校勘記

〔一〕題注據八千卷樓本補。

〔二〕《欽定四庫全書考證》卷八十六：『《新正即事》：「南山臘雪新年在，東海春潮昨夜來。」案，朱彝尊《静志居詩話》摘此句「東海」訛「東浦」，考姚江入海，故有「東海春潮」之句，據此可証其訛。』

葉貴中自天台還臨濠寓所正月晦舟過餘姚江上與予別五載而會話舊之際悲喜交集因賦律詩一首寄題其寓所曰竹居者末意蓋有所祝也〔一〕

濠梁種竹已成林，客舍漶渠伴獨吟。蝶化南華春夢短，鶴歸東海暮愁深。别來每得平安信，老去重傾故舊心。江上雷聲交二月，錦裯爲汝憶抽簪。

校勘記

〔一〕『話』，八千卷樓本作『語』。『蓋』，八千卷樓本作『益』。

爲陳山人題顧雲屋大松圖

顧侯秀異天所種〔一〕，胸中有此千尺松。深山大澤久藏器，層冰積雪當嚴冬。羽化登仙巢老鶴，樓居閱世對亢龍〔二〕。小山桂樹何年種，讓爾獨立青芙蓉。

校勘記

〔一〕『種』，邵二雲藏抄本作『鍾』。

〔二〕『亢』，邵二雲藏抄本作『元』。

羅壁隱居圖雲屋爲方溟遠作

玉山有客尋佳處，金谷何人比此山。溪閣幽居青樹裏，園泉遠落白雲間〔一〕。燈明春夜看圖畫，地主年華集珮環〔二〕。隔水桃花深幾許，洞門斜日未須關。

校勘記

〔一〕『園』，乾隆《餘姚縣志》作『風』，《全明詩》本作『澗』。

〔二〕『年』，乾隆《餘姚縣志》作『風』。

爲方允恭題顧山人龍門雪霽圖

羅壁山形似金谷，今人誰繼古人遊。龍門雪色入鳥道，顧老霜毫追虎頭。高情脱略風塵跡，遠眼冥迷草木愁。客底敝裘能忍凍，畫圖不許世人求。

與顧山人宿羅壁方氏停雲樓贈詩一首

雲屋山人雲與遊，十年爲客海東頭。蛟龍過處石窗冷，鴻雁來時水國秋。燈影獨留羅壁夜，雨聲長送玉山愁〔一〕。桃花流水春陰裏，白髮關情共倚樓。

原注：顧氏吴中所居，有號『玉山草堂』者〔二〕。

校勘記

〔一〕『長』，邵二雲藏抄本作『常』。

〔二〕『有』，底本、邵二雲藏抄本闕，據八千卷樓本、《全明詩》本補。

題高氏萬緑堂

路入郊堂度石橋〔一〕，可堪詩思晚蕭蕭。陰連桑柘凉如雨，氣接風雲遠似潮。紅紫一時隨過客，清和四月聽吹簫。梧桐葉上題佳句，乘興重來不待招。

校勘記

〔一〕『石』，八千卷樓本作『名』。

雨中遣懷

老去追游轉覺難，盍簪誰復共清歡。江山暮色孤城暗，風雨秋聲四月寒。路遠情人長駐屐，樓空餘子獨凭欄。可堪鼓角催昏曉，萬古心期只自寬。

雨中席上贈承漢德〔一〕

濠梁有客意相親，風雨孤舟泊水濱。攜具入門添我恨，烹茶爲主奈家貧。從游誰作觀魚伴，就語今逢裹飯人。秋晚能酬江上約，豈無雞黍待嘉賓。

校勘記

〔一〕『承』，《全明詩》本闕。

鄭山輝春草圖

悵望情人立水南，水南風日正清酣。踏青已去空遺佩，拾翠重來可盍簪。當日佳期猶自惜，暮年别恨更何堪。夢中緑暗關河路，愁破天光動鬱藍〔一〕。

校勘記

〔一〕『鬱』，邵二雲藏抄本作『蔚』。

爲承漢德題淵明采菊圖

高眠不道羲皇遠，爛醉猶知晋室尊。三徑有花歸栗里，千山無路記桃源。去官彭澤皆真意，避世秦人亦寓言。老去忘憂忘未得，秋來采菊度朝昏。

五月十四日過應平仲書塾其夜至明日雨不止有懷藍溪許月山化安真净源[一]

天晴獨跨蹇驢來[二]，準擬書堂一宿迴。野色幾年違白首，雨聲半夜落黄梅。南山樹對高僧立，東浦花隨處士開。親舊有懷難晤語，出門流水没蒼苔。

校勘記

〔一〕『應平仲』，底本、邵二雲藏抄本作『平應仲』，據八千卷樓本、《姚江逸詩》本、《全明詩》本乙正。

〔二〕『蹇』，八千卷樓本作『寒』。

贈沈生從訓

王氏園林好讀書，山光野色入幽居。鄉關百里騰騏驥，燈火三更落蠹魚。江動春暉慈母别，天開文運大兵餘。苦心能答三遷教，青眼誰譏野老疎。

過聞人叔勉家賦詩一首

今年六月三日，予與陸谷賓過聞人叔勉家。叔勉有南山之行未還，其母夫人隔屏障語其童孫，以天熱固留過午，叔勉臨出時有屬故也。叔勉之家約甚[一]，而處之恬然[二]，事母孝謹，躬執薪水之勞而問學不廢。予于諸生中尤愛而閔之，屢過其家，不忍費其爲具也〔三〕。至是，予雖不留，又見其一家待我之心真切若此，谷賓亦爲之感嘆〔四〕，以謂叔勉有是美質而獲乎親〔五〕，其于古人之學，豈難進哉！予因賦詩一首紀其事，且爲叔勉學古之勸云。

觸熱相尋北郭生，昨朝已有南山行。在堂慈母隔屏語，愛客小兒開户迎。涼館苦留憐老病，暑途竟返負真情。誰知剪髮陶家事，竹簡千年有令名。

校勘記

〔一〕『之』，《全明詩》本闕。

〔二〕『恬』，《姚江逸詩》本作『怡』。

〔三〕『費』，《姚江逸詩》本作『廢』。

〔四〕『嘆』，邵二雲藏抄本作『動』。

〔五〕『謂』，邵二雲藏抄本、《姚江逸詩》本作『爲』。

題朱叔經怡雲樓

秋來江上望甘雨，念此山中多白雲。樂土稻粱何早熟，靈湫膏澤許誰分。怡情豈羨陶弘景，足飯能留鄭廣文。爲倚高樓愁野客，關心豐歉對斜曛。

原注：壬子歲七月十二日，謁豐城揭先生于慈溪朱叔經家，登其怡雲樓。時先生之子平仲以教授館于其家〔一〕。他壤有不雨之閔〔二〕，而山中田穀已有熟者，其鄉多龍湫，故詩及之。

校勘記

〔一〕『其』，底本、邵二雲藏抄本闕，據八千卷樓本、《全明詩》本補。

〔二〕『他』，八千卷樓本、《全明詩》本作『它』。

爲方出翁題顧雲屋大松圖

去年寫松小山下，今年寫松羅壁中。千尋奇材拔厚地，兩度苦吟愁老翁。羽蓋青天落冰雪，龍門白日起雷風。虎頭筆力今重見，神妙能分造化功。

龍門眺遠圖

誰寫龍門眺遠圖，風流顧老出勾吴。河中天闕争高下，海上雲山半有無。杜甫神游應自惜，安期仙去待誰呼。未須東望成長往，小住塵寰慰老夫。

秋日過郁仁齋翠深軒與顧山人夜坐有作

風霜高潔暮秋天，誰住紅林白水邊。愛畫能留吴下客，過門爲治越中船。葉垂山果臙脂重，石出溪毛翡翠鮮。底憶桃源深處宿，樓臺春夜對花眠。

顧山人畫

高峰特立翠芙蓉，叠嶂飛來宛似龍。雲度雙關如有約，水流千磵總相從。秋林谷口安亭館，曉寺巖阿響鼓鐘。老去可堪城郭住，關心草閣傍青松。

龍門大松圖

虎頭孫子氣吞虎，龍門怪松身似龍。落筆蕭梢朔風起，潑墨慘淡飛雲從。無疑杜老歌韋偃，謾説秦封臨岱宗。天生異材久盤屈，青眼千年纔一逢。

長江叠嶂圖

病翁曾上大江船，晚發江心佛寺邊。不見青山歸海去，可憐白日枕書眠。畫圖雲樹看今夕，客子風潮憶往年。誰似杜陵詩興好，浮家吴楚到西川。

張氏梅花塢

粉牆如雪花如雲，花間月色白紛紛。曾留野興老夫宿，更愛天香春夜聞。皓首彷徨詩未就〔一〕，緑衣歌舞酒初醺。堪笑西來葉處士〔二〕，到今猶爲索吾文。

校勘記

〔一〕『彷徨』，邵二雲藏抄本作『徘徊』。

〔二〕『來』，八千卷樓本、《姚江逸詩》本、《全明詩》本作『家』。

爲徐性全題萬壑秋聲圖

誰愛玉山草堂静，畫圖尚見千古情。懸崖迢迢來磵道，隔林蕭蕭聞水聲。西窗書卷白日暮，中天石壁丹霞明。何人遠住萬松下，百頃風潭堪濯纓。

爲趙德齊題林壑隱居圖

每懷羅壁在城外，更愛草堂臨水西。洛客曾將金谷比，杜詩偏向玉山題。重陽風雨看圖畫，暮景雲林過杖藜。多謝眼青留下榻，自憐頭白聽鳴雞。

觀陳履常所藏春山圖有懷雲屋山人

有誰能尋山上山，兩翁遠在溪林間。雲生大澤龍蛇窟，風度重巖虎豹關。長松開花落日在，幽人采藥幾時還。別來又是三千日，尚想月明聞珮環。

邵氏秦湖隱居

秦湖隱者邵平孫，舊日生涯不復論。垂釣花間親白鳥，種瓜海上似青門。還知教子書千卷，不願封侯酒一尊。蓴菜鱸魚秋更好，扁舟何處覓桃源。

題　畫

小縣曾聞鼓角傳，雲山深處夢相牽。年來還愛丘園近，老去偏于杖屨便。樹遶石頭知客路，巖迴谷口見人烟。攜琴出郭茅堂宿，誰復含愁鳥道邊。

長慶翱清碧法師住蕭山凈土寺朱雲巢以送行詩卷見示遂題一詩于後〔一〕

早年頻過蕭山縣，暮景新知凈土師。夢筆江淹留勝跡，講經支遁喜文辭〔二〕。鐘聲曾聽孤舟夜，詩卷今題落葉時。何日相隨朱太史，百花深院話前期。

原注：江淹舍宅爲寺。〔三〕

校勘記

〔一〕『慶』，諸本作『度』，據《姚江逸詩》本改。按，長慶寺在梅川，見卷一《八月廿六日遊梅川長慶寺有感》。

〔二〕『講』，八千卷樓本、《姚江逸詩》本、《全明詩》本作『請』。
〔三〕按，諸本無尾注，據《姚江逸詩》本補。

贈徐常

高風尚憶南州士，後輩堪憐北郭生。歲晚孤城多雪意，夜長深巷自書聲〔一〕。楓林已落清霜重，梅蕊將開遠照明。念汝黑頭須努力，起家黄卷答昇平。

校勘記

〔一〕『自』，《全明詩》本作『有』。

二月十二日即事書懷癸丑〔一〕

新愁底與舊愁深，塵世猶關野老心。二月江村三日雪，百花時序半春陰〔二〕。閉門實信袁安臥，步屧虚期杜甫吟。此際懷人徒自切，那能裹飯往相尋。

校勘記

〔一〕題注據八千卷樓本補。
〔二〕『序』，八千卷樓本作『叙』。

三月二日過陳處士家爲題眠松圖

驚蟄已過寒食近，元龍樓上看眠松。春來雷雨雜冰雪，凍合深山留卧龍。作畫興隨陰壑迥，吟詩愁對暮雲濃。子規啼處同誰聽，花落芙蓉第一峰。

天台謝用文寄惠竹扇以詩謝之

竹皮作扇出天台，情重幽人遠寄來。蕉葉已經寒雪長，桃花徒趁暖風開。十年塵俗懷高節，三伏炎蒸見異材。問訊仙翁總瀟洒，夜凉明月在瑶臺。

柏山堂〔一〕

柏山胡氏有光輝，爾祖尚書近代稀。舊族子孫今散處，故鄉丘壑豈忘歸。壯年有暇親黄卷，清晝無緣羡錦衣。樹色嵐光堂上滿，先賢風采未相違。

校勘記

〔一〕底本、邵二雲藏抄本題作『柏山臺』，據八千卷樓本、《全明詩》本改。按，《餘姚柏山胡氏重修宗譜》載後周世宗顯德二年（九五五），始祖胡從自晉陵遷居餘姚縣雲柯鄉拍山，繞山植柏，故名柏山，今鄉人猶稱『柏山堂胡氏』。

次韻喜雨有作

吾邑自五月梅雨不降〔一〕，及夏至，種有未入土者，皆以爲憂。是月廿三日甲子乃雨，其夜雷殷殷而鳴，土俗有梅霖之望矣。明日，予過城南僧舍，客有賦《喜雨詩》者〔二〕，予次韻和之。

夜來一雨足銷憂，五月晴江露遠洲。三日爲霖還可擬，重梅應候未宜休。城中米價增連月，海角民生望有秋。僧舍出門同一飯，加餐知我此情不。

校勘記

〔一〕『梅』，八千卷樓本、《全明詩》本作『大』。

〔二〕『詩』，底本、邵二雲藏抄本闕，據八千卷樓本、《全明詩》本補。

任從義寄惠新昌石鼎以詩謝之〔一〕

石鼎斲來天姥骨，江頭寄到野人家。難逢道士重聯句，可待先生爲煮茶。飢歲不堪烹故紙〔二〕，老夫亦欲煉丹砂。得隨采藥尋仙去，却用相攜入紫霞。

校勘記

〔一〕『鼎』，邵二雲藏抄本闕。

〔二〕『飢』字，八千卷樓本、邵二雲藏抄本、《全明詩》本作『饑』。

六月喜雨有作

大雨時行六月天，舊疑月令信今年。秋前共喜先完廩，夏至曾憂未種田〔一〕。市價減錢吴下米，江行有水浙東船〔二〕。蒼生已免填溝壑，皓首猶知對聖賢。

校勘記

〔一〕『至』，八千卷樓本、《全明詩》本作『半』。

〔二〕『水』，邵二雲藏抄本作『作』。

代人挽汪太守二首

其一

深谷爲陵路轉迷，病軀無復計東西。心隨歸雁春天遠，淚落啼鵑夜月低。漢史已知稱召杜，周人誰復哭夷齊。生前不食甘冥寂〔一〕，應許諸生奠隻雞。

校勘記

〔一〕『寂』，八千卷樓本、《全明詩》本作『寞』。

其　二

對策妙年書萬卷，承恩晚節粟千鍾。生前未貴龍頭選，死後纔安馬鬣封。曾爲王風歌黍稷，定歸仙境主芙蓉。野人洒淚甘棠下，尚憶當時雨露濃。

七月廿日與永蘭亭納凉極樂寺贈詩一首

江水蒼蒼江柳黄，閉門誰與坐茅堂。儒冠徹去容吾老，佛寺吟行得此郎。桐井浮瓜秋葉暗，荷池對竹晚花凉。可堪世界猶炎熱，樂土同游意不忘。

題畫松四首〔一〕

校勘記

〔一〕八千卷樓本、《全明詩》本題作『題松畫四首』。

其　一

潛蛟出壑石門開，夜半風雷動地來。落筆一時驚變化，吟詩三日爲徘徊。忽思采藥龍蛇窟，更欲消愁琥珀杯。偃蹇自同樗散者，誰言山澤有遺材。

其　二

秋宵有夢到蓬壺，萬里浮雲一寸無。白兔在天開舊窟〔一〕，蒼龍出海弄明珠。冰霜還憶諸朋友，風雨堪憐五大夫。睡覺不知明日事，客來却見古松圖。

校勘記

〔一〕『兔』，八千卷樓本作『兄』。

其　三

昂霄聳壑勢崔嵬〔二〕，知是何人幾日栽。百世恩深山澤叟，萬牛力怯棟梁材。雲邊雪色隨風落，海上潮聲送月來。留得幽人長作伴，北山猿鶴不須猜。

校勘記

〔一〕『嵬』，邵二雲藏抄本作『巍』。

其　四

老夫欲學服松花，曾到丹山道士家。千尺紫蘿垂落景，一聲黄葉出層崖〔一〕。采芝商皓身何健，辟穀留侯計不差。三月山中花滿樹，願留人世閲年華。

校勘記

〔一〕『崖』，八千卷樓本、《全明詩》本作『霞』。

爲山陰朱善之賦三山樵隱

昔日會稽朱太守，至今孫子住山陰。家聲不耻爲樵者，書卷還存濟世心。山入雲寒看虎跡〔一〕，屋連夏木聽鶯吟。逢時衣繡非難事，苦學何愁歲月侵。

校勘記

〔一〕『雲寒』，八千卷樓本、《全明詩》本作『寒雲』。

贈天台僧日東巖

東方日出照寒巖，絶頂孤禪離衆凡。海色已隨丹鳳至，天關不許白雲緘。眼明經卷開蕉葉，雪落空花滿石函。當暑上方過野老，清晨風露濕春衫。

看雲樓

梅川胡斯敏，舊與其季斯厚者同居其宅之東樓〔一〕。斯厚既早世，斯敏乃思之不置，以『看雲』名其樓，取杜工部詩語，以寓其憶弟之意也。今年秋九月，予復來梅川，嘉斯敏篤於友愛，而又得朝夕在其親之左右，以養志爲樂〔二〕，固有在者矣。遂從其請，爲題詩一首云。

高樓海上看雲飛，有弟仙遊竟不歸。夜雨雞鳴曾共被，秋天雁過爲沾衣。杜陵生別情何異，康樂清吟夢不違。還勝思親太行客，朝朝綵服在庭闈。

校勘記

〔一〕『者』，底本、邵二雲藏抄本闕，據八千卷樓本、《全明詩》本補。

〔二〕『爲樂』，八千卷樓本作『爲其樂』，《全明詩》本作『其樂』。

胡生芙蓉館觀花

一川秋水照芙蓉，山院開窗晚色濃。使客星槎何杳杳，天孫雲錦自重重。仙家作主當時話，人世看花此日逢。應喜高堂偏好客，佳期須費酒千鍾。

九月晦宿王氏書舍早起即事有懷遯菴翁而喜有東歸之音因賦詩一首〔一〕

睡起西齋感物華，清秋重宿故人家。花開白槿兼紅蓼，日出青雲帶紫霞。鳧舄歸來今有約，雁書傳到定無差。每懷知己令人瘦〔二〕，歡會誰憐暮景斜。

校勘記

〔一〕『東』，《姚江逸詩》本闕。

〔二〕『令』，八千卷樓本作『今』。

宋玄僖集卷八

五言絶句

書懷四首

其　一

晚雲天上白，冬菊雪邊黄。鬢髮絲絲短，如何不肯長。

其　二

飲少不得醉，吟多只自愁。關情胡處士，相過即相留。

其　三

老去須扶杖，冬來早着裘。翻思年少日，曾爲病翁愁。

其　四

近日得心疾，遥遥夜不眠。怪渠天上月，明白照床前。

贈胡生斯悦

童子樹邊立，我行渠解隨。拾得青桐葉，愁來爲寫詩。

梅川四詠

其　一

黄牛高似馬，百畝賴渠耕。誰送青絲鞚，驊騮帶汝行。

其　二

小犬如貓小，花邊撲草蟲。南村多狡兔，蘆葦暗秋風。

其　三

海風吹野樹，獨鶻有時來。莫動梅花雪，天寒鳥雀哀。

其　四

老鶴東樓立，何時渡海迴。鄰人都在眼，梅樹有花開。

題梅畫二首戊申〔一〕

校勘記

〔一〕題注據八千卷樓本補。

其　一

春回石巖底，山翁竟不知。天香破孤夢，白雪在高枝。

其　二

臨水一枝好，疎花顛倒開。也知貪照鏡，不管路人來。

題水仙圖四首

其　一

翠帶飄飄轉，瑶環嫋嫋斜。凌波清夜舞，月落未還家。

其　二

珠宫雲影薄，玉佩夜香寒。明月能相照，愁來只自看。

其　三

天風吹汝急，羽化已能飛〔一〕。只恐凌雲去，誰牽翡翠衣。

校勘記

〔一〕『化』，八千卷樓本、《全明詩》本作『花』。

其　四

已得龍珠佩，初從貝闕來。衣裳渾不濕，月下望瑶臺。

六月二日胡處士宅前即事

水邊楊柳下，雨後曉風前。坐看平田緑，關心大有年。

八月廿二日過徐氏書舍觀楊昭度所作壁上墨竹爲之泫然因題詩一首〔一〕

可人今已矣，塵壁見琅玕。老淚爲渠落，西窗秋雨寒。

校勘記

〔一〕『徐』，邵二雲藏抄本作『許』。

題百牛圖

四野多青草〔一〕，江南春未深。柳隄烟雨暗，何處是桃林。

校勘記

〔一〕《欽定四庫全書考證》卷八十六：『《題百牛圖》：「野四多青草，江南春未深。」原本「四野」訛「田野」，今從浙本改。』

爲王起東題李石樓墨竹遺胡達道己酉〔一〕

王起東得石樓李侯墨竹一紙，將以遺梅川胡隱君達道，而徵予題詩。前二年，予與起東俱避地梅川〔二〕，依達道以安。及還邑郭，又與起東爲鄰，而梅川曩日之事，未嘗不數數以爲言。今起東于胡君有墨竹之遺，蓋不忘相依于患難之際，而歲寒之交足恃也。既題一詩，又書此語，以識予之所感云。

南窗冬至日，雨後看琅玕。爲報梅川友，陽和轉歲寒。

校勘記

〔一〕題注據八千卷樓本補。

〔二〕『避地』，八千卷樓本、《全明詩》本作『辟寓』。

重過倪氏深秀樓十首庚戌〔一〕

校勘記

〔一〕題注據八千卷樓本補。

其一

二月初暄暖，梅花爛熳開。何人詩興動，高閣爲渠來。

其　二

前後山溪合，東西户牖開。初陽晴看畫，新月夕銜杯。

其　三

客到青山裏，新晴爲暫留。春來逢甲子，又聽雨聲愁。

其　四

俗客無緣到，前溪隔世塵。三冬曾下榻，猶憶董山人。

原注：董山人字仲載，天台人，深於地理書。〔一〕

校勘記

〔一〕《姚江逸詩》本作『董仲載，深於地理書，天台人』。

其　五

風流吴老子，作畫愛梅花。醉看西窗影，更闌候月華。

原注：吴老子，吾邑季章先生也。〔二〕

校勘記

〔一〕《欽定四庫全書考證》卷八十六：『《重過倪氏深秀樓》其五：「風流吴老子，作畫愛梅花。」案，「吴老子」後原注謂「吴季章也」。原本「吴」訛「吾」，今從浙本改。』《姚江逸詩》本作『吴老子，季章也』。

其六

滑公江海客，頻到賀家溪。采藥行雲際，吟詩過水西。

原注：滑公字伯仁，許昌人，儒而善醫。〔一〕

校勘記

〔一〕《姚江逸詩》本作『滑公，伯仁』。

其七

朱老金鰲出，王仙白鶴來。長留詩卷在，不棹酒船迴。

原注：朱老字伯言，天台人。王仙，叔雨〔一〕、熙陽伯仲也〔二〕，栝人。王君皆儒者〔三〕。

校勘記

〔一〕『雨』，《全明詩》本作『與』。

〔二〕『伯仲』，底本、邵二雲藏抄本作『仲伯』，據八千卷樓本、《全明詩》本乙正。

〔三〕《姚江逸詩》本作『朱老，伯言。王仙，叔雨、熙陽伯仲也』。

其　八

東家親戚好，夜過太丘孫。即爲頻呼燭，何曾怪扣門〔一〕。

原注：太丘孫，倪氏之戚，小山陳生鑄子範也，性醇敏，好學可愛。〔二〕

校勘記

〔一〕『扣』，《姚江逸詩》本作『叩』。

〔二〕《姚江逸詩》本作『太丘孫，陳鑄也』。

其　九

連夜張燈飲，微酣用杖扶。明朝下樓去，病叟怕騎驢。

其　十

五載一登閣，春衣近暮花。後來知有幾，白髮愧烏紗。

賀溪即事四首爲倪立道賦

其　一

倪氏書樓北，清溪曲曲流。主人能好客，釀酒續茶甌。

其　二

溪光流翠玉，鳥影度清潭。洗硯梅花落，山童在水南。

其　三

西嶺青雲近，時聞伐木聲。千絲初掛柳，二月未啼鶯。

其　四

洞庭秋水滿，落木共誰愁。雨滴湘妃竹，啼痕到石頭。

峨眉春曉圖

日出扶桑遠，雲飛叠嶂深。高臺人起早，半月恨春陰。

瘦馬圖

駿骨由來瘦，天西耐苦寒。長安看花去，誰爲備金鞍〔一〕。

校勘記

〔一〕『備』，八千卷樓本作『鞴』。

題畫癸丑〔一〕

茅屋何人住，秋林對晚山。也知乘興出，多在白雲間。

校勘記

〔一〕題注據八千卷樓本補。

爲陳子範題后泉書舍圖〔一〕

雨後泉聲急，雲中樹色昏。讀書應早起，開户見朝暾。

校勘記

〔一〕『后』，邵二雲藏抄本作『石』，《全明詩》本作『後』。

顧雲屋效米元暉畫

能畫佳山水，顧侯天下稀。尋常董北苑，忽作米元暉。

題梅畫二首

其一

花樹小時見[一]，看花予白頭[二]。衰遲難作賦，感舊只添愁。

校勘記

〔一〕『花』，八千卷樓本、《永樂大典》本作『老』。

〔二〕『予』，《永樂大典》本作『今』。

其二

花好年年見，情親日日來。誰憐湖上月，照我夜深回。

題畫兔

黄犬登秦鼎，蒼鷹入漢羅。草間眠可熟，月裏夢應多。

題畫菜

禾黍滿秋野，飢人顏色回。清齋忘肉味，一笑畫圖開。

題　畫

水口橋堪度，林間屋尚留。秋來山色好，相對有歸舟。

秦川八詠爲王景善作

桃　源〔一〕

花暗疑無路，波明看有天。隨風紅雨暖，吹落釣魚船。

校勘記

〔一〕『源』，八千卷樓本作『溪』。

柳　橋

垂葉巢鶯處，飛花渡水時。畫欄人獨立，吟得送春詩。

竹坡

地暖冬生筍，廚烟曉作羹。慈親年百歲，三徑昔曾行。

菊徑

霜下樽長滿，風前髩已華。秋來多落帽，客至共看花。

藥闌〔一〕

多種醫家草，常懷濟物心。當階偏愛護，雞犬不能侵。

校勘記

〔一〕『闌』，邵二雲藏抄本作『欄』。

橘圃

誰種江陵樹，看來趣不同〔一〕。此中知有樂，對奕候仙翁。

校勘記

〔一〕『趣』，邵二雲藏抄本作『樹』。

桐軒

涼葉窗前覆，新詩坐處題。照來蟾兔影，須見鳳凰棲。

芸窗

書卷驅春蠹，燈花語曉雞。兒孫深院裏，好學憶青藜。

七言絶句

竹枝詞四首丁未〔一〕

校勘記

〔一〕題注據八千卷樓本補。

其一

年年溪邊長浣沙〔二〕，白頭未識阿郎家〔三〕。昨夜西風打頭急，莫教吹折白荷花。

校勘記

〔一〕『沙』，邵二雲藏抄本作『紗』。

〔二〕『頭』，底本、邵二雲藏抄本作『郎』，據八千卷樓本、《全明詩》本改。

其　二

門前冬青樹一株，春夏秋冬棲老烏。老烏頭白帶霜雪，只管夜啼愁阿奴。

其　三

溪頭雨過溪水新，一夜月明愁殺人。誰將荷葉幾行淚，滴向鴛鴦五色身。

其　四

牽牛花開河水頭，黑牽牛對白牽牛。織女自在天上住，星影不隨河水流。

即　事

雕籠綉羽不知愁，閑立西風倚畫樓。別樹飛來頭白鳥，驚心日影動簾鈎。

題山水畫

山頭黄葉隨風落，山下清江盡日流。黄葉清江同渺渺，沙邊白鳥爲渠愁。

題蒲萄畫

明珠元是鮫人淚，秋水秋風日夜愁。空許玉顔含笑看，酒醒泣别下高樓。

即　事

今年臘月尚無雪，門外垂楊緑葉長。一夜海潮河水滿，鱸魚清曉入池塘。

四月十五日過東洲書舍見橘花賦詩一首戊申〔一〕

東洲之東千户家，種橘五株開白花。更栽九百九十五，勝似故侯多種瓜。

校勘記

〔一〕題注據八千卷樓本補。

留題叠嶂樓

叠嶂樓前山水佳，梅花開處有桃花。我來借得漁郎棹，春夜題詩處士家。

竹石藤蘿畫

雲中忽見金銀氣，月下又聞鸞鳳吟。清夜淵阿堪駐屐，不須更入薜蘿深。

寄滑攖寧三首

其一

中秋虛約海邊來，時序驚心白髮催。吟到桂花愁未了，放懷更待菊花開。

其二

隻雞斗酒入江城，稍見秋江悵望情。不信勞生長逼仄，海邊有日聽車聲。

其三

江山荒落未應愁，草木知名對晚秋。誰道歲寒添寂寞，梅花處處可迴頭。

題畫梅〔一〕 己酉〔二〕

白玉堂前事已非，緇塵漠漠翠禽飛。誰知今夜江南月，還向寒村照素衣。

校勘記

〔一〕八千卷樓本、《全明詩》本題作『題梅畫』。

〔二〕題注據八千卷樓本補。

題鄭山輝李石樓蘭竹畫卷

山輝蘭蕙石樓竹，二老風流識者誰。江上春風苦蕭瑟，却教宋玉不勝悲。

題唐玄宗出遊圖

人如天帝馬如龍，歡樂情深天寶中。内苑行看春草緑，不知宫闕起凉風。

題唐玄宗擊毬醉歸圖

擊毬走馬不知愁，還見漁陽鐵騎不〔一〕。醉夢春風吹不醒，飛花已滿曲江頭。

校勘記

〔一〕『不』，八千卷樓本作『否』。

題趙鳴玉效顧雲屋山水圖

雲屋風流續者誰，趙郎早被鄭翁知。山川王氣胸中發〔一〕，誰道前身是畫師。

校勘記

〔一〕『王』，八千卷樓本作『玉』。

題　畫

沙草青青近石磯，磯頭疎木轉斜暉。孤舟釣叟垂竿坐，遠岫飛雲帶雨歸。

題畫菖蒲〔一〕

九節真堪引歲華，也知此物出仙家。白頭爲坐三生石，青眼曾看幾度花。

校勘記

〔一〕八千卷樓本、《全明詩》本題作『菖蒲畫』。

爲奉古元題鄭李二老合作蘭竹圖

鄭翁山輝、李侯松雲，嘗爲建初寺奉古元合作《蘭竹圖》一幅。古元徵予題詩其上，踰年不能就。今年庚戌春二月廿四日，過古元畫室，出此圖觀之〔一〕。予與坐客七八人皆掩袂而泣，時山輝翁即世三日矣。李侯前月末赴龍河，于翁之殁蓋莫知也〔二〕。悲感之際，遂援筆寫絶句一首。

李侯初上鳳凰臺，鳳去能隨日影迴。空采幽芳思鄭老，遊魂春夜不歸來。

校勘記

〔一〕『此』，底本、邵二雲藏抄本闕，據八千卷樓本、《全明詩》本補。

〔二〕『于』，邵二雲藏抄本作『中』。

題紅白梅花〔一〕

月下吟詩客未歸，紅紅白白鬬芳菲。却疑桃李花開夜，秉燭愁驚蛺蝶飛。

校勘記

〔一〕八千卷樓本、《全明詩》本題作『紅白梅花畫』。

爲趙子和題李太守墨竹

龍泉山陰君子堂，堂前竹影千尺長。李侯胸次似老可〔一〕，炎天落筆南窗涼。

校勘記

〔一〕『次』字，邵二雲藏抄本作『前』。

題　畫

緑陰黄鳥暮春初，谷口人家樹下居。野老攜琴渡橋去，雲山深處更何如。

題山輝畫

兄事山翁四十年，水南水北往來便。只教洒淚看圖畫，幾處題詩暮樹邊。

宋玄僖集卷九

七言絶句

立夏日爲楊昭度孤子題山輝畫

門外草青楊子家，堦前玉潤有蘭芽。春歸今日看圖畫，石畔辛夷未著花。

四月廿九日過楊氏嘉樹軒見紅葵盛開賦絶句一首

窗外花開一丈紅，南風摇動緑陰中。傾陽心曲何人見，雨打梅花白髮翁〔一〕。

校勘記

〔一〕『花』，八千卷樓本作『天』。

贈王駿

斬蛟射虎成功後，寶劍雕弓取次藏。王謝堂前雙燕子，啣泥莫污讀書廊〔一〕。

校勘記

〔一〕『廊』，八千卷樓本、邵二雲藏抄本、《全明詩》本作『郎』。

四月廿九日爲楊生士立題其先父昭度畫竹

昔日曾憐虎豹姿，今年忽見鳳凰枝。可憐對雨思君子〔一〕，正近梅天五月時。

校勘記

〔一〕『憐』，八千卷樓本、《全明詩》本作『堪』。

題山輝畫二首

其一

竹能結實蘭茁芽，菖蒲有節鮮開花〔一〕。鄭翁一去不復返，畫圖留落山人家。

校勘記

〔一〕『菖蒲有節鮮開花』，八千卷樓本、《姚江逸詩》本、《全明詩》本作『菖蒲有日解開花』。

其　二

長爲幽芳作畫圖，老年左臂竟偏枯。絶憐鄭老徒辛苦，身後聲名有益無。

爲倪原道題梅花畫扇

江城五月見梅花，畫扇風生月影斜。不怕高樓吹玉笛，憑誰寄到水西家。

爲胡生懋題王時敏紅梅畫

去年京洛寸心酸，歸到江南淚未乾。泣血只疑花濺淚，故園不作杏花看。

原注：胡生曩以父喪還自河南，有泣血之苦，而事母讀書不懈，有足念者，故爲賦此詩。

題紅梅畫四首

其　一

莫向羅浮月下遊，天寒有酒豈銷愁。暮年作賦江南客，可使紅顔對白頭。

其　二

春色隨人雪裏歸，玉堂清夢已相違。宮袍莫怪裁雲錦，更有緇塵染素衣。

其　三

玉顔凈洗西湖水，一見令人日夜思。圖畫寫真誰寄到，東塗西抹費臙脂。

其　四

幾年冷落在深宮，不入霓裳舞隊中。欲得君王同一笑，也將紅袖拂春風。

爲傅伯原題白雲親舍圖

暨陽傅伯原，吾師鐵厓先生楊公之壻，其舅氏錢舜在又與予同受經於先生之門〔一〕，故伯原視予猶骨肉親也。乙未歲，予與伯原會錢唐而別，今十有六年矣。予以事適閩道，過常山，伯原爲驛官于兹，而復與予會。執手問故舊，輒爲之流涕。獨喜其母夫人固無恙，得侍養官舍。伯原出向者所藏《白雲親舍圖》示予，予遂爲題絶句一首，以寓感慨之意云。

幾年天際望雲飛，日日思親淚滿衣。今日常山官舍裏，白雲朝暮在庭闈。

校勘記

〔一〕『錢舜在』，《全明詩》本作『錢舜舉在』。

與三山驛官陸公亮同舟至水口驛爲題胡廷輝山水畫

入閩貪看武夷山，箭急官船不得閑。水口題詩酬驛使，酒醒雲影畫圖間。

趙文敏馬圖

愛此天閑白鼻騧，不同老驥服鹽車。也知冀北空羣日，未見龍駒出渥洼。

題王山農畫梅〔一〕

山陰對雪寫南枝，此老平生獨好奇。同郡相逢每相失，却來閩越爲題詩。

校勘記

〔一〕『畫梅』，八千卷樓本、《全明詩》本作『梅畫』。

題　畫

松林日落碧雲開，野老溪頭坐石苔。隔岸好山招不到，一篙流水待誰來。

唐馬圖

身上青雲照地光，御溝春水落花香。霜蹄只蹋長安道，泣血空聞古戰場〔一〕。

校勘記

〔一〕『泣』，八千卷樓本、《全明詩》本作『江』。

垂柳雙燕圖

多情雙燕不同飛，緑暗章臺柳葉肥。巧向垂絲低處立，迴身風動舊烏衣。

還自閩中九月廿八夜宿石溪徐氏店

昨夜鉛山驛裏眠，夜深官燭照青氈。石溪茅屋今宵宿，松火爲燈一榻烟。

十月一日早發廣信玉溪驛舍次桂同德韻〔一〕

趣罷行裝未出城，玉溪驛舍燭花明。五更歸夢千餘里，吹醒悲笳第一聲。

校勘記

〔一〕『次桂同德韻』，八千卷樓本、《全明詩》本作『次韻桂同德』。

十月十一日蘭溪道中感懷二首〔一〕

其　一

清溪紅樹夕陽邊，緩步平灘帶畫船。曾聽醉眠居士說，只今詩興似當年。

校勘記

〔一〕『懷』，邵二雲藏抄本闕。

其　二

醉眠居士已仙遊，歸自閩中我白頭。經過江山得詩句，晤言更有此翁不。

十月十三日至浙江驛候潮而渡有半日之留表忠觀去驛一里許土人無有識之者驛使毛和仲金華儒家子也獨能以表忠爲言遂導吾入游焉感而爲賦絶句二首〔一〕

其一

浙江驛使毛和仲，云是金華詩禮家。誰識龍山表忠觀，獨能引客入烟霞。

其二

蘇公文翰表忠碑，山下居人識者希。舊觀有基黄葉滿，可憐斷石帶清暉。

校勘記

〔一〕『感而爲賦絶句二首』，《姚江逸詩》本作『感而賦此』。

題懸崖蘭畫〔一〕

山頭仙子倚烟蘿，下土遥瞻奈爾何。翠帶春風吹不起，月明倒影在湘波。

校勘記

〔一〕『題』，八千卷樓本、《全明詩》本闕。

即事戲作

王孟陽從章宗厚借驢往龍山，宗厚俟其還。及還，過宗厚家西二里許，其小蒼頭從行者以無其主言，固持驢不放去，至欲以杖擊之。孟陽笑而還其驢。予爲戲成口號一首。

東家借得蹇驢騎，中路蒼頭竟奪歸。豈識主人朋友意，早年裘馬共輕肥。

題　畫

東南山水足清暉，茅屋楓林共石磯。誰坐扁舟沙際住，也知江海客忘歸。

張介夫畫山水〔一〕

衮衮雲連叠叠峰，孤舟泊近水邊松。遊人橋畔看飛瀑，樓閣桃花隔幾重。

校勘記

〔一〕八千卷樓本題作『張介夫山水畫』，《全明詩》本題作『張介夫山水畫』。

題趙文敏寒風瘦馬圖

蕭梢尾鬣一身秋，還解追風似舊不。賴有奚奴憐駿骨，袖籠烏帽爲回頭。

題王時敏畫梅二首〔一〕

校勘記

〔一〕『畫梅』，八千卷樓本、《全明詩》本作『梅畫』。

其一

江邊翠閣爲誰開，野老看花雨裏來。怪殺王郎乘酒興〔二〕，直教玉女下瑶臺。

校勘記

〔二〕『殺』，《永樂大典》本作『煞』。

其二

王郎作畫復啣杯，我爲題詩日幾迴。簾外不知春雨落，硯邊猶見暮花開。

題王山農畫梅〔一〕

山陰道上每相逢，當日梅花在眼中。笑我題詩無一字，吐辭不及廣平公。

校勘記

〔一〕『畫梅』，八千卷樓本、《全明詩》本作『梅畫』。

在梅川爲人題畫梅〔一〕

梅川梅雨阻歸人，看畫題詩過一旬。却憶去年冰雪後，迴舟花送一枝春。

校勘記

〔一〕『畫梅』，八千卷樓本、《全明詩》本作『梅畫』。

蕙花圖

香飄百畝正氤氳，作賦靈均豈厭聞。我愛南風吹汝急，參差花葉總成文。

爲術者胡桂堂題山輝翁圖〔一〕

雨後相逢北郭生，謾將牛斗論平生〔二〕。卷簾笑看閑花草，一度春風一度榮。

校勘記

〔一〕『圖』，八千卷樓本、《全明詩》本作『畫』。

〔二〕『平生』，八千卷樓本、《全明詩》本作『生平』。

枯木蘭石圖

洞庭木落怨湘娥，紉佩含情奈爾何。秋水不禁涼葉碧，花開斜日不須多。

二月廿日夜在城南僧舍題山輝翁春草圖〔一〕

春院重過一夕留，忽思鄭老使人愁。更闌秉燭看圖畫，緑草紅花我白頭。

校勘記

〔一〕『日』，《姚江逸詩》本闕。

題山輝翁畫

戊戌、己亥，予以邑郭有桴鼓之警，嘗挈累避寓燭溪山谷中，依姻戚潘氏，以屏其跡者數月，而鈞輔、鈞茂諸昆弟朝暮相顧慰，其情不可忘也。今年三月四日，復過其家，鈞輔昆弟出鄭山輝先生畫，索予題詩。予感念往昔之事固若一日，而觀山輝所畫者，足爲辟地者之娛〔二〕，而于予心適有契也。故爲賦絶句一首以見意。

薜荔爲衣蘭作佩，雲間石室可容身。秋風黃葉渾無路，古木迴巖別有春。

校勘記

〔二〕「足」，邵二雲藏抄本作「固」。

題李石樓清明墨竹二首

其一

西窗留得此君看，春雨蕭蕭作暮寒。記得前年山雪盛，人間問訊喜平安。

其二

粉牆春晚弄春暉〔一〕，昨有青雲覆作衣〔二〕。誰料使君持節去，天涯風雨不能歸。

校勘記

〔一〕「春晚」，八千卷樓本、《全明詩》本作「晚色」。

〔二〕「昨」，八千卷樓本、《全明詩》本作「時」。

題王若水畫三首

其一

棠梨結實荆條並，石菊開花草色齊。風葉一枝秋色冷，月中還許錦雞棲〔一〕。

校勘記

〔一〕『雞』，八千卷樓本、《全明詩》本作『鳩』。

其二

一雙山鵲戲春暉，天上秋期總不知。也好銜花如綉羽〔一〕，暮棲荆棘最高枝。

校勘記

〔一〕『銜』，《全明詩》本作『衘』。

其三

擇枝小鳥雌雄近，出土幽筍子母齊〔一〕。誰向緑窗成獨宿，銀燈花落聽兒啼。

校勘記

〔一〕『出土幽筍子母齊』，八千卷樓本、《全明詩》本作『出筍幽篁子母齊』，邵二雲藏抄本作『出土幽萌子母齊』。

題張淑厚畫三首

其一

白頭勳業正關心，短褐長竿倚石林。已有風雲生渭水，豈愁夕照接秋陰。

原注：太公望。

其二

清流在眼未啣杯，且賦新詩坐緑苔。頭髮滿巾渾未白，如何彭澤得歸來。

原注：陶淵明。

其三

騎驢恰似杜陵翁，歸向南山路不同。惟有詩人最憐汝，解吟疎雨滴梧桐。

原注：孟浩然。

劉伶荷鍤自隨圖

獨醒甘葬江魚腹，怪殺先生醉似泥。死去解忘身後事，小童長鍤豈須攜。

題尚節亭詩卷〔一〕

今年三月，過黄處士草堂，觀其《尚節亭詩卷》，感居處之無恒，交游之有謝，而處士之節，自壯至老不易其守者，固若是也夫〔二〕。爲賦二十八字。

當年尚節亭中客，多作南柯夢裏人。辟地草堂頭已白，階前青玉種來新。

校勘記

〔一〕『詩卷』，八千卷樓本、《全明詩》本闕。

〔二〕『固若是也夫』，八千卷樓本、《全明詩》本作『固自若也』。

三月予過邑之東山馮處士要予觀鄭先生所作東山指石圖爲題詩一首〔一〕

白頭春晚到東山，故舊相看有笑顔。鄰縣東山猶未識，眼明怪石畫圖間。

校勘記

〔一〕『一首』，《全明詩》本闕。

題顧雲屋山水圖辛亥〔一〕

吴郡顧雲屋，工山水畫。吾鄉鄭山輝稱其有出塵之趣。戊申夏，自鄞還吴，泊舟慈溪之丈亭，觀其山水諸佳處而樂之。過餘姚，爲山輝門人徐性全作此圖。以行亟〔二〕，其圖墨色有未足者。性全以贈其友周德如，山輝爲題山字韻絶句一首。辛亥春，予循海而遊，過德如家。德如，舊嘗從予者也。出此圖，請予繼山輝題詩，予遂以次其韻〔三〕。

虞公渡下丈亭山，送目船窗幾往還。今日題詩雲屋畫，白頭一笑海雲間。

校勘記

〔一〕題注據八千卷樓本補。

〔二〕『亟』，《全明詩》本作『因』，則『以行』屬前句。

〔三〕『以』，八千卷樓本、《全明詩》本闕。

浣花溪圖

何人住向浣花溪，辟地無憂醉似泥。却怪桃源回首處，落花流水路還迷。

爲周德如題鄭山輝蘭圖〔一〕

鄭公去後我重來〔二〕，二十年中白髮催。留得故人圖畫在，周家芳草有花開。

校勘記

〔一〕『蘭圖』，邵二雲藏抄本作『畫』。

〔二〕『去』，邵二雲藏抄本作『老』。

宋玄僖集卷十

七言絶句

趙松雪唐馬圖

滿身雲氣五花明，執轡奚官似奉盈。應是龍顔思一顧，承恩牽向赤墀行。

雲山圖

山中樓閣映松杉，雲外金雞啼翠巖。猶記百花深處立，露珠顆顆滴春衫。

爲沈生題畫蘭〔一〕

爲誰消瘦不禁秋，夢逐湘江日夜流。别後豈知腰帶緩，寄來香珮只添愁。

校勘記

〔一〕『畫蘭』，八千卷樓本、《全明詩》本作『蘭畫』。

蘭石圖

明珠翠帶倚秋風，石上雲生暮色中。漠漠度江吹作雨，爲誰飛傍楚王宮。

蘭石雨竹圖

又別春風翠羽衣〔一〕，天涯今向雨中歸。翻思解佩江皋日，玉氣爲雲戀落暉〔二〕。

校勘記

〔一〕『又』，《全明詩》本作『久』。

〔二〕『玉』，邵二雲藏抄本作『王』。

閏三月廿二日過北郭王氏書舍觀酴醾留飲花下酒酣爲題王山農畫圖時立夏已九日矣〔一〕

春歸北郭看酴醾，却見梅花爲賦詩。二十四番花信後，薰風不似朔風吹。

校勘記

〔一〕『圖』，八千卷樓本、《全明詩》本闕。

唐馬圖

雙樹陰濃兩馬肥，春來沙苑又春歸。何人對坐憐芳草〔一〕，緑映紅衣與白衣。

校勘記

〔一〕『憐』，邵二雲藏抄本作『連』。

觀杜牧之題烏江廟詩有感於謝叠山之評因次韻見意

人事興衰定可期，范增豈勝外黃兒。江東豪俊誰爲用，不道王陵母已知。

奉和危先生送浩秋江還龍泉寺

前二年九月，予常以史局事畢，還自龍河。去年秋，吾鄉前龍泉住持天台白雲翁，亦以高僧徵至龍河而還。其大弟子從其往還者，秋江上人也。秋江還龍泉，臨川危先生在龍河，用其先世章簡公《龍泉晚意》韻，賦絶句一首送之，兼簡白雲翁。翁蓋與臨川有三十年之雅。既和其詩，同郡朱雲巢徵士時續筆史局，相繼東還，過龍泉，亦于臨川之詩和之。今年辛亥七月十二日，白雲翁偕予登秋江所居之閣，乃取三絶句以觀，俾予次韻于後，且言秋江將以唱和諸章，并其所和者，刻石留山中，何其好事若是也。予既重違翁意，復私念數人者皆常有龍河之行，而于龍泉又豈無緣契也耶？遂强爲之追和〔一〕。然予詩鄙陋不足傳，或者得附諸公傑作，託名刻石〔二〕，使後人覩之，寧無可愧者乎。

長江秋晚照清暉，猶憶江花送白衣。千里舟歸先後客，今朝山閣看鷗飛。

校勘記

〔一〕『强』，底本、邵二雲藏抄本闕，據八千卷樓本、《全明詩》本補。

〔二〕『刻石』，八千卷樓本、《全明詩》本作『石刻』。

爲周銘德題春草圖

新昌周銘德，事其母甚謹，而以事數出，未免不克盡如其志〔一〕。于孟東野『寸草春暉』之語有感于心，欲得吾鄉鄭山輝先生《春草圖》頗久。今先生已殁，其墨迹益不易得。銘德之友胡汝州，爲購得一紙，從予言其故，而徵詩題之。予既嘉銘德之孝，又重汝洲之請，乃爲賦絶句一首。

濂溪孫子念庭闈，草色關情上客衣。緑暗故園歸未得，夢中亦自惜春暉。

校勘記

〔一〕『免不』，八千卷樓本、《全明詩》本闕。

八月廿五夜爲人題畫梅〔一〕

曾尋春信踏層冰，老去愁多白髮增。誰料秋風黄葉夜，寒花影照緑窗燈。

校勘記

〔一〕『畫梅』，八千卷樓本、《全明詩》本作『梅畫』。

八月廿五日夜題梅畫之際俄有蜜蜂自燈前飛集畫上再賦絶句一首〔一〕

燈前勾引蜜蜂來，應爲寒花夜半開。却怪蓬萊花鳥使〔二〕，月明今夜在瑶臺。

校勘記

〔一〕『夜』，底本、邵二雲藏抄本闕，據八千卷樓本補。

〔二〕『鳥』，八千卷樓本、《全明詩》本作『馬』。

爲倪原道題王時敏畫梅〔一〕

繁花亂插酒船迴，作客王郎醉莫哀。且向賀溪尋賀老，鐵心作賦已成灰。

原注：予與王時敏過媚戚倪氏，時敏酒酣，爲原道作梅畫一紙，并自題詩，且謂不讓王山農之作。予于時敏，甚愛其才，常慮其狂疾或作。今觀其詩，果又以狂爲言，不可不遏其疾之作也。因用其詩之末句，題二十八

字，時敏肯用是自嗇，而未有四方之游，則予詩之力不愈于酒之能行藥乎。

校勘記

〔一〕『畫梅』，八千卷樓本、《全明詩》本作『梅畫』。

雪月梅畫

天寒獨立夢相牽，山澤論交不記年。雪裏芳心還自苦〔一〕，隴頭月影爲誰圓。

校勘記

〔一〕『心』，《全明詩》本作『非』。『苦』，八千卷樓本、《全明詩》本作『若』。

自題畫

石壁萬仞不可躋，老樹獨立與雲齊〔一〕。紛紛藤蘿葉零亂，日暮忽隨風雨西。

原注：今年辛亥歲九月三日，予在婣戚倪氏孝思庵，與王時敏〔二〕、吴温夫、汪復初、倪原道及其從弟安道、從子用彰鈔書。午飲既酣，原道令人拭壁，請予作墨戲。予素不解此技，連日見時敏爲人作梅畫，紙價涌貴〔三〕，老夫未免技癢，亟呼茅帚，隨意揮洒，此效党太尉掉書袋也。時敏乃狂躍稱賞，不知何故。是日，別予而去，不及見予一時之狂者，原道世父谷真翁、徐性全也；爲研墨執硯侍立不倦者，原道從子玄福其姊壻；在旁從衆而觀者，吾季兒邦哲；菴居供茗飲〔四〕，與倪氏有婣戚之舊者，馬本道也。

校勘記

〔一〕「與雲」，邵二雲藏抄本作「雲與」。
〔二〕「王」，底本、邵二雲藏抄本闕，據八千卷樓本、《全明詩》本補。
〔三〕「涌」，八千卷樓本、《全明詩》本作「踊」。
〔四〕「飲」，底本、邵二雲藏抄本闕，據八千卷樓本、《全明詩》本補。

題王時敏所作倪氏孝思庵壁上老梅圖

老梅變化殊有神，素壁不能容大身〔一〕。王郎擲筆苦抑塞〔二〕，百花雲暗江南春。

校勘記

〔一〕「大」，《全明詩》本作「丈」。
〔二〕「苦」，邵二雲藏抄本作「若」。

即事

八月廿八夜，與徐性全、汪復初、吴温夫、王時敏宿上虞倪弘道家。弘道爲置酒，其季如道戲以棗核加燭上，發輝若五出花，坐客皆爲盡歡而醉。如道請予賦詩，遂成二十八字。

棗心入火解開花，銀燭當宵惜歲華。花下十年思結實，深秋遊子未還家。
原注：時坐客多有未得子者。

題王時敏畫

今年辛亥八月下旬，予與王時敏游上虞賀溪半月，乃過小山陳氏書舍。甫及其門，而時敏有儒士之徵，使者繼至。明旦，還吾邑，猶爲陳子範等作墨梅數紙，且爲賦詩，可見其迂之甚矣。故予題其畫，以記一時之事。

誰憐迂甚王徵士，不管江頭驛使催。秋晚小山叢桂下，爲人猶寫數枝梅。

遠近榮枯雙樹圖〔一〕

老樹迂疎似老翁，女蘿垂帶舞秋風。行人只看青青樹，少壯榮華眼底同。

校勘記

〔一〕『圖』，八千卷樓本、《全明詩》本作『畫』。

在小山題畫梅〔一〕

桂枝留客小山中，作賦曾聞漢八公。今日觀梅動詩興，小山誰憶鐵心翁。

校勘記

〔一〕『畫梅』，八千卷樓本、《全明詩》本作『梅畫』。

趙鳴玉爲小山陳隱居作小像于雙松之下鳴玉既爲丞江寧縣隱居出此畫索予題詩

趙郎赤縣之官去，得似崔丞對二松。松下丈人山谷裏，憶渠鞴馬聽晨鍾。

雪窗畫蘭〔一〕

憶昔館娃蘭葉紅，爲誰泣露怨春風。千年月照虎丘寺，影落山僧圖畫中。

校勘記

〔一〕『畫蘭』，八千卷樓本、《全明詩》本作『蘭畫』。

王山農畫梅〔一〕

山農作畫愛梅花，身後聲名擅一家。獨倚寒村誰泯滅，吟詩空恨夕陽斜〔二〕。

校勘記

〔一〕『畫梅』，八千卷樓本、《全明詩》本作『梅畫』。

〔二〕『恨』，邵二雲藏抄本作『對』。

爲陳生子範題鄭山輝東山指石圖〔一〕

未識東山已白頭，徒聞指石俯江流。深秋鄰縣看圖畫，吟倚陳家百尺樓。

校勘記

〔一〕『範』，八千卷樓本作『鮑』。

題丹山圖

不到丹山又幾年，山中白水想依然。素衣曾向征途去，一浣黃塵願學仙。

在賀溪題王時敏畫梅〔一〕

半月看花住賀溪，王郎幾度醉如泥。無端驛使徵求急，東閣吟詩不暇題。

校勘記

〔一〕『王』，底本、邵二雲藏抄本闕，據八千卷樓本、《全明詩》本補。『畫梅』，八千卷樓本、《全明詩》本作『梅畫』。

題倪元鎮平遠圖

此畫吴郡倪翁元鎮所作，吾邑胡斯原得而藏之者也。予聞張氏入吴時，聞翁名，欲官之。翁作漁人，乘扁舟遁太湖萑苻中，猶焚香自適。張氏竟以此得翁〔一〕，然終不能奪其志也。斯原徵予題其畫〔二〕，予以所聞而敬其爲人，遂書絶句一首。

菰蒲深處恨焚香，笠澤扁舟不可藏。誰倚疎林看山水，太平無事得清狂。

校勘記

〔一〕『氏』，八千卷樓本作『人』。

〔二〕『斯原』，邵二雲藏抄本作『今』。

題趙文敏竹石圖

玉堂綵筆寫秋風，石色含雲竹影中。一代風流今已矣，何人聽雨水晶宮。

爲岑西峰題鄭山輝畫懸崖蘭用其韻〔一〕

勝地平生幾度遊，曾看翡翠立芳洲。西山高處花如玉，暮景聞香一倚樓。

校勘記

〔一〕八千卷樓本、《全明詩》本「畫」在「蘭」下。

冬至日爲楊生題李松雲墨竹

至日經過江上宅，竹枝含翠出南牆。歲寒莫道風霜苦，已覺南窗日影長〔一〕。

校勘記

〔一〕「南」，八千卷樓本作「縈」，《全明詩》本作「螢」。

爲岑西峰題畊雲友西峰圖二首

其一

山上晴雲似白綿，隨風渡水落平田〔一〕。一犁有事春陰裏，誰對林窗曙空眠〔二〕。

校勘記

〔一〕「渡」，八千卷樓本、《全明詩》本作「度」。

〔二〕「空」，八千卷樓本、邵二雲藏抄本、《全明詩》本作「色」。

其二

海上三山黛色連〔一〕，西峰氣勢更超然〔二〕。樓居相對青松樹，瓊島飛來跨鶴仙。

校勘記

〔一〕『黛』，邵二雲藏抄本作『曙』。
〔二〕『氣勢』，邵二雲藏抄本作『起處』。

辛亥歲十一月二十日夜觀楊昭度所作墨竹有感遂題其上

後清漁舍近嚴灘，歲晚江空竹影寒。留得畫圖成絶筆，燈前空憶釣魚竿。

題夏圭畫

寒巖如削雪模糊，林木蕭疎半有無。江上孤舟人獨往，山中高閣路何迂。

蓬島圖

蓬萊春色映樓臺，紅白山花日夜開。海水東流千萬里，風帆得便許誰來。

三月一日在僧舍題山輝枯木圖

南山落木耐高寒，野老關情仔細看。死去畫圖留寶地，殘春花草近闌干。

四月二日過鄭生朝益書舍既晏遇雨生爲煮筍具飯飯罷以李太守墨竹求予題詩〔一〕

晚食留人因煮筍，雨窗看畫爲題詩。誰知北郭銷愁日，豈似篔簹噴飯時。

校勘記

〔一〕邵二雲藏抄本『二』下有『十』字。

蕙花圖

蕙花江上見飛仙，愁破清和四月天。別去空留環珮影，爲誰摇曳水風前。

題風梅圖〔一〕

含章簷下最多情，睡起新粧夢裏成〔二〕。誰向東樓吹玉笛〔三〕，也知不是斷腸聲。

校勘記

〔一〕八千卷樓本、《全明詩》本題作『風梅畫』。

〔二〕『粧』，八千卷樓本作『耕』。

〔三〕《欽定四庫全書考證》卷八十六：『《題風梅圖》：「誰向東樓吹玉笛，也知不是斷腸聲。」案，「樓」，浙本訛作「梅」。』

題　畫

原上雙禽立雪中，一醒一困寸心同。飢來應是相呼喚，野果渾如瑪瑙紅。

爲王生思誠題趙待制圖畫〔一〕

雲山相對垂綸客，白石齊暉樹影疎〔二〕。雨後誰嫌江水濁，早潮應有上灘魚。

校勘記

〔一〕『圖』，八千卷樓本、《全明詩》本闕。

〔二〕『齊』，八千卷樓本作『濟』，《全明詩》本作『清』。

題柯博士畫〔一〕

身自奎章閣上歸，人間竹樹倍光輝〔二〕。自憐華髮看春筍，不見兒郎著錦衣。

校勘記

〔一〕按，八千卷樓本至此詩爲止。

〔二〕『倍』，八千卷樓本、《全明詩》本作『備』。

題風烟雪月梅畫

誰愛春風入畫簷，香飄深院半開簾。主人應與花同夢，點額新粧故故添。

瑶臺咫尺隔青烟，縞袂蕭蕭立暮天。塵世何人空送目，神交自有玉堂仙。

山中夜半緑窗明，夢裏天香下玉京。蠟屐出門尋舊約，花間翠鳳不須驚。

廣平作賦謾多情，歲晚看花白髮明。玉笛誰吹今夜月，虚聞擣藥兔長生。

西湖竹枝詞

十三女郎不出門〔一〕，爺娘墓在葛山根〔二〕。同攜女伴踏青去，不上道傍蘇小墳。

湖上采薪春復春，養蠶長見繭絲新。老蠶不識人間事，猶趁東風了此身。

校勘記

〔一〕『郎』，《列朝詩集》本作『兒』。

〔二〕『爺』，《列朝詩集》本、《全明詩》本作『父』。『山』，《列朝詩集》本、《全明詩》本作『嶺』。

詞

鷓鴣天〔一〕 鵝湖寺道中

一榻清風殿影凉，涓涓流水響迴廊。千章雲木鈎輈叫，十里溪風䆉稏香。

衝急雨，趁斜陽，山圍細路轉微茫。倦途却被行人笑，只爲林泉有底忙。

校勘記

〔一〕辛棄疾《稼軒詞》卷九亦録此詞，姑存之。

宋玄僖集卷十一

序

送徐彦威序

士有曠百世而相感者矣，則並生於世，曠萬里而相感者，又豈無哉？不唯是〔一〕，日月麗乎天，至高且遠也。陽燧、方諸，一燭其光，而水火出焉。何物之無情者，於在天之象，亦相感若是耶〔二〕？然則有識之士，抱忠義，涉艱險，拔羣而往，不失其所，依歸於當世〔三〕，宜矣。吾鄉徐君彦威，自幼篤學，有遠志。既冠，以進士業試，弗利，乃他進以仕。一旦脱身變故，繇海道走京師，遂見今中書左丞相河南王於軍中，即擢掾詹事院。未幾承制，除崇文監典簿。以省親請歸江南。王速其來，今又上道矣。彦威，越人也，自越抵王國，不憚海道艱險。於當世大人德業俱盛者，知所依歸。而有遇若此，豈非忠義之心，曠萬里而相感者歟？夫有忠義之心者，然後能憂生民、慮社稷，而一己之富貴弗謀也。自寰宇弗謐，國家遺材，與無辜之衆，委於塗炭多矣。任天下之責，急於削暴除亂者，寧能遲遲其進而尚有所待乎？不然，人心之望已極，而易於失之也。彥威辭父母，去鄉井，感發蹈厲，而復有萬里之行，豈徒然哉！至之日，於所遇者而亟言之，吾知其忠義之心必有濟矣。富貴云乎哉？

校勘記

〔一〕邵二雲藏抄本「是」下有「乎」字。

〔二〕「亦」，邵二雲藏抄本闕。

〔三〕「當」，邵二雲藏抄本作「常」。

送龍子高序

儒者龍君子高，楚之瓌材也。蚤習進士業，以《易》《春秋》之學試於有司。有司類循常踵弊，不肯一顧，取雄傑之文以勵士氣。子高既不得志，遂不屑就試席、圖進取，而教授草澤之間以自樂。幼彊記，今已四十餘，備涉變故，而經史百家之編，舊所嘗過目者，歷歷能暗誦不遺忘，其資有過人者矣。往歲，寇陷楚地，子高即盡室抵吳，而又抵明、越。其抵越也，寓吾州之歲爲多。雖見禮公侯貴人，而樂居於山野。躬率家僮，藝菽麥果蔬，牧雞豚，力桑麻，以佐衣食費。間徒步入州郭，好事者留飲酒、爲文章，輒酣醉歌吟，奇氣溢出，不可羈束。及語當世事，則未嘗一啓齒、一側耳與焉。其處患難，又有人不能及者矣。今年春，子高在海隅，聞皇太子奉征討之命，駐於晋、冀，總兵少保公朝夕在左右，進天下賢才，以輔中興之業。於是幡然有所發，公侯貴人因資其行，而浮海達焉，可爲世道賀矣。夫在春秋時，晋楚之彊，稱於北南，然楚之材實用於晋者[一]，楚不能用其材故也。晋以得材而盛，楚以失材而衰，材之有益於國也若是哉！今九州四海之地，皆國家版圖所載，其有貢賦不入之處，非春秋之國受封王室者比也。子高以瓌材拔衆，能潔身去楚亂[二]，客明、越既久，而一旦有晋、冀之行，苟有所遇，不有過於春秋人材之遇于上國者乎？且進退以時，《易》之道也。子高困於退者已極矣，其退而進，進而亨，以深謀遠略，佐太平之復，不在斯時乎？予以子高習知春秋之事，而又明於《易》之道，故於其行樂贈以言，而且爲世道賀也。

校勘記

〔一〕邵二雲藏抄本『用』下有『其』字。

〔二〕『楚』，邵二雲藏抄本作『焚』。

送胡正辭史景洪序[一]

余友胡君正辭及史君景洪，皆世居餘姚，與余同邑而早交者也。正辭之子南，字汝周；景洪之子慎思，字孟通，又皆自幼異羣兒，而予所愛者也。既冠，皆以家貧急於養，同時爲書佐。行御史臺以積勞，從事部使者於廣西，有禄，亞其掾。將行，皆徵贈言於余。余以其世同邑，吏同舍，奮發同其志，有海道萬里之行，又同舟以濟，而同處以食其禄，是二人而一體者也。二人既一體，而於余又同爲通家之子，則同其文辭以贈，不爲簡矣。嗟乎，汝周！嗟乎，孟通！皆余所冀其遠詣者歟！自國家慎所任，南士之不得入臺憲久矣。二子何幸，而有際於今時也哉！然以余觀之，所貴入臺憲者，以得行其志也。得行其志，而善弗揚、惡弗遏，逆民之好惡，積鬱之久，而一旦有所發，安得不爲姦宄之乘也？天既悔禍於已極，而有弭禍者出焉，則臺憲足以行其志者有冀矣。當兵難大作，嶺表幸無事，而憲綱之端重自若也。今二子從事其間，豈徒以臺憲之入爲幸哉？其志固有在矣。吾聞黄金明珠、象犀玳瑁諸怪奇之物皆於南方萃焉。二子之志苟有在，吾知其於是物，直與土芥同視，而不爲遠詣者之累也。二子勵乎哉！

校勘記

〔一〕嘉慶宋氏家刻本題作『胡南史慎思序』。

送倪叔懌序

夫業不可不慎也，而士之業最優。然業士者，又有浮華篤實之辨，而氣化之盛衰繫焉。是故氣化醇厚，則學成而輔世者，往往皆篤實之士，而浮華之習不能勝。嗚呼！篤實之士，恒學其所當學，舍是以浮華而陷禍者衆矣，況可厭士之恒貧賤而徙其業乎！吾鄉倪君叔懌，業士而篤實也〔一〕。向者干戈之際，益以家貧親老爲憂，不能無藉於授徒之力。余嘗解其憂，而喜其卒業於士也。以謂考亭師友，固嘗仕進矣。當其時，不以仕進爲樂，而以授徒爲安，以今觀之，則授徒之安，正未可以仕進易之，况未始仕進者乎！叔懌於余言，既無所逆其心矣。今又從上虞魏氏之請，而客授得其所。吾見其學益充、業益富，他日輔於世，莫非篤實之所爲而已，與物並受其福也。若余者，固亦厄於生事之不足〔二〕，而學失其時矣。猶欲勉强其所當學，資友之篤實者，以策其庸怠。而叔懌今遠我而離處也，則余不能無私憾矣。雖然，叔懌豈恒遠我者哉〔三〕？其有以策我者，未可量也。於其别，序以贈之。

校勘記

〔一〕『業』，邵二雲藏抄本闕。

〔二〕『事』，邵二雲藏抄本、嘉慶宋氏家刻本作『時』。

〔三〕『恒』，邵二雲藏抄本、嘉慶宋氏家刻本作『真』。

送應仲珍序

三代而降，天下士大夫以名節爲重，之死而不失者，莫東漢若也。東漢風俗之美，實倡於嚴子陵先生一人而已。先生生於餘姚，耕釣於富春，至今其高山窮谷，野田長川，煜然有光而不泯〔一〕。苟知慕其人者，雖去數千里而遠，孰不欲一往而觀其遺跡？蓋風神氣韻之相感，不以古今遠邇而有間也。餘姚，吾鄉也。吾鄉有書院曰高節，其耕釣之所曰釣臺〔二〕，皆以先生而見重於天下者也。釣臺在今建德之境，建德去吾鄉數百里耳。其邑人應君仲珍，以至正庚寅冬來長高節。高節有海地十頃，而歲入甚艱。仲珍以七口之家旅食於此，滿三十月，行橐竭矣，不能俟代者之至，而歸之亟矣。嗟乎！昔者嚴先生託於仲珍之鄉，亦客耳。何其能優游於雲山、江水之間也？使如高節不能久留仲珍，豈能遂其畊釣之志也哉？且仲珍之寓吾鄉，不可謂非仕者也。仕而禄食，其與秉耒而田〔三〕、投竿而漁者，豐約有間矣。而仲珍嘗與吾語，則反有羨乎彼而無樂乎此，何也？嗟乎！以仲珍之通經學古，才長而識敏，年幾五十，爲一教官於荒凉寂寞之濱，使其妻子奴僕〔四〕，恒有飢寒之慮〔五〕，欲逸心肆志，自同於古之抱關擊柝者不可得〔六〕。不待仲珍之言，吾固知其無樂乎此也。然其於嚴先生，素慕其人，而得以縱觀其遺跡。視吾雖生長其鄉，未得一至其釣臺之下而悵悵以思者，不猶足自釋乎〔七〕？於其行，餞之嚴瀨之上，以其志而爲之歌曰：有田而耕，足吾食兮；釣於江水，坐磐石兮。磐石兮坦坦，余何爲兮仕而蹇。懷故鄉兮思古人，盍歸乎來兮，樂山水以繾綣。

校勘記

〔一〕『煜』，邵二雲藏抄本作『熚』，嘉慶宋氏家刻本作『奕』。

〔二〕底本、邵二雲藏抄本『所』下衍『有書院』三字，據嘉慶宋氏家刻本删。

〔三〕『田』，嘉慶宋氏家刻本作『耕』。

〔四〕『子』，邵二雲藏抄本作『之』。

〔五〕『慮』，邵二雲藏抄本作『盧』。

〔六〕「柝」，底本、邵二雲藏抄本訛作「拆」，據嘉慶宋氏家刻本改。
〔七〕嘉慶宋氏家刻本「足」下有「以」字。

送盧彦文序

魏郡盧公守吾州之明年，予自遠方歸，謁鄭君元秉於北郭。元秉方賣藥以養老母，且聚子姪輩教之，通經學古是務。里中子弟知問學者，亦皆受業於其門。其廬之東偏，有所謂山輝軒，草樹森秀，旁有流泉，啓牖而坐，不知其居之近市。諸生藏修其中，莫不有自得之色。有一人，予不之識〔一〕，又獨氣貌嚴重，鏜然作北人言〔二〕，所辯質落落，皆經史大義。竊異而詢之，則太守公季子字彦文者也。自是數造山輝軒，必與彦文語良久。二年之間，益得其爲人。蓋其志不藉父兄致顯途，卓然欲以經術自奮者歟！今年春，太守公以年滿七十，一旦致印綬，民踵門固請，則固謝曰：「吾老矣，今而後，知聽訟之勞，未若聽吾兒讀書之爲樂也。」公寬仁樂易，豈無意於民者哉？其所以爲子孫久長之計，固不以濟世之務而忘之。然則彦文卓然欲以經術自奮，乃公之所望於爲後者乎？嗟乎！公卿子弟固不可不知所以學也。彦文雖不欲藉父兄致顯途〔三〕，然當今顯途之致者，往往乃公卿子弟。苟不學而仕，其不陷於欺君病民者鮮矣。嗟乎！公卿子弟固不可不知所以學也。彦文則知之矣。他日事君而無所欺，治民而無所病，不基於今日所講學者乎？若予則世力農者也，固當服耒耜以共公家之賦。然私心猶願借舊家藏書，於耕穫之隙，伏草舍，燭松薪，不計其功而讀之，有激於中，則扣牛角而疾歌。若是，亦足自適乎否也。彥文行，余無所贈，姑序納交之由，無已之志。是誦益爲公卿子弟好學者之勉云爾。

校勘記

〔一〕『之』，邵二雲藏抄本作『知』。

〔二〕『北』，邵二雲藏抄本作『此』。

〔三〕『途』，嘉慶宋氏家刻本作『達』，下句同。

送蘇生序

天下有學而宗孔子者，莫不設官置吏，以治其事。於官吏之間，司錢穀而躬其會計〔一〕、出納之勞者，曰直學。直學之役，滿以三十月，則以儒者所業試於部使者。業中其程，然後受檄行省，若宣閫，得爲所謂教諭、學録者。國家慎於用人，南方以儒出仕者，舍進士，則直學耳。故直學於進士，雖有逕庭，而繇之以躋清顯者，往往有之，人亦艱爲之也。至正初，復行科目之法，於寒遠劬困之士有所優。既以下第春官者爲學正，若山長，又選諭、録員於鄉闈、恒貢之外。於是，繇直學滿考者，乃補小吏州縣間，而校官不復得爲矣。吾里蘇生，自幼以謹厚嚮學稱於州庠，長而爲直學。既滿考，自念當補小吏，日抱簿書，奔走俯伏羣有司之前，稍失其意，受鞭笞泥塗馬矢間。乃奮然嘆曰：『大丈夫苟有志，何趨不可到，顧爲是耶？』遂發篋，取舊所

言於余。嗟乎！生之嘆，誠是矣。人固不可不擇所以自處，而負天地父母也。夫賦形萬物中，而得爲人類〔一〕，幸矣。人而得爲男子，爲耳目聰明者，而生於衣食厭足之家，而父母祝其爲賢，無爲不肖，非幸而又幸者乎〔二〕？於是而不知所以自處〔三〕，則爲負天地父母之所以生我、祝我者矣。李斯之爲人也，固不足道，然方其年少時，爲郡小吏，見鼠之居厠與倉中者，而有所感嘆，乃從荀卿學帝王之術，入秦而致位三公，則於自處貴賤之地，亦知所擇矣。特其學術不明，急於功利，而不能堯舜其君民，是足罪也。今生齒弱而質美，未及辱爲小吏，固已奮然發嘆〔四〕，欲以大丈夫自處，而卒業於舊學，此其志何如哉！雖然，爲學有道，取聖人之經而讀之，無所踐而不驗其實，斯爲善學者矣。不然，徒知從荀卿而學焉者，則於爲人賢不肖，猶未知所自處也。以生謹厚之質，遠大之志，從明師郡庠，而日學其所未至，則居廣居、行大道，如孟子之所云者，不亦可望乎？余既韙生之行，又重孟陽之請，於是乎言。

讀經，去之郡庠，從師而卒其業。父母喜而資之，且祝其有所就而歸。其姻戚王孟陽，爲徵贈

校勘記

〔一〕「躬」，邵二雲藏抄本作「治」。

〔二〕邵二雲藏抄本「得」下有「之」字。

〔三〕「又」，邵二雲藏抄本作「人」。

〔四〕「處」，邵二雲藏抄本作「取」。

〔五〕『嘆』，邵二雲藏抄本作『難』。

送宋彦中序

邢臺宋君彦中，世家子也，以父廕補吾州税使。税使有恒課而無恒禄，彦中爲之，課足於官，衣食不足於家，而其才有餘於所用也。噫！吾因彦中有所感矣。古之仕者之見用於當世也，官焉而任其才，禄焉而養其生。才無所任，是謂徒才；生無所養，是謂徒生。任其才而養其生，當世無負於仕者矣。然於仕者之子孫也，又世禄而不世官。官惟其才，不才而官者，未之有也。後代之任官也，不惟其才，而惟其世者，有矣。以世而官，官而無禄者，亦有矣。以世而官，官而無禄，無禄而有才者，亦有矣。以世而官，官而無禄，無禄而有才，有才而無負於當世者，厥惟鮮哉。彦中之仕於斯也，課足於官，衣食不足於家，而其才有餘於所用，當世無負於仕者乎？仕者無負於當世乎？噫！吾因彦中有所感矣。彦中授代而去吾鄉，岑子軜率其黨爲歌詩以餞，而徵序於余。余因彦中而有所感也，於是乎言。

送王伯貞序

聖人之用兵，所以救人也。而人有死於兵者，蓋其不幸也，非聖人之心也。用兵而不得聖人之心，而人之死者始衆矣。是故聖人未嘗爲人易言兵，又未嘗不慎於戰也。今天下以盗爲患，不得已而用兵，數年矣。聖天子未嘗不以殺人爲憂，盜之歸順者且宥其死，況於非盜者乎？然則盜宜平而未平，兵宜息而未息，任將帥者，不得不反求其心，韋布之士，不得不懼於言兵，而以仁義爲説也。任將帥者，反求其心而得其所以救人者，韋布之士，懼於言兵而有啓於將帥，有德於生民。吾知天下之盜，不足平矣，況陷惡於山谷者乎？四明王君伯貞，才嬓氣鋭〔一〕，嘗從鄉先生問學，而懼於言兵者也。以功巡徼，處之美化，告行於常所來往，且曰：『吾之仕，所以圖爲學也。即仕有所不樂，當繇處省親於温。』遂謁郡守寶公。退則讀書雁蕩山中，而仕與否，未可知也。嗟乎，伯貞！吾閲韋布之士亦衆矣，何伯貞有是志也。昔子張子蚤歲以孫吴之説見范文正公於邊，公以聖賢之學勸之，而卒有所變矣。今伯貞之見寶公也，吾知其非獨不言兵，而公有以成伯貞之志，將不在於美化乎〔二〕？伯貞之志成，而有以救人，將不在於用兵乎？於其行，預以賀之。

校勘記

〔一〕『嬓』，嘉慶宋氏家刻本作『敏』。

〔二〕『將』，邵二雲藏抄本闕。

送靖觀序

靖觀，東海婦也。其家世業儒，未笄時，大父異其警悟，授五行書。長而益深其學，推貴賤禍福，往往奇中。中年，家祚落，從其夫滄洲生遊江海間。滄洲，亦儒家子，得其妻之術，强記能文章。過之簾市，售其術，問者則皆之靖觀氏。靖觀清而弱，日推數人，得錢給薪米即謝客，過其門者，莫不目而駭之。予嘗與之語，而知其人矣，蓋非婦人也。觀之言曰：『吾不幸形婦人以生，生而不能以婦人自處，又其不幸。吾之生，重不幸矣。而以生年月日爲人言貴賤禍福，是特以生吾之生不知吾之生者，果惟言取乎？不然，形吾累也。然吾之生也，天固假我以形，而實無形也；洩我以言，而實無言也。以言求吾，猶索日於影，况於形乎？且吾之爲吾，亦非吾之所得吾也。吾特吾之耳，又不知吾之見者，有以吾之不吾者觀吾否乎？然則世之罪吾者，固不少於生吾者也。』噫！婦人之言有是哉！觀乎觀乎，吾其可以婦人目之乎？吾聞藐姑射之山，在北海中，有仙人居焉。肌膚若冰雪，綽約若處子，乘雲氣，御飛龍，而游乎四海之外，大浸稽天而不溺，大旱金石流、山土焦而不爇〔一〕。吾嘗疑之，今乃知固有其人也。人惟見水而能溺，火而能爇，不知溺我、爇我者，又有所謂水火者焉。靖觀，室處者也，千里而遊，數年矣，蓋無一日而不在水火中也。不爲其溺且爇，其乘雲氣，御飛龍，而遊乎四海之外，不自千里者始乎？觀乎觀乎，吾以姑射之仙望之矣，居北海之中，彼何人也？

校勘記

〔一〕『爇』，底本作『熱』，據邵二雲藏抄本、嘉慶宋氏家刻本改。下同。

附楊維禎《慧觀傳》

慧觀者，東越婦也。家世業儒，未笄時，大父異其警悟，授以五行書。長而益深其學，推人貴賤禍福，往往奇中。中年，家祚落，從其夫游江海間。夫亦儒家子，得妻之術，相與簾市肆售其術，問者則皆之慧觀氏。慧觀清而弱，日推言數人，得錢給薪米即謝客，過其門者，莫不目而駭之。余嘗與之語，而異其人，蓋非婦人也。慧觀之言曰：『吾不幸形婦人以生，生而不能以婦人自處，又其不幸也重不幸。而以生月日爲人言貴賤禍福，是特以生吾之生，不知生吾之生者，果何言取乎？不然，形，吾累也。然天固假我以形，而實無形也，洩吾以言，而實無言也。以言求吾，猶索目於影，况形乎？且吾之爲吾，亦非吾之所得吾也。吾特吾之耳，又不知吾之見者，有以吾之不吾者觀吾否乎。然則世之罪我者，固不少於生我者也。』楊子曰：婦人之言，有是哉。觀乎觀乎，可以婦人目之乎？吾聞藐姑射之山，在北海中，有仙人居焉。肌膚若冰雪，綽約若處子，乘雲氣，御飛龍，而遊於四海之外，水浸稽天而不溺，大旱金石流、山土焦而不熱。不知溺我者，又有所謂水火者焉。觀，室處者也，千里而遊，蓋無一日而不在水火中也。不爲其溺且熱，其乘氣御飛龍而遊乎四海之外，不自千里者始乎。觀乎觀乎，吾以姑射之仙望之矣，居北海之中者，彼何人哉？（楊維禎《東維子集》卷二十八）

送毛先生序

至正十七年冬十有二月，余友上虞柳君景臣寓書於余曰：『天台毛先生世業儒，其祖架閣公以科第起家。而先生不願仕進，讀書田里間以樂，自號緑野翁。最深於地理書，間遊四方，覽古今塚墓於名山大澤之間，考王侯將相所自出，以驗其心目之所得者。今已七十餘，而筋力尚强，爲好事者穿林木，踐荆棘，陟降崖谷，未倦也。留吾邑頗久，歲宴而歸，以吾與子最善，敢徵言以贈。』余曰：管郭之學，固考亭師友之所嘗講論者也。而禍福之徵，蓋有其理，何可以不信？毛先生以儒者之學，而燭理於此，其見信於人可知矣。雖然，以今觀之，則又有可感者焉。毛先生當承平時，周流四方，其山川形勢，人物氣燄，固能記憶也。兵興以來，雄藩大郡蕩爲草莽，不知王侯將相所出之地，其一樹一石，不徙故處否〔一〕？歲時，復有子孫擁車騎、列牙纛，來省視否？禍福之徵，果一一可推考否？遼遠阻絶者，其事不可知矣。而目前達官小官，能捐軀報國，奮出千萬人之中，而没於鋒鏑者，豈無其人？其骸骨得有所藏否？妻子不流離凍餓道路否？毛先生爲人擇葬地，於忠臣義士，尤所注意也，不知有相求而遇者否乎？苟有其事，名公大儒當秉筆而書矣，奚待區區之言以爲贈也？

校勘記

〔一〕『徙』，邵二雲藏抄本作『徒』。

宋玄僖集卷十二

序

送李元善序

耕桑而衣食給，力學而心志寧，父母優游於其上，家人和説於其下，此四者，天下之至樂也。人之生斯世也，於是乎具其樂，豈不爲幸民哉！上之爲政也，使比屋皆然〔一〕，豈不爲治世哉！噫！事近而易能，理大而最切，而求欲兼有乎此者，恒以爲難。其有關於世運乎？其無關於世運乎？東平李君元善，齒少而才茂，志廉而行純，好古力學之士也。然而生事亦難焉，其尊甫淹於下僚，與母夫人俱老矣。時巡徼吾州之三山，俸禄之入，僅支於豐年，况有修豫之資乎！元善恒用是以戚戚也。辱予交，每見即講學，既而曰：『若世故何？』予之志，亦粗與元善同〔二〕，而所處則又羡元善爲裕於己也。以予元善是羡，其不幸之甚可知矣。雖然，親老無以紓其憂，累重不能弭其譎，唯生事不足然也。然周於生事者，往往委爲庸愚，以終其身，則所值未可議其幸不幸也。天其將啓斯人乎？焉往而非曲成之地，政不足病也。天其無意斯人乎？亦將竭其力之所能，未敢遽自棄也。況元善徒以家貧親老爲慮，非如於四者之樂俱不足也。元善之慮固大，猶可以少安而問學，况親禄將日厚乎？若予者，誠不可一日自寧也。抑予之不寧，猶將彊學以日新爲幸，則元善當視予以自慶而益勉矣。嗟乎！惟元善爲可與道此也。至正四年秋，元善將以事適江東，且因以求師友。夫在行而學不輟，非孜孜愛日者能之乎？君所至，見學者或有如予之甚不幸，試以予言質之，庶有發也。

校勘記

〔一〕『屋』，嘉慶宋氏家刻本作『户』。

〔二〕『粗』，邵二雲藏抄本作『初』。

送吴管勾序

大率天下之物，無恒伏之理。是故有所伏，必有所見，見於今日者，乃伏於前日者也。當國家承平之時，兵伏而不用矣。非獨兵也，黄金珍玉、遠方環奇之寶，伏於公藏私匵，民生日用所罕見者焉〔一〕。非獨寶貨也，人才之産於大江以北者，布之職位而有餘。南方山澤之間，懷抱德藝，用之未及，而佚於其下者，固多也。天下難作，兵既興矣，向之伏者，紛然見於世。而遐邦僻壤之才，不得久佚於下，而勞於進用矣。噫！是豈不可以觀起伏相尋之理乎？四明吴君謦敏達事變，有志於當世久矣。以軍旅之功，爲吾州税使。滿考，謁選江浙行省，調官慈溪之鳴鶴場，佐其令丞治鹽賦〔二〕。以向者觀之，亦可謂奮起其伏者也。然君之才，過衆人遠矣，雖與一時之效用者奮起其伏，而淹於筦庫之流，未爲得其所。視氣鋭力盛，一舉足而躋於高顯者，寧無介於其懷耶？雖然，仕所以行道也，道之行不行，君其審之矣。職位之崇卑，豈在所校乎？君固以家貧親老而禄於下位，苟食焉不怠其事，學焉益廣其才，則自是致高顯而行其道於所遇，又豈不可冀乎？吾觀善類之起伏〔三〕，固非偶然者也。

校勘記

〔一〕『焉』，邵二雲藏抄本作『也』。

〔二〕『丞』，邵二雲藏抄本作『承』。

〔三〕『類』，邵二雲藏抄本作『數』。

送宇文先生後序

松江屬邑二，上海爲邑，自華亭以别。以二邑而府，所隷而上者，即江浙行中書省焉〔一〕。疆實宋之一邑〔二〕，而賦之出，至今益重。宋紹熙間，米之賦於秋者，爲石十有一萬二千三百有奇。其季世有公田之役，而賦以增。國初，理土田，增於宋賦。延祐間，復理而增之。前後以罪人家田没入於官〔三〕，其賦又再增之。蓋今七倍於紹熙者矣，民其困矣乎！其地之在東南者，勢爲高，灌溉之水弗利焉。且復於海水之溢，民漸墾而殖之，殖宜菽麥，間有稻其田者，以雨而獲，賦不可以恒。舊以廷議，得改賦菽麥，量如米。自是民益墾其地。有司比收其賦，行中書省以外舊數欲米之。又嘗爲漕餉弗給，故所賦菽麥者以米，賦米以量，責缺賦焉。其疆歲每不熟，視其災者，又多熟之。役於里者，往往破家以償，猶不足。凡賦之積逋，至至正二年十餘萬石，其民益困，而責之益急，然終不能足。於是，行中書省擇官之賢能者覈其事，而吾州別駕宇文先生實受其任〔四〕。至則考其圖志，究其吏牘，察其輿人之言，愀然嘆曰：『松江之民，受困如是乎！』復命丞相府，請地宜菽麥者，菽麥賦之；漕餉之缺者，以直當量〔五〕；災而不熟者，蠲其征。卒從先生請，松江之民德之矣。會稽於越郡爲劇邑，且臨乎上者朝夕偵之，斷公事不當理，民即赴愬郡府，譴立至。南陽宋公爲郡時，其邑之官以事空，用先生攝一邑事數月。宋公，天下名能官者，明廉有威。屬司恒慄慄，恐獲罪，於先生所行，悉是之，常呼爲『先生』云。繼守郡者，台哈布哈公也。公剛正，其待下猶嚴，唯待先生者如宋公，數以旁邑事煩之，決陳牘數十事，素習吏者服焉〔六〕。嵊以鹺直十五萬緡，屬邑之業賈者營其課，歲久弊出，幾亡直矣。先生即復其直，而箠不一施，吏又服其能云。先生爲政所至〔七〕，民受其惠〔八〕。觀其惠於外者，固能吏所及，而誠意感乎，不假智力而庶績以成，又有出於能吏所恃之外者矣。宜乎喜聞樂道，無間於內外之民也。其授代而歸也，賦詩以送者，不約而集。趙君素軒既以其惠於吾州而民不能忘者叙之卷首矣，其所略者，竊著於末爲後叙，以志夫喜聞樂道之意云爾。

校勘記

〔一〕『焉』，邵二雲藏抄本作『也』。

〔二〕『疆』，底本作『彊』，據邵二雲藏抄本、嘉慶宋氏家刻本改。下『其疆歲每不熟』之『疆』同此。

〔三〕『没』，邵二雲藏抄本作『役』。

〔四〕『受』，邵二雲藏抄本作『授』。

〔五〕『以直』，嘉慶宋氏家刻本作『直以』。

〔六〕『吏』，邵二雲藏抄本作『理』。

〔七〕『至』，邵二雲藏抄本作『致』。

〔八〕『受』，底本作『愛』，據邵二雲藏抄本、嘉慶宋氏家刻本改。

送岑景融序

至正甲申歲二月二十六日，予友岑君静能之從子景融，將有武林之游，具舟於江之滸矣。其姻戚朋友，即龍泉山之椒飲餞之，而予與静能在焉。酒酣，俯江而望，則彌然之潮〔一〕、快然之風自東而來者，若趣夫景融行也。於是景融興席而請曰：『男子之始生，爲之桑弧蓬矢以射，蓋有志乎四方也。某之齒已壯，而局促乎一室之間，無所事於世，非男子爲也。今出而遊矣，願先生賜之言，以張某之志。』予因告之曰：『人之游而志是達也，猶舟之行於水而途是趨也〔二〕。今子之行，風無逆乎子之舟，潮無背乎子之舟，順是以往，雖一日千里，不難也。然亦知夫不難於此，而難於彼者乎？去此四十里，有所謂七里灘者〔三〕，吾見其有經宿而不得過者，潮之不與舟逢也。又五十里，有盱江焉，又二百里有浙江焉〔四〕，吾見有數日而阻於其津者，風與潮不利乎舟也。行而有所難，有所易，天下之途皆是也。使乘舟而行者，見其易即躍然以進，見其難即弛然以退〔五〕，惡能至於其所欲至者哉？雖然，舟之行也有道，帆櫓之是利，資糧之是儲，何難之不可待而進也。景融之遊之道，盍於舟焉觀之，勵才業爲帆櫓，積忠信爲資糧。相時而動，不以易而進；居易俟命，不以難而退。於古之豪傑之士，事於世者之所至而求至焉，吾於景融之遊，有望矣。行也，景融！予之言，有張於子之志者，不在是乎？』時靜能藏器山澤而老矣，舟之利帆櫓，儲資糧，而無四方之行者也。聞予之言，亦以爲然。遂書爲《送景融西遊序》。

校勘記

〔一〕『彌』，邵二雲藏抄本作『溺』。

〔二〕『趨』，邵二雲藏抄本作『趣』。

〔三〕『謂』，邵二雲藏抄本作『爲』。

〔四〕邵二雲藏抄本『又』下有『三』字。

〔五〕『弛』，邵二雲藏抄本作『施』。

送張彦禧序

王良善御，御必取善馬。馬之覆車者，王良不以其徒力取也。是故王良雖範其馳驅，在馬不在王良。馬之善馳驅者，王良能取之不苟，則凡取於王良者，皆善馬也〔一〕。夫善御者之於馬尚然，則善治者所取，皆善類宜矣。分省員外郎陳公，以總督鎮兵臨吾州，三年於兹，兵民皆安之，惟恐其去，蓋善治者也。在其幕以佐治者，莫非善類，張君彦禧其一也。彦禧敬慎慈恕，樂於無事，不要權以封己，不遑欲以厲物，其崇信古訓，灼知禍福之原者歟？當法制變通之際，使彦禧偕羣有力者馳驅當世，孰曰不能？顧循循蹈規矩、若無所爲於其間者，是誠何如哉！非陳公，不能取彦禧輩以佐治；非彦禧輩，不能得陳公之取也。吾於是有感矣。自古爲治者，治於任德不任才、任才不任德，未必無所快於心者。譬若御者之於馬，而唯力是取，其馳驅長阪，窮日不輟足而有餘力，及遇險阨，勇進無畏難，又策而亟其步，不知其覆車之禍，往往在是也。然則陳公之取善類，彦禧以善類自處〔二〕，吾知其有燭於是理也較然矣。彦禧以賢勞當陞，而徵余贈言。余雅敬彦禧，於善御善治者又有所感，故著其説，爲彦禧贈。

校勘記

〔一〕『也』，邵二雲藏抄本作『焉』。

〔二〕『處』，邵二雲藏抄本作『取』。

送樞密經歷李侯再守奉化序

漢循吏黃霸，前後守潁川，治行優甚，及爲相，則弗逮。人之能，固自有概哉！然自漢至於今，千數百載，天下爲守者何限？而霸之名，桀桀在人口齒，鮮有過霸者。霸之能，又未可少哉！夫能於守，不甚能於相，非其心慮之有更，局其質焉耳矣。然則傳循吏者，不以彼損此，厚矣乎！晉寧李侯元中，前守奉化，有能名，選樞密經歷，吾州分院所涖也。軍旅民人，咸倚以重，侯贊其治，又有能名。居吾州甫一歲，奉化人懷其治行不少輟，白於公選，又奪之去，還其前所治。吾州雖以其先大夫治與葬所在，尤厚於侯〔一〕，而奉化固奪去，留弗獲。噫！李侯再治奉化，何其有似夫前後之爲潁川者乎？或嘗疑霸之後，世道益不古，循吏之行，其諧於古益難。以李侯觀之，謂古今之道果有二致，可乎？然霸能於守，不甚能於相。李侯治奉化有能名，進而贊治樞密，又有能名，則設使居相位，其有甚不能乎？噫！霸之能於守，不甚能於相者，局其質而學之力或有缺也。李侯其質邁者歟？其有學者歟〔二〕？兵革之後，國家選賢能於內外，愈難其人，則侯再治奉化。苟益有能名，安知其不致相位而能於相耶？雖然，能於相者若伊傅、周召則尚矣〔三〕，下之又奚敢爲侯道哉？樞密管勾吳君某，以余舊遊，於侯之去，徵言以送，故有循吏之説，而且以治世之爲相者望於侯云。

校勘記

〔一〕『厚』，邵二雲藏抄本作『大』。

〔二〕『有學者』，嘉慶宋氏家刻本作『學粹者』。

〔三〕『尚矣』，邵二雲藏抄本作『上以』。

代劉同知送危檢討還京師序

至正三年，天子詔修近代史之未修者。而宋氏之事，竊紀於江南草野間者甚博，實採摭者之所資焉。明年，經筵檢討危君太樸奉使購求其書，周流楚吴越之疆〔一〕，搜微抉幽，極其心力之所及而後去。宋之叔世，其人才出於四明者爲盛，至今文獻猶有足徵者。君至是留四十餘日，得書七千餘卷以還。於當時名臣若樓公迂齋，猶以無可考其行實爲憾。餘姚於四明爲鄰邑，孫公燭湖、趙公平菴之家在焉。君往還求其逸事，而皆不可得其詳，亦以爲憾。君，吾故人也，遇於是邦，目擊君之所以爲憾者，其於凡賢人哲士言行存泯之際，可謂深所致意者矣。夫古之賢人哲士，所以修於身而用於國，其一言一行，固可爲後世法〔二〕。然亦無意於後世之名而爲之，而後世史氏，以不得其一言一行著諸載籍爲憾者，此則好德之良心，而有志於史述者也。且吾因是有所感矣。賢人哲士既有以見於世，其可以不朽者，未及百年，猶或寖以湮没，則夫閭巷之匹夫匹婦，秉義勵節而無所託者，欲死而不朽，亦以難矣〔三〕。然則任夫發潛誅奸之權者，其又可以苟簡之心乘之哉？此君之憾，所以爲慎其職者之所爲也。雖然，遺憾於今者，固當時職史者之失，以有志者觀之，亦足以爲戒。皇元一統之盛，亘古所未有，人才之出，與氣運相爲盛衰。則今顯而廊廟之上，隱而巖穴閭巷之間，其有豐功偉烈、潛德卓行可論次史氏爲國家之光者，豈少也哉？君還館下，凡執遷、固之筆者爲我謝曰：『聖天子慎擇史才，豈特異代之史是修而已，固有所宜汲汲盡其職者，諸公無亦後之有志者之憾是貽也。』

校勘記

〔一〕『越之』，邵二雲藏抄本、嘉慶宋氏家刻本作『之越』。

〔二〕『爲』，邵二雲藏抄本作『謂』。

〔三〕『以』，邵二雲藏抄本作『已』。

送王巡檢赴岑江序 原注：丙戌

至正四年，天子以河南北諸郡災於水，民死亡不可勝數，悼心殫慮，日夜不遑寧。惟拯其饑溺若弗及，是憂倉庫之不足承。於是，募天下庶人之不隸刑籍者，入粟授官有差。而吾邑王君某〔一〕，以五百石有奇受九品官，巡徼明之岑江，希遇也。天子法三代爲治，恒慎名器，不濫以畀人〔二〕，四方臣庶〔三〕，饒於財不得自致於貴顯、職競周行者，乃於此時得以其所饒，獲其所缺而慕望者，兹非幸歟？然世俗爲其以貲進而易之，見易者亦蹙踖不自奮，諱言其所自。

噫！是特未之思耳。三代以降，論治必曰漢氏。漢之賢能，仕而得列循吏者，亦榮矣。班固傳循吏，不過六人，而黃霸者，治行尤異。霸之仕，蓋以入財進也。公孫弘號儒者，以賢良徵爲博士，位至三公，而君子則有以議之，以爲霸之弗若。以是觀之，世之賢能，困於阨塞則已，苟有道路可進足，舍詭遇媚竈、羞妻妾者弗爲，皆賢能之所得爲也。今王君，東海一布衣，當聖天子慎名器之時，藉先人遺貲，獲官職於希遇，其可不思所以自奮哉！巡徼之職雖卑，厲治行之首，將在此矣。黃霸何人也？爲之則是。有治行如霸，遭時如霸，安知爲二千石、爲丞相，傳循吏于良史氏，照耀竹帛者難致哉？雖然，君之抱負，有出於霸之右者，又非予之所能窺也。解世俗之見，姑以霸言之耳，君其思所以自奮哉！

校勘記

〔一〕『吾邑』，嘉慶宋氏家刻本闕。

〔二〕『界』，嘉慶宋氏家刻本作『與』。

〔三〕『臣庶』，嘉慶宋氏家刻本作『民庶』。

贈程隱微序〔一〕原注：戊子

世談術家之善推命者〔二〕，必曰唐李虛中氏。虛中儒者，而術家宗之，是得其學之一端耳。韓子志其墓，稱其學無所不通，最深於五行書。推人壽夭、貴賤、利不利，輒先處其年時，百不失一二。其説汪洋奥美，關節開解，萬端千緒，參錯重出。星官曆翁，莫能與其校得失。自古術數之學，無踰李淳風、浮屠一行者，而虚中與二子並著名於唐，至今雖婦人小兒皆稱之，則其於五行書，信深矣。五行之禀，在人有一定不可易者。其晚年乃得秘方，能以水銀爲黄金，服之，冀果不死，而卒以疽發背死，符其所夢。噫！虚中于己之壽夭，獨不自推乎？信道士説，而於五行書顧自信不篤，何也？吾於此不能無疑於虚中矣。金華程君隱微，涉通羣書，晚年隱於術家，以所謂緒形五星，推人壽夭、貴賤、利不利，亦稱百不失一二。公卿貴人慕而問者，一以其法決之，未嘗顧其喜怒而依違其説。或謂其利一時之遇者，不爾也。隱微曰：『吾之遇不遇，有命焉，安能爲人紿言命也。』噫！隱微之術，吾不能測其於虚中者何如，以其篤於自信者觀之，不賢於信道士説、徼幸於長生不死者乎？隱微於此，可謂有儒者之學，其足尚矣。吾嘗讀《日者傳》，竊怪司馬季主者樂於卜筮，終身而不厭。及涉世故，乃知卜筮誠有可樂者。吾願坐一廛，與龜策爲伍，日得數十百錢以養老母，亦足矣，更何望富貴乎？夫推步卜筮，固同一流也，苟此之遂，隱微其與吾遊乎？

校勘記

〔一〕邵二雲藏抄本、嘉慶宋氏家刻本題作『贈程德隱微序』。

〔二〕『術』，邵二雲藏抄本作『俗』。

宋玄僖集卷十三

序

贈李生序原注：庚寅

始余聞四明李生遊江海，得秘方，能爲人治奇疾，皆命日而愈。然聲容冠服，不能撼貴顯，知其名氏者，特山谷田野之人。余固識於心，猶未之信也。去年春，姻戚應生者生疣於目表，大若核桃，而長未已。别六七日而見，則帖焉如平常。問其故，乃李生爲之也。余於是欲一識其面目。今年，余與河南郭子振讀書吾鄉圓智寺。夏五月，李生過余而留焉。子振舊病痔良苦，以余之言，從生治之。浹旬之間，若實熟蒂脱，而其疾去矣。噫！世之病疣痔者，無間於王公貴人，而得其秘方者甚少也。疣痔之病，不甚於龜手者乎？古之人，能使手之不龜者，足以取富貴，况治疣痔而得其秘方如李生者乎？然李生不矜功，不責報，與人言，必依於忠信孝弟，無富貴利達之望。則其不遇於王公貴人者，豈果係其聲容冠服之間乎？子振，吾州太守公之子也。其親舊多大官鉅族，以生能去所苦，先以錢帛，又圖報於後。生辭曰：『富貴貧賤吾自知，得甘旨以養老親足矣，尚何有願於其外乎！』子振益嘉其志，遂徵詩吾黨以彰之，余爲題其首。

贈徐君采序原注：辛卯

前廿年，余始交山陰徐君君采。君采時以龜策隱市廛中，郡之士大夫皆與之往來。其擬游京師也，安陽韓先生以文贈之，且稱其雅好琴書，而於岐黄氏之書則未之習也。數年來，余於吾鄉聞君采客錢唐，能治痔，取奇效，馳聲公卿貴人間，心竊異之。去年秋，會諸錢唐逆旅，以他病求君采治者日集其門。益異而問之，則曰：『吾於張仲景著論以習，驗於人矣。』噫！君采久不見，何其多能若是耶！今年，余復至錢唐，見其藥室所張，皆德其愈疾而贈以文者，則君采之於醫，信有濟人者矣。余觀士之懷仁抱義者，莫不有志於當世，而求其得、行其志者，恒少也。余行年四十矣，固知仁義之施於物者，惟醫猶庶幾焉。然學之已晚，懼其不足以濟人，而適足以累人，則于醫又不能爲已。自今以往，徒羡君采醫業日益精，濟人日益衆，亦足以自快其心而忘其貧也。廬陵邑長竇侯，以其伯氏嘗危於末疾，得君采活之而不忘，徵文於余以贈之，於是乎言。

贈許仲舉序原注：甲午

疽發於背，危疾也，天下之人無知愚，舉知而懼焉。然其始發也甚微，其可見者，僅如粟豆比，天下之人，又往往忽焉，而治之不蚤，以致不救者多矣。苟於其始發之微，即艾以灼之，不痛而至於痛，痛而至於不痛，其疾易治且易愈也。三日不治至五日，五日不治至七日、十數日，則橫逸肩背，壞爛不可收拾，至是而欲治之，亦難矣。幸而毒未内洞，而遇善醫者，必盡去死肌，易新膚，凡百無所觸忌，庶乎可冀不死。俟其血氣内充而外固，飲食起居，復其故常，非以歲月計不可也。然則人有是疾，治之不蚤而得生全者，特幸耳。吾鄉吴易之先生，年已七十而背發疽，雖覺之三日之外，然治之不甚緩，治之者又得里人許仲舉，能循古法，不敢以私意乘之，故收功於旬月之間，無甚難且危也。吴先生疾既愈，不忘仲舉之功，思所以彰之，而徵言於余。噫！緩急難易之辨，非獨治疽爲然也。天下之事，其類此多矣。以作難者言之，其初迫於不得已，而人自爲計。其後徒黨稍衆，而聚於山谷。又其後形生勢長，抗官軍、犯城池，而生民陷於塗炭，貽慮於廟堂之上不淺也。天下方以治難爲務，其緩急難易之辨，與治疽者相類，而於余心適有所感，於是乎言。

爲趙仲容贈孫仲麟序原注：丙申

山陰趙君仲容，寓吾州孫君仲麟氏有年矣。仲容在州郭，數與予相見，今年來，不見仲容者半載。一日遇諸途，問曰：『何久不見子也？』仲容曰：『吾病疫兩月，幾與子不相見。』余駭而悲之，且自責不知仲容病也。又一日，仲容過余，曰：『吾有請於子，子無吾辭。』余曰：『何謂也？』仲容曰：『日者厲疫流行，受其災而至危者，莫吾家若也。吾家無旬月之蓄，而親戚僮僕無一在焉。吾既病甚，吾婦、吾二子又相繼病，病甚於吾。四人者同卧一室，相顧待盡，微吾仲麟氏，盡爲鬼矣。仲麟於吾，非親戚之屬也。乃憂形於面，與其諸子日夜營救，候視而迎醫禱神。與夫時其飲之凉熱，節其食之多寡，凡所以活吾四人者，無所不用其極。微吾仲麟氏，盡爲鬼矣。仲麟于吾一家，真所謂生死而肉骨也〔一〕。然吾窶，無所爲報，願子叙其事，章仲麟之德，庶幾吾之不忘於心者〔二〕，恒在人耳目，以爲美談也。』余乃嘆而言曰：古者『死徙無出鄉，鄉田同井』，無旅困之家也；『出入相友，守望相助，疾病相扶持』，無不恤之難也。良心之存乎人者不失〔三〕，故天下和平，而民不夭札也。自人欲横溢，各溺其私，大防不修而至於崩決瀰浸。震蕩之中，父子不相保，夫婦不相守，而淪胥以亡者何限，其禍蓋有原也。仲容去鄉井而寓吾州，既旅困於此矣，又盡室以病，而值時之不易，幸而有仲麟之相友者，爲之扶持也。嗟乎！世之病疫如仲容之至危者，不爲不多，不幸而不得如仲麟者爲之扶持，而至於夭札者，亦不少也。使天下之人，皆如仲麟之存心，則親疎上下之間，豈復有失所者乎？然則仲麟之事，固余喜聞樂道，而仲容之命，不可辭矣。雖然，余與仲容交，而病不及知，困不能恤，仲麟之德人也，余固樂道其事，而又有愧焉。則區區空言之爲，於仲麟之行事何如哉？

校勘記

〔一〕『肉骨』，底本作『骨肉』，據邵二雲藏抄本改。

〔二〕『幾』，邵二雲藏抄本闕。

〔三〕邵二雲藏抄本『人』下有『人』字。

贈余益之序原注：乙未

今年秋，吾弟元儀疽發腰背間，玩而不治。歷八九日，寖腫而大，背若負斗米重，乃懼而求治於人。習灸者曰：『猶可灼艾。』遂實艾若食指大，灼至百餘壯，始痛不可忍，乃止。然猶慮其危，而求治之心未敢遽已也。友人慈溪高君仲寶曰：『吾邑余君益之善治疽，疽發於人身，自頂達踵，隨所在而治之，無不愈。其法不灼艾，不用刃，唯以其先所傳蜀僧秘方，藥摻其內〔一〕，毒從水穀道出〔二〕，於臟腑無所撓。而腐於外者，有以易而新之，未腐則不假外療，能保完若舊。治疽如余君，未見出其右者，盍往迎之？』即走迎余君。至，視其疾曰：『是易爲也。已多此火攻耳。』五鼓，作丸藥啖之。少寢，覺患處若手搔然，應其內微痛且癢，氣殷殷鳴於腸，已而溲出赤黃物。三日之間，藥五六進，而內已清，外已銷。信乎其秘方，足恃以活人也。余舊聞疽發於背，爲難治之疾，治之法，莫良於灼艾。灼艾既早，而火力又至，加之內滌，則萬全而無虞。以爲治疽之良法，無踰此矣〔三〕。孰知世有秘方藥，能拔去其病本，而枝葉其外者，不事剪伐而自落，用力簡易，取效神捷，如余君之治疽者乎？然則疽之治於余君者，又良法之尤者也。嗟乎！治疽於一身，不與治盜於天下者同一機乎？漢有盜並起渤海，天子以爲慮。龔遂往治之，而弄兵持弩之衆，悉散爲良民〔四〕，是亦不灼艾，不用刃，潛去其毒而有大功於人者也。雖然，血氣和則大疽不發，民人和則大盜不起，治疽者常幸天下之無疽，治盜者常幸天下之無盜，君子之心，蓋如是乎？吾聞余君之邑，有永嘉陳侯爲之令。陳侯善和，其民無所疾苦，則其心蓋未嘗不以無盜爲幸〔五〕，而余君之所深知者歟？余君深知陳侯之心，則其爲人治疽也，吾亦有以知其心矣。於其還，序以贈之。

校勘記

〔一〕『摻』，邵二雲藏抄本作『糝』。
〔二〕『從水』，邵二雲藏抄本作『水從』。
〔三〕邵二雲藏抄本『踰』下有『於』字。
〔四〕邵二雲藏抄本『散』下有『而』字。
〔五〕『蓋』，邵二雲藏抄本闕。

贈胡居敬序原注：己亥

至正十五年冬，江浙行中書省丞相奉詔至自京師，命官討罪，得專其柄。于時文武才謀、醫卜之士，咸侍幄幙以從。而淮東胡君居敬，以宦門子弟，齒弱而氣壯，聰明强記，涉儒書，通醫道，尤親邇焉。居半歲，授淳安簿，不赴。乃東遊會稽，探禹穴，絶娥江，謁漢嚴子陵先生祠墓而至餘姚。餘姚地僻，山川夷曠，風俗樸野，偶有所適其意，因久留焉。十九年春，淮右謝公以江浙參知政事統其軍，臨寓餘姚。公與其諸帥，皆居敬舊所見者，其遇於兹，無不驩然願慰。知嘗值難，衣服錢帛罄於盜，欲周其匱。一日，忽覓之不見，問一市人〔一〕，皆莫知所往，諸故人益念之，且謂其狂不改其初也。不三月，其軍去，還浙水西。余於州郭遇居敬，挈行槖，野服麻鞋，自東方來。余問其向留何地不得見，居敬笑曰：『吾並海東行百餘里，得深山窮谷，遊七十日，躋巖石，翫雲霞，露飲木茹而不渴不饑〔二〕。微藥囊遺市舍，動吾念，幾忘返矣。』始余識居敬時，談者言其豪放，善飲酒，棄財物若土芥，歌姬舞女日列於前，而不一動其心，不知其果爾否也。而鄭山輝先生又恒稱其能，曰：『居敬於醫書無不貫通，問其疑義，即應口酬析，歷歷有援據。其治疾也，若名將用兵，取勝神速，而常情不可測度。居敬於醫，可謂有過人之能矣。』余今年始數與居敬接，察其言行，乃知其有過人者，豈一能而止也哉〔三〕？夫人所趨者，勢也；所厚者，利也；所不能絶者，女色也。而居敬於勢素遠矣〔四〕，於利素薄矣，於女色素不親而無所好矣。何人之難能者，而居敬又能之乎？是真可尚已。噫！能人之所難能，非高資不能也。然資過高者，往往有狂疾，狂而克念，則其疾有以治矣。居敬能人之所難能，固不可以狂目之，然或者亦有近似者乎？於其近似者，而治之不少疎，又非高資不可望也。噫！居敬，余所尚者，而又余所望者〔五〕，尚而有所望，能無言乎？故有以贈居敬。

校勘記

〔一〕『亡』，邵二雲藏抄本作『於』。

〔二〕『渴』，邵二雲藏抄本作『竭』。

〔三〕『亡能』，邵二雲藏抄本作『能一』。

〔四〕『素』，邵二雲藏抄本闕。

〔五〕『又』，邵二雲藏抄本闕。

贈蔡山人序原注：庚子

自知其命者，而後可以言人之命。命豈易言哉？富貴貧賤，命也；壽夭禍福，命也。命懸於天，天之所爲，深遠莫測，而人欲言其將然，無有不驗，難矣哉！是故非自知其命者，不可以言人之命也〔一〕。蓋知命爲君子，君子之心不蔽乎物，而理無不燭。理既燭矣，於富貴貧賤、壽夭禍福，一聽乎天之所爲，而無不樂焉〔二〕。既以樂乎己，又以語乎人，曰：『富貴，命也，知命者不溢不危，斯可以長守富貴也。貧賤，命也，知命者不諂不濫，斯可以久處貧賤也。壽夭禍福，命也，知命者不偷活、不傷生，則壽惟其壽，而夭非其夭也；不足欲、不蹈險，則福惟其福，而禍非其禍也。』斯言也，人苟聽之，於世教不有助乎〔三〕？夫以匹夫之言，而有助於世教，非君子其孰能之？術數之學云乎哉！上虞蔡山人，蚤嘗習進士業，試不利，即委分田野，而無競於時，非自知其命者歟？中年艱於生事，乃以五行書推人生年月日，所直日辰，而有以勸之。於其富貴者，勸其不溢不危；於其貧賤者，勸其不諂不濫；於其壽夭禍福，勸之以不偷活、不傷生、不足欲、不蹈險。爲人言命，而所勸若是，非以君子之道處己處人者歟？不然，何其不專尚乎術數之學也？余，久處貧賤者也。今年春，遇山人田野間，聞其言，知其有志乎君子之道，而心竊喜焉。因其徵余言，故有以贈之。

校勘記

〔一〕『也』，邵二雲藏抄本闕。

〔二〕『樂』，邵二雲藏抄本作『禁』，嘉慶宋氏家刻本作『安』。

〔三〕『於』，邵二雲藏抄本闕。

贈高生序

人之美惡係乎習，習係乎所尚。尚武者習乎干戈，則思戰鬭；尚禮者習乎俎豆，則思恭敬，是故君子必謹其習而善其尚也。尚武者，一於戰鬬，則勇士而已耳；尚禮者，一於恭敬，則何學不可進、何德不可就哉？是故君子欲知人之美惡，又必觀其習而察其尚也。觀其習而察其尚，可以得其爲人之概矣。吾鄉高生尚禮，天資樸實人也。當干戈之際，無慕乎進取，乃執俎豆之事於鄉校，歷三十月，蚤夜周旋其間，而恭敬之不忘，非所謂尚禮者歟？噫！以今觀之，尚武者何衆，尚禮者何鮮也？生以樸實之資尚禮矣，苟一於恭敬而進學不已。吾知其君子之歸，而勇士所就，惡可同日語哉！其謝事鄉校也，與之厚者徵余言贈之。余於生，既嘉其克尚於禮，又望其進學於君子之歸，于是乎言。

贈白道士序 原注：壬寅

神與怪，孔子不語。而後世宗老氏者，往往能役鬼神、毆怪異，則其法果孰從而傳之也？余聞老子嘗爲周柱下史，周之法制載典籍者，非其所掌而見之者乎？按《周官》，哲蔟氏掌覆妖鳥之巢，其法以方書十日、十二辰、十二月、歲、二十八星之號縣其巢上，則去之。壺涿氏掌除水蟲，則以牡橭，其神死淵爲陵。以攻禜攻蠹物，則翦氏所掌。以太陰之弓射天神〔一〕，則庭氏所掌。其官皆屬司寇。以此觀之，周之治法〔二〕，有非恒情所測者，孔子於神怪不語有以也。周公立政治天下，得以貫顯幽者爲之治。孔子立言教萬世，不可以幽而無徵者爲之教。然則後世有能役鬼神、毆怪異，無乃周公之遺法，老氏得之而傳於其徒者乎？白虚氏自幼絶俗不羣，委質老子法中，修其業甚顓，能召雲雷，致雨暘，追擊鬼物〔三〕，以救人菑害。以余所知者言之，州治東民舍嘗連夜有瓦石擲屋上，達曙有聲，出門覓擲者，無見也。白虛爲治之，怪遂滅。比歲夏旱，爲吾州禱雨，雨輒應，此焯焯在人耳目者。今年秋，帥閫官某侯，又以白虛之弭菑有徵者，謂余曰：『吾所寓居，數有怪爲人菑，吾諸幼亦嘗菑，藥不得治。請白虛治之，怪與疾俱去，而吾居以寧。虛有除怪弭菑之德於我〔四〕，我以金帛報虛，虛弗受。敢徵子一言以贈。』余於世之役鬼神、毆怪異，固意其傳有所自，況白虛弭災之事，余平日所知者，又辱以某侯之命，以言贈虛，可以辭乎？乃竊解孔子所以不語者，而援《周官》之所載者〔五〕，作《贈白虛道士序》。

校勘記

〔一〕『天』，邵二雲藏抄本作『妖』。

〔二〕『治法』，嘉慶宋氏家刻本作『法制』。

〔三〕『物』，邵二雲藏抄本、嘉慶宋氏家刻本作『神』。

〔四〕『除』，邵二雲藏抄本、嘉慶宋氏家刻本作『治』。

〔五〕『者』，邵二雲藏抄本闕。

送雲巖觀提點隋君南遊還京師序〔一〕

隋君明德，以黄冠居雲巖觀有年矣。雲巖在京師，王侯將相所遊息之地也。君以至正二十有三年，自燕蹈海抵錢唐，上天目，望日出於海。東過會稽〔二〕，探禹穴，又登舟甬東，取海道至閩粤，然後還京師。是行也，蓋歷觀東南諸名山，與巖穴布衣采芝苓，服霞露，聽風泉猨鶴之音，而肆志於事物轇轕之表，人謂其遂往而不返矣。居無何，乃復步蛟龍黿鼉之宅，望天子宫闕城郭，以還其舊廬。而往時燕齊之士，所從求安期、羡門之道，雖浩蕩恍惚在其目前，其安肯一躡其故迹也。噫！以隋君冠黄冠，果不忘世若是〔三〕，使有遭遇如魏特進，安知其出處不異於輩類也？余考唐人才，嘗怪魏特進者，佐太宗，濟億兆，謀謨諫諍，致貞觀之烈〔四〕，與杜、房諸宰相並稱勳臣〔五〕，其人亦偉矣。然其初，則隱跡黄冠中，落魄無所表暴，豈憤世嫉邪無以泄其蓄，遂有長往不返之志耶？抑三代而降，將相之傑出者，多儲於神仙之流也。觀漢留侯，受書黄石，爲帝者師〔六〕；及曹相國，用黄老之言，治尚清静，則其端亦見矣。於魏特進之事，又烏足怪哉？今海内苦兵革已久，治之復謀謨諫諍者〔七〕，隨所儲而奮也。隨所儲而奮，吾以人才望當世不狹矣。隋君，其處黄冠奚若哉！其處黄冠奚若哉！

校勘記

〔一〕『還』，邵二雲藏抄本闕。

〔二〕『東』，邵二雲藏抄本闕。

〔三〕『是』，邵二雲藏抄本闕。

〔四〕『烈』，嘉慶宋氏家刻本作『美』。

〔五〕『杜、房』，嘉慶宋氏家刻本作『房、杜』。
〔六〕『者』，邵二雲藏抄本作『王』。
〔七〕『復』，邵二雲藏抄本、嘉慶宋氏家刻本作『以』。

宋玄僖集卷十四

記

兩浙都運鹽使司判官阿哈瑪特公惠政記

至正十三年，兩浙都轉運鹽使司判官西域阿哈瑪特公，以歲賦各有督，分司明、越二郡，德刑並施，官庶畏悅，頌聲溢於塗，厥績孔彰。越之石堰場，賦最重。其歲之賦，畢輸於仲秋。恒役是執者，既夷竈息力，相與慶勞，繹公之恩不釋心，乃徵文刻諸石。其詞曰：『維國家奠中區，包有外域〔一〕，物衆財阜，庾積府蓄，用之不匱。軼前曠後，厥維盛哉。』然宇内貢賦之算，浙江當大半。鹽之賦兩浙者，以引計之，底四十萬通貫，界内四分其直，官取一焉。而歲有恒征，其給經費有餘矣。車載馳負，闐齎廣莫，道不絶運。東南之氓，乃日勤於食。比歲外難四起，征討不輟，物力大耗，民用不靖。有司湛溺故習，益乘時肆志，無所恤隱。況貨利出入之藪，法禁櫛密，政柄嶽重，神動鬼變，易行其胸臆者哉！今公督賦二郡也，正以飭己，明以屏姦，寬以紓困，敏以集功。故隸其下者，仰之若時雨，憚之若夏日，靡有陷法怠事者矣。先是，石堰輸賦者類利於遷延，有嬰窘歲杪負重累者焉。公則雨暘是視，而緩亟其力，故恒賦先期而畢輸。氓之老稚，熙熙然慶勞以寧，且知恩之自出矣。譬若慈父母，愛厥孺子，節飲食，俾無疾病痛苦〔二〕，乃實愛厥子也。石堰之氓，以公愛己若愛厥子，弗敢恩是昧，刻文示子孫，以俟督賦若公者臨焉，而事之有則，亦曰宜哉。是歲九月既望，餘姚宋禧記。

校勘記

〔一〕『外域』，邵二雲藏抄本作『域外』。

〔二〕『痛苦』，邵二雲藏抄本作『若』。

聽雪齋記

至正庚子冬十有二月，大雨雪。於時，華陰楊君志中，自鄞過予而言曰：『前閩之浦城令任君某，吾故人也。繇北方僑居江南已久，嘗讀書金陵之鍾山，每雨雪，篁竹間輒聽之不厭，有宋王文公終老之志焉。名其室曰聽雪齋，士大夫爲文章以道其志者頗衆。及閱世故，其室、其文章盡喪之矣。後就仕閩中，而轉寓於鄞，鄞又王文公嘗爲令處也。周流困頓，恍焉有鍾山之思，而未嘗忘乎雪之聽。願子有以記其名齋者，將隨寓而揭焉。』予既辭〔一〕，乃曰：風霆雨雪，皆天之所以爲教者乎？而雪有形而無聲，於草木之相遭，則其爲聲，又希以微，淡以幽。非若金石絲竹之鳴於樂者，鏗鏘動盪，足以釋湮鬱、發志意也。是故，雪之有聲於所遭也。擁歌姬粉黛〔二〕、酣飲帳中者，不聽；迫凍餓、以憂衣食亂心者，不聽；被甲執兵、疾馳而深入、志於滅寇者，不聽。然則聽於雪而不厭者，非山林高潔之士〔三〕，神閑而氣專者不能也。方其聽以耳也〔四〕，而不知有身；既而聽以心也，而不知有耳；終而至於無聽也，又不知孰爲天地，孰爲萬物，而孰爲我。噫！聽雪之至者然也夫！然則於富貴利達，有弗忘矣乎？於貧賤患難，有弗忘矣乎？吾故曰：聽於雪而不厭者，非山林高潔之士、神閑而氣專者不能也。雖然，雪之聽也，忘富貴利達、貧賤患難則可矣〔五〕。若以高潔之資，有得於希微澹幽之韻，而遂以忘世，又惡乎其可哉？自兵興以來，生民之難極矣〔六〕。以江南言之，饑饉癘疫，無歲無之，而雪則鮮有。今年冬，大雨雪者三四，談者以爲時清歲豐、民用平康之祥，信爾。則天下賢材，不能無力於其間也。予聞任君，素致力問學，有匡世之略〔七〕，且方一爲縣令江南，而年又未老，其可遽如王丞相戀戀鍾山雪竹間耶？予慮其於雪之聽，或者幾於忘世，故又有是言。不知知言者謂何如？既以復志中，志中曰然。遂書爲《聽雪齋記》，而歸諸任君云。是月十有四日，餘姚宋某記。

校勘記

〔一〕『既』，邵二雲藏抄本、嘉慶宋氏家刻本作『不』。

〔二〕『姬』，《永樂大典》本闕。

〔三〕邵二雲藏抄本『林』下有『之』字。

〔四〕『聽』，邵二雲藏抄本闕。
〔五〕『利達貧賤』，邵二雲藏抄本、嘉慶宋氏家刻本作『貧賤利達』。
〔六〕『生』，邵二雲藏抄本闕。
〔七〕『世』，《永樂大典》本作『時』。

疊嶂樓記

今年春，予以事適上虞之始寧鄉，行山谷中若干里〔一〕，雖涉水石，狎禽魚，而一丘一澗，必及之而後見。稍得其勝，則目已煩，足已倦，乃知貪多慕遠，非衰朽者之所堪也。因竊自念，以爲當山水之會，憑高得其所，庶可快意於一舉足、一寓目之頃乎？及抵賀溪，姻戚倪君以道爲余置酒疊嶂樓。啓東牖以觀，則臨緑野，邇清溪，襟抱夷曠，而羣山踴躍。自南而趨北者，横亘二十有餘里，蒼翠交積，雲氣流動可翫。樓之左右去數里，又皆岡巒重拱，與之勢相屬、脉相貫。其鄉與吾邑接，凡山之高偉與獻奇秀而競出者，盡在吾目中矣。向之所念，不終日而獲之，一何快也。雖然，余與以道望其諸峰，則所謂丹山赤水洞天者，在其東南十五里而近，漢上虞令劉綱及其妻樊夫人昇仙之跡在焉。余雖生長邑中，未嘗得脱屣一往而觀其處，常以爲憾。今老矣，猶願採藥其山中，侣猿鶴，賓雲月，超然以釋其憂患，而未果也。試以是告以道〔二〕，以道指其樓之前，鄮山之南，而語余曰：『此之丹山道也，子倘能往，吾即與之偕。』

校勘記

〔一〕『干』，底本、邵二雲藏抄本作『千』，據嘉慶宋氏家刻本改。

〔二〕嘉慶宋氏家刻本『是』下有『語』字。

深秀樓記

上虞隱者倪翁谷真，予姻戚也。翁與其從子性，樓居其邑之東南羣山之間，以深秀名之，取宋歐陽公稱滁之諸峰者之語也。性以其世父之命徵予記〔一〕，予不敢辭，乃申其深秀之説，爲翁諸子性最焉。其説曰〔二〕：去乎淺露之謂深，出乎庸陋之謂秀。深與秀，天下之物皆有之也。以山言之，其一丘一壑，易盡其韞而不足動人耳目者，非深秀之可言也。乃若層巖疊嶂與穹林長谷〔三〕，委蛇出没於數十百里之間，窮日之力而不能底其極焉〔四〕，斯可謂山之深者歟？高下有位，俯仰有容，起伏趨立，開闔往復，變化百出而各若有其情。蔚之以草木，焕之以雲霞，昭之以日月，流之以風泉，麄厲汙濁之氣無自入焉，斯可謂山之秀者歟？噫！於山而見其深秀，固也。孰知夫深秀之在人者，又不可以衆人之見見之乎？觀於古，若王、楊、盧、駱之輩，非無文矣〔五〕，而浮躁淺露者，不可稱其深也。又若劉荆州二子，非不出於華顯矣，而豚犬其爲人者，不可稱其秀也。夫深秀之不可稱者，固比比有其人，而極四海、亘萬世，則又未嘗乏其深秀者也。考於載籍可見已。噫！在古者如是，生乎今之世者，獨不可以爲古之人乎？

吾嘗觀於倪氏矣。谷真翁有潛德，以寬厚長者稱於鄉黨。性早孤，而教於其世父與其母夫人者甚篤。明慎温恭，出其天性〔六〕，而問學不自畫。翁之二幼子，雖得之晚年，而端敏向學，所至未易量。倪氏之子弟若此，獨不可以爲古之人乎？然則登其樓者，有觀人之明，豈獨見其山之深秀也哉？夫以深秀之在山，而不知有諸己者，惑也。深乎其造聖賢之奥，秀乎其爲萬物之靈，而淺露庸陋之號，不得以加之，是則其人之所宜勗者矣。予於倪氏，有姻戚之好，慮其諸子性之居是樓者，以深秀之稱在乎山，不在乎己，而於其所宜勗者，有所忽也，於是乎言。至正丁未九月十日，餘姚宋元禧記。

校勘記

〔一〕『命』，邵二雲藏抄本闕。
〔二〕『曰』，邵二雲藏抄本闕。
〔三〕『巖』，邵二雲藏抄本、嘉慶宋氏家刻本作『巒』。
〔四〕『日』，邵二雲藏抄本、嘉慶宋氏家刻本作『目』。『底』，邵二雲藏抄本、嘉慶宋氏家刻本作『抵』。
〔五〕『非無文矣』，邵二雲藏抄本作『然』。
〔六〕『其』，邵二雲藏抄本闕。

江浙行省左右司員外郎陳侯督賦石堰場善政記

江浙行省分治浙左之明年，左右司員外郎天台陳侯總督鎮兵於餘姚。餘姚之民，既恃若河山，以衛以育，父母妻子，不析於難。又明年，石堰場官吏民衆慕侯之政，願兼董其職，乃請於分省。分省從之，其歲至正二十年也。餘姚固瘠邑，石堰爲場，即餘姚北鄙而置。賦鹽重他場，入國家來，嘗增至九千引，引四百斤。煮海之户，隆替不恒〔一〕，而有恒賦。以困於賦重，竄徙隕絶者不勝計。見在民又多匱乏愁苦〔二〕，其蠢稚無寒暑宵晝，悉詣竈所，煮斥鹵，直薪火，終歲劬役，食衣恒弗周，至病也。場賦之登虧，令丞等與其民同紓窘、通忻戚，國法不可玩焉。今爲令者王君某、爲丞者鄒君某，皆石堰人。以石堰至病白分省，得減賦，賦六千餘引。又以賦之出内，有内阻外侮之不虞，乃與其民衆謀曰：『場之賦辦至艱，非得上官寬而有爲者董之。吾人與若等俱獲戾矣。』衆曰：『然。』是以有侯之請。侯被省命，即下令石堰禁苛蘇瘵，具有紀度。賦成於竈，竈輸於場〔三〕，場輸於檢校所，内外率經，彊弱遵分〔四〕，無倖利，無溢患。故是歲冬十月，厥賦告登，而功軼於舊，寬而有爲者之效，可睹已。初，侯督行軍過餘姚，有誣鎮將有異圖者。訐計已定，將發，侯力止之，故民不見難。後以總督鎮兵至，輒弛四門禁，通民夜出，以救涸田。履田督之務，持大要，纖細無所親，故任事者得展力，底有成績。他若銷弭災慝，沒其跡不以徼譽衆口者，又曷可具載？噫！仁人恤類，厥心靡有極，力所逮不擇地而設〔五〕。觀侯之治狀，匪獨著惠石堰者足紀也。石堰官民謀刻石紀惠，而取語逮鄙野〔六〕。謝不獲，乃列次其語如右。侯名某，字某，古靈先生八世孫，以學行世其家〔七〕，而有文武才略云。是歲冬十有一月辛未，州人宋某記。

校勘記

〔一〕『隆替』，嘉慶宋氏家刻本作『興替』。

〔二〕『乏』，邵二雲藏抄本闕。

〔三〕『竄』，邵二雲藏抄本闕。

〔四〕『遵』，嘉慶宋氏家刻本作『均』。

〔五〕『設』，邵二雲藏抄本、嘉慶宋氏家刻本作『施』。

〔六〕『而』，邵二雲藏抄本闕。

〔七〕邵二雲藏抄本『學行』下有『世孫以學行』五字。

高節書院增地記

國朝於天下祠學所謂書院者，例設官，置師、弟子員與州學等。嘗詔有司，以閑田隙地係於官者，歸之學院，以贍廪稍之不足。然仕於州縣者，往往局於米鹽獄訟之煩，能致意學校以應明詔者，蓋少矣。至正九年夏，河南郭公來守餘姚。既於孔子廟學，究其事力之所至矣〔一〕，復以州有先賢祠學曰高節書院者，乃漢嚴子陵先生丘墓所在而建者焉。先生之風，誠范文正公所謂『大有功于名教』者，故縉紳大夫，即丘墓所建祠立學〔二〕，以致褒崇之意。公又慮其田租之入尚薄，不足贍學士〔三〕，於是爲覈雲柯海濱之地，得四百十有六畝。繼覈汝仇湖田，又約四十有五畝〔四〕，悉以歸之。高節之建，始自宋咸淳中沿海制置使劉公黻，至今八十有餘載矣。守是邦而圖增其産者〔五〕，前後僅數人。郭公，又士論之所歸者。山長應君仲珍，前攝書院劉君彦質，謀刻石記實，祈文于余。余因嘆而言曰：三代學校之法，莫備於成周。成周之時〔六〕，民皆百畞其田。於其入學之費，必有以自給。故學官養士之法，獨無聞焉。後世貧富不均，士之力於學者，勢不能兼農工商賈，而多阨於貧窶。今聚而處之學院，於其口體有所養矣。然自學者而言，則心志之養，尤不可缺。養其心志而無餒焉，雖併日不食，亦不能病其所學者矣。范文正公之讀書南都學舍，往往饘粥不充，日晏始食，亦嘗有廪稍之賴乎？至其爲治，則記嚴先生之祠，固以廉貪立懦爲言。考范公之志，聞嚴先生之風，士之肄業於斯者，亦可以自勵矣。況以郭公之能〔七〕，致意廪稍而内外得以兼養，士亦何憚而不進于聖賢乎？予既服公之爲人，又重應君之請，作此記〔八〕，以勉夫學於斯者。郭公名文煜〔九〕，字彦達，嘗仕于朝，有聲矣。其爲是邦，治行甚優，當有論著。

校勘記

〔一〕『究其事力之所至矣』，邵二雲藏抄本無『究』，嘉慶宋氏家刻本作『力其事之所至矣』。

〔二〕『丘』，乾隆《餘姚縣志》闕。

〔三〕『足』，邵二雲藏抄本闕。

〔四〕『約』，乾隆《餘姚縣志》作『得』。

〔五〕『圖增』，邵二雲藏抄本作『續增』，嘉慶宋氏家刻本作『圖續』。
〔六〕『周』，邵二雲藏抄本闕。
〔七〕『以』，乾隆《餘姚縣志》闕。
〔八〕『作此記』，乾隆《餘姚縣志》作『注此説』。
〔九〕『文』，乾隆《餘姚縣志》闕。

虞家城記〔一〕

余辟難梅川時，胡處士達道嘗謂余曰：『鄉有虞家城者，父老相傳爲虞世南宅基。吾壯歲猶見其遺址，高一丈許，厚三丈餘。吾祖母出其地。』余因與其從子惟彦過其處〔二〕，則其址之存者〔三〕，厚如處士往歲所見，高則四尺餘耳。周圍度之，爲丈百有五十，旁近居者多虞氏。按《輿地志》及孔曄《記》：『漢日南太守虞國宅，在餘姚嶼山南。』郡志謂：『治之東北三十里有嶼山。』今所謂虞家城，正在其南二里許〔四〕，國宅此無疑。謂其宅在治西一里靈緒山南，蓋郡志誤也。郡志既誤，而此相傳爲世南宅基者，意世南亦居是地，鄉人自其盛者傳之爾〔五〕。今年冬，余得觀《虞氏宗譜》於梅川。按日南若干傳至唐永興公世南，永興生工部侍郎昶，昶生廣陵别駕闡。按《陳書》，虞荔有從父諱闡。荔生世南，《虞譜》云：『永興生昶，昶生闡。』則三、四間便犯家諱，此必世譜之誤。闡生秘書監炎，炎生江州刺史玟，玟生宜春令敏，敏生汀，汀生樂清令處謙，處謙生澤遲，澤遲生光宥，光宥生敬常，敬常生仁遇，仁遇生七子：承慶、承福、承禄、承祐、承霸、承德、承裕。承禄生元昱，元昱生三子：敷、敢、叙。叙生賓。賓，宋元豐間登進士第，官至翰林承旨，生七子：仲珪、仲瑶、仲璉、仲琰、仲瑀、仲珍。仲瑶生時中。時中，紹興甲戌進士，生汝翬。按《會稽志》，仲瑶舉紹興乙卯進士，汝翬作汝翼，與譜差異。汝翬亦進士登第，生蜒，蜒生來孫，來孫生天與，皆不仕。其世系如此。又聞梅川人嘗得《虞氏田園記》石刻於城旁川水中，石斷裂不全，其文有所謂『桃源鄉應嚳仲瑶、仲瑀等，舊管水田二十二頃七十畝三角』者可讀。今余得見其斷石〔六〕，果然。餘所記田園數石刻，尚多在水中，不可得見〔七〕。而仲瑶、仲瑀名見宗譜，於永興爲十七世孫，以此考之，虞家城非止爲日南宅，其子孫富貴，世居是地甚久遠者，益有徵矣。嗚呼！餘姚，舜支庶所封。虞氏，大聖人之後。自日南有惠政，及其孫翻等，皆爲餘姚聞人，逮永興益顯。下此世濟其美者，至近代尚熾。大聖人之澤，過百世而不絶若此。今則微矣，余所觀《虞氏宗譜》〔八〕，可考者至天與之世而止。天與既不顯，於今虞氏又未知爲誰祖，惜哉。

校勘記

〔一〕是文以明嘉靖《餘姚縣志》（顧存仁修）爲底本，校以他本。按，四庫本及乾隆《餘姚縣志》、光緒《餘姚縣志》等均收録是文，但闕文甚多，唯嘉靖志爲完本。

嘉靖《餘姚縣志》玄僖文下，有編者附語：『按酈道元《水經注》云：「虞翻嘗登緒山，望四郭戒子孫曰：可留江北居，後世禄位當過於我，聲名不及爾，然相繼代興，居江南必不昌。諸虞氏由此悉居江北。」又云：「山南有百官倉，即虞國舊宅。」據此，則緒山别稱嶼山，而郡志沿之，殊不爲誤。且虞氏奕世貴盛，多開第宅，據翻之言，固有居江南、北者，又不特專此城以居也。顧其城厚完，非永興輩，其力或不能辦此。」是語，四庫本在内文『鄉人自其盛者傳之爾』下，乾隆《餘姚縣志》卷五『虞家古城』引《紹興府志》，均與嘉靖志有差異。光緒《餘姚縣志》卷十四『虞家城在梅川鄉』條則引嘉靖志。

〔二〕『從』，乾隆《餘姚縣志》闕。

〔三〕『存者』，四庫本闕。

〔四〕『正』，乾隆《餘姚縣志》闕。

〔五〕『爾』，四庫本、乾隆《餘姚縣志》、光緒《餘姚縣志》作『耳』。

〔六〕『余』，底本訛作『餘』，據文義改。

〔七〕『見』，光緒《餘姚縣志》闕。按，『又聞梅川人』句至此，光緒《餘姚縣志》卷十六『金石』引《虞家城記》。

〔八〕『余』，底本作『餘』，訛。

碣　記

謝都事善政碣記

餘姚，越屬邑，而介山海，厥土儉瘠，殫力事田作甚苦，釋銍艾即匱食者十七八。甲乙户有田數百千畝，疲於公供私給，靡有逸樂。當國家承平時猶然，况兵革既興，天下愁痛墊溺八九載，而餘難寖迫兹土哉！兹土雖僻小，民命實夥，不可無保障者爲之依戴也。江浙土宇弗靖，行省視浙東爲善地，行臺又遷治於越，皆急於征謀需斂〔二〕，州縣其使交集，罔克悉應。浙東既置分省，所屬儲饋，唯統兵官所酌用詔旨也。至正十八年秋七月，天台謝侯以分省命治賦餘姚，政出一己，衆弊盡去。凡所令期，悉符民情，厥賦早輸，而箠不一施。民既悦服，於是耋艾羣控分省，請侯鎮綏其地。分省重違衆志，乃屬侯餘姚總制其軍民事，益休息焉。比再至，士庶迎於郊，婦女瞻於門，而兒童歌於衢。既視事，訟牒盈案，剖決明捷，吏不能欺，民益以懷。於時朔南中阻，繇海道以達，而餘姚爲要衝，且密邇省臺。往來之使，日夜沓至，直傳舍以奉食飲者，其費百倍於昔，尤疾苦焉。侯以法裁其冗，横困不至踣。布治彌月，衆目漸舉。會分省出師而西，旌甲蔽野，衆懼不能共億。侯庀材任事，一夕而令行於境，過兵有餉，屯卒有廬，山野之氓，囊資糧，負薪芻，絡繹於道，肅然有度。胥吏之跡，不涉都鄙而事益集，民用無恐，侯之力也。明年春，督造御茗於餘姚、慈溪境上。以先時有病於民，備咨其故，且屬廉士以輔，宿苛乃除，民無怨焉。既而侯詣分省，請去餘姚。官吏士民，暨浮屠老子之徒，咸觸事以思，日徯其還。時侯同姓左丞公，統所謂長槍軍至自衢、婺，協力分省，以障東土。而餘姚、上虞填駐其衆。未幾，流言胥動，民以爲慮。分省乃還侯於餘姚，單騎而至。三日，其軍俄儆，嚴擁列江滸。左丞公使要侯至軍門，即策馬以往。公告以流言日甚，侯慷慨與辯，辭理俱到。公改容曰：『吾乃今釋然矣。』即日以其軍去，且飭將士毋暴其境，斬不聽令者數人。於是殆者以安，侯故也。其夏六月不雨，苗始秀，幾不縠矣。侯走禱山川之神，其雨輒應，公私藉之。前是，侯屢請去，其去止繫一州戚喜，而衆不忍釋。分省知其然，孚任益至，故有德於餘姚甚厚。餘衜其德者〔二〕，既上下一情，眷戀愈篤，且圖永遠有徵而不忘〔三〕，乃相與取著其美於石，而繫以詩。侯名某，字玉成，世篤古學，凡所以行己爲物，一出於懇怛，故其爲政，獲乎人神如此。初，授臨海丞，以功累轉某官，今爲江浙行樞密院都事〔四〕。其詩曰：

越有屬邑，僻在海濱。土力既竭，民劬而貧。其有富人，所貯亦薄。日急於公，胡能燕樂。時平尚然，况值世難〔五〕。不有保民，曷紓其患。其患既紓，敢忘謝侯。顯幽達順，乃承厥休。蚤繹古訓，志於及物。際艱而施，其忍自佚。著績斯邑，特見其端。展治而溥，所履以安。侯無遽違，以慰民思。匪侯曷恃，尚惠於玆。

校勘記

〔一〕『謀』，嘉慶宋氏家刻本作『課』。

〔二〕『餘』，嘉慶宋氏家刻本作『姚』。

〔三〕邵二雲藏抄本『忘』下有『者』字。

〔四〕『今爲』，邵二雲藏抄本作『爲今』。

〔五〕『世』，嘉慶宋氏家刻本作『時』。

哀　詞

巽菴先生哀辭原注：壬辰

至正十二年冬十有二月，吾鄉巽菴先生楊公卒，年八十有六。鄉之後先生而生者，無長幼，皆走哭而哀之。元禧始以里中童子，拜先生於床下，出入其門，而受其教誨、飲食之賜者，二十餘年於兹。於其没也，蓋有不勝其感傷者，非特哭一己之私而已也。既形之於言，而爲詩矣。詩之不足者，復作哀辭以見云。

戴天覆地，人爲貴兮。彝倫以叙，賴人類兮。芒芒九土，紛井邑兮。生乎其間，物揖揖兮。有賢有愚，莫之均兮。不有人望，孰蒸薰兮。德無貴賤，輔王化兮。治者在邑，倏代謝兮。鄉有君子，教則久兮。淑厥後生，俗以厚兮。仁義感應，古今一機兮。所恃者亡，云胡不悲兮。火中其運，寒暑乃退兮。顧瞻顯微，善類日瘁兮。我哀先生，匪懷私兮。以占以憂，來者不可知兮。

宋玄僖集補編

詩

寄王君仲遠

此余往歲所寄王君仲遠之詩也。仲遠於上虞，有海隄之功。而吾邑海隄，爲於四明葉侯者其功尤大。故此詩兼言之，見吾民不忘侯之功也。今年丁巳，侯之子孔昭氏過吾邑，别久而會，殆若所謂隔世者。然而語及海隄事，余不無歎焉。蓋侯平日知余爲深，諸大夫士海隄記詠爲侯而作者，溢於卷軸，獨闕余之所賦。知余之淺者，幾何不以厚於王君、薄於葉侯者議之。孔昭既索寫此詩，姑以附其卷末。異日當有，以專補其缺也。

諸公重裀坐高堂，先生草舍當風霜。諸公厚禄厭粱肉，先生食粥薄於湯。兩年成此蓮花塘，爲有銕心兼石腸。石塘如銕千丈長，先生之功不可量。吾州判官葉敬常，舊作海隄障八鄉。蓮花相接東西疆，勳業前後同輝光。姚虞二民豈爾忘，兩隄當姓葉與王。（南京圖書館藏清鈔本葉翼《海隄集》）

題顧雲屋丹山紀行圖〔一〕

□□□白水，顧老畫丹山。往事追行樂，留名在世間。路隨□葉去，領度白雲還。已了三生夢，誰乘半日閑。青櫺供土産，紫鳳下天關。皮陸陳珠玉，劉樊解佩環。瓊臺非有契，鐵鎖詎能攀。況遂仙鄉宿，寧愁世路艱。展圖令我嘆，下筆覺才慳。醉後忘今古，高吟破旅顔。（上海博物館藏元顧園《丹山紀行圖卷》）

校勘記

〔一〕此詩尾跋「洪武辛亥年十一月二日餘姚宋玄僖□□」，鈐「宋元僖印」及「無逸」白文印。

寄白水宮毛外史

平生未到丹山下，鄉里空聞白水名。路入洞天無百里，身遊仙境是三生。花間笙鶴春雲繞，水際亭臺曉日明。寄語石田毛外史，相期日暖斸黄精。（《正統道藏》第十一册，曾堅《四明洞天丹山圖詠集序》）

奉寄仲遠仲剛漢章賢主賓

貧病交攻一布衣，寸心長望太平時。杜陵百日苦寒熱，唐室幾年憂亂離。枕上難聽長夜

雨，鐙前爲賦故人詩。更看冬至陽生後，南浦梅花好寄誰。（《叢書集成續編》第一四八册，魏士達《敦交集》）

野梅圖

凄凄山澤畔，慘慘雪霜中。獨有憂心者，時來嗅朔風。（《永樂大典》卷二八〇八）

題紅梅畫三首

其一

自喜春光早，翻憐月影孤。鐵心亦愛惜，不肯擊珊瑚。

其二

縞帶何時换，紅裳向日明。天寒看翠羽，春近憶黄鶯。

其三

日遠江南路，愁深洛下塵。淚痕都是血，寄語鐵心人。（《永樂大典》卷二八一三）

題梅畫

看花三日屢題詩，正是高樓聽雨時。怪殺東風阻歸客，朝朝送雨到南枝。（《永樂大典》卷二八一三）

題風烟雪月梅畫四首

其　一

學得霓裳舞，飄飄下玉臺。苦心令子憶，悵望幾時迴。

其　二

縞帶誰相贈，空中未肯收。素衣卿自惜，歲晚復何愁。

其　三

長道江南暖，誰知一夜寒。平明逢驛使，好爲報平安。

其四

殘年誰作伴，耿耿立寒宵。留得嫦娥影，徘徊慰寂寥。（《永樂大典》卷二八一三）

題畫梅二首

其一

老幹風霜古，柔枝雨露新。可憐青白眼，逢着看花人。

其二

隔水花如雪，雲窗盡日開。何勞路旁別，爲折一枝來。（《永樂大典》卷二八一三）

倒枝蘸水梅花畫

三更孤月明，百頃空潭静。游魚吹落花，水面見清影。（《永樂大典》卷二八一三）

西湖竹枝詞

湖光照儂雙畫眉，鬢邊照見一莖絲。東家女伴多年别，昨日攜來十歲兒。（《列朝詩集》甲集

前編第七之下）

雙桂軒詩

雙桂亭亭立，高軒日日開。清霜不搖落，翠鳳忽飛來。此樹何年種，我詩爲爾裁。前人有遺踵，慎勿掃蒼苔。（道光《滸山志》卷五）

論

文章緒論

嘗聞莆田陳先生曰：『文章要樸茂，老人説話與後生輩弄口舌者不同，只説一兩句，自是能感動人。』又曰：『文章説時事，不平處不欲怒。』又曰：『作文須是用力造語，然必妥順，不見其用力之迹方好。』又曰：『作大文字，起頭一句要大方凌駕，得下面許多説話去。』

吾師鐵崖楊先生曰：『作科場經義如撾鼓然，始有攛頭，中有節奏，末有擡殺，其大概然也。』愚謂作古文者，却有變法，在人領會。資高者得其高。然又無法可得而法者，乃爲得其法耳。

初學作文者，需放開襟胸，窮極思慮，高深遠近，無所不至。及其外有所見，内有所得，主意既明，然後布首尾，立間架，縱其筆陣，馳騁上下，縱橫往復，力竭而後止。有氣骨，有光焰，方可由粗入精，從博至約。不然，作文雖工，未免有委靡局促之病，不可不自力也。

余年二十一二時，方學答策，作得一二篇，似稍有省處。竊謂一篇之文，其發幹分枝與一株之樹相似。一支之中又生支，輾轉相生，大小之間雖參錯不齊，而統攝分析處，各有條而不紊，豈非文與樹有相似者乎？當時偶有所見如此，未得質之於人。及觀四明程敬叔先生作文之論已有此喻，遂自信頗篤。然自今觀之，尤利初學，能循此法作大篇文字，則蹊徑易人，無亂雜之失也。

作文如打索，必使條理勻順，不可有寬、急股；又如彈琴，必使音節諧明，不可有一勾一剔之聲不相應。

文章變化之妙，固不易識，試以地理之法明之，則有吻合者。概大地之結穴者，有發將，有來龍，有過峽，有脱卸，有到頭，有護送，有朝樂。龍穴沙水，種種有情，然後爲善地矣。文章家得此法者，方是作手。然地理家雖有法可言，而未嘗有一定之法，是故其書有十二到頭、三十六穴法之説。觀其圖書，甚有妙理存乎其間。作文者得此妙理，則千變萬化，無不與之吻合也。再以地理言之，其中亦有起伏，有開闔，有轉摺，有照應，有聚精會神處，此即文章家之法。若以一定之法求之，不過宗廟家固滯鄙淺之術。夫人得而學之，何足取也！

作文之妙，吾既以地理之法明之，其又有可明者，則莫若奕棋也。善奕者必有遠著，使人不可測。及勝負之形已見，然後知其遠著也，乃爲切近之著也。且一局之勢，必段段做眼目，乃有活路，否則死棋，皆當徹去，非善奕者矣。一篇之文，其間雖有袞袞之論可喜，而其意脉或與上下不相通貫，此一段之死棋也。一段之中有長語，有虚設之字，此一句一字之死棋也。徹而去之，所存其有幾乎？是故作文先用立定一篇大意，中間分布段落，必使意脉通貫，成一篇之文。既曉此法，然後横説竪説，左説右説，無往不可。若其中更有神化不測之妙，斯如國手棋，不可敵矣。

作文章須是辭達其意而止。然古人之文，又有意在言外者，當具眼看他微意所在。若只滯他言下，却如癡人前不可説夢。是故看人文字，有當作正面看者，有當作側面看者。正面文章易見其意，側面文章非高手不能作，非具眼不能看也。正面側面之喻，是區區者創爲此説，不知文章家以爲然否？

古人叙事之文如韓子碑志，不可等閑看過。他雖是一事叙一事，中間却暗有體統倫序、宛轉活動之妙。竊謂善叙事者，其文如活龍。不知叙事之法者，其文解散無收束，亂雜無主張，却如死蛇也。是故叙事之文爲難。

韓子《送廖道士序》，極宜熟玩。其文不滿三百字，而局量弘大，氣脉深長。至其精神會聚處，又極周密無闕漏。觀此篇作法，正與地理家所説大地者相似。其起頭一句氣勢甚大，自此以往，節節有起伏，有開合，有脱卸，有統攝。及其龍盡結穴，其出面之地無多子。考其發端，則來歷甚遠，中間不知多少轉摺變化。然後至此極處會結，更無走作。然此序末後却有一二句轉動打散，此又似地理所謂餘氣者是也。

韓文叙事之妙，超絶古今。有前面叙了，又於後面叙他事處，只冷下一虚字，似乎閑慢，實是緊要，足以銜合前事。其説有未盡者，雖仍前不説，而於此一字推之，則其不説之説，却了然可知。此是他手段高處，使他人爲之，不知用費多少言語。蓋前面所序隱語，一句之中，其義不一。真正義則易爲解説，其旁義、餘義，錯雜纏糾。其所不遺者，欲説則支離鄭重，不説則實有所欠闕，此最難處置。是故於他叙事處，與此有關涉者，只輕輕下一字，點綴牽引；而前面具義不一者，不費辭説而底藴悉露。此見他一字之力，有萬鈞之重。此老作文動用，直是與天地造化簡易微妙者相似。其注意著力處，千載之下，要人亦冷地看破他，忽然爲之喜躍，却是踏著他關捩子也。若待他人説破而後和，則與自得者之味，淺深不同矣。《李虚中墓志》叙所夢之語，與追占其夢之説，以至末後一事，其文峻潔而意周盡，最宜詳玩。朱子謂韓文高，今看韓文者，實見得他處始有益。

玄極始來自天台，時齒甚稚，資甚敏，而與古人之學，信之甚篤。余衰弛無所蓄，以玄極叩之之勤，不免彊有所應。凡區區與説者，玄極輒録而藏之。後余始知其然，則既愧且懼，而玄極終不以爲不可。因索觀其録而修爲十有一條，如前所筆者以授之玄極。古文之學，固益進於篤信，然余所以爲愧懼者，則益無以自釋也。噫！壬子歲八月既望，餘姚

宋玄僖題。（南京圖書館藏明正德年間白綿紙抄本《藝海彙編》卷六）

銘

求放心齋銘并序

求放心齋者，四明唐君時可藏脩之室也。時可以鄉先生，子孫從事顯路，循循斂慎不失其世守。而其名齋，又不忘乎問學之要，若是可尚也已。餘姚宋某乃爲之銘曰：

凡民有心，迺主厥躬。尊曰天君，常居於中。耳目衆體，有令則從。萬感以應，既明而通。曷放於外，物誘則昧。播遷忘返，有曠其内。陷彼陰於，淵淵以隊。惕兹至尊，可失定位。孰求其放，先覺所望。求之則存，虚靈豈喪。學問之道，有啓於孟。欽哉後脩，用達乎上。（《永樂大典》卷二五三六）

序

養志堂序

越有屬邑以封舜支庶，名餘姚，吾邑也。邑治東北四十里，有鄉曰梅川。梅川胡氏，舊有連理榆之瑞，至今聚族以居，鄉之良善之家也。胡氏之居是鄉者，遠有宗緒，世以孝友稱胥教誨。而其兄弟凡五人，鄉稱其同心同行，無一無不似者，故處士宏道君之子也。宏道君之没，今七年矣。其夫人方氏，恒以君生平之訓，訓其五子。其五子承家多難，能焦心勞力，相勖以善，兢兢慤慤，夙夜不敢有怠，以事其母夫人，而其母夫人爲之泰然而無憂。此庶知以志爲養者歟。以志爲養，而名其堂，曰養志堂。賢士大夫之能詩者，咸樂宣其美，以惟彦兄弟知所以爲孝也。知所以爲孝，而後可以稱孝矣。嗟乎！古之孝子，一舉足、一出言而不敢忘其親，是故不怠行、不恶言，于體不虧，于身不辱，于親不羞，此古之孝子所以爲孝者也。于此，苟弗知而徒有事旨甘焉，柔滑焉，温清焉，養則養矣，何獨于其口體而不于其志？不于其志，是養而養其口體，則其孝小孝耳，非曾子之孝也！曾子之孝，能養志矣，猶未以大孝稱也。大孝若舜之事親，斯猶規之不能加圓也，矩之不能加方也。今惟彦兄弟之事親也，以養志名其堂，其有務于曾子之孝也乎！胡氏，舜之後。惟彦兄弟，又生其支庶所封之壤，流風餘澤，猶有存者，則其益勉於事親，必以有虞之大孝，爲人倫之至也。雖然，大孝至矣，未有舍小孝而可以爲大孝者也。是故不知口體之養者，不可務于曾子之孝；不知曾子之孝者，不可務于大舜之孝也。事親若大舜之至其極，何物之弗可動，何祥之弗可致哉！然則『孝弟之至，通乎神明』，在惟彦兄弟，宜益勉矣！惟彦以養志堂詩什徵余叙，余嘉其兄弟知所以孝親而不自足也，故爲之叙，而且有勉之之辭云。惟彦字斯美，而斯恭、斯及、斯順、斯復，其

四弟之字也。（道光《滸山志》卷五）

羽庭集序

天台之山下盡東海者曰黄巖，其別峰走曠原而秀者曰委羽。委羽山之人有曰劉德玄者，頎然而清，黝然而玄，飄然有遺世之念。自壯時愛讀揚子書，所爲文往往有類而或過之。後涉艱棘，履險阨，而作又益進。其雄篇也，浩浩焉不可端倪；其小章也，幽幽焉又不可破裂。噫！非玄微之理存於心，其所發者能如是歟？余嘗即其人，與之語矣，因疑其山川之氣清淑者盡萃其身，而又能養之全，守之固而益充。故其山立而水行，雲興而霆擊，星辰之布列，雨露霜雪之滋悴，鬼神之冥顯，人物之昭焕，有若天地之所以化生萬彙，而非人力之可及。文之玄，果若是否乎？玄之理在其身，有非他人之測識者。或謂揚子雲行有所不逮，然其文又非後進所能擬，是則所著《太玄經》，果玄乎？果非玄乎？德玄果知之乎？余豈得而議之？今輯所爲文，號曰《亦玄》，孰曰不可？不然，後世有劉德玄者，必好之矣。軒轅彌明自衡山來，愛其文也，故馮物而序之，重爲歌曰：悠悠太虚孰可馮，我欲馮之氣所乘。坎壈窒盭紛不成，精明純白道自寧。天台半落黄山青，山中老人劉羽庭，吟詩作賦如建瓴。軒轅道士來相迎，袖中出我《亦玄經》。起伏萬狀不得名，爲歌此曲山月明。宋無逸序。（臺灣商務印書館影印文淵閣《四庫全書》本《羽庭集》）

餘姚宋氏宗譜序

吾家世爲農，初居邑之孝義鄉，始祖迪功府君有墓在焉。至曾祖從九府君，自孝義徙居燭溪之湁塘，先父季三府君又自湁塘徙居城之東南隅，吾兄弟五人皆生於是焉。自迪功府君，至高祖萬二府君，其間無可考。考之同姓之譜，則迪功之下，有所謂百廿一宣教者、千十一宣教者，而萬之爲行者續焉，自其序也。然以千紀行者，其後乃繼以元；以百紀行者，其後即以萬繼焉。且以世行之數推之，則其兄弟固多，族譜不明，吾高祖以上莫審所自出。嗟乎痛哉！凡爲家者，於其子孫不可不力教之讀書也。讀書而爲士，雖在貧賤，而於世系固能傳記而不失。富貴靡常，從古已然。欒、郤、胥、原，降在皂隸。既爲皂隸，流汩之久，豈能復知其始乎？是故凡爲家者，於其子孫不可不力教之讀書也。吾先父雖失學，而寬厚忠直出於天性，樂與賢士大夫接，教吾兄弟甚篤。吾自九歲讀書家塾，越三年而喪父。猶記先父在時，嘗撫吾頂顧謂岑静能先生曰：『此兒何日能以「之乎者也」爲用乎？』是固切切以爲士望我也。然厄於困窮，莫能卒其業。今年過五十，遭時多故，將浮海而爲上國之行，生還未可必也。懼吾宗族子孫忘其本源，忽其支派，而不可不示其大略，此家譜所以率爾而爲也。雖然，爲人子孫者，苟不能讀書而知所重輕，雖有此譜，又安知不以覆醬瓿也耶？然則後人知吾言之足悲，庶幾以讀書爲勉夫。至正二十有七年歲在丁未，三月十九日元僖序。（《餘姚宋氏宗譜》卷一）

栲栳山人岑先生詩集序

（前缺）先生愀然曰：『吾寧窮餓以死，爲岑氏子孫尚忍鬻祖墓木以厚生乎！』其族長幼百餘人皆感其言，相與保守之益謹。天下盜賊既作，州郡不能治，先生在草野，恒憂而鮮食，冀旦暮以疾病死。至正十五年夏六月丙寅，卒於正寢，年七十。卒前語其子曰：『我死三日，即葬我。我生平未嘗徼福老佛氏，我死亦若是，汝勿違我志而事於其事。』姻戚朋友，皆先數月而訣。卒之時，精神如平，嘗顧謂兄弟子孫：『無以我死爲憾。及今得病死，死有其所幸矣。』言訖而絶。子男四人：文佳、文逵、文饒、文厓，咸克服父訓，恭儉保先業，而安於田里去。先生有疾時，其故人子宋玄僖嘗造其廬而問之，先生自謂必死。僖遂涕泣拜床下，與之永訣。先生命文佳出己畫像，見屬曰：『爲我書平生大略於上，使後世子孫觀之，庶知吾志所存，有以念之也。』僖受命，而懼不敢屬辭者三載。一夕，夢先生立州郭江水上，將乘桴而歸。既寤，乃重有可感者。嗚呼！以先生隱於斯世而死，文字之屬乃及鄉黨小子賤而無聞者，何哉？此三年，不敢爲之屬文辭，而辭之所以屬，又不敢死先生故也。嗚呼！先生死而不死，與隱而不可隱者，其由於人乎！其無由於人乎！後學宋玄僖撰。（中國國家圖書館藏清抄本《栲栳山人岑先生詩集》）

栲栳山人岑先生詩集小序〔一〕疑

安卿字静能，餘姚人。自號栲栳山人，以所居近栲栳峰也。與李著作季和、危太樸學士相善，嘗作《三哀詩》吊宋遺民之在里中者，寄託深遠，有俯仰今昔之思焉。岑氏昆季多以科名顯者，而静能獨淪落不偶。其《柬王子英詩》云：『平生耕稼心，愧此老病軀。』又云：『老成愧苟得，童稚羞無官。』又《會資敬菴詩》云：『我窮不出門，頗覺天地窄。』何其坎壈抑鬱之甚也。兵火之餘，典籍散佚，至今日而尚有知静能者，豈非顯晦亦各有數耶！（中國國家圖書館藏清抄本《栲栳山人岑先生詩集》）

校勘記

〔一〕按，《四庫提要・栲栳山人詩集》：『是集爲安卿邑人宋禧編輯。』此又有『兵火之餘，典籍散佚』語，以爲此文亦玄僖所作，姑附之。

記

心一齋記

郁君敬脩，四明善士也。藏脩于郭居，扁其齋曰心一，而徵言于餘姚宋元僖以爲記。乃繹古訓而言曰：心，神明不測者也，得於天而主於人之身。天下之理，於是乎具焉；天下之事，於是乎應焉。古今至遠也，而通乎一息者心也；宇宙至廣也，而周乎一念者心也。天至高也，地至厚也，人之身至眇也，而參爲三才者心也。心之於人，至貴至尊者也，而耳目衆體之官不能侵；至虚至明者也，而耳目衆體之欲不能蔽。侵於耳目衆體之官，蔽於耳目衆體之欲者，衆人之心也。性統于心而静，情統於心而動。静而恒中，動而恒和者，聖人之心也。雖然，衆人之心，豈果異於聖人之心哉？譬之鑑也。聖人無垢，而衆人有垢也。自有垢而至無垢，刮磨之功也。自衆人而至聖人，學問之力也。學問非一事而放心是求者，學問之要也。何謂放心？甚静而昏，動而雜者，放心也。心既放矣，以之檢身，則鑑失其明；以之應事，則衡失其平。甚矣，放心不可以不求也。求之奈何？心一而已矣。以言乎學問，敬而循序者，心一也。以言乎應事，敬而中節者，心一也。心一之功大矣哉！《中庸》曰：『天地之道，可一言而盡也。其爲物不二，則其生物不測。』余謂聖人之道亦然。聖人有心而無爲者也，天地無心而成化者也。士希賢，賢希聖，聖希天。原其功，不越乎心一而已矣，敬脩其進之哉！（《永樂大典》卷二五三七）

觀錦軒記

梅川胡氏達道，匾其燕居之室曰『觀錦』。余嘗詰其所以爲『觀錦』者，則曰：『昔野人售吾以錦雞，吾得之，籠之軒下。每朝日晴絢，則雞有錦綬於嗉頸之間，粲然成文。迫而視之，無有也。取而索之嗉頸之間，無有也。吾由是而有感焉，遂取以名其軒。子能爲文以記之乎？』余因三嘆以復于君曰：『可謂善於觀物源，達事變，庶幾其可以語道者也！』嗟乎！子女玉帛，華藻流麗，何莫而非雞之錦綬也？世之人視之爲實有，而必欲得之，惑也。既得之，則視爲己有，而惟恐失之，惑也。嗟乎！驪山、阿房、長楊、五柞，自今觀之，何莫非一時之錦綬也？況夫君之所處，一州一邑之下，一鄉一井之微，跨棟宇之翬飛，耀眼目之鮮麗，昔而有得傳聞者直幾何人？而今安在哉？得非雞之錦綬者乎？今而有得目睹者復幾何人？又孰知其爲是雞之錦綬乎？君其適情軒楹之間，游心天地之外，有以見萬物品彙之繁舉，無足以累我此心之清。而我之此心充然湛然，有得觀於觀。感顔子簞瓢陋巷之樂，子路衣敝緼袍之情，藹然之下，不亦善乎！君乃矍然以謝，曰：『此吾之志，君宜志之。』遂書之以爲記。（道光《滸山志》卷五）

雪篷齋記

客有自東海來者，談明之南郭，若有遯者之居焉。其居遠市而寂，户牖階檻，晻映水林蘆葦間。吾嘗過而異之，因下馬造其室。室之上覆與其四旁，皆施素焉。啓牖以觀，皦然若雪，而虚然若舟，其扁曰雪篷齋云。時吾睹其室，嘆曰：『曩以事涉漲海，樓舡快健，争先取疾，若天馬羣躍長風中。旗旄飄揚，劍戟盪摩。蛟龜鯤鯨，出没導從，誠偉觀也。然當隆暑時，赤日熾波，瘴霧薰天。浩蕩無際，不知所辟。回顧父母妻子，若隔異域，邈乎不可見。中心火熱，水不能沃。及兹登陸而郭行，不知有所謂雪篷者在是也。』既嘆而坐，雪篷主出見客。問其名氏，若瞶然無聞者。室中無他物，几榻琴硯，書册山水圖在焉。日正中，蒼凉外浮，虚白内朗，令人有醒然者。雪篷主户外蔭有桐，火石鼎，汲井烹苦茗飲。客既出門，人事復坌集。濛濛役役，夢寐度白日，竟忘詢其人矣。余聞其言而億之曰：『噫，豈吾故人陳元昭乎？』元昭性澹泊，好畫山水。嘗遊諸公貴人間，往往不意合。今聞其遯處南郭矣，豈其人乎？余觀古之遯者多蹈海而往，視人間世若有所不樂。然蹈海，於海以自遠，孰若蹈海於人人中，浮湛而莫我知也。元昭若遯雪篷，蹈海於人人中，則人人中之海，不大於海之爲海者乎？未幾，元昭寓書於余，曰：『爲我記雪篷。』乃知雪篷主果元昭不錯也。因書客與余談者，爲《雪篷齋記》。（《永樂大典》卷二二五四〇）

靈秘山明真寺記〔一〕

吾鄉靈秘山〔二〕，物元上人所營，有軒曰入翠〔三〕、曰逍遥，有室曰觀樹。有篷曰雪篷，有閣曰怡雲、曰西閣。西閣之前有隙地，植茶曰苦茶原，植薇曰紫薇坡，曰離卉林〔四〕，曰芭蕉亭。閣之右偏有大沼，瀦山泉而溢〔五〕，竇垣下入溝。溝廣四尺，泉流甘而潔〔六〕，經閣前不絶。通溝植蓮，有小木梁跨其上，曰白蓮港。港之前有地，可遊息，曰琅玕塢。塢之左偏有小屋，可宴坐，曰桐陰舍。其流循舍下，注石竇以出，而瀦于垣外，曰白鷺池〔七〕。其曲曰鸂鶒灣。殿閣池館，皆曲極其妙〔八〕。時海内兵興，桴鼓之聲達於境内。明真當萬山之秀，而物元營搆之勝，又可賞適，故一時文人名士，多避地于兹。物元者，名如皐，精修梵行。洪武四年，以高僧徵至京，館于天界寺，無疾而逝。（嘉靖《餘姚縣志》卷一七）

校勘記

〔一〕江蘇鳳凰出版社《全元文》第五十一册《宋禧集》作「靈秘山明真寺記」，並注：「題目自擬。」從之。

〔二〕「靈」，《静志居詩話》作「雪」。「秘」，乾隆、光緒《餘姚縣志》作「源」。

〔三〕「入」，萬曆《紹興府志》作「習」。

〔四〕「林」，萬曆《紹興府志》作「木」。

〔五〕「溢」，萬曆《紹興府志》作「益」。

〔六〕「甘」，嘉靖《餘姚縣志》、萬曆《紹興府志》作「泔」，《静志居詩話》作「紺」，據光緒《餘姚志》改。

〔七〕「曰白鷺池」，萬曆《紹興府志》作「曰鷺池」。

〔八〕「極」，萬曆《紹興府志》、《静志居詩話》作「盡」。「皆曲極其妙」以下，《静志居詩話》作「當元之季，隱居之士，多治園亭，結文酒之社，方外自師子林外若皐公者，可稱多事矣」。

題跋

跋趙撝謙篆書戒銘卷〔一〕

觀撝謙近作，乃平正典雅，非向時所作者比。文之有進，如其爲人。《詩》謂：『温温恭人，惟德之基。』孔子謂『有德者必有言』，撝謙其有進于此歟？老夫當愈刮目以待。庸菴題。（陸時化《吴越所見書畫録》卷三）

校勘記

〔一〕此卷編者説明：『紙本高六寸七分，長一丈零七寸。兩樓有歸山一隝白雲縫印。庸菴、唐志淳、汪性三人之跋在本身，孫履初另紙。篆文有不能繹者，對摹之。撝謙載《佩文齋書譜》四十卷。』有趙撝謙自識：『洪武戊午正月既望，後學趙古則謹識。』

書

上省都事書〔一〕

去秋攀餞舜江，伏承教誨，獎誘意甚勤懇，若將推而納諸古學者之後。公卿不接晚生久矣，何幸親承其寵！是以感激忖度至忘寢食，思所以報知己。孔子曰：『才難。』某始讀此，猶以爲疑，以爲人苟有志，何才不可成？奚難之有？更涉七八載，志雖不變，而其學視之古人，奚翅霄壤之殊？然後知才之成，信乎其難也。蓋某自九歲知讀書，陋邦之中，無良師友。誦習數載，雖訓詁莫曉。年十六歲，去學吏。時家祚益落，先人没六年矣。一日讀《言行録》，至范文正公事，悚然如有所發，頗知古人所以立志，然猶未知所以用力。今年春，游曁陽，從鐵崖先生學《春秋》。方其欲往，親戚摘其迂，鄉里哂其往，幸而楊先生遇之如骨肉，不然不能一朝居也。幸粗聞爲學之方，則循序漸進，洪其心而密其功者爲庶幾也。以故絶去狂妄躁急之心，歸栖一室，寂寞自若。且五六年，而才亦不知其成與否也。自顧蓬蓽之家，累重産薄。生母年近六十，咨嗟太息，以某雖從事於學而不能略有所補，於是奮不知耻，西見明公。嗚呼！不有知己如明公者，何以成其志哉！某於明公，其分甚遼絶，一旦拜下風，即謂可教而待之以禮。其後數進見，恩意彌篤。伏語之曰：『人以貴盛而流於卑污者多矣，生微賤而能卓然自立，未必不至貴盛也。勉之哉！』某立志之迂，雖親戚不見閔，而明公惓惓若是，則世之知己者未有深於明公者也。遇知己者而不求所以自伸，則與自棄者寧有以異乎！故復陳其坎坷之狀，達於左右，伏惟終曩日玉成之賜，爲之留意，使上有以寬親之憂，下有以安己之志，得致其材之所進，而無難成之嘆，不勝感恩之至。罄意而言，不覺繁委，惟少垂察焉。（《東維子集》卷二七）

校勘記

〔一〕是文收入楊維禎《東維子集》，題謂『代宋玄禧』而作。王樹林先生以爲：『玄禧乃維禎弟子，未有師代弟子爲文之理。察文意，叙玄禧家世及自幼苦學事，真切細膩，非本人不能爲。當爲玄禧完稿後送師批正，稿存師處，後人擬題而誤入維禎之集者。』（王樹林《〈全元文〉中宋禧漏收文拾輯及生平著作考》，中華書局二〇〇八年《金元詩文與文獻研究》第一百四十頁）

像贊

元隱士貞元先生像贊

論直而不疎，行方而不迂。肆志於寂寞之濱，縮武於形勢之途。瞻其貌，知其澗飲而清、木茹而癯。窺其所藴，蓋可以尊主而庇民，食肉飲酒者之所不如。天之生斯人，必有其故。胡爲乎舉不就，辟不起，白首而布衣浮沈於閭里，吾不知造物者果何所主乎？吁！（《餘姚岑氏章慶堂宗譜》卷首）

滑伯仁先生像贊

扶筇野容，迺伯仁公。文窮五甲，志淬三冬。眇龍虎榜，慕溟飛鴻。花萼外篇，避嫌甬東。

酌酒賦詩，雕虫繡虹。彼榮我寂，願言令終。隔垣辨妖，砭兒贊功。青史不泯，春松秋桐。舜江伊始，山岳靈鍾。（《滑氏家譜摘要》）

祭文

代趙聲翁祭兄文原注：己卯

嗟我老君，遭時艱難。克承世祚，拓業以勤。生我兄弟，同母五人。兄爲冢子，碩大且敦。吾宗所望，諸弟所尊。若子若婦，若姪若孫。以及姻戚，咸蒙訓言。端居一室，外務罔干。跡與物疎，心寔周旋。故慮所及，事獨萬全。有恢前績，夫豈偶然。嗟夫世家，與運凋殘。往往華盛，降爲孤寒。有藉先澤，吾門尚延。人事所致，寧獨自天。我之昆弟，根株相聯。兄處養望，厚重弗遷。隱然長城，寇侮敢前。我與子静，外力是宣。其餘兄弟，贊翼翩翩。以應兄志，如是有年。庶幾先君，慰於九泉。天禍我家，强者先顛。清兄静弟，相繼棄捐。已失一臂，動作闕焉。又喪元兄，我益力單。惟兄之貴，家受封恩。惟兄之富，足裕後昆。惟兄之嗣，有爲郎官。惟兄之壽，白髮蒼顔。終於正寢，既順且安。兄志厭矣，我又何嘆。所以悲慕，鍾情天倫。兄弟之中，惟二人存。且自兄没，世事日艱。弟亦老矣，無意人間。惟願後人，念及本原。相與扶持，世世無愆。兄在幽冥，其相先君。啓於先生，以佑吾門。兄今就葬，何日來還。設

祭棺前，涕淚其潸。（《永樂大典》卷一四〇五一）

祭岑梈峰先生文

惟公耿介之資，與俗寡諧。高邁之識，弗惑旁蹊。尚論古人，多契其懷。有志當世，不展其才。偃蹇以老，特立草萊。彼熱不附，彼凉不睽。曲直之辨，短長之裁。施於鄉閭，好惡不齊。當其憤世，剛腸莫摧。或行田間，或坐水涯。霞晨月夕，嘉客適來。縉綣鷄黍，談笑尊罍。喜怒憂怨，發爲歌詩。不事雕刻，時出怪奇。世道愈隘，知公者希。淵珠璞玉，孰睹光輝。兵興宇内，盗賊日滋。公既疾病，曰無禱醫。壙我近丘，治我棺衣。得死爲幸，吾死已遲。三日而葬，勿後其時。緇黄之事，無爲我爲。常所往來，至者可知。一酹墳土，已不我遺。公有治命，令子不違。吾儕哭公，過時而悲。顧瞻老成，存者其誰。山寒木落，雲高鶴飛。公不可起，九泉永歸。羅拜墓下，涕泗漣洏。設祭陳誠，靈其鑒兹。（《永樂大典》卷一四〇五四）

墓銘

吴養源墓銘殘文

養源名湑，鏞之子，知問學。始有膏腴田四十頃，它産無算。兄弟三人以急義喪其貲。遇人困頓，又輒推濟。晚至僦屋以居，鬻餘田以食，猶施予不已。人皆服其醇德，要其家法本爾。《傳》曰：『心苟無瑕，何恤乎無家？』洧之謂矣。季璋祖父，埋名不傳，無以考見其義事，爲之嘆息。（萬曆《新修餘姚縣志》卷一九《吴自然傳》引宋玄僖《吴養源墓銘》）

殘章

岑静能約居守志

岑静能約居守志，遇非義事，輒正色拒之。有以貿先壟蔭木來問者，静能曰：『我寧餓死，不願聞此。』其人瞿然而止。（乾隆《餘姚縣志》卷四〇引《庸菴後稿》）

附録一　傳記

無愠《山菴雜録》

宋無逸，餘姚人，别號庸菴。性仁恕端毅。蚤從楊濂夫、陳衆仲二先生游，經明學通，發爲文詞，矩則甚嚴。晚年酷嗜禪學。皇朝革命之初，無逸以召至京師，預修《元史》，得請而歸。余因令吾徒居頂寓止慈溪龍山，時謁無逸，講授爲文之法。無逸因吾徒寓書，叩入道之要。余既答書云云，復以環公所注《楞嚴經》及《大惠書問》寄遺之。無逸自是常斂目危坐，而反覆究二書旨趣，有證入。洪武九年六月，因疾，命門人王至等爲書《示子詩》一首，笑談自若，忽以扇摇曳，止其家人曰：『我方静，汝毋撓我。』遂閉目，以扇掩面而終。時天隆暑，化斂容色，含喜笑，益鮮潤。有《庸菴藁》若干卷行於世。（臺灣文殊文化有限公司一九八八年影印《禪宗全書》第三十三册《山菴雜録》卷下）

嘉靖《餘姚縣志》

宋玄僖，字無逸，初名元僖。少有至性，嗜學，多關覽，外嗛嗛若不足，中敏悟絶人。元至正間，中江浙副榜，補繁昌教諭，才十九日，即棄歸。闢一室，榜曰庸軒，因以自號。于時海内喪亂，玄僖無復用世志，退而遁諸山澤。家貧，無衣食業，死生所資，皆授徒以給，自比于爲親以粥身者。樞省因其苦節，欲處以鄉邦文學，不行。明興，以史事徵，乃出應詔。事竣，復被命典福建鄉試，稱有鑒别。玄僖晚窮濂洛之學，爲文縝密，有尺度，詩亦清遠，有文集行世。子邦義、邦哲，世其學，並徵守南郡。孫虞生，亦舉明經，爲令長。（寧波市天一閣博物院藏明嘉靖《餘姚縣志》卷一五）

萬曆《紹興府志》

宋玄僖，字無逸，初名元僖，餘姚人。少有至性，嗜學，多關覽，外嗛嗛若不足，中敏悟絶人。元至正間中乙榜，授繁昌諭，才十九日，即棄歸。是時，海内大亂，玄僖無復用世志，退而遁諸山澤，家貧無衣食資，唯授徒以自給。樞省嘉其苦節，辟爲鄉邦文學，不行。明興，以史事徵，乃出應詔。事竣，復被命典福建鄉試，稱有鑒别。晚窮濂洛之學，爲文縝密，有尺度，詩亦清遠。有文集行於世。（成文出版社一九八三年影印《中華方志叢書》第五二〇號萬曆《紹興府志》卷四十三）

錢謙益《列朝詩集小傳》

宋元禧，字無逸，姚江人。少穎悟好學，父欲奪其志於市井胥吏之事，輒哭而辭，母爲資之，負笈從師，迄明經史古文之學。後單名禧，召修《元史》。（上海古籍出版社一九八三年排印本錢謙益《列朝詩集小傳》甲前集附『鐵崖先生楊維禎』條下）

黃宗羲《姚江逸詩》

宋元僖，字無逸，號庸庵。少穎悟好學，父欲奪之於市估胥吏，僖必哭而辭也。受學於楊鐵崖，盡得其詩文法。中江浙副榜，補繁昌教諭，尋棄歸。洪武初，召修《元史》，分撰《外國傳》，事畢還山。復與桂彥良同徵，主考福建。僖詩質而不枯，熟而不庸，入香山之室。余從其族孫賓王得《庸庵詩集》十卷，再令其尋訪文集，則不可得矣。一時交遊之盛，風俗之厚，山水之華，酒痕墨跡，猶可因詩以推尋其一二也。（齊魯書社一九七七年影印《四庫全書存目叢書》第四〇〇册黃宗羲《姚江逸詩》卷三）

《明史》

宋僖，字無逸，餘姚人。元繁昌教諭，遭亂歸。史事竣，命典福建鄉試。（中華書局一九七四年排印本《明史》卷二八五附《趙壎傳》）

朱彝尊《靜志居詩話》〔一〕

宋禧，初名元禧，字无逸。餘姚人。學於楊維禎。洪武初，徵修《元史》，有《庸菴集》。（明

文書局一九九一年影印《明代傳記叢刊》第八册朱彝尊《静志居詩話》卷二）

校勘記

〔一〕按，朱彝尊《明詩綜》卷五《宋禧傳》「初名元禧」作「初名玄禧」，餘同。

康熙《新修餘姚縣志》

宋元僖，字無逸。少穎悟好學，父令爲市井胥吏，輒哭辭，母資之負笈。至正間，中江浙副榜，補繁昌教諭，尋歸。榜室曰庸軒，讀書於中。時海内亂，名流多避跡甬、越，僖莫不與交，故爲文皆有師法。洪武初，詔遺逸之士纂修《元史》，其《外國傳》則僖所撰也。還山，復徵主考福建。僖詩質而不枯，熟而不庸，入香山之室。子邦義、邦哲，世其學，並徵守南郡。孫虞生，亦舉明經爲令。（慈溪史志辦藏康熙《新修餘姚縣志》卷一九）

清抄本《庸菴詩集》引《餘姚縣志》

宋元僖，字無逸。少穎悟好學。父令爲市井胥吏，輒哭辭，母資之負笈。至正間，中江浙副榜，補繁昌教諭，尋歸。榜室曰庸軒，讀書於中。時海内亂，名流多避跡甬、越，僖莫不與交，故爲文皆有師法。洪武初，詔遺逸之士，纂修《元史》，其《外國傳》則僖所撰也。還山，復徵主考福建。僖詩質而不枯，熟而不庸，入香山之室。子邦義、邦哲，世其學，并徵守南郡。孫虞

生，亦舉明經爲令。（南京圖書館藏八千卷樓清鈔本《庸菴詩集》）

雍正《浙江通志》引《姚江逸詩傳》

宋元僖，字無逸，少穎悟力學。父欲奪之於市估胥吏，元僖泣而辭。受學於楊鐵崖，盡得其詩文法。中江浙副榜，補繁昌教諭，尋棄歸。洪武初，召修《元史》，分撰《外國傳》，事畢還山。復與桂彥良同徵，主考福建。元僖詩質而不枯，熟而不腐，入香山之室。有《庸菴集》十卷。（臺灣商務印書館一九八六年影印文淵閣《四庫全書》第五二四册《浙江通志》卷一八〇）

雍正《東山志》

宋元僖，後單名僖，字無逸。少穎悟好學，父欲奪之市井胥吏，輒泣辭，母資之負笈，迄明經史古文之學。至正庚辰副榜，補繁昌教諭，才十九日，棄歸。榜室曰庸軒，自號庸菴。洪武初，召修《元史》。事竣放還，隱於東山，與王茂才旭交。旭蓋同被召者也。（清宣統二年重印本雍正《東山志》卷八《寓賢》）

乾隆《餘姚縣志》《明史·趙壎傳》兼采《浙江通志》

宋僖，字無逸。少穎悟力學，父欲奪之於市估胥吏，元僖泣而辭。受學於楊維楨，盡得其詩文法。中江浙副榜，補繁昌教諭，尋棄歸。洪武初，召修《元史》，分撰《外國傳》，事畢還山。復與桂彦良同徵，主考福建。僖詩質而不枯，熟而不庸，入香山之室。有《庸菴集》十卷。（乾隆四十四年刻本《餘姚縣志》卷二三）

光緒《餘姚縣志》《明史·趙壎傳》參嘉靖志、《四庫提要》、《姚江逸詩傳》

宋僖，字无逸。少穎悟力學，父欲奪之於市估胥吏，輒哭辭。受學於楊維楨，盡得其詩文法。元至正十年，中江浙副榜，補繁昌教諭，才十九日，棄歸。闢一室，榜曰庸軒，因以自號。時海内喪亂，僖無復用世志。家貧，授徒自給。明興，徵修《元史》，《外國傳》自高麗而下，悉出其手。事竣，典福建鄉試，稱有鑒別。晚窮濂洛之學，爲文縝密，有尺度，詩亦清遠。著有《庸庵集》。子邦乂、邦哲，世其學，並徵守南郡。孫虞生，亦舉明經，爲令長。（成文出版社一九八三年影印《中華方志叢書》第五〇〇號光緒《餘姚縣志》卷二三）

民國《餘姚宋氏宗譜·道二府君行狀》原注：季三公次子

諱元僖。《明史傳》名禧，字無逸，號庸菴，行實備載列傳。生皇慶元年壬子十二月二十九日酉時，卒失載。葬龍泉鄉燭溪湖新畧，與祖妣合葬焉。妣黄氏良七孺人，副使仲亨公次女。子二：琛四、琛六。女一。（民國七年善繼堂刻本《餘姚宋氏宗譜》卷九）

民國《餘姚六倉志》《東山志》參宋僖《虞家城記》

宋僖，字无逸。少穎悟好學，父欲奪之於市估胥吏，輒泣辭，母資之負笈。迄明經史古文之學。至正庚辰副榜，補繁昌教諭，才十九日，棄歸。榜其室曰庸軒，自號庸菴。洪武初，召修《元史》。事竣放還，隱於東山，與王旭交，過[尸奄]潭，酌泉賦詩。避難梅川時，交處士胡達道，有《虞家城記》。（民國九年鉛印本《餘姚六倉志》卷四一《寓賢》）

欒貴明《四庫輯本別集拾遺》附原輯佚説明

宋禧，初名玄僖，字无逸，號庸庵。餘姚（浙江）人。元至正十年（一三五〇）中浙江鄉試，補繁昌教諭，尋棄歸。洪武初，召修《元史》。書成不受職，乞還山，復與桂彦良同徵，主考福建。《明史》卷二八五有傳。四庫館臣自《永樂大典》輯《庸庵集》十四卷。（中華書局一九八三年欒貴明《四庫輯本別集拾遺》下册）

原輯佚説明

現存《永樂大典》録：宋玄僖詩，一條；宋玄僖《庸菴集》，十四條；宋玄僖《庸菴稿》，三條；宋玄僖《庸菴後稿》，四十二條；《廣信府志》引一條。以上共六十一條，校南海孔氏鈔本（藏廣州中山圖書館）《庸菴集》十四卷，館臣漏輯者十三條。

《全明詩》附原注

宋玄僖〔一〕，後改名禧，字無逸，號庸菴，餘姚（今屬浙江）人。生於元皇慶元年（一三一二）〔二〕。少穎悟，其父欲使習商、爲吏，僖均不從。乃就讀，窮經史古文之學。元至正十年（一三五〇）舉浙江鄉試，補繁昌教諭，赴任十九日即辭歸，授徒自給。明洪武初，召修《元史》，其中《外國傳》自《高麗》以下皆出禧手。書成不受職。然曾受命典福建鄉試。禧受學於楊維楨，而詩則清和流轉，重在自然，與維楨詩風有别。所撰《庸菴文集》三十卷、《庸菴詩集》十卷，自明以來未有刊版，流傳絶稀。《文集》三十卷久佚，《四庫全書》所收其《文集》四卷，係從《永樂大典》輯出。《詩集》十卷今存，有清鈔本及《四庫全書》本（簡稱《四庫》本），二本互有優劣。現以清鈔本爲底本，并以《四庫》本校補（《四庫》本多詩六首，四首輯自《永樂大典》，二首輯自《西湖志》）。（上海古籍出版社一九九四年點校本《全明詩》第三册）

原注

〔一〕『玄僖』，清鈔本《庸菴詩集》作『元僖』，《四庫總目提要》作『元禧』，《永樂大典》卷二八〇八、二八〇九、二八一三引其詩，均作『玄僖』。蓋避清諱。

〔二〕《庸庵詩集》卷六《三月七日留題黄草堂壁》有『生同壬子頭先白，莫怪高歌似楚狂』之語，生年由此推定。皇慶元年爲壬子歲。

《全元文》附原校勘説明

宋禧（約一三一二——？），初名玄禧，字無逸，號庸庵，餘姚（今浙江餘姚）人。至正十年（一三五〇）中鄉試，補繁昌教諭，尋棄歸。明初召修《元史》，《外國傳》自高麗以下悉出其手。書成，不受職歸。（鳳凰出版社二〇〇四年《全元文》第五十一册）

原校勘説明

宋禧著有《庸菴集》十四卷。本書所收《庸菴集》，以清乾隆文淵閣《四庫全書》爲底本，校以清嘉慶十三年餘姚宋氏活字本。集外共輯得佚文三篇。

附録二　提要

張羲年《庸菴集提要》

謹案，《庸菴集》，元宋禧撰。禧，初名元禧，後改名禧，字无逸，庸菴其號也，餘姚人。少穎悟好學，父欲使從市井胥吏之役，輒哭辭。母資遣之游學，盡通經史百家之旨。至正庚寅，中浙江鄉試，補繁昌教諭，尋棄歸。明洪武初，纂修《元史》，禧被徵入史局，所撰《外國傳》自高麗以下，悉出其手。書成不受職，乞還山。復與桂彦良同徵，主考福建。《明史》附見《文苑·趙壎傳》中。禧本元末遺民，投老巖壑。其以修史被徵，乃迫於朝命，非其本心。《集》中《題桐江釣隱圖》有云：『黄冠漫憶賀知章，老病憐予簡書趣。』又《寄宋景濂》云：『當時十八士，去留各有緣。』而戴良贈以詩，亦有『麥秀歌殘已白頭，逢人猶自説東周』之句，故於明初官爵，一無所受，其志操皭然，可以概見。至禧學問，本出於楊維禎。維禎才力横軼，所作詩歌專爲槎牙兀奡之格，一時學者翕然從之，號爲『鐵體』。而禧詩乃清和婉轉，獨以自然爲宗，頗出入香山、劍南之間。文亦詳贍明達，而不詭於理，可謂善變所學，視當時之隨流播波以至墮入險怪者，其得失相去遠矣。黄虞稷《千頃堂書目》載《庸菴文集》三十卷，又《庸菴集》十卷。自明初以來，從未刊行，故流播絶尠。今浙江採進者，即《千頃堂書目》所云十卷之本，乃其詩集僅存，而文集則久已散佚。惟《永樂大典》各韻内詩文並載，尚具梗概，以浙本相校，其詩僅多七言絶句四首，又詞一首，其他轉不若浙本之詳備。疑當日所收本屬從略。至雜文題下，各載干支，檢勘皆元至正間所作，而入明乃無一篇，當亦不免有所遺脱。然世無傳本，惟藉此以獲見一斑，是尤不可不亟爲甄録矣。謹據浙本，參互考証，又從《西湖志》補詩二首，《餘姚志》補文二首，仍編詩集爲十卷，文集則别釐爲四卷，統題作《庸菴集》，以備元之一家焉。（上海古籍出版社二〇一〇年《清代詩文集彙編》第三一五册張羲年《噉蔗全集》卷四）

庸菴集提要

臣等謹案，《庸菴集》十四卷，元宋禧撰。禧初名元禧，後改名禧，字无逸，庸菴其號也，餘姚人。元至正庚寅中浙江鄉試，補繁昌教諭，尋棄歸。洪武初，召修《元史》，所撰《外國傳》自高麗以下，悉出其手。書成不受職，乞還山。復與桂彦良同徵，主考福建，故《明史》列之《文苑》中，附見《趙壎傳》末。然《集》中《題桐江釣隱圖》有云：『黄冠漫憶賀知章，老病憐予簡書趣。』又《寄宋景濂》云：『當時十八士，去留各有緣。』而戴良贈以詩亦有『麥秀歌殘已白頭，逢人猶自説東周』之句，則亦沈夢麟、趙汸之流，非危素諸人比也。禧學問源出楊維楨，維楨才力横軼，所作詩歌以奇譎兀奡，凌鑠一世，效之者號爲『鐵體』。而禧詩乃清和婉轉，獨以自然爲宗，頗出入香山、劍南之間。文亦詳贍明達，而不詭於理，可謂『善學柳下惠，莫如魯男子』矣。黄虞稷《千頃堂書目》載《庸菴文集》三十卷，又《庸菴集》十卷。自明以來，未有刊板，故流播絶稀。今浙江所採進者，乃其詩集，即《千頃堂書目》所云十卷之本，而文集則已久佚，惟《永樂大典》各韻内詩文並載，尚具梗概。以浙本相較，其詩惟多七言絶句四首、詞一首，其他轉不若浙本之詳備。疑編録之時，多所删汰。其雜文每題之下，各載年月，檢勘皆至正間所作，而入明乃無一篇，當亦不免有所遺脱。然世無傳本，惟藉此以獲見一班，尤不可不亟爲甄録。謹據浙本，參互考証，仍編詩集爲十卷，文集則别釐爲四卷，又從《西湖志》補詩二首，《餘姚志》補文二首，統題作《庸菴集》，以備元末之一家焉。乾隆四十六年九月恭校上。（臺灣商務印書館一九八六年影印文淵閣《四庫全書》第一二二二册《庸菴集提要》）

四庫簡明提要

《庸菴集》十四卷，元宋禧撰。禧受學於楊維楨。維楨詩歌以奇譎兀奡，凌踔一世。禧詩乃清和婉轉，以自然爲宗，出入於香山、劍南之間。文亦詳贍暢達，可謂善學柳下惠矣。（臺灣商務印書館一九八六年影印文淵閣《四庫全書》第六册《欽定四庫全書簡明目録》卷一七）

附録三　評論

朱彝尊《静志居詩話》

无逸有盛名，詩見於選本絶少。予購得其集，句如『欲雪未雪雲葉暗，似暮非暮風花寒』『隔河雞犬春聲急，繞屋田園豆葉肥』『九歲兒郎能負米，半生客路未歸田』『當時未覺青山好，此日重來白髮多』『臘月雨連元日雨，故鄉人作客居人』『借人几榻開漁舍，送客壺觴出酒家』『秉燭山林連夜宿，思家道路幾人歸』『驚心世事三年後，照眼梅花二月初』『且復殺雞留宿客，未須采藥入青山』『空中書寄仙人鶴，月下詩成佛寺鐘』『臘雪已消三尺盡，春潮初送一舟行』『試看墨本打碑賣，勝謁朱門冒雪歸』『十日看山坐西閣，一春多雨怕東風』『惡客不來成好夢，大兵已過定豐年』『南山種樹人猶在，東閣看花客再來』『勝地江山兵後見，高天風雨客邊聞』『青春誰解看花去，白髮真成秉燭游』『身到名山頭已白，眼明秋日葉初紅』『惜春幾度行花徑，載酒先期過草堂』『落筆十年身後在，懷人三絶眼中無』『梅粱水涸魚龍遠，麥隴沙乾雁鶩稀』『人日晝陰開晚照，老年寒極愛春風』『艱難人事都非舊，貧賤交情倍覺真』『黄葉又經秋夜雨，青鞵曾踏歲寒冰』『南山臘雪新年在，東浦春潮昨夜來』『樹繞石頭知客路，巖迴谷口見人烟』

『鐘聲曾聽孤舟夜，詩卷今題落葉時』『二月江村三日雪，百花時序半春陰』，對法流轉，頗饒自然之趣。其《寄景濂學士》詩云：『修史與未役，乏才媿羣賢。强述外國傳，荒疎僅成篇。』則自《高麗傳》以下，悉无逸手筆。覽《元史》者，所當知也。（明文書局一九九一年影印《明代傳記叢刊》第八册朱彝尊《静志居詩話》卷二）

附録四　序跋題識

佚名《庸菴詩集》題簽

《庸菴集》十四卷，館吏抄本，邵二雲藏書，元宋禧撰。禧原名元禧，字无逸，號庸菴，餘姚人。幼穎悟，父欲使從市井習胥吏，輒哭辭，母資遺遊，通經史百家之旨。至正庚寅，舉浙江鄉試，補繁昌教諭，尋棄歸。洪武初，徵修《元史》，史成不受職，乞還山。又與桂彦良同徵主試福建，均迫於朝命，非其志也。《明史》附傳。詩學出楊廉夫，獨能清和婉轉，得於自然。文亦詳略明達，不似鐵崖之兀奡險怪。原著《庸菴文集》三十卷，又《庸菴集》十卷，見於《千頃堂書目》，從未見有刻本。浙江採進遺書，即十卷本，皆屬詩集，館臣從《大典》内檢□得雜文若干，釐爲四卷，亦以見其大略矣。有『晋涵』之印，『邵氏二雲』再印，蓋當日命館史所抄也。（南京圖書館藏邵晋涵藏清抄本）

邵瑛《宋庸菴先生集序》

余少時讀戴九靈先生《越遊稿》，始知鄉前輩有宋庸菴先生。九靈爲元遺老，出處皎然，而文師事柳文肅、黄文獻、吴貞，詩受業余忠宣，皆一代鉅儒，不爲苟同，而獨與先生交善，有金蘭之契，先生蓋亦其人也。繼讀竹垞《明詩綜》，嘗言『无逸有盛名，詩見於選本絶少』，又言『余購得其集句數十聯，對法流轉，頗饒自然之趣』。以竹垞之博極群書，而其言若是，竊疑先生文固不傳，詩亦散逸，令我緬餘姚之文獻而憮然也。歲壬辰，天子屢下明詔，佈告天下直省徵訪遺書。於是，浙江書局有寫本《庸庵詩集》十卷，登進策府，然亦僅詩也，而文仍未之聞。又逾年，廷臣以《永樂大典》其中多未見，書奏請校核一過。天子俞之，乃相與依韻採輯，彙訂成編，於是古書善本出焉，世間散失之本出焉，而先生之文亦出焉。天下可寶可貴之物，造物若有護持，遲之又久，其真情不可磨滅，固如是哉！余聞先生擅史才，與汪克寬、趙汸等一十六人同修《元史》，《外國傳》皆出其手，見於其寄宋景濂詩。文尤富，著録三十卷，見黄虞稷《千頃堂書目》。則《大典》所掇拾，特虬鱗片甲耳。今《外國傳》、《元史》固可讀而識，而文之不收録於《大典》者，搜補無從，則已什之八九矣。然而古今文翰，争優劣不争多寡。瘞鶴之銘，全書蓋不下千字，今模而傳之，往往祇得『鶴壽不知其幾』六字，不失其爲華陽真跡也。秦嶧山刻石，鄭文寶嘗以徐鉉所模刻於長安，世多全本，而歐陽《集録》獨存李斯所書數十字，全本固不若數十字之足珍也。杜子美《三大禮賦》不滿十首，蘇明允《嘉祐全集》詩祇二十餘篇，可傳固不在多也。况先生文雖未全，詩固具在。幸遇表章盛際，發微闡幽，貽示後人，照耀千古哉。《庸菴集》向無刻本，裔孫將謀剞劂，問序於余，余故述先生詩文顯晦之顛末如此。繼自今吾鄉承學

之士，庶幾家有其書，仰先澤之流傳，式典型於弗墜，其可乎？同里後學邵瑛拜撰。（南京圖書館藏清嘉慶十三年餘姚宋氏活字本）

吴大本《庸菴集跋》

文傳與不傳，固其人自爲之即可傳矣。石芝九光，幽蘭一穗，使後人慕其書而不得見，尤足慨也。余嘗編次元明著述家，其爲我浙産者，自黄壽雲、車若水、繆天德諸老，既備録其文，而冠諸帙首。以次而降，若戴氏叔能、楊氏鐵崖，皆屏居教授，傳説尤多。吾邑宋庸庵先生，實出楊氏之門。楊氏文嘗見稱於歐陽圭齋，其爲詩詰屈奥衍，謚爲鐵體。先生盡得其傳，而於師門又爲轉手，迢迢盎盎，適其清醇冲澹之懷。噫！先生志節卓然，不可磨滅，而發爲文章，滂葩津肆，以視《光嶽》《九靈山房》諸集，淺深又復有間也。黄遺獻有言曰：『無逸集久湮，從其後人鈔之以傳。』夫遺獻能傳先生，而又幸其後人之不失傳也，越今又百餘年矣，集存於其族孫虚船、漱石之手，漱石謀所以行久遠，以亟慰來學之慕，鳩宗黨，醵金重刊之，釐爲文四卷、詩十卷，文章家嫡於是乎在。漱石此役，又足爲先生之冢嫡也。時嘉慶十三年歲次戊辰閏五月，同里後學吴大本跋。（南京圖書館藏清嘉慶十三年餘姚宋氏活字本）

張廷枚羅山《題庸菴集詩》

原注：庸菴先生受學於楊鐵崖，而詩獨以自然爲宗，深入香山之室。乾隆甲辰秋，從二雲太史處借得全

集，録畢並題。

遺集抄來次第編，昏眸快得豹窺全。源流却轉師門手，字字和平近樂天。（南京圖書館藏清嘉慶十三年餘姚宋氏活字本）

宋廷桓漱石《贈張羅山》

原注：故人張羅山，棲心風雅，息影林泉，頗多著述。因予乞食吴門，不見者幾二十年矣。今甲辰夏返里，復獲晤言，以大集見示，兼出予伯氏祖庸菴詩文抄本。千秋墜緒，欣然重睹。假歸抄録之餘，偶占七律一章爲贈。

皋廡傭舂效隱淪，歸來囊澀耻言貧。各流自愛藜羹士，駔儈争趨肉食人。一帙遺編勞什襲，千秋繼述媿逡巡。思元作賦張平子，儒雅襟情迥絶塵。（南京圖書館藏清嘉慶十三年餘姚宋氏活字本）

附録五　相涉詩文

岑安卿《勉宋無逸向學》

蚌胎抉珠光陸離，山石韞玉形瑰奇。民生適秉俊秀姿，如玉含潤珠生輝。廣平世德遠已微，雲礽奮發思前徽。輕猥不遂裘馬肥，下帷恬淡虀鹽宜。讀書待旦心孜孜，穴壁睥睨晨光熹。我憶視子齠齔時，髧髮欝爾青齊眉。椿庭期待余所知，近師囑汝吾儒歸。只今年纔二十幾，瑰詞藻語超倫夷。示予琬琰潤且滋，蠅頭點漆光纍纍。蘭茝芬馥翡翠飛，鯨魚掉尾横天池。秋風丹桂香紛霏，明年期爾扳高枝。而翁陰祐應扶持，搏風九萬非難期。但愁老眼將昏眵，羽翼不睹連雲垂。（臺灣商務印書館一九八六年影印文淵閣《四庫全書》第一二一五册《栲栳山人詩集》卷中）

滑壽《送宋學士還四明二首》

其　一

文章無計重才名，貧賤真能闊友生。阮籍途窮方欲哭，江淹賦别不勝情。千山南北多迴首，百歲風塵更苦兵。唱罷陽關魂已斷，斜暉芳草鷓鴣聲。

其　二

美人南浦棹相將，葭露無霜思不忘。送客蕭條非易水，别君意氣似河梁。亂峰雪色侵梅早，逼歲春容引柳長。去後自無黄叔度，更從何處覓汪洋。（餘姚市梨洲文獻館藏民國抄本《滑氏家譜摘要》）

滑壽《送宋學士回聚玉山》

客路惟梅雨，歸鞭趨麥風。雲飛官佩嶺，潮近古虞宫。詞賦又盈篋，乾坤如斷蓬。經芟松菊長，暫得課園翁。（餘姚市梨洲文獻館藏民國抄本《滑氏家譜摘要》）

丁鶴年《寄餘姚宋無逸先生》

龍泉城外絶囂喧，寄傲全勝在漆園。獨對江山懷舜禹，每憑風月問劉樊。行窩釃酒花圍席，野寺題詩竹滿軒。回首崑岡空刼火，深期十襲保璵璠。（商務印書館《叢書集成初編》民國二十六年排印本《丁鶴年集》卷二）

原注：餘姚有舜江、夏山，漢劉使君樊夫人仙跡。

戴良《懷宋庸菴》

麥秀歌殘已白頭，逢人猶自説東周。風塵澒洞遺黎老，草木凋傷故國秋。祖逖念時空擊檝，仲宣多難但登樓。何當去逐騎麟客，被髮同爲汗漫遊。（商務印書館《叢書集成初編》民國二十六年排印本《九靈山房集》卷二十九）

戴良《近造嚴宗道蒼雲軒見宋庸菴壁間舊題因借韻嗣賦》

先生去隱富春山，贏得聲名滿世間。往事只今成變滅，荒祠終古倚孱顔。九霄共睹冥鴻遠，千載誰聞海鶴還。自是賢孫知述德，故題軒宇領餘閑。（商務印書館《叢書集成初編》民國二十六年排印本《九靈山房集》卷二十九）

戴良《聞耕隱庸菴諸公遊山累日用深嘆羨》

抛却江湖舊釣竿，客窗聊復理遺編。心疲朱墨頭如雪，志困生徒日似年。川泳謾誇秦故迹，山遊能似晋諸賢。西風久動歸與嘆，此日因君重惘然。（商務印書館《叢書集成初編》民國二十六年排印本《九靈山房集》卷二十五）

夢觀法師仁公《寄宋無逸先生》

草玄閣上揚夫子，每説江南宋玉才。鳳闕書來船北上，鑾谿花發馬南廻。青衫無淚沾歌袖，白髮多情照酒杯。處士一星雲霧裏，客樓東望幾徘徊。（北京出版社一九九七年《四庫禁燬書叢刊》第九六册錢謙益《列朝詩集》閏集）

趙撝謙《宋徵君無逸先生像贊》

惟德無方，因時著跡。慘舒通閼，衷道以宅。鐵崖五論，公得其傳。以昌其詩，正體攸宣。故無叠山却聘之書而不渝初志，有九靈著書之業而不名一器。先其揮淚西山，擕裝南朔。天啓其功，人宗其學，所謂詣極淳華，道存輔燮。豈可以顯晦等量功名，死生以較志節者邪？瓊山教諭趙撝謙拜撰。（河北大學圖書館藏民國七年善繼堂刻本《餘姚宋氏宗譜》卷一）

附録六　家譜資料

按，以下至『道一府君』爲玄僖所撰，末附其弟元侃詩三首。

始祖迪功府君

墓在孝義鄉梁家堰北平地。迪功之下，有百廿一宣教、千十一宣教一支，又有百廿七承事、萬十二承事一支。（《餘姚宋氏宗譜》卷九）

二世祖萬二府君

妣王氏孺人。（《餘姚宋氏宗譜》卷九）

三世曾祖從九府君

諱宗顯，自孝義徙居燭溪鄉之滸塘，墓在本鄉驍藤山，去滸塘舊居二里許。曾祖妣合葬焉。妣黄氏亞三孺人。子一：曾三。（《餘姚宋氏宗譜》卷九）

四世祖考曾三府君

諱同。墓在滸塘舊居之左，祖妣合葬焉。妣姚氏潤二孺人。子三：壽一，季三，季四。女一。（《餘姚宋氏宗譜》卷九）

壽二府君

墓在滸塘舊居東，約里許。妣劉氏榮二孺人。子二：太一，太二。（《餘姚宋氏宗譜》卷九）

季三府君

諱璇，字簡之。生宋咸淳三年丁卯七月初三日戌時，自燭溪徙居城之東南隅。卒元至治二年壬戌十二月初七日酉時，歷年五十六歲。墓在鳳亭鄉宋郎山之原，與妣合葬焉。妣齊氏端六孺人。生宋景定癸亥正月初二日，卒元延祐戊午十月初六日，歷年五十六歲。子五：道一、道二、道三、道四、道五。（《餘姚宋氏宗譜》卷九）

生母王氏慶五娘子

諱妙慶，雙雁鄉人。生先兄道一府君與元僖、元侃。生至元十七年庚辰八月十四日申時，卒至正二十五年乙巳九月初十日亥時，享年八十六歲。葬龍泉鄉燭溪湖新嶴，坐西向卯。此地乃天台董仲載所擇，得之甚難。至正甲午卯時斬草，當日作穴。生母卒之年十二月初七日庚申申時葬焉。開土時紫藤滿槨，見風而消。後人不可爲庸術所惑，妄有改動侵犯。違者，當不孝之罪，爲家門之禍。（《餘姚宋氏宗譜》卷九）

庶母楊氏

同隅人，生元儀、元儼。生庚寅五月二十日，卒至正癸巳三月十二日乙未冬，葬鳳亭江口。（《餘姚宋氏宗譜》卷九）

季四府君

諱、字、年庚失，卒至正乙未年七月，葬通德鄉白山，去城三里許。妣蔡氏庚一孺人。子一：炎四。女三。（《餘姚宋氏宗譜》卷九）

太一府君 壽二公長子

諱師古。妣嚴氏孺人，西北隅伯友公女。子二：琛一，琛五，出繼太二爲嗣。女二。（《餘姚宋氏宗譜》卷九）

太二府君壽二公次子

諱元傑，字伯英。不娶，以兄次子琛五爲嗣。（《餘姚宋氏宗譜》卷九）

道一府君季三公長子

諱元倜，字舉卿。生元貞七年辛丑正月十四日，卒至正丙申六月十四日寅時，歷年五十六歲。葬鳳亭鄉江口，附庶妣楊氏之兆，蓋倉卒權葬也。妣黄氏良五孺人，同隅副使仲亨公女。子四：琛二；琛三；琛七，出繼道三公。女一。（《餘姚宋氏宗譜》卷九。按，『道一府君』下注：『按西園舊譜云，以上仍庸菴舊文無改。』）

道二公

諱元禧，字无逸，號庸菴。元至正庚寅舉人，授太平路繁昌縣儒學教諭，尋棄官歸。明興，徵修《元史》，又徵典試閩中，事竣，不受職而歸。（《餘姚宋氏宗譜》卷一）

琛二公

諱邦彦，任宜興縣典史。（《餘姚宋氏宗譜》卷一）

琛四公

諱邦乂，以徵辟任廣西梧州府知府。（《餘姚宋氏宗譜》卷一）

琛六公

諱邦哲，字仲瑩。以徵辟任廣東廣州府知府。（《餘姚宋氏宗譜》卷一）

鉉四公

諱虞生，字宜信。以徵辟任北京深州饒陽縣知縣，改授福建寧德縣知縣。（《餘姚宋氏宗譜》卷一）

修文里

在今南城東街，明洪武初庸菴公以宋濂薦召，修《元史》，因名曰修文，舊有木坊。（《餘姚宋氏宗譜》卷一）

宋大禄《修文里記》

道二修文公諱元僖，字無逸，號庸菴，修文其官也。元至正間，舉孝廉，任繁昌教諭。明興，以金華宋潛溪公諱濂薦徵入翰林，賜編修，不受。纂修《元史》，爲閩省總主考，事竣辭歸。與騷人墨客往來介和，文品詩才，志乘詳矣，禄何敢贅一辭。顧里居門第，爲先人出入燕息之所，俱不可没。其居修文第，即我舊祖堂基址也。堂簷下，臺門外，各有旂干石。嘉靖間，築南城，移臺門外之石於城上，迄今與堂簷下之石猶並存。其里爲修文里，上有木牌坊一所，當在通濟橋南下稍折而東，禄幼時嘗見。先君子巍橋公手製一序，有云『其地爲修文里，東街口豬行邊，古有木牌坊焉』數語。稍長，覓其序而不得，是用耿耿。禄年已五十餘矣，苟不記其事以示將來，則世變滄桑，悉歸烏有，又誰過而問耶？今筆之於譜，倘有賢達子孫因吾言而尋消問息，修廢舉墜，仍其故址，復其舊蹟，使過里者咸知我先人當日固德行之昭著如是也。遂謹書之。（《餘姚宋氏宗譜》卷一）

道二修文公傳本邑志兼採朱彝尊檢討《明史擬傳》及海内諸名家文集。

宋元僖，一名禧，字無逸，號庸菴。少穎悟好學，父奪之於市估胥吏，元僖泣辭，母資之。負笈從學於楊鐵崖維楨，盡得其詩文法，而不襲其險怪。中浙江副榜，補繁昌教諭，尋棄歸。時海内兵起，東南名士多避地甬、越，元僖悉與交，較益多師而學益精進。明興，洪武初徵修《元史》，分撰《外國傳》，後復與桂彦良同徵主考福建，事竣，皆不受職而還。論其出處，頗與陶靖節相似，故其詩文冲夷蕭散，亦近陶。著《庸菴集》四十卷。子邦乂、邦哲，世其學，並徵守

南郡。孫虞生，亦舉明經爲令。（《餘姚宋氏宗譜》卷二）

原注

按公序譜有云：『吾自九歲讀書家塾，越三年而喪父。猶記先父在時，嘗撫吾頂，顧謂岑静能先生曰：「是兒何日能以之乎者也爲用乎？」是固切切以爲士望我也。』若我季三府君望子成名，有古人胥保惠胥教誨之義，而邑志以『父欲奪之於市估胥吏，元僖泣辭』之語，殊不思季三府君之卒，而庸菴公年甫十二齡，豈以子未成丁，而命之爲市估胥吏邪？且《栲栳山人集》中有《勉宋無逸向學詩》云：『我憶視子齠齔時，髫髮鬱爾青齊眉。椿庭期待余所知，近師囑汝吾儒歸。』以此證之，則邑志之誣，不辯自明矣。

琛四邦乂公傳

公庸菴公長子，仲瑩公兄也。幼承庭訓，與弟仲瑩力學無倦，博文約禮，文行兼優。洪武甲戌以察舉賢才通籍，歷仕至廣西梧州府郡守，非俸錢不入私署。歸日，宦槖蕭然，世稱廉吏。

贊曰：公之廉静，其介如石兮。人叨一命，多厚其積兮。公在粤西，束身圭璧兮。庭鮮苞苴，始終惟一兮。勺水明心，今不殊昔兮。吁嗟我公，獨留清白兮。永樂十六年戊戌仲春翰林院庶吉士柴廣敬撰。（《餘姚宋氏宗譜》卷二）

邦哲公傳

公諱邦哲，字仲瑩。徵君庸菴先生仲子也。與伯兄同受詩禮之訓。徵君典試歸，不問家事，日肆志於梅川、賀墅間，以詩酒自娱，亦猶康節先生居洛，春秋乘小車出遊，而賢士構行窩以待焉。時長公爲家督，公則隨侍杖履，曲承親意。徵君捐館後，始就辟。歷仕至廣州郡守。贊曰：居則事親，出則事君。孝親則善承先志，忠君則惠愛黎民。其經綸之實際，非繁縟之虚文。宣德五年庚戌春，國子監助教朱希亮撰。（《餘姚宋氏宗譜》卷二）

宜信公傳

公諱虞生，字宜信，庸菴公孫，邦哲公子也。由明經任北直隸饒陽縣知縣，調福建建寧縣，卒於任，即葬其鄉。配鄭氏孺人無出。予忝同研席，知公有素，傷其盛德而乏嗣，爰爲之傳，以聞於世云。贊曰：嗚呼！公爲庸菴孫而嫻詞賦，由明經筮仕，而民歌五袴，宜其鳳毛濟楚，踵先世之步武，胡爲乎傷伯道之無兒，等若敖氏之餒而。正統六年辛酉秋，蜀府長史夏靖題。（《餘姚宋氏宗譜》卷二）

宋元侃詩三首

春日過訪楊宗彝隱居

時雨敷膏澤，萬物感陶甄。花光媚晴旦，鳥鳴驕蚤春。眷言懷畏友，尋幽及兹辰。欲聆蘇門嘯，須問桃源津。溪迴徑偪仄，崖轉峰嶙峋。遵路得平衍，肆目豁鮮新。園林踞絶境，廬舍無近鄰。松黄花足食，蘭芳佩可紉。野蔬任真率，款言見情親。析理静自遠，崇樸氣始淳。闡微就哲匠，携家偕隱淪。衣食苟無措，謳歌行負薪。（《餘姚宋氏宗譜》卷四）

題後清漁舍

縉雲坐敝廣文氊，歸傍江干結短椽。架上遺編無亥豕，社中文字藉丹鉛。潮生東浦烟波渺，日返南山紫翠懸。箬笠簑衣家計足，柳陰繫得釣魚船。（《餘姚宋氏宗譜》卷四）

陪攖寧先生仲兄无逸遊龍泉寺

蔀屋雨過初放晴，鳴鳩又唤春陰生。石窗雲斂黛嵐出，紺宇日斜金碧明。妙諦君思闡白足，長鑱我欲尋黄精。何當服餌生羽翼，秦臺玉簫緱嶺笙。（《餘姚宋氏宗譜》卷四）

附録七　宋無逸先生年譜

先生姓宋，初名元僖，後改玄僖，字無逸，號庸菴。浙江餘姚人。

曾祖宗顯，務農，自餘姚孝義鄉徙居燭溪鄉之滸塘。曾祖母黄氏。

祖同，務農，居餘姚燭溪鄉滸塘。祖母姚氏。

父璇，字簡之，經商，自餘姚燭溪滸塘徙居縣城之東南隅。母齊氏。生母王氏，諱妙慶，餘姚雙雁鄉人，生長子元偁、次子元僖、五子元侃。庶母楊氏，生三子元儀、四子元儼。（《餘姚宋氏宗譜》卷九）

元皇慶元年壬子（一三一二），先生生。

十二月二十九日酉時，先生生。

卷十三《贈徐君采序》「余行年四十矣」，題注「辛卯」。

按，辛卯上推四十年爲元仁宗皇慶元年壬子歲（一三一二）。據卷六《十二月廿九日承滑攖寧先生韋惟善與鄉中諸親友以予初度之辰致禮見過因賦詩一首奉謝》，知先生生辰爲十二月二十九日。又《餘姚宋氏宗譜》卷九《道二府君行狀》：「生皇慶元年壬子十二月二十九日酉時。」以公曆計，則生於一三一三年一月二十二日。是年先生父宋璇四十六歲，生母王氏三十三歲，兄元偁十二歲。

是年，楊巽菴四十六歲（卷十四《巽菴先生哀辭》），岑安卿二十七歲（《餘姚岑氏章慶堂宗譜》），陳旅二十五歲（《元史・陳旅傳》），楊維楨十七歲（孫小力《楊維禎年譜》），滑壽九歲（《滑氏家譜摘要》），宋濂三歲（徐永明《宋濂年譜》），劉仁本兩歲（陳衛蘭《劉仁本生平事迹考述》）。

皇慶二年癸丑（一三一三），先生二歲。

楊巽菴四十七歲，岑安卿二十八歲，陳旅二十六歲，楊維楨十八歲，滑壽十歲，宋濂四歲，劉仁本三歲。

延祐元年甲寅（一三一四），先生三歲。

九月十七日，朱右生。

陶凱《故晉府長史朱公行狀》：『公生於延祐甲寅九月十有七日。』

宋濂《故晉府長史朱府君墓銘》：『（洪武）九年二月十四日，以疾終……而其壽僅六十有三。』

按，《明史・文苑》：『朱右，字伯賢，臨海人。史成，辭歸。已，徵修《日曆》、《寶訓》，授翰林編修。遷晉府右長史。九年卒官。』朱右爲先生摯友，詩中稱字『伯言』。

十一月十九日，先生異母弟元儀生。

《餘姚宋氏宗譜》卷九《道三府君行狀》：『諱元儀，字文卿。生延祐甲寅十一月十九日戌時，卒失載。葬燭溪鄉，坐山東向。妣趙氏孺人，通德鄉人。無子。』

楊巽菴四十八歲，岑安卿二十九歲，陳旅二十七歲，楊維楨十九歲，滑壽十一歲，宋濂五歲，劉仁本四歲，朱右一歲。

延祐二年乙卯（一三一五），先生四歲。

楊巽菴四十九歲，岑安卿三十歲，陳旅二十八歲，楊維楨二十歲，滑壽十二歲，宋濂六歲，劉仁本五歲，朱右兩歲。

延祐三年丙辰（一三一六），先生五歲。

楊巽菴五十歲，岑安卿三十一歲，陳旅二十九歲，楊維楨二十一歲，滑壽十三歲，宋濂七歲，劉仁本六歲，朱右三歲。

延祐四年丁巳（一三一七），先生六歲。

五月，戴良生。

戴良《九靈山房集》卷首《年譜》：『元仁宗延祐四年丁巳五月十三日丑時，先生生。』

趙友同《故九靈先生戴公墓志銘》：『語畢，遂端坐，卒於寓舍，實（洪武）癸亥四月十七日也，享年六十有七。』

按，戴良爲先生摯友，避居餘姚數載，多有倡和。戴良《聞耕隱庸菴諸公遊山累日用深嘆羨詩》：『抛却江湖舊釣竿，客窗聊復理遺編。心疲朱墨頭如雪，志困生徒日似年。川泳謾誇秦故迹，山遊能似晋諸賢。西風久動歸與嘆，此日因君重惘然。』及《懷宋庸菴》：『麥秀歌殘已白頭，逢人猶自説東周。風塵澒洞遺黎老，草木凋傷故國秋。祖逖念時空擊檝，仲宣多難但登樓。何當去逐騎麟客，被髮同爲汗漫遊。』

楊巽菴五十一歲，岑安卿三十二歲，陳旅三十歲，楊維楨二十二歲，滑壽十四歲，宋濂八歲，劉仁本七歲，朱右四歲，戴良一歲。

延祐五年戊午（一三一八），先生七歲。

三月二十七日，先生異母弟元儼生。

《餘姚宋氏宗譜》卷九《道四府君行狀》：『諱元儼，字思敬。生延祐戊午三月二十七日，卒至正丁酉六月十五日，歷年四十歲，葬燭溪鄉陸家湖。妣應氏孺人，通德鄉人。』

十月六日，宋璇正妻齊氏卒。

《餘姚宋氏宗譜》卷九《妣齊氏端六孺人行狀》：『生宋景定癸亥正月初二日，卒元延祐戊午十月初六日，歷年五十六歲。』

岑良卿登進士。

光緒《餘姚縣志》卷二十三《岑良卿傳》：『岑良卿，字易直，號海亭。延祐五年進士，授紹興路同知，有政聲。』

《餘姚岑氏章慶堂宗譜》卷八上：『新十一（岑堅）長子，諱良卿，字易直，號鼎峰老人。登元延佑丁巳科舉人，戊午科霍希賢榜進士第二人。』

按，良卿爲岑安卿從兄。

楊巽菴五十二歲，岑安卿三十三歲，陳旅三十一歲，楊維楨二十三歲，滑壽十五歲，宋濂九歲，劉仁本八歲，朱右五歲，戴良二歲。

延祐六年己未（一三一九），先生八歲。

十月二十日，先生同母弟元侃生。

《餘姚宋氏宗譜》卷九《道五府君行狀》：『諱元侃，字彦和。生延祐六年己未十月二十日，卒至正七年丁亥八月二十一日，與祖妣合葬鳳亭宋郎山，附父之側，歷年二十九歲。妣喻氏孺人。』

楊巽菴五十三歲，岑安卿三十四歲，陳旅三十二歲，楊維楨二十四歲，滑壽十六歲，宋濂十歲，劉仁本九歲，朱右六歲，戴良三歲。

延祐七年庚申（一三二〇），先生九歲。

先生讀書於家塾。

補編《上省都事書》：『蓋某自九歲知讀書，陋邦之中，無良師友，誦習數載，雖訓詁莫曉。』

補編《餘姚宋氏宗譜序》：『吾自九歲讀書家塾。』

楊巽菴五十四歲，岑安卿三十五歲，陳旅三十三歲，楊維楨二十五歲，滑壽十七歲，宋濂十一歲，劉仁本十歲，朱右七歲，戴良四歲。

至治元年辛酉（一三二一），先生十歲。

是年前後，岑安卿見先生於童齔之時。

補編《餘姚宋氏宗譜序》：『吾自九歲讀書家塾，越三年而喪父。猶記先父在時，嘗撫吾頂顧謂岑靜能先生曰：「此兒何日能以『之乎者也』爲用乎？」是固切切以爲士望我也。』

岑安卿《勉宋無逸向學》有『我憶視子齠齔時，髧髮欝爾青齊眉』句。

按，次年先生父宋璇卒，姑附於是。岑安卿與先生亦師亦友，安卿卒後，先生整理《栲栳山人詩集》，並撰序與小傳。嘉靖《餘姚縣志》卷十五《岑安卿傳》：『岑安卿，字靜能，號栲峰。學於季父國子學録賢孫，造詣精深。性耿介，崇大節，不欺暗室，門庭肅雍，衣冠視爲儀表。鄉里有爲凌獵之事者，恒曰：「岑先生莫知之乎？」輒退縮不敢吐氣，至相指爲言誓。宋玄僖謂「其直而不疎，方而不迂。其貌則澗飲而清、木茹而癯，其蘊則可以尊主而庇民」，世以爲知言。詩文若干卷，黃溍、宋濂序而傳之。』

滑壽求學於韓説。

《滑伯仁先生事實紀年》：『至治元年辛酉，負業於韓説先生，日記千餘言。操筆爲文辭，有思致，尤長於樂府。』

按，滑壽徙居餘姚，多與先生往來。《明史·方伎傳》：『滑壽，字伯仁，先世襄城人，徙儀真，後又徙餘姚。幼警敏好學，能詩……晚自號攖寧生，江浙間無不知攖寧生者。年七十餘，容色如童孺，行步蹻捷，飲酒無算。』

黄溍遷兩浙都轉運鹽鐵使司石堰西場監運，稍後有《陳山晚泊詩》。

光緒《餘姚縣志》卷二『陳山』引黄溍《陳山晚泊詩》：『一柱孤撑杳靄間，人言此是客星山。流風百世今誰繼，應詔諸賢故未還。荒塚草衰迂石路，高齋月滿閉松關。窮年漫跡蒼江上，及此維舟獨厚顔。』

按，據何曉東《黄溍年譜》（浙江大學出版社二〇二〇年版），泰定元年（一三二四）三月，黄溍遷從仕郎、紹興路諸暨州判官，在餘姚三年。石堰鹽場舊址在今慈溪市横河鎮石堰村（舊屬餘姚），唐代始置，宋太平興國設場署，民國五年（一九一六）鹽場公署遷至慈溪庵東，遂廢。光緒《餘姚縣志》卷四引乾隆《志》：『石堰鹽場大使署，在治東北二十里龍泉鄉，舊廨署俱廢圮。今官舍廊房悉系捐建，駐劄歲征鹽課由縣督催解納。』自姚江行舟經東横河抵石堰場，途徑陳山。

顧園生。

趙撝謙《雲屋先生顧公墓志銘》（以下省稱《顧公墓志銘》）：『大明洪武十有五年九月初六日，雲屋先生卒于鄞之定海崇邱鄉。其伻馮安來訃，古則與吳剛、陳鑄哭于陳慎家，且召方暹會哭。明日，鄭相、張經、駱誠來，余于陳氏又哭。十二日，古則率慎、暹走鄞，致奠賻，既而其孤觀衰經拜泣，以墓志爲請，義有弗可得辭……卒時年六十二。』

按，《無錫顧氏大宗世譜》（以下省稱《顧氏宗譜》）『顧元用』即『顧園』。顧元用父德玄，字蒼吾，襲父爵，配陸氏，《顧公墓志銘》作『考諱某，妣盛氏，贈大興縣君』；其祖顧伯禄，字福卿，以父蔭襲金陵水軍千户，《顧公墓志銘》作『祖諱文顯，武備總將軍上海等處海道運糧千户，贈萬户侯』；其曾祖顧聞傳，字訓之，累官衛輝、懷孟路總管，《顧公墓志銘》作『曾祖諱文儒，贈某總管』。《顧氏宗譜》：『（顧元用）襲父爵，元至正丙午年間，督理海運，颶風陡作，逐淺胡椒沙，舟毁糧失。因棄職捐家，避居崇明，入西沙圖籍。』又趙撝謙《顧公墓志銘》：『凡三往返，乃得朝命，襲父爵爲千户侯，所歷有績。未幾，遭時弗寧，南北隔阻，因卜居定海，蓋樂其山川之勝也。遂杜門謝世事，痛刮去舊習絶嗜，欲刻志文藝，卒以善畫名於世。』綜合二者，知顧元用在督理海運時，舟毁糧失，遂避居越之定海，改名園（元、園音近，省『用』字），改字仲園（亦與『仲淵』音近）。

以上《顧氏宗譜》引文及顧元用生平，主要參考了谷春俠《顧氏家族與玉山雅集》（《青島大學師範學院學報》二〇〇七年第三期）。谷春俠以爲『顧園與顧元用的仕歷和特長極爲相似，年少北游燕都，得朝命，襲父爵爲千户侯』，文章并引玄信《題雲屋所贈高峰遠澗圖詩序》及《羅壁隱居圖雲屋爲方溟遠作》，認爲『入明後這位顧家子弟懼怕被徵治』，改名避居浙東。

岑士貴登進士。

《餘姚岑氏章慶堂宗譜》卷十三：『新十三三子，諱士貴，字尚周。元至治辛酉科以《凌烟閣賦》登宋本榜第九名進士，任黄巖路州判。』

按，士貴爲岑安卿從弟。

楊巽菴五十五歲，岑安卿三十六歲，陳旅三十四歲，楊維楨二十六歲，滑壽十八歲，宋濂十二歲，劉仁本十一歲，朱右八歲，戴良五歲，顧園一歲。

至治二年壬戌（一三二二），先生十一歲。

十二月七日，父宋璇卒。

《餘姚宋氏宗譜》卷九《季三府君行狀》：『諱璇，字簡之。生宋咸淳三年丁卯七月初三日戊時。自燭溪徙居城之東南隅。卒元至治二年壬戌十二月初七日酉時，歷年五十六歲。墓在鳳亭鄉宋郎山之原，與妣合葬焉。』

補編《上省都事書》：『年十六歲，去學吏。時家祚益落，先人没六年矣。』

補編《餘姚宋氏宗譜序》：『吾自九歲讀書家塾，越三年而喪父。』

楊巽菴五十六歲，岑安卿三十七歲，陳旅三十五歲，楊維楨二十七歲，滑壽十九歲，宋濂十三歲，劉仁本十二歲，朱右九歲，戴良六歲，顧園二歲。

至治三年癸亥(一三二三)，先生十二歲。

是年，直省舍人劉孛蘭奚薦岑安卿。

王至《岑貞元先生行狀》：『至治癸亥，直省舍人劉孛蘭奚公奉詔求賢江南，薦先生學醇行潔。以丁外艱辭。』

楊巽菴五十七歲，岑安卿三十八歲，陳旅三十六歲，楊維楨二十八歲，滑壽二十歲，宋濂十四歲，劉仁本十三歲，朱右十歲，戴良七歲，顧園三歲。

泰定元年甲子(一三二四)，先生十三歲。

滑壽參加童子試。

《滑伯仁先生事實紀年》：『甲子赴童子試，采芹偃庠。』

是年，知州脱脱再薦岑安卿。

王至《岑貞元先生行狀》：『明年，知州脱脱公復薦。再詔，又辭以憂苦之餘，苟延殘喘，不能供職。』

楊巽菴五十八歲，岑安卿三十九歲，陳旅三十七歲，楊維楨二十九歲，滑壽二十一歲，宋濂十五歲，劉仁本十四歲，朱右十一歲，戴良八歲，顧園四歲。

泰定二年乙丑(一三二五),先生十四歲。

楊巽菴五十九歲,岑安卿四十歲,陳旅三十八歲,楊維楨三十歲,滑壽二十二歲,宋濂十六歲,劉仁本十五歲,朱右十二歲,戴良九歲,顧園五歲。

泰定三年丙寅(一三二六),先生十五歲。

楊巽菴六十歲,岑安卿四十一歲,陳旅三十九歲,楊維楨三十一歲,滑壽二十三歲,宋濂十七歲,劉仁本十六歲,朱右十三歲,戴良十歲,顧園六歲。

泰定四年丁卯(一三二七),先生十六歲。

是年,學吏於楊巽菴。

卷十四《巽菴先生哀辭》:『元禧始以里中童子,拜先生於床下,出入其門,而受其教誨、飲食之賜者,二十餘年於兹。』

補編《上省都事書》:『年十六歲,去學吏。』

楊巽菴六十一歲,岑安卿四十二歲,陳旅四十歲,楊維楨三十二歲,滑壽二十四歲,宋濂十八歲,劉仁本十七歲,朱右十四歲,戴良十一歲,顧園七歲。

泰定五年戊辰(一三二八),二月二十七改元致和,九月十三改元天曆,先生十七歲。

陳旅赴京,授國子監助教。

《元史·陳旅傳》:『陳旅,字衆仲,興化莆田人。先世素以儒學稱,旅幼孤,資稟穎異……與祖常交口游譽於諸公間，咸以爲旅博學多聞，宜居師範之選，中書平章政事趙世延又力薦之，除國子助教。』

陳旅《瓊芽賦》：『余年四十又一，始爲國子助教。』

按，先生曾問學於陳旅。

岑士貴卒，安卿有悼詩。

岑安卿《悼尚周弟》：『兄弟俱登進士科，凌烟一賦世無多。相如病渴知難療，伯道無兒可若何。久憶對牀寒夜雨，忍看埋玉故山阿。清風德政誰能紀，應有詞人買石磨。』

《餘姚岑氏章慶堂宗譜》卷十三：『生元世祖至元三十一年，卒元天曆元年。年三十有五。』

《宋元學案》卷八十六『戇庵門人·縣官岑栲峰先生士貴』：『岑士貴，字尚周，餘姚人也。從黄彦實學，得其先世《日鈔》之傳。彦實負用世之志，不遇。一夕，夢坐岑氏廳上，氍毹四設，先生年最少前拜跪，乃脱身所被緑衣衣之。覺而先生至，拜跪如夢。彦實驚問，先生對曰：「士貴幸不墜先生所教。」彦實急扶之，然頗不樂，因撰《悲誦》一篇，自是日飲，無何，卒不起。先生既得薦禮部，任官黄巖，有大姓李者，肩輿自甬道入，先生詰之，吏曰：「是家素能執持州縣短長者。」先生素惡强禦，乃廉得其私煎、盗販、過賕、鬻獄等罪，丹書之。李憾，亦以事中先生。已而出巡，遽以食遇毒死。吴淵穎痛惜之，爲作哀誄。』

楊巽菴六十二歲，岑安卿四十三歲，陳旅四十一歲，楊維楨三十三歲，滑壽二十五歲，宋濂十九歲，劉仁本十八歲，朱右十五歲，戴良十二歲，顧園八歲。

天曆二年己巳（一三二九），先生十八歲。

滑壽補弟子員。

《滑伯仁先生事實紀年》：『己巳年，二十六歲，補弟子員，遂進上舍。』

李恭爲餘姚知州。

光緒《餘姚縣志》卷二十二《李恭傳》：『李恭字敬甫，關隴人。爲知州，廉平不苟，又習文法，吏奸不行。先是，州民役於官者必歲終乃代，廢其生作。恭爲更定每季代之州産紅小米，令歲市白米充稅，恭疏請以土産輸。又營廟學，乞增置師弟子員。墾湖田數百畝，益其廩。剏立蒙古學，每從學官弟子論難經義，士民立碑頌德。』

又卷十八『職官表』：『李恭，（天曆）二年任，有傳。』

楊巽菴六十三歲，岑安卿四十四歲，陳旅四十二歲，楊維楨三十四歲，滑壽二十六歲，宋濂二十歲，劉仁本十九歲，朱右十六歲，戴良十三歲，顧園九歲。

天曆三年庚午（一三三〇），五月初八改元至順，先生十九歲。

是年前後，李恭修黄山橋。

光緒《餘姚縣志》卷一:『黄山橋,在縣東二里二百步,一名永濟橋,一名善政橋。橋旁有大小黄山,土人因呼爲黄山,燬於火。宋紹熙間,僧覺因合衆力重建,廣九丈,高二十丈有奇。寶祐間,邑人葉暉修。元至順初,知州李恭復修。』並引韓性《修善政橋記》:『又七十餘年,當至順年,晋寧李侯恭知州事,來視橋梁。欹石漸泐,過者凛凛。則與僚寀議曰:「橋百年不修則壞,壞而更爲不可以卒成。如吾民何?」捐俸以爲之倡於是監州某、同知州事賈寀、判官某協力而成之。侯以公餘日往視,役用衆工,而橋復完。』是年前後,先生與鄭彝交往。

卷八《題山輝畫》『兄事山翁四十年,水南水北往來便』語。

按,鄭彝(山輝)卒於明洪武三年(一三七〇)二月,故繫於此。鄭彝爲先生摯友。光緒《餘姚縣志》卷二十三《鄭彝傳》:『鄭彝,字元秉,號山輝。清逸夷曠,傲視貴倨。有郝將軍求見,彝不爲禮。郝退,語人曰:「鄭先生視我若無有,真不凡也。」然彝於父母昆弟姻友,又皆委曲周密之念藹然。以文學教授,有師法。善作蘭蕙,人争購之。岑安卿云「坐對滎陽老,空懷正始音」,宋僖云「落筆十年身後在,懷人三絶眼中無」,其爲名家推重如此。』

二十一歲,劉仁本二十歲,朱右十七歲,戴良十四歲,顧園十歲。楊巽菴六十四歲,岑安卿四十五歲,陳旅四十三歲,楊維楨三十五歲,滑壽二十七歲,宋濂

至順二年辛未(一三三一),先生二十歲。

是年前後,先生與徐君采交。

卷十三《贈徐君采序》有『前廿年,余始交山陰徐君君采』語,是文題注『辛卯』。

按,辛卯爲至正十一年(一三五一),上推二十年在是年。

吴澄寄岑安卿《雙頭菊詩》。

岑安卿《題蘭》,一本題作『至順辛未春草廬吴先生寄手教并雙頭菊詩獎與過情適陳元綱歸過崇仁因賦詩猗猗紫蘭以答先生之教』。

按,至順辛未,爲至順二年(一三三一)。吴澄(一二四九—一三三三),字幼清,晚字伯清,臨川郡崇仁縣人。南宋末中鄉試,宋亡,隱居著述,稱『草廬先生』。元武宗至大元年(一三〇八),出任國子監丞。至治元年(一三二一),爲翰林學士。泰定元年(一三二四),爲經筵講官,敕修《英宗實録》。元統元年(一三三三)卒,謚『文正』。陳元綱,元末餘姚人,曾爲烏江巡檢。

楊巽菴六十五歲,岑安卿四十六歲,陳旅四十四歲,楊維楨三十六歲,滑壽二十八歲,宋濂二十二歲,劉仁本二十一歲,朱右十八歲,戴良十五歲,顧園十一歲。

至順三年壬申(一三三二),先生二十一歲。

李恭助成餘姚通濟橋。

光緒《餘姚縣志》卷一：『通濟橋，在縣南一十步，舊曰虹橋。橋在邑城南門外，折而東三十步許……入元，載建載壞，蓋浮橋云。僧惠興請作石橋，道士李道寧繼之。至順三年，橋成，下爲三洞，名曰通濟。』並引韓性《修通濟橋記》：『至順三年，餘姚州通濟橋成。餘姚岸北爲州之理所，案宋圖經，姚江在餘姚縣南十步，橋曰德惠，即今橋是也……會奉議大夫監州拜住、奉議大夫李侯恭來知州事，與同知州事帖木耳不華賈策、判官張志學、唐雋，吏目陳天珏、沈思齊咸勸成之。至是而石橋成，名之曰通濟。』

楊巽菴六十六歲，岑安卿四十七歲，陳旅四十五歲，楊維楨三十七歲，滑壽二十九歲，宋濂二十三歲，劉仁本二十二歲，朱右十九歲，戴良十六歲，顧園十二歲。

至順四年癸酉（一三三三），十月初八改元元統，先生二十二歲。

楊巽菴六十七歲，岑安卿四十八歲，陳旅四十六歲，楊維楨三十八歲，滑壽三十歲，宋濂二十四歲，劉仁本二十三歲，朱右二十歲，戴良十七歲，顧園十三歲。

元統二年甲戌（一三三四），先生二十三歲。

是年秋，岑安卿作《勉宋無逸向學》。

岑安卿《勉宋無逸向學》：『蚌胎抉珠光陸離，山石韞玉形瑰奇。民生適秉俊秀姿，如玉含潤珠生輝。廣平世德遠已微，雲礽奮發思前徽。輕環不逐裘馬肥，下帷恬淡虀鹽宜。讀書待旦心孜孜，穴壁睥睨晨光熹。我憶視子齠齓時，髫髮欝爾青齊眉。椿庭期待余所知，近師囑汝吾儒歸。只今年才二十幾，瑰詞藻語超倫夷。示予琬琰潤且滋，蠅頭點漆光累累。蘭苕芬馥翡翠飛，鯨魚棹尾横天池。秋風丹桂香紛霏，明年期爾扳高枝。而翁陰祐應扶持，摶風九萬非難期。但愁老眼將昏眵，羽翼不睹連雲垂。』

按，先生在二十至三十歲期間，僅至順三年（一三三二）、至元元年（一三三五）兩次鄉試，分别在其二十一歲、二十四歲時。岑安卿贈詩在鄉試前一年，以『只今年纔二十幾』考之，當在元統二年（一三三四）。

葉恒爲國子監生。

歐陽玄《此山詩集序》：『頃，國子生葉敬常攜其編，詣余評之……元統二年八月初吉，翰林直學士中憲大夫知制詔同修國史廬陵歐陽玄序。』

按，葉恒任餘姚州判期間，與先生善，先生有『蓋侯平日知余爲深』（補編《寄王君仲遠》）之語。光緒《餘姚縣志》卷二十二《葉恒傳》：『葉恒，字敬常，鄞人。州判。有幹局，堅忍耐事，籌畫久遠，數延見父老行誼之士，詢咨政理。姚有禦海隄，潮汐决齧，海移内地，歲備海修隄垂四十年，而患益甚，乃更置石隄二千四百餘丈，自是遂無海患。會稽楊維禎爲文記之。至正間録隄功追封仁功侯，立廟餘姚。』

陳旅出爲江浙儒學副提舉。

《元史·陳旅傳》：『元統二年，出爲江浙儒學副提舉。』

楊巽菴六十八歲，岑安卿四十九歲，陳旅四十七歲，楊維楨三十九歲，滑壽三十一歲，宋濂二十五歲，劉仁本二十四歲，朱右二十一歲，戴良十八歲，顧園十四歲。

元統三年乙亥（一三三五），十一月二十三日改元至元，先生二十四歲。

是年前後，先生問學於陳旅。

無愠《山菴雜録》：『宋無逸，餘姚人，别號庸菴。性仁恕端毅。蚤從楊濂夫、陳衆仲二先生游，經明學通，發爲文詞，矩則甚嚴。』

按，陳旅長期爲京官，僅元統中赴浙。先生問學陳旅，當在其江浙儒學副提舉任上。是時，先生參加鄉試，故繫於此。

是年或稍後，葉恒爲餘姚州判，起舜江樓。

光緒《餘姚縣志》卷三：『舜江樓，在齊政門。城上置鐘，爲城樓，故承宣亭遺址也。元州判葉恒始建。製刻漏甚精，後上之府譙。』

丁鶴年生。

《明史·丁鶴年傳》：『至正壬辰，武昌被兵，鶴年年十八，奉母走鎮江。』

按，上推其生年爲至元元年。丁鶴年爲先生忘年交，有《寄餘姚宋無逸先生詩》：『龍泉城外絶囂喧，寄傲全勝在漆園。獨對江山懷舜禹，每憑風月問劉樊。行窩釃酒花圍席，野寺題詩竹滿軒。回首崑岡空刼火，深期什襲保璵璠。』

十一月五日，岑安卿有《初度後偶成詩》。

岑安卿《初度後偶成》：『老來深愧事相牽，獨對青燈每悵然。飢歲寧過初度日，明時又見至元年。黃昏臭味霜同冷，白髮頭顱雪鬬妍。更與江梅有佳約，一枝春信已先傳。』

按，《餘姚岑氏章慶堂宗譜》載安卿生辰『元世祖至元廿三年丙戌十一月初五日』。

楊巽菴六十九歲，岑安卿五十歲，陳旅四十八歲，楊維楨四十歲，滑壽三十二歲，宋濂二十六歲，劉仁本二十五歲，朱右二十二歲，戴良十九歲，顧園十五歲，丁鶴年一歲。

至元二年丙子（一三三六），先生二十五歲。

是年，餘姚學宮失火。

光緒《餘姚縣志》卷十『學宮』：『重紀至元二年復火，守汪惟正、劉紹賢重建。』並引韓性《重建餘姚縣學記》：『當至元二年，閭里煽災，學復燬，知州汪侯惟正經始未就。』

按，學宮今廢，位置在今餘姚市學弄，餘姚市第一實驗小學。二〇二三年四月至七月，寧波市文化遺產管理研究院聯合餘姚市文物保護管理所、南京大學考古文物系，對餘姚市第一實驗小學擴容改造工程所在區域進行了考古發掘。新發現的遺址位於學校操場內，遺址年代以漢代爲主，還保留了部分六朝時期的地層堆積。操場墊土層包含大量漢至明清時期的陶瓷片及建築材料，部分宋至明清時期的板瓦、瓦當、滴水、磚雕以及石質柱礎，與原學宮建築有關。

岑安卿於栲栳峰下築室以居。

王至《岑貞元先生行狀》：『其所居東南最高之處曰栲栳峰，先生時陟其巔，坐覽萬物，歌詩山谷響應，先生素所樂者，因號曰栲栳山人，築室其下以居。知州汪公惟正往題曰「栲栳書院」，請納四方俊髦而教授之。先生曰：「吾爲隱居，豈開門牆耶？」力辭之。』

按，韓性《重建餘姚縣學記》載是年十二月劉紹賢來知州事。

楊巽菴七十歲，岑安卿五十一歲，陳旅四十九歲，楊維楨四十一歲，滑壽三十三歲，宋濂二十七歲，劉仁本二十六歲，朱右二十三歲，戴良二十歲，顧園十六歲，丁鶴年二歲。

至元三年丁丑（一三三七），先生二十六歲。

十月，餘姚學宮新成。

光緒《餘姚縣志》卷十『學宮』引韓性《重建餘姚縣學記》：『是歲（至元二年）十二月奉議大夫劉侯來知州事……明年十月，學成。』又卷七『祥異』：『至元二年，文廟火。』

秋，先生識省都事於餘姚。

補編《上省都事書》：『去秋攀餞舜江，伏承教誨，獎誘意甚勤懇，若將推而納諸古學者之後。公卿不接晚生久矣，何幸親承其寵？ 是以感激，忖度至忘寢食思，所以報知己。』

楊巽菴七十一歲，岑安卿五十二歲，陳旅五十歲，楊維楨四十二歲，滑壽三十四歲，宋濂二十八歲，劉仁本二十七歲，朱右二十四歲，戴良二十一歲，顧園十七歲，丁鶴年三歲。

至元四年戊寅（一三三八），先生二十七歲。

餘姚海隄復壞，紹興路委葉恒督修。

陳旅《餘姚州海隄記》：『至元再元之四年四月，方成隄，六月復大壞，紹興路總管府檄委州判葉君恒治之。君視壞隄，自開元至蘭風，見凡土爲者皆缺惡，愀然曰：「是之爲民禍也，有窮已乎？」遂與其鄉老人議爲石隄宜。』

光緒《餘姚縣志》卷七『祥異』：『四年六月，海溢。』

按，『其鄉老人』即岑安卿，見下文。

夏，葉恒問計於岑安卿。

光緒《餘姚縣志》卷二十三《岑安卿傳》：『至元元年夏，海溢隄壞，自上林極蘭風數十里，民嘆其魚。州判官葉恒過安卿問計，欲尋前朝故事，置田課稅而徐圖之。』

王至《岑貞元先生行狀》：『至元再元甲戌夏，海溢隄壞，自上林極蘭風數十里之民，皆爲魚鱉。宣閫命州判官葉公恒治之，葉過精舍問計，蓋欲尋前朝故事，置田課稅而徐圖之。先生曰：「何患急而計緩耶？若果然，則民日以擾，財日以耗，隄終不可成，而他變且作。莫若暨州計畝出粟，仍請免民他科，以悉力是役，盡建石隄，則功永安，民不煩而集。」葉拜行之。先生又助粟一千有奇，請免計上林田畝，曰：「此以賙吾鄉鄰之急。」葉復請先生量事期，計財用，慎任使，總出納，而已得循隄董役。役重成亟，而民不知勞者，先生之力也。民之歌曰：「姚民半魚，葉侯作隄。葉侯作隄，岑公實尸。」』

按，縣志『至元元年夏』當『至元四年夏』之誤，見上引陳旅《餘姚州海隄記》。《行狀》『至元再元』無『甲戌』，前一甲戌在元統二年（一三三四）。

是年或稍前，先生從學於楊維楨。

補編《上省都事書》：『今年春，遊暨陽，從鐵崖先生學《春秋》。方其欲往，親戚摘其迂，鄉里哂其往，幸而楊先生遇之如骨肉，不然不能一朝居也。』

按，楊維楨爲先生授業師。《明史·楊維楨傳》：『楊維楨，字廉夫，山陰人……父宏，築樓鐵崖山中，繞樓植梅百株，聚書數萬卷，去其梯，俾誦讀樓上者五年，因自號鐵崖。元泰定四年成進士，署天台尹，改錢清場鹽司令。狷直忤物，十年不調。會修遼、金、宋三史成，維楨著《正統辯》千餘言，總裁官歐陽元功讀且嘆曰：「百年後，公論定於此矣。」將薦之而不果，轉建德路總管府推官。擢江西儒學提舉，未上，會兵亂，避地富春山，徙錢塘。張士誠累招之，不赴，遣其弟士信咨訪之，因撰五論，具書復士誠，反覆告以順逆成敗之說，士誠不能用也。又忤達識丞相，徙居松江之上，海內薦紳大夫與東南才俊之士，造門納履無虛日。酒酣以往，筆墨横飛。或戴華陽巾，披羽衣坐船屋上，吹鐵笛，作《梅花弄》。或呼侍兒歌《白雪》之辭，自倚鳳琶和之。賓客皆蹁躚起舞，以爲神仙中人。』

先生致書某都事，欲求上進。

補編《上省都事書》：『自顧蓬蓽之家，累重産薄。生母年近六十，咨嗟太息，以某雖從事於學而不能略有所補，於是奮不知耻，西見明公。』

按，先生生母王氏生於前至元十七年（一二八〇）庚辰，是年五十九歲，姑繫於此。

陳旅入京，爲應奉翰林文字。

《元史·陳旅傳》：『至元四年，入爲應奉翰林文字。』

楊巽菴七十二歲，岑安卿五十三歲，陳旅五十一歲，楊維楨四十三歲，滑壽三十五歲，宋濂二十九歲，劉仁本二十八歲，朱右二十五歲，戴良二十二歲，顧園十八歲，丁鶴年四歲。

至元五年己卯（一三三九），先生二十八歲。

先生撰《代趙聲翁祭兄文》。

補編《代趙聲翁祭兄文》題注『己卯』。

岑安卿至福昌寺定役。

光緒《餘姚縣志》卷二十三《岑安卿傳》：『當築隄之明年，恒例當爲民均徭，上官以恒督役海隄，不欲煩以他政，因請安卿代行編次，固辭不獲。乃至福昌寺定役，絶請謁，杜欺隱。籍定，布諸民。』

王至《岑貞元先生行狀》：『當作隄之明年，葉例當爲民均徭。初，宣閫既令勿以他政煩葉判官，州遂以先生請代。越守宋公文瓚乃下書曰：「先生負諸葛之望，而繼子陵之風，力辭上徵，甘心肥遯。乃者，聞不忍姚民墊溺之患，薄試平生經濟之才，與葉判官戮力同心，作隄禦患，功作生民，德垂千古。茲當本州更定户口之差，不欲判官停罷海隄之役，敢煩先生屈就公署，編次差徭，則役必均平，隄可就叙。」先生辭非其任，固强之，乃至福昌寺定役，親故無敢請謁，書計無敢欺隱。籍定而布諸民，民之稱平者，塞衢巷、遍田野，願得先生歲歲爲民定之而莫可得也。』

按，福昌寺在上林鄉。光緒《餘姚縣志》：『東福昌教寺，在縣東北七十里。唐長慶四年建，會昌廢。大中二年重建，吴越給永壽院額。大中祥符元年改賜今額。』

楊巽菴七十三歲，岑安卿五十四歲，陳旅五十二歲，楊維楨四十四歲，滑壽三十六歲，宋濂三十歲，劉仁本二十九歲，朱右二十六歲，戴良二十三歲，顧園十九歲，丁鶴年五歲。

至元六年庚辰（一三四〇），先生二十九歲。

楊維楨轉徙紹興。

孫小力《楊維禎年譜》：『此際於紹興授徒。學子請學賦，爲歷評八科以來程文凡千餘篇。』

王嘉閭爲松江財賦提舉。

光緒《餘姚縣志》卷二十三《王嘉閭傳》：『王嘉閭，字景善，事親孝，母年至百歲後。

至元六年，宣政院薦授敦武校尉、松江財賦提舉。』

戴良《竹梅翁傳》：『翁姓王氏，名嘉間，字景善，晚乃别號竹梅翁，越之餘姚人也……重紀至元六年，中政院薦翁才行卓卓，授敦武校尉、松江等處財賦提舉。』

按，王嘉間爲先生友人，詩文數見。

楊巽菴七十四歲，岑安卿五十五歲，陳旅五十三歲，楊維楨四十五歲，滑壽三十七歲，宋濂三十一歲，劉仁本三十歲，朱右二十七歲，戴良二十四歲，顧園二十歲，丁鶴年六歲。

至正元年辛巳（一三四一），先生三十歲。

三月十六日，餘姚海隄成。

陳旅《餘姚州海隄記》：『至正元年三月癸亥成。』

海隄築成，岑安卿以詩答葉恒。

岑安卿《答敬常判官》：『舜水波瀾接四明，文章倏爾見飛英。十年京國寒氈夢，百里江山晝錦榮。民在倒懸功自倍，慮須先定事堪成。作隄濱海民如堵，白髮春田樂耦耕。』

是年稍後，完者都又築石隄三千餘丈。

《餘姚六倉志》卷五『海隄』：『是年，郡守泰不華又作石隄三千一十四丈。』

葉翼《餘姚海隄集》卷一王沂《序》：『餘姚濱海之田，歲墊潮汐，判官葉君恒作石隄以捍之，爲尺二萬一千二百十有一。既告成，而它土隄之差可緩而未甃以石者，則所未暇也。時宋公文瓚守紹興，嘉葉君之功，而恤其將代，請江浙行省丞相及部使者，俾得終其役，而葉君謝事矣。未幾，完者都來代，宋公因督完者都成之。繼宋公之後者，爲泰不華公，其督成是役，亦竊究心焉。乃又作石隄三千一十有四尺，總爲尺二萬四千二百二十有五。』

按，光緒《餘姚縣志》卷十八「職官表」載完者都於至正元年替葉恒任餘姚州判。

楊巽菴七十五歲，岑安卿五十六歲，陳旅五十四歲，楊維楨四十六歲，滑壽三十八歲，宋濂三十二歲，劉仁本三十一歲，朱右二十八歲，戴良二十五歲，顧園二十一歲，丁鶴年七歲。

至正二年壬午（一三四二），先生三十一歲。

三月十五日，楊瑛在大都，請陳旅撰《餘姚州海隄記》。

嘉靖《餘姚縣志》卷三陳旅《餘姚州海隄記》：『餘姚北枕大海，其地曰蘭風、東山、開原、孝義、雲柯、梅川、上林者，皆潮汐之所争也。當宋爲縣時，慶曆七年，知縣事謝景初自雲柯至上林爲隄二萬八千尺。慶元二年，知縣事施宿自上林至蘭風爲隄四萬二千餘尺，中石隄四，計五千七百尺，餘盡累土耳。施令以土累者易敗，當每歲勤民糜財，乃請于其上之人，置隄田二千畝，以得于田者時其敗而治之。而寶慶中，民淪于海者殆百家，土隄雖僅治，不足恃也。皇元陞餘姚爲州，州視縣得展其所爲，然未有能除民所甚病者。蓋海壖自寶慶内移，大德以來，復益衝潰。今壖去舊涯之墊海中者十有六里，歲揵木籠竹納土石，潮輒齧去之。謝家塘南爲汝仇湖，大將千頃，餘支湖連之，其大强半州，西北田悉受灌注。海既迫湖，奪爲廣斥，而潮勢邛于平地。鹹流入港，遂達内江，田失美溉，故連歲弗穫，而殫民力，隳農功，與風濤抗而卒不勝，蓋四十年矣。及元至元之四年四月，方成隄，六月復大壞，紹興路總管府檄委州判葉君恒治之。君視壞隄自開原至蘭風，見凡土爲者皆闕惡，愀然曰：「是則爲民禍也，有窮已乎？」遂與其鄉老人議爲石隄宜，則又曰：「攻石費鉅，出錢大，農當煩。文書遲，歲月比得請州，其沼矣。若等能與我共爲之乎？今費雖鉅，常歲之費則省，而若與子孫奠居無虞也。」聞者咸曰：「民志則然。」白于府，府亦聽民所爲。于是，有田者願計畝出粟，或輸其直。以力至者，亦喜於服役。君屬民高年與正於里者，掌出納以率作。又請于府，免民他科徭，以悉力是役。宣閫亦下書，毋以他事使葉判官輒去州。君先使人浚河渠，復廢防，畜湖水，伐石于山，以舟致之。分衆作爲十有五所，所有程督，君往來涖之。其法，布杙爲址，前後參錯；杙長八尺，盡入土中；當其前行，陷寢木以承側石，石與杙平，乃以大石衡縱，積疊而厚密其表。隄上側置衡石，若比櫛然。又以碎石傅其裏，而加土築之。隄高下，視海地淺深，深則高丈餘，淺則餘七尺，長則爲尺二萬一千二百十又一也。其中舊石塘之危且闕者，亦皆治完之。至正元年三月癸亥成。是役也，用民之力而民不知其勞，賦民之粟而民不以爲費，往往喜而言曰：「餘姚自今其有州乎！吾歲歲困於禦海，自今其遂休乎！因運石以治川澤，遂得沃吾田，浮吾舟乎！」州士楊瑛，以教官謁選京師，致其長老之言以求記。葉君，鄞人，字敬常，國子生釋褐，授是官。在成均時，余忝師屬，最相親，能深知之。天下之事，蓋未有不可爲者不知所以爲，又使人得以其私欲而撓之，是以爲之而難成也。敬常清謹而詳練。清謹則守嚴，詳練則慮周，慮周而守嚴，則得其所以爲。又無有能撓之者，故于人所難成者而能成之。餘姚自前代至今，豈無用意于是隄者？而其迹泯矣。數百年之久，惟謝、施二令與敬常之功稱焉，而敬常所爲視二令，蓋尤倍也。則求世之能爲如敬常者，豈不亦甚少哉？余故著其所以能者，爲世道也。敬常到州，當大火後，能佐其長，舉百廢，作譙門，製刻漏，起舜江樓，新捕盜司廨舍，以至申禁令，興教化，鋤姦抑强以保寧善良，事多可紀者，而隄則其大云。至正二年三月望日記。」

按，餘姚楊瑛，字季常，元末鉛山教諭，曾代理餘姚高節書院山長，後隱居餘姚陳山。陳山，亦名客星山，高節書院在其麓。楊瑛與弟楊璲、楊瑀有文名，時人稱之『三楊』。楊氏兄弟及子侄，皆與先生善，先生詩文多見。

秋，王仲遠督治上虞海隄。

方觀承《兩浙海塘通志》卷三《列代興修下》引萬曆《上虞縣志》：『至元又元之六年六月，風濤大作，其地曰蓮花池等處，齧入六里許，横亘二千餘尺，並隄之田，葬爲斥鹵。歲加繕完，民遂罷於築隄之役。至正六年，民招庠等羣訴於縣。縣上其事於府，時餘姚州濱海諸鄉同受其病，州判官葉恒與民議以石易土，俾凡有田者畝出斗粟，或輸其粟之值，鳩工伐石更爲之。而工適成，府令上虞縣循其故實，仍檄葉恒董治之，會葉君以公故弗及而去。明年秋，民復訴於府，郡守瓦剌沙公與幕長吴君中議，以府史王仲遠爲能，即以委之。』

按，葉恒於至元末、至正初離職州判，文中『至正六年』當是『至元六年』，而『明年秋』指至正二年（一三四二）秋。

是年前後，先生撰《送宇文先生後序》。

卷十二《送宇文先生後序》：『凡賦之積逋，至至正二年十餘萬石，其民益困，而責之益急，然終不能足。於是，行中書省擇官之賢能者覈其事，而吾州别駕宇文先生實受其任……南陽宋公爲郡時，其邑之官以事空，用先生攝一邑事數月。宋公，天下名能官者，明廉有威。屬司恒慄慄，恐獲罪，於先生所行，悉是之，常呼爲「先生」云。繼守郡者，台哈布哈公也。公剛正，其待下猶嚴，唯待先生者如宋公，數以旁邑事煩之，決陳牘數十事，素習吏者服焉。』

按，南陽宋文瓚爲紹興路總管在至元末，繼任者台哈布哈在至正元年（一三四一）至三年（一三四三）三月。《元史·宇文公諒傳》：『宇文公諒，字子貞，其先成都人。父挺。祖徙吴興，今爲吴興人……至順四年登進士第，授徽州路同知婺源州事。丁内艱，改同知餘姚州事。夏不雨，公諒出禱輒應，歲以有年，民頌之，以爲「别駕雨」。攝會稽縣，申明寃滯，所活者衆，省檄察實松江海塗田，公諒以潮汐不常，後必貽患，請一概免科，省臣從之。遷高郵府推官。未幾，除國子助教。』岑安卿亦作《送宇文别駕》，其詩曰：『江風吹雲天漠漠，去官欲行愁雨落。沙頭已買一扁舟，惟載舊書盈故橐。東街西街蠟屐聲，冠蓋填門行蹻蹻。坐中猶有乞文人，囊裏元無贈錢客。我願行時天日晴，先生此心江水清。殷勤相餞一杯酒，早聽玉堂鈴索鳴。』

楊巽菴七十六歲，岑安卿五十七歲，陳旅五十五歲，楊維楨四十七歲，滑壽三十九歲，宋濂三十三歲，劉仁本三十二歲，朱右二十九歲，戴良二十六歲，顧園二十二歲，丁鶴年八歲。

至正三年癸未（一三四三），先生三十二歲。

是年夏，岑良卿入京。

按，岑安卿《送易直兄入京詩》『觸熱之皇都』句，指良卿『擢奎章閣學士』事。按《餘姚岑氏章慶堂宗譜》『金華黄縉卿表薦代己』（見下引），事在至正三年（一三四三）夏，時黄溍以侍親而辭官。見何曉東《黄溍年譜》。

陳旅卒。

《元史·陳旅傳》：『至正元年，遷國子監丞，階文林郎。又二年卒，年五十有六。』

柯九思卒，家失其舊物。

卷五《喜柯氏復舊物爲賦詩序》：『天台柯君叔静，以童時喪其先公奎章閣博士所遺圖書等物之最重者，無以考世德、瞻親像、驗家慶，而恒以爲大憾。凡與親故語，未嘗不流涕而皇皇焉。』

顧嗣立《元詩選三集》卷五《丹丘生稿》：『九思字敬仲，仙居人，以父謙蔭補華亭尉，不就。在太學時，遇元文宗於潛邸，及即位，擢爲典瑞院都事。置奎章閣，特授學士院鑒書博士，凡内府所藏法書名畫，咸命鑒定……未幾，文宗崩，因流寓江南。至正乙巳，得暴疾卒，年五十四。』

按，至正乙巳在二十五年，當誤。

徐顯《稗史集傳·柯九思傳》：『至正癸未冬十月壬寅夜，夢有炳義公招之者，旦請予筮其吉凶，發蓍得履之乾……乙巳，公與臨川饒旭及予出游於上方，移舟陸庵，暨臨海陳基、吴人錢逵皆會。丙午過靈巖，遂次天平，拜文正祠，宿留六日始歸，蓋欲厭其夢也。辛亥丙夜，暴得風疾，越六日丁巳卒，年五十四。』

是年或稍後，鄭彝隱居餘姚歷山，撰《後歷山賦序》。

《餘姚六倉志》卷二『歷山』注引鄭彝《後歷山賦序》：『後（王文）公一百餘年，大梁劉侯佐是邦，受履田之命於郡……余耕於歷山者也，於侯之化，幸親見之，乃作《後歷山賦序》。』

孫岳頒《御定佩文齋書畫譜》卷五十三：『鄭彝官教授，私謚孝莊，善作草蟲蘭蕙，人爭購之。』

按，光緒《餘姚縣志》卷十八『職官表』載劉輝任州同知在宇文公諒之後（見至正二年），姑繫於此。

楊巽菴七十七歲，岑安卿五十八歲，楊維楨四十八歲，滑壽四十歲，宋濂三十四歲，劉仁本三十三歲，朱右三十歲，戴良二十七歲，顧園二十三歲，丁鶴年九歲。

至正四年甲申（一三四四），先生三十三歲。

正月十六，岑良卿卒。

光緒《餘姚縣志》卷二十三《岑良卿傳》：『岑良卿，字易直，號海亭。延祐五年進士，授紹興路同知，有政聲，出爲松陽縣尹，尋授東平路總管同知，蒙古部落編入民户，恣爲驕縱，東平尤甚。良卿痛抑之，民賴以安。擢奎章閣學士，參知政事。是時，江南民困於海運，而京倉充滿，良卿奏請得減海道糧歲二十萬石。未幾，卒於官。』

《餘姚岑氏章慶堂宗譜》卷八上：『新十一（岑堅）長子，諱良卿，字易直……生元世祖至元廿二年，卒至正四年甲申正月十六日午時，壽六十歲。』

二月二十六日，先生與岑安卿、岑景融等飲於龍泉山。

卷十二《送岑景融序》：『至正甲申歲二月二十六日，予友岑君静能之從子景融，將有武林之游，具舟於江之滸矣。其姻戚朋友，即龍泉山之椒飲餞之，而予與靜能在焉……時靜能藏器山澤而老矣，舟之利帆櫓，儲資糧，而無四方之行者也。聞予之言，亦以爲然。遂書爲《送景融西遊序》。』

岑安卿《送景融姪之淛》：『宴安人鴆毒，我老嗟無聞。知汝行有日，送汝寧無言。汝父早即世，汝子衣猶斑。汝弟頗知學，且識應門難。別家思自奮，託蔭薇花垣。王侯近下士，接待禮尤寬。人觀所爲主，結交慎扳援。期汝在遠大，囑汝猶殷勤。蛟龍蟄深壑，變化斯須閒。鵰鶚志霄漢，奮迅凌風翰。錢塘萃佳麗，比屋人烟寰。寢食須自謹，勿躡春風門。酌此一杯酒，我心愈憂煩。功名倘相遂，寄我歸來篇。』

按，《餘姚岑氏章慶堂宗譜》卷七：『愷四（可久）長子，諱文舉，字景融，號巢翠。能詩，載名士考。生元延祐四年丁巳九月十五日，卒明洪武三年庚戌六月廿六日，享年五十有四。』龍泉山，在今餘姚市區。光緒《餘姚縣志》卷二：『龍泉山，在秘圖山西一里許，舊名靈緒山，亦名嶼山。』

危素爲朱右撰《白雲稿序》。

危素《白雲稿序》末識『至正甲申夏臨川危素序』。

按，《明史·危素傳》：『危素，字太僕，金溪人，唐撫州刺史全諷之後。少通《五經》，游吳澄、范梈門。至正元年用大臣薦授經筵檢討。修宋、遼、金三史及注《爾雅》成，賜金及宫人，不受。由國子助教還翰林編修。』是時危素訪書於吴越。

五月，岑安卿有詩贈危素。

岑安卿《次葉敬常編修危太樸檢討東湖嘉澤廟倡和詩韻》：『太史文章星斗光，叢祠新製耀仙鄉。兩賢嘉澤千年在，萬頃清風五月凉。烟際樓臺澄晚色，雨餘蘭芷發天香。經筵檢討臨川彦，唱和尤聞感慨長。』

按，東湖及嘉澤廟在寧波鄞縣，葉恒有《嘉澤廟記》（《全元文》卷一六七五），撰於至正三年（一三四三）。

又《危太樸以經筵檢討奉詔求故宋遺書作詩贈之》：『宣文閣上危夫子，日侍經筵眷遇優。祇閲秘書供御覽，旁求遺籍贊皇猷。琅琊南渡終承晋，昭烈西征亦繼劉。公論自存千載下，聖人直筆在春秋。』（其一）『使星東下斗牛墟，潛德幽光待發舒。昭代進修三國史，詞臣來購四方書。是非往事詢黄髮，咫尺清光動玉除。若問江淮今日政，願陳比法話樵漁。』（其二）

六月五日，先生友人趙桀卒。

楊維楨《趙公衛道墓志銘》：『公趙氏，諱桀，字衛道，號素軒，居越之姚江……平生所爲詩無慮數百什，名《素軒集》若干卷。公生於某年，卒於至正四年六月五日，享年七十又一。』

按，趙棨即《送宇文先生後序》之『趙君素軒』。

六月十六日，危素撰《餘姚州經界圖記》。

光緒《餘姚縣志》卷九『田賦』引危素《經界圖記》：『至正二年，禮部侍郎泰不華公出守紹興，思有以均其賦役，謀於同僚，亦皆曰：「然。」廼以餘姚州田賦未均，屬同知劉侯顯其事……侯名輝，字文大，汴人。嘗任風紀，沈厚而精練，蓋其少孤，勇於植立，故能堅善刻厲，以成事功。去是州而羽儀於天朝，不遠矣。屬余以使至，耆宿楊仲等請爲文，刻之石，使來者考諸。至正四年六月既望，經筵檢討危素書。』

危素撰《瑞柏堂記》。

光緒《餘姚縣志》卷四『公廨』：引危素《州同知廨瑞柏堂記》：『余既爲《餘姚州經界記》，而州之士人復請記瑞柏之堂……明年春，事克就緒，吾州之老稚指其堂曰：「此侯治事處也。侯將去吾民而顯用矣。」……予遊金陵，嘗聞侯議論，知其當以功業顯於他日也。推餘姚之政而觀之，則其大者可知矣。』

按，瑞柏堂，即舊縣公廨治堂。

危素還京，先生撰《代劉同知送危檢討還京師序》。

卷十二《代劉同知送危檢討還京師序》：『至正三年，天子詔修近代史之未修者。而宋氏之事，竊紀於江南草野間者甚博，實採摭者之所資焉。明年，經筵檢討危君太樸奉使購求其書，周流楚吴越之疆，搜微抉幽，極其心力之所及而後去。』

按，劉同知，即劉輝。貢師泰《奉訓大夫紹興路餘姚州知州劉君墓志銘》：『君諱輝，字文大，本太原人，世以武勇顯……尋掾江南行御史臺，及格，除文林郎紹興路同知餘姚州事。』

秋，先生撰《送李元善序》。

卷十二《送李元善序》：『至正四年秋，元善將以事適江東，且因以求師友。』

按，《宋元學案》卷九十三『寶峰門人』：『李善，字元善，東平人也。遊慈溪，講學寶峰之門，遭亂，遂不歸。人雖侮之，不怨也。每言「三代之政，可以施于今日，絶無高遠難行」。雲濠案：「吾邑《天啓志》，先生父灝，仕元爲三山巡檢，遂家焉。先生著有《崇陽稿》。」』元善與岑安卿爲往年交，岑氏有《和李元善自警詩》、《吴南伯王子英李元善會于林湖資敬庵各有韻語予遂叙和》、《十一月初五日初度》（『東平先生李元善，酒後歌詩快清健。可憐年少亦羞寒，褐帽蒙頭僅留面。』）、《再用韻柬李元善》（『故鄆書生美無度，飄泊江湖未羞遇。貧如東埜詩愈佳，嘆息無車載家具。』）、《次李元善求墨韻》、《重峰寺祈雨後柬李元善二律》、《送李元善遊敬亭就柬寓杭鄭元秉楊元度胡達道諸友》諸詩。

秋，上虞海隄成。先生有詩寄王仲遠。

補編《寄王君仲遠詩序》：『此余往歲所寄王君仲遠之詩也。仲遠於上虞，有海隄之功。而吾邑海隄，爲於四明葉侯者其功尤大。故此詩兼言之，見吾民不忘侯之功也。』

按，王仲遠督修上虞蓮花塘在至正二年（一三四二）秋，『兩年成此蓮花塘』當在此年。

是年，先生讀《春秋》於城南張氏書舍。

卷六《過張氏書舍》有『憶昔我年三十三，讀書日夜在城南。能親魯史留三載，誰似張翁愛兩男』句。

是年或稍後，同知劉輝離職，岑安卿有詩相送。

岑安卿《送鎦同知》：『劉侯宦轍半天下，臺閣府州無不可。王良駟馬熟路車，楊僕樓船順流柁。政刑德禮隨設施，賢智愚頑成切磋。竭來貳政臨吾州，民習澆漓更偷惰。我侯振舉綱目張，治劇理繁惟瑣瑣。每嗟田賦籍不明，玉板青綾空疊垛。大邦有命獨見推，萬指不停吹夜火。富民有田不忍欺，貧士無田愈閑暇。今年賦役稱均平，吏不容姦民俗妥。侯能施惠澤吾民，民亦祝侯膺福嘏。祝侯福嘏當何如，正笏垂紳輔宗社。』

按，光緒《餘姚縣志》『職官表』載至正五年任同知者爲宋天祥。

楊巽菴七十八歲，岑安卿五十九歲，楊維楨四十九歲，滑壽四十一歲，宋濂三十五歲，劉仁本三十四歲，朱右三十一歲，戴良二十八歲，顧園二十四歲，丁鶴年十歲。

至正五年乙酉（一三四五），先生三十四歲。

滑壽舉於鄉。

《滑伯仁先生事實紀年》：『至正乙酉，四十三歲，舉於鄉，第二十七人。』

按，是年滑壽實四十二歲。

汪文璟撰《餘姚州官題名記》。

光緒《餘姚縣志》卷十六『金石』引汪文璟《餘姚州官題名記》：『餘姚故爲縣，元貞元年始陞州，今五十年。歷任於是者，姓氏歲月，漫無紀録。余蓋嘗爲州判，今以守令復來是州，暇日乃與監州世英取舊牘，次其先後而刻之石。其歲月有不可考者，闕之……新安汪文璟記。』末注『至正五年』。

按，嘉靖《餘姚縣志》卷十二《汪文璟傳》：『汪文璟字辰良，常山人。舉進士，初判餘姚，聲爲廉平。擢翰林編修，詔擇循良，復以文璟知是州。』

是年前後，楊維楨爲餘姚趙棨撰墓志銘。

楊維楨《趙公衛道墓志銘》：『公生於某年，卒於至正四年六月五日，享年七十又一。明年葬於姚江雙雁鄉之原。孤子矾持其叙狀詣門，泣道遺命，求予銘。』

是年前後，王嘉閭（景善）爲松江財賦提舉，政績斐然。

戴良《竹梅翁傳》：『先是，官若吏以負欠官課不得美解者，項背相望。翁至，鉏治姦蠹，正其税賦之無歸者，而二十年間之積弊，一旦盡除。居位五年，無一人不滿去。向之不得美解者，亦皆賴以徙官。』

是年，劉仁本中進士乙科。

《四庫提要·羽庭集》：『（劉）仁本字德元，天台人。以進士乙科歷官温州路總管，江浙行省左右司郎中。時方國珍據有温、台，招延諸郡士大夫，仁本入其幕中，參預謀議。國珍歲治海舟，輸江淮之粟於大都，仁本實司其事。其所署省郎官，蓋即元所授……仁本學問淹雅，工於吟詠，多與趙俶、謝理、朱右等唱和。嘗治兵餘姚，作雩詠亭於龍泉左麓，彷佛蘭亭景物。集一時文士，修禊賦詩，自爲之序。其文雖不見於集中，而石刻今日猶存。文采風流，可以想見。故所作皆清雋絶俗，不染塵氛。其序記諸篇，述方國珍與察罕通使，及歲漕大都諸事，多記傳所不載，亦可補史闕。』

按，劉仁本爲先生友，先生曾撰《羽庭集序》。

楊巽菴七十九歲，岑安卿六十歲，楊維楨五十歲，滑壽四十二歲，宋濂三十六歲，劉仁本三十五歲，朱右三十二歲，戴良二十九歲，顧園二十五歲，丁鶴年十一歲。

至正六年丙戌（一三四六），先生三十五歲。

夏五月，知州汪文璟祈雨，岑安卿作《謝汪辰良太守祈雨有應》。

光緒《餘姚縣志》卷十一『南雷瑞應王廟』引佚名《修廟記略》：『至正六年夏五月不雨，土田暵乾，農夫告病。餘姚守汪侯辰良與其監州帖侯士温，同知海君朝宗、李君誠齋，判官張君彦恭、楊君嗣宗以及官屬議於庭……五月丁亥，率官屬畢出，請禱還，及州而雨終日，民猶以爲未足。丙申，守自往禱，屏車却蓋，叩頭自稱無狀，願爲民請。祠人爲之卜曰：「神嘉守意，今雨且大至。」是日，天無雲，赤日赫然。頃之，雷雨作，三日而後止。』又卷二十二《汪文璟傳》：『歲旱，徒跣禱山川，七日得雨。』

岑安卿《謝汪辰良太守祈雨有感》：『赤日露頂行，步入南雷去。歸來雲霧生，薄暮雨如注。蒼蒼將槁苗，欝欝色如故。人言太守賢，天意肯相助。不喜亦不驚，太守若無與。日月行中天，照臨及下土。日月不自功，光明萬民睹。我知太守心，借此以爲喻。試問喻者誰，三山老農圃。』

秋，岑安卿送鄭學可赴學道書院任山長。

岑安卿《送鄭學可山長赴平江學道書院》：『姑蘇古伯國，繁華有遺蹤。櫛比十萬家，樓臺出鴻濛。歌舞徹清夜，錦繡圍春風。苟無禮義化，流蕩將何從。子游千載士，文學洙泗宗。邦人致仰慕，築室闤闠中。犧牲與籩豆，祀事潔且豐。育材闡王化，道義相磨礱。有如砥柱石，屹然障河洪。吾邦舊文獻，近亦多章逢。楊子昔長此，講貫懋厥功。吾子亦云往，辭色温且恭。薰風揭絳帳，皋比座蒙茸。願精學道旨，再使民俗忠。我當踵季札，觀風一來同。』

按，朱德潤《送鄭學可山長序》：『至□六年秋，餘姚鄭君學可來爲書院山長，職教養之三月，諸生德之，邑人稱之，是宜爲賢師儒矣乎……鄭君在吴，凡三週歲……冬既孟，鄭君既滿秩，諸先生賦詩以餞其歸，俾朱德潤爲之序引。』（《全元文》卷一二七三，第四十册四九八頁）《全元文》『至□六年秋』，當『至正六年秋』。據岑安卿《題鄭學可餘樂齋詩》『燭溪流水清可斟，烏戎山高足瞻仰』，知其居餘姚燭溪鄉烏戎山，在今餘姚市鄭巷烏戎嶺。平江，指元平江路，今江蘇蘇州市。

是年，先生撰《送王巡檢赴岑江序》。

卷十二《送王巡檢赴岑江序》題注『丙戌』。

丁鶴年喪父。

戴良《高士傳》：『武昌公死時，鶴年年甫十二，已屹然如成人。其俗素短喪，所禁止者獨酒。鶴年以爲非古制，乃服斬衰三年，仍八年不飲酒。家有遺資，悉推與諸兄，不留一錢自遺也。』

劉仁本試吏於福建。

劉仁本《跋黄氏夫人貞節傳》：『至正丙戌歲，余吏閩海。』

是年，滑壽游金陵、姑孰之間，始學醫。

《滑伯仁先生事實紀年》：『丙戌，四十四歲。赴公車，下第歸。適凉州路叛兵大掠太原，西北騷動，漸逼中州，遂灰功名。因從叔剛中嘉興路總管丞隨任一週。往京口，患怔忡，幾危，得王居中。游金陵姑孰間，究心方脉及岐黄之術。』

按，是年滑壽實四十三歲。

楊巽菴八十歲，岑安卿六十一歲，楊維禎五十一歲，滑壽四十三歲，宋濂三十七歲，劉仁本三十六歲，朱右三十三歲，戴良三十歲，顧園二十六歲，丁鶴年十二歲。

至正七年丁亥（一三四七），先生三十六歲。

三月十日，汪文璟撰《海塘記》。

光緒《餘姚縣志》卷八『海隄』引汪文璟《海塘記》：『曩余佐是州，每歲二三月，鳩人夫、輦木石，以修海隄，民苦之。余蓋從事於是，亦不過修舊趨急以紓目前，未有以大慰於民也。今二十年，自翰林復來，是役之不復講也數年矣。小民晏然得及時以勤業，爲吏者無往來督責之勞，葉君石隄之功，於是里談家誦，樹祠刻石而不能自已也。嗚呼！是可謂有功於州民者矣。父老爲余言，石隄既成，昔之衝齧墊溺之處，沙塗遂壅，蘆葦叢生，緜亘數十百里，若有天助，然亦異矣。余既嘉葉君之功，又自愧其不能及，日與判官楊君及州之民巡行隄上，視損缺罅漏者，補而築之，而立石州門之左，以示來者，庶幾久而不壞焉。至正七年三月十五日記。』

按，時葉恒在國子監。

七月十六日，餘姚高節書院重建完成，楊瑛董其役。

光緒《餘姚縣志》卷十『高節書院』：『高節書院，在客星山嚴子陵墓左。先是宋嘉定十七年郡守汪綱於墓左建高風閣，其下爲遂高亭、絲風亭、蒼雲亭。咸淳七年，沿海制置使劉黻、邑人何林請即其所爲書院，本范文正記語，名曰高節。前爲夫子祠，後爲夫子燕居，爲義悦堂，爲思賢堂，旁列剛、毅、木、訥四齋。』並引胡助《重建高節書院記》：『高節書院者，嚴子陵先生之祠也……始於至正六年八月五日，明年七月既望落成。董其役者，權山長鉛山州教授楊瑛。任簿書出納之計者，州司吏胡彦壽也。』

按，楊瑛蓋於是年前後，構舍於客星山。

八月二十一日，先生同母弟元侃卒。

《餘姚宋氏宗譜》卷九《道五府君行狀》：『生延祐六年己未十月二十日，卒至正七年丁亥八月二十一日。與祖妣合葬鳳亭宋郎山，附父之側，歷年二十九歲。』

九月十五日，先生赴姑蘇，請楊維楨爲趙璋詩撰序。

楊維楨《趙氏詩録序》：『吾友宋生無逸送其鄉人趙璋之詩來，曰：「璋詩有志于古，非錮於代之積習而弗變者也。」……至正丁亥九月望在姑蘇錦秀坊寫。』

孫小力《楊維禎年譜》：『十五日，門生宋玄僖來謁，請爲其鄉友趙璋詩撰序，作之。言學詩於古，當得大家之情性神氣。』

按，趙璋亦見下至正十二年陶安《高節書院紀略》。

秋，楊維楨跋姚江吴氏三代墓志文卷。

卞永譽《式古堂書畫彙考》卷二十一：『余讀姚江吴氏三葉墓志文，而因知世運之有高下也……季章父爲三葉後也，隱居行誼，無忝其先。其能光遠而有耀者哉。至正丁亥秋一日，鐵崖山人楊維楨書。』

按，楊鐵崖識吴氏事迹，或與先生請文有關。季章，《縣志》作季璋。《佩文齋書畫譜》卷五四引《書畫史》：『吴太素，字季章，號松齊，會稽人。善畫梅，有《梅譜》傳世，尤能畫山礬、水仙。』吴季章亦先生友人，卷八《重過倪氏深秀樓十首》有『風流吴老子，作畫愛梅花。醉看西窗影，更闌候月華』句，末注：『吴老子，吾邑季章先生也。』

楊巽菴八十一歲，岑安卿六十二歲，楊維楨五十三歲，滑壽四十四歲，宋濂三十八歲，劉仁本三十七歲，朱右三十四歲，戴良三十二歲，顧園二十七歲，丁鶴年十三歲。

至正八年戊子（一三四八），先生三十七歲。

先生撰《贈程隱微序》。

卷十二《贈程隱微序》題注『戊子』。

七月，楊維楨編諸友集詠《竹枝》爲《西湖竹枝詞》。

孫小力《楊維禎年譜》：『是月，輯數年來各地詩家唱和《竹枝》，凡百餘人。名爲《西湖竹枝詞》。撰序，書於玉山草堂。』

知州汪文璟於學宮增建養蒙齋等。

光緒《餘姚縣志》卷十『學宫』：『至正八年，守汪文璟增建養蒙齋、成德齋，文會堂東西二坊門爲屋，八十八楹。』

汪文璟修高節書院。

光緒《餘姚縣志》卷十『高節書院』：『至正八年，州守汪文璟重修，作儀門，創懷仁、輔義、尚道、著德四齋。凡祀事，以山長一人領之。』

滑壽棲居錢塘。

《滑伯仁先生事實紀年》：『至正戊子，年四十五歲。時以臨安守趙璉爲房師子，渡淮而南，以敦世誼。往來嘉興路、錢塘，晦跡西湖烟霞青芝隖，不入城市者三年。』

朱右《攖寧生傳》：『至正間，趙璉守杭州，以同里知壽且邀之，與俱過嘉興。』

楊巽菴八十二歲，岑安卿六十三歲，楊維楨五十三歲，滑壽四十五歲，宋濂三十九歲，劉仁本三十八歲，朱右三十五歲，戴良三十二歲，顧園二十八歲，丁鶴年十四歲。

至正九年己丑（一三四九），先生三十八歲。

春正月，岑安卿作《元日有感》。

岑安卿《元日有感率成口號示季淵姪輩效儲光羲體》：『世家三山踰百年，讀書作官還種田。支分派别五十竈，昔日一家同屋眠。邇來本大枝葉繁，榮枯異體理則然。自家有酒自家喫，有餘儘可賓客延。自家無錢自家守，慎勿倣效生冤牽。我今新正六十四，髮白面黑心未死。寡交頗覺鄉黨疏，嫉惡何妨宗族忌。此心但願子孫賢，詩禮家聲勿令墜。種田有飯蠶有衣，讀書作官天下知。紛紛衣錦食肉人，馬上相逢知是誰。』

知州郭文煜整治被占學田。

光緒《餘姚縣志》卷十『學田』：『至正中，守郭文煜皆清其侵占者，邑人史華甫捐田五十二畝贍學。』並引孫元蒙《餘姚縣學田記》：『至正九年夏四月，大梁郭侯以奉訓大夫來知州事，仁聲惠政，洋溢遠邇。尤注意於學校，首謁孔子廟，升明倫堂，進諸老而問焉。咸言學故有田，歷年既久，欺弊日滋，以故廩入不足，春秋釋奠，取給臨時，稍食弗充，教養失實，將無以仰稱昭代右文之意……侯名文煜，字彦達，始以王邸説書授侍儀司典簿，累遷華要，今爲餘姚。』

四月，葉恒出爲鹽城令。

葉翼《餘姚海隄集》卷一黄琚《海隄賦序》：『至正己丑孟夏之日，公由國子助教出爲鹽城尹。』

是年秋冬，先生撰《高節書院增地記》。

卷十四《高節書院增地記》：『至正九年夏，河南郭公來守餘姚。既於孔子廟學，究其事力之所至矣，復以州有先賢祠學曰高節書院者，乃漢嚴子陵先生丘墓所在而建者焉……公又慮其田租之入尚薄，不足贍學士，於是爲覈雲柯海濱之地，得四百十有六畝。

繼覈汝仇湖田，又約四十有五畝，悉以歸之。「高節之建，始自宋咸淳中沿海制置使劉公瀓，至今八十有餘載矣。守是邦而圖增其産者，前後僅數人。郭公，又士論之所歸者。山長應君仲珍、前攝書院劉君彥質，謀刻石記實，祈文于余。」

按，光緒《餘姚縣志》卷十六《高節書院增地記》題下標注「至正九年」。

楊巽菴八十三歲，岑安卿六十四歲，楊維楨五十四歲，滑壽四十六歲，宋濂四十歲，劉仁本三十九歲，朱右三十六歲，戴良三十三歲，顧園二十九歲，丁鶴年十五歲。

至正十年庚寅（一三五〇），先生三十九歲。

五月，先生與郭子振讀書南城圓智寺，作《贈李生序》。

卷十三《贈李生序》：「今年，余與河南郭子振讀書吾鄉圓智寺。」題注「庚寅」。

按，郭子振爲知州郭文煜之子。光緒《餘姚縣志》卷十一：「圓智教寺，在縣南一里。齊永明元年建，號禪房寺。唐天寶四年改大法寺，會昌廢，咸通元年重建。大中祥符元年改賜今額。建炎燬，紹興末重建。洪武間廢。」

秋，先生赴杭鄉試，於錢塘遇故人徐君采。

卷十三《贈徐君采序》：「去年秋，會諸錢唐逆旅，以他病求君采治者日集其門。」題注「辛卯」。

按，「去年秋」，蓋先生參加鄉試時。

八月，先生中江浙副榜。

光緒《餘姚縣志》卷二十三《宋玄僖傳》：『元至正十年，中江浙副榜。』

冬，應仲珍爲高節書院山長。

卷十一《送應仲珍序》：『吾鄉有書院曰高節，其耕釣之所曰釣臺，皆以先生而見重於天下者也。釣臺在今建德之境，建德去吾鄉數百里耳。其邑人應君仲珍，以至正庚寅冬來長高節。』

是年或稍後，先生補繁昌教諭。

萬曆《紹興府志》卷四十三《宋玄僖傳》：『元至正間中乙榜，授繁昌諭，才十九日，即棄歸。』

岑安卿題慶元路太守雍吉剌氏《傳家録》。

岑安卿《爲題慶元路太守雍吉剌氏傳家録書答鄭景尹》有『恭惟侍讀翁，忠孝人所知。清容人中彥，草廬天下師。二老既有作，我焉敢措詞』語。

按，雍吉剌氏，爲蒙古都儿魯斤（迭儿列斤）諸部之一，或作弘吉剌、翁吉剌、弘吉列、晃吉剌、雍吉烈、瓮吉里、翁吉剌惕等，《遼史》作王紀剌，《金史》作廣吉剌、光吉剌。嘉靖《寧波府志》卷二十五：『阿般圖，字嗣昌，蒙古族瓮吉剌氏，翰林學士咬住之子。寬仁惠和，愛賢好士。至正九年，以總官下車，首謁學廟，募工修葺，殿廡儀像，無不完整，四方來學，至不能容。行鄉飲禮，意在化民成俗，嚴惰農之戒，峻遊食之禁，清詞訟之源，抑豪强，伸寡弱，立歲輸教條，民免桀黠之奪。時海寇剽掠，鄰境重以旱暵，嗣昌力任其事，調財用，完城郭，率富民義廪以贍軍士，發常平之粟以惠貧乏。已而天大雨，乃復有秋。治家尤嚴，晨出必鑰其户，僮僕無敢踰閾。閲三載赴薦，民不忍其去，爲立《去思碑》。』安卿另有《題慶元路太守雍吉剌氏傳家録詩》。

楊巽菴八十四歲，岑安卿六十五歲，楊維楨五十五歲，滑壽四十七歲，宋濂四十一歲，劉仁本四十歲，朱右三十七歲，戴良三十四歲，顧園三十歲，丁鶴年十六歲。

至正十一年辛卯（一三五一），先生四十歲。

先生又遇徐君采於錢塘，作《贈徐君采序》。

卷十三《贈徐君采序》題注『辛卯』。

按，此經錢塘爲先生前往繁昌或自繁昌歸餘姚時。

先生遇知州之子盧彦文於鄭彝家。

卷十一《送盧彦文序》：『魏郡盧公守吾州之明年，予自遠方歸，謁鄭君元秉於北郭。元秉方賣藥以養老母，且聚子姪輩教之，通經學古是務。里中子弟知問學者，亦皆受業於其門。其廬之東偏，有所謂山輝軒，草樹森秀，旁有流泉，啓牖而坐，不知其居之近市。諸生藏修其中，莫不有自得之色。有一人，予不之識，又獨氣貌嚴重，鏜然作北人言，所辯質落落，皆經史大義。竊異而詢之，則太守公季子字彥文者也。』

按，光緒《餘姚縣志》卷十八『職官表』載有元一代盧姓郡守，有至正二年（一三四二）盧汝霖、七年盧夢臣。其中盧夢臣附見《餘姚縣志》卷二十二《郭文煜傳》：『其後有盧夢臣者，名聲等於文煜，州人並見思焉。』又『職官表』載元至正年間餘姚知州任職次序：盧汝霖（二年任），劉明祖（三年任），龍霖（四年任），朱文英（六年任），盧夢臣（七年任），汪文璟（八年任），郭文煜（九年任），張祚（十二年任），董完（十三年任），哲溥化（十七年任），謝理（十九年任），汪溶（二十三年任），李樞（二十四年任）。盧夢臣任期與《郭文煜傳》『其後有盧夢臣者』有出入，此從傳記。

至正十年五月，先生尚與郭子振（知州郭文煜之子）讀書於圓智寺，盧夢臣替任郭文煜當在是年秋冬。是年秋冬先生赴繁昌，先生在鄭彝家中逢盧彥文當在至正十一年，即辭繁昌教諭歸鄉後。鄭彝自號秘圖山人，其山輝軒在秘圖山，山之南麓爲餘姚州衙。

是年，葉恒卒。

葉翼《餘姚海隄集》卷一王至《敕封仁功侯賜額永澤廟記》：『是後，侯入官翰林，轉職太學，卒於鹽城縣令，則去州已十年。民皆欲建廟祀侯，而未有卒其事者。』

按，葉恒於至正元年（一三四一）離任餘姚州判。

楊維楨爲葉恒撰《去思碑》。

葉翼《餘姚海隄集》卷二楊維楨《海隄行詩序》：『餘姚海隄，此州判官葉公敬常百世功也。公去餘姚已十年，民思之弗置，嘗徵余文爲公《去思碑》。』

是年，趙撝謙生。

朱彝尊《趙撝謙傳》：『趙撝謙名古則，更名謙，餘姚人……（洪武）二十八年卒于番禺……撝謙卒時，年四十有五。』

按，撝謙爲先生小友。《明史·趙撝謙傳》：『趙撝謙，名古則，更名謙，餘姚人。幼孤貧，寄食山寺，與朱右、謝肅、徐一夔輩定文字交。天台鄭四表善《易》，則從之受《易》。定海樂良、鄞鄭真明《春秋》，山陰趙俶長於説《詩》，迮雨善樂府，廣陵張昱工歌詩，無爲吴志淳、華亭朱芾工草書篆隸，撝謙悉與爲友。博究《六經》、百氏之學，尤精六書，作《六書本義》，復作《聲音文字通》，時目爲考古先生。洪武十二年命詞臣修《正韻》，撝謙年二十有八，應聘入京師，授中都國子監典簿。久之，以薦召爲瓊山縣學教諭。二十八年，卒於番禺。』

楊巽菴八十五歲，岑安卿六十六歲，楊維楨五十六歲，滑壽四十八歲，宋濂四十二歲，劉仁本四十一歲，朱右三十八歲，戴良三十五歲，顧園三十一歲，丁鶴年十七歲，趙撝謙一歲。

至正十二年壬辰（一三五二），先生四十一歲。

是年春，先生作《送盧彦文序》。

卷十一《送盧彥文序》：『魏郡盧公守吾州之明年，予自遠方歸，謁鄭君元秉於北郭……自是數造山輝軒，必與彥文語良久。二年之間，益得其爲人。』

按，先生始逢盧彥文於至正十一年（一三五一）春，『二年之間』實則一年餘。光緒《餘姚縣志》卷十八『職官表』載十二年知州爲張祚。

是年旱。

光緒《餘姚縣志》卷七『祥異』：『至正十二年旱。自四月不雨，至七月。』

十二月，楊巽菴卒，先生撰《哀辭》。

卷十四《巽菴先生哀辭》：『至正十二年冬十有二月，吾鄉巽菴先生楊公卒，年八十有六。』題注『壬辰』。

是年，江浙宣政院判孛元卿題岑安卿書舍曰『精舍』。

王至《岑貞元先生行狀》：『江浙宣政院判孛元卿公乃改榜書院曰「精舍」。先生雖處僻邃，聞者又皆循跡而至，章縫冠蓋，相望於山林矣。』

按，至正十二年（一三五二）紅巾起於江南，時孛元卿受檄任江浙省宣政院判。楊維楨《孛元卿墓銘》：『元卿名孛顏忽都，國族也。泰定四年，阿登赤榜賜進士出身，授某官二十年，官至江浙省宣政院判……至正壬辰，紅巾寇亂江南，元卿官歲滿，以本省檄起，總制浙之三關，理戎職岩岩有風采，斬賊有藏草間者，必遊徼得之，必剿殄俾無育于邑，安集邑遺民，民倚之爲藩衛，歸之如父母。』

是年或稍晚，岑安卿撰《懷古》以悼泰不華。

岑安卿《懷古》：『淵明晉徵士，子雲莽大夫。超然歸去辭，深哉太玄書。文詞重金石，軒冕輕錙銖。恬退各有德，終當辨賢愚。焉知千載下，直筆逢董狐。富貴何足云，節義斯良圖。柰何今世士，草間乞爲奴。首鼠幸免是，辱國心何如。嗟嗟白野公，肝腦汙泥塗。見道固明白，殺身似模糊。讀我懷古詩，後賢其監諸。』

按，此詩作於泰不華亡後。泰不華，字兼善，世居白野山。十七歲，江浙鄉試第一。次年進士及第，授集賢修撰，轉秘書監著作郎，拜江南行臺監察御史。至正十一年（一三五一）二月，任浙東道宣慰使司都元帥。《元史·泰不華傳》：『（至正）十二年，朝廷征徐州，命江浙省臣募舟師守大江，國珍懷疑，復入海以叛。泰不華自分以死報國，發兵扼黄巖之澄江，而遣義士王大用抵國珍，示約信，使之來歸……泰不華率部衆，張受降旗乘潮而前。船觸沙不能行，垂與國珍遇，呼仲達申前議，仲達目動氣索，泰不華覺其心異，手斬之。即前搏賊船，射死五人，賊躍入船，復斫死二人，賊舉槊來刺，輒斫折之。賊羣至，欲抱持過國珍船，泰不華嗔目叱之，脱起，奪賊刀，又殺二人。賊攢槊刺之，中頸死，猶植立不僕，投其屍海中。年四十九。時十二年三月庚子也。』

滑壽暫居慶元路（今寧波）。

《滑伯仁先生事實紀年》：『壬辰，四十九歲。以從任冕補慶元路學博留任者一年。』岑安卿六十七歲，楊維楨五十七歲，滑壽四十九歲，宋濂四十三歲，劉仁本四十二歲，朱右三十九歲，戴良三十六歲，顧園三十二歲，丁鶴年十八歲，趙撝謙二歲。

至正十三年癸巳（一三五三），先生四十二歲。

三月十二，先生庶母楊氏卒。

《餘姚宋氏宗譜》卷九《庶母楊氏行狀》：『同隅人，生元儀、元儼。生庚寅五月二十日，卒至正癸巳三月十二日乙未冬，葬鳳亭江口。』

春夏之際，先生作《送應仲珍序》

卷十一《送應仲珍序》：『其邑人應君仲珍，以至正庚寅冬來長高節。高節有海地十頃，而歲入甚艱。仲珍以七口之家旅食於此，滿三十月，行橐竭矣，不能俟代者之至，而歸之亟矣。』

按，『至正庚寅』，又『滿三十月』，當在十三年春夏之時。

九月二日，陶安爲高節書院山長，先生與之交。

陶安《高節書院紀略》：『余始視事，當癸巳九月二日。所與交者，前守郭彦達、省掾李元中、判官程邦民、學正劉中可，及士人儒仕者劉彦質、鄭學可、李文衍、楊季常暨其弟元度、趙維翰、宋無逸。維翰君，璋子也。又有文士鄭元秉、趙養直，帥史王國臣、漕史高仲實，方外則四明山宮主茅石田，餘所識不悉載。』

按，《明史·陶安傳》：『陶安，字主敬，當塗人。少敏悟，博涉經史，尤長於《易》。元至正初，舉江浙鄉試，授明道書院山長，避亂家居。』文中『省掾李元中』即知州李恭子李樞。李樞字元中，元末知州餘姚。楊季常，即楊瑛。其弟元度，即楊璲。趙維翰之父趙璋，亦先生友，先生曾赴姑蘇請楊維楨撰趙璋詩集序。鄭元秉，即秘圖山人鄭彝，號山輝。

九月十六日，先生作《兩浙都運鹽使司判官阿哈瑪特公惠政記》。

卷十四《兩浙都運鹽使司判官阿哈瑪特公惠政記》：『至正十三年，兩浙都轉運鹽使司判官西域阿哈瑪特公，以歲賦各有督，分司明、越二郡，德刑並施，官庶畏悅，頌聲溢於塗，厥績孔彰……是歲九月既望，餘姚宋禧記。』

岑安卿六十八歲，楊維楨五十八歲，滑壽五十歲，宋濂四十四歲，劉仁本四十三歲，朱右四十歲，戴良三十七歲，顧園三十三歲，丁鶴年十九歲，趙撝謙三歲。

至正十四年甲午（一三五四），先生四十三歲。

冬十一月，陶安離開高節書院。

陶安《高節書院紀略》：『甲午仲冬，以公委去職，書籍行李寄州吏吴仲祥家，臘月望後至當塗。』

按，次年朱元璋取太平，陶安與耆儒李習率父老出迎。

先生爲生母王氏修築生壙。

《餘姚宋氏宗譜》卷九《生母王氏慶五娘子行狀》：『至正甲午卯時斬草，當日作穴。』

先生作《贈許仲舉序》。

卷十三《贈許仲舉序》題注『甲午』。

岑安卿六十九歲，楊維楨五十九歲，滑壽五十一歲，宋濂四十五歲，劉仁本四十四歲，朱右四十一歲，戴良三十八歲，顧園三十四歲，丁鶴年二十歲，趙撝謙四歲。

至正十五年乙未（一三五五），先生四十四歲。

六月十四日，岑安卿卒，先生撰祭文。

《餘姚岑氏章慶堂宗譜》卷一：『安卿字静能，號栲峰，別號栲栳山人隱士，謚貞元。先生著有《栲栳山人詩集》行世，行述載明卷首。生元世祖至元廿三年丙戌十一月初五日，卒順帝至正十五年乙未六月十四日，壽七十。』

補編《栲栳山人岑先生詩集序》：『先生有疾時，其故人子宋玄僖嘗造其廬而問之，先生自謂必死。僖遂涕泣拜床下，與之永訣。先生命文佳出己畫像，見屬曰：「爲我書平生大略於上，使後世子孫觀之，庶知吾志所存，有以念之也。」』

補編《祭岑栲峰先生文》。

是年秋，先生作《贈余益之序》。

卷十三《贈余益之序》題注『乙未』。

先生與傅伯原會於錢塘。

卷九《爲傅伯原題白雲親舍圖詩序》：『暨陽傅伯原，吾師鐵厓先生楊公之壻，其舅氏錢舜在又與予同受經於先生之門，故伯原視予猶骨肉親也。乙未歲，予與伯原會錢唐而別，今十有六年矣。』

是年，方國珍取餘姚。

《黄巖新志》第三十六册《大事略》引嘉靖《寧波志》：『國珍以舟師奄至慶元，浙東都元帥納麟哈喇不能禦，開門納之。慈溪令陳文昭不附，囚之岱山。又攻昌國，州達魯花赤高昌帖木兒力戰死。復乘勝取餘姚，州同知禿堅見而責之，國珍構以罪死。』

《國榷》卷一：『元至正十五年三月，方谷珍入據慶元，斥地至上虞。』

楊維楨六十歲，滑壽五十二歲，宋濂四十六歲，劉仁本四十五歲，朱右四十二歲，戴良三十九歲，顧園三十五歲，丁鶴年二十一歲，趙撝謙五歲。

至正十六年丙申（一三五六），先生四十五歲。

六月十四日，先生同母兄元偁卒。

《餘姚宋氏宗譜》卷九《道一府君行狀》：『生元貞七年辛丑正月十四日，卒至正丙申六月十四日寅時，歷年五十六歲。葬鳳亭鄉江口，附庶妣楊氏之兆，蓋倉卒權葬也。』

先生作《爲趙仲容贈孫仲麟序》。

卷十三《爲趙仲容贈孫仲麟序》題注『丙申』。

按，趙鳴玉，字仲容，會稽人。元末畫家。時避居餘姚。

丁鶴年避亂於越。

烏斯道《丁孝子傳》：『丁孝子名鶴年，字鶴年，西域人也。性狷介，窮經博史，尤工於詩。自其祖入中夏，世爲顯官。父職馬禄丁公，官武昌縣最長，有善政，歿而就葬。武昌後兵亂，鶴年倉卒奉母夫人走南徐世父家。生母馮氏先匿邑之東村，東村首難，竟阻絶莫之知也。餘十載，母夫人殁，鶴年又避地明之定海。』

按，丁鶴年父卒於至正六年丙戌（一三四六），後十年即至正十六年，故附於此。

王士毅卒。

戴良《王先生墓志銘》：『王先生諱士毅，字子英……鄰有椁峰岑君，先生友也，素以氣節相高。每當月夕風晨，必爲之握手歔欷，行遊湖山間。或臨流飲酒，或登高賦詩，有夐塵之思焉。先生晚益嗜酒，與所過逢醉飲，竟日夕不厭。家以匱乏告，則笑曰：「我道固爾也。」平居好誦陶靖節詩，愛其風致絶人，有「陶潛千載友，相望老東皋」之句，而自署其號曰東皋處士云。娶晏氏，宋元獻公之七世孫。生子男三，曰在，曰珪，曰坦。在有學。女一，嫁爲士人妻。先生以至正丙申九月十五日卒，年七十二。卒之年某月日，葬於梅川鄉石人里先塋之次。』

按，其中『鄉有栲峰岑君，先生友也，素以氣節相高』句，指岑安卿。

楊維楨六十一歲，滑壽五十三歲，宋濂四十七歲，劉仁本四十六歲，朱右四十三歲，戴良四十歲，顧園三十六歲，丁鶴年二十二歲，趙撝謙六歲。

至正十七年丁酉（一三五七），先生四十六歲。

六月十五日，先生異母弟元儼卒。

《餘姚宋氏宗譜》卷九《道四府君行狀》：『諱元儼，字思敬。生延祐戊午三月二十七日，卒至正丁酉六月十五日，歷年四十歲。』

九月三日，劉仁本爲江浙省左右司都事，負責兩浙海道漕運。

劉仁本《跋黄氏夫人貞節傳》：『又二年，爲丁酉歲，廷署余江浙省左右司都事。命下，適與夫人旌寵之檄同在九月三日也。』

按，劉仁本《餞將作院使曲有誠公序》：『予嘗以公之進止卜事機之會，五六年一再往來于兩浙，海道以通，境土以奠，邊政以和，軍民以睦，方面以寧，東南之事思過半矣。』是序作於『至正二十二年春三月』，上推五六年，在至正十七年前後。

十二月，先生撰《送毛先生序》。

卷十一《送毛先生序》：『至正十七年冬十有二月，余友上虞柳君景臣寓書於余曰……』

是年，馬元德（吉雅謨丁）爲定海令，丁鶴年往而依焉。

成化《寧波郡志》卷七《吉雅謨丁傳》：『吉雅謨丁，至正十七年舉進士，授定海令。當方氏潛擾，軍卒驕横，剽掠村落。丁不避豪勢，獲其渠魁一人格殺之，餘衆斂跡，民賴以安……陞奉化州知州，尋調昌國，卒於官。』

按，馬元德（吉雅謨丁）爲鶴年從兄。《九靈山房集》卷二十二《題馬元德伯仲詩後》：『元德由進士起家，嘗掾南臺，宰定海，守奉化、昌國，皆有善政可紀。鶴年當武昌失守，奉母夫人避地鎮江，母夫人下世，依元德居越。』又《高士傳》載鶴年在母夫人殁後，『浙以西日入於亂，鶴年聞從兄吉雅謨丁避地越江上，徒步往依焉』。錢謙益《列朝詩集》甲集前編卷六『丁高士鶴年』附『吉雅謨丁』：『鶴年之從兄，字元德，至正間進士。任浙東僉都元帥。』顧嗣立《元詩選》初集卷六十三『元帥濟雅穆爾丹』：『濟雅穆爾丹，字元德，鶴年之從兄。至正間進士，官浙東僉都元帥事。』一説元德爲丁鶴年之長兄，如《宋元詩會》卷九十四『丁鶴年』：『其長兄吉雅摩迪音，字元德。』

朱右徙居五大夫市（今上虞五夫）。期間，母卒。

陶凱《故晋府長史朱公行狀》：『舅氏亦卒，奉母入越，授徒爲養，使弟旴居守墳墓。時往來吴越間，又徙居上虞之五大夫市。調紹興蕭山縣儒學教諭，江浙行省丞相察里公承制，擢公爲該縣主簿……歲丁酉，遭母喪，遷父遺函與母合葬餘姚蘭豐鄉金雞墩。』

按，『蘭豐鄉』當作『蘭風鄉』，在今餘姚黄家埠、牟山一帶，與上虞五夫近。

五夫税官周宗性助朱右治喪。

卷三《題釋交卷詩序》：『天台朱伯言當吴越道梗時，挈家由海道抵上虞而居。既而遭母夫人之喪，時同郡周宗性爲税官五夫，爲助治喪事，殊有力焉。』

是年，滑壽避居上虞、餘姚。

《滑伯仁先生事實紀年》：『至正十七年丁酉，年五十四。考訂《内外傷辨》成。時楊完者統苗兵守浙江，民頗不安居。會同年子陳性中、王叔與招，乃挈家渡江，往來鄞、越間，居虞、姚間。』

朱右《攖寧生傳》：『既而左丞楊完者統苗兵守江浙，民頗不安居。會故舊陳性中、王叔雨招，乃挈家渡浙江，往来鄞、越，居虞、姚間最久，人皆稱之曰攖寧生。』

按，《滑伯仁先生事實紀年》『王叔與』當爲『王叔雨』。

楊維楨六十二歲，滑壽五十四歲，宋濂四十八歲，劉仁本四十七歲，朱右四十四歲，戴良四十一歲，顧園三十七歲，丁鶴年二十三歲，趙撝謙七歲。

至正十八年戊戌（一三五八），先生四十七歲。

五月，方國珍爲江浙行省左丞。

《元史·順帝紀》：『五月……以方國珍爲江浙行省左丞，兼海道運糧萬户。』

七月，謝理治賦於餘姚。

卷十四《謝都事善政碣記》：『至正十八年秋七月，天台謝侯以分省命治賦餘姚，政出一己，衆弊盡去。』

冬，先生避居餘姚燭溪。

卷九《題山輝翁畫詩序》：『戊戌、己亥，予以邑郭有桴鼓之警，嘗挈累避寓燭溪山谷中，依姻戚潘氏，以屏其跡者數月，而鈞輔、鈞茂諸昆弟朝暮相顧慰，其情不可忘也。』

按，『桴鼓之警』與江浙行省行枢密院判官邁里古思出兵征討方國珍，以及明兵取婺州，危及紹興路有關。《元史·邁里古思傳》：『方國珍遣兵侵據紹興屬縣，邁里古思曰：「國珍本海賊，今既降，爲大官，而復來害吾民，可乎！」欲率兵往問罪。先遣部將黄中取上虞，中還，請益兵。』又《國初群雄傳略》卷九引《輟耕錄》：『戊戌十月二十二日，邁里古思出兵與方國珍部下馮萬户鬬，不利，駐軍東關，單騎馳歸。』又《新元史·方國珍傳》：『十八年，明人取婺州，遣主簿蔡元剛招國珍，國珍欲藉爲聲援，以觀事變。十九年二月，遣其郎中張仁本奉書獻黄金五十斤、白銀百斤、文綺百匹。明祖復遣鎮撫曾養浩報之，國珍請獻温、台、慶元三路，且以次子關爲質。』己亥春，戰事危機排除，先生遂返城。燭溪鄉在邑城西北，亦先生祖居所在。

是年，整理《栲栳山人詩集》，并撰序。

《四庫提要·栲栳山人詩集》：『是集爲安卿邑人宋禧編輯。禧初名元僖，洪武間召修《元史》，曾爲安卿題像者。』

補編《栲栳山人岑先生詩集序》：『此三年，不敢爲之屬文辭，而辭之所以屬，又不敢死先生故也。嗚呼！先生死而不死，與隱而不可隱者，其由於人乎！其無由於人乎！後學宋玄僖撰。』

按，文中『此三年』，指岑安卿卒後三年。

先生友李仁山卒。

卷四《贈李光道詩序》：『余自壯歲與四明李君仁山數相接，嘗嘆其有吏才，而甘隱於術家。今余已衰暮，而仁山没九年矣。兵變之後，予繇海裔還邑郭，遇仁山之子賚字光道者於途。』

按，洪武元年（一三六八）秋先生遇李仁山之子光道。上推九年，即至正十八年。

龍子高避亂於明、越。

卷十一《送龍子高序》：『往歲，寇陷楚地，子高即盡室抵吴，而又抵明、越。其抵越也，寓吾州之歲爲多。』

光緒《慈溪縣志》卷四十《龍雲從傳》：『龍雲從，字子高，永新人……完者没王事，乃渡浙而東止慈溪，僦屋以居。』

按，《元史·達識帖睦邇傳》：『當是時，徽州、建德皆已陷，完者屢出師不利。士誠素欲圖完者，而完者時又强娶平章政事慶童女，達識帖木兒雖主其婚，然亦甚厭之，乃陰與士誠定計除完者。揚言使士誠出兵復建德，完者營在杭城北，不爲備，遂被圍，苗軍悉潰，完者與其弟伯顔皆自殺。』又《順帝紀》載至正十八年三月丙辰，『大明兵取建德路』，龍子高避地明、越當在至正十八年楊完者死後。

楊維楨六十三歲，滑壽五十五歲，宋濂四十九歲，劉仁本四十八歲，朱右四十五歲，戴良四十二歲，顧園三十八歲，丁鶴年二十四歲，趙撝謙八歲。

至正十九年己亥（一三五九），先生四十八歲。

是年，夏旱。

光緒《餘姚縣志》卷七『祥異』：『至正十九年、二十年、三十三年，俱夏旱。』

夏，劉仁本訪餘姚城南明真講寺，始會物元上人。

劉仁本《送物元阜上人序》：『余嘗至正二十年夏，督旅道經明真寺，訪支、許舊迹。寺西偏，林壑尤美，傑閣挺然，松筠之表。牙籤錦軸，雜然前陳，儒釋之典積萬餘卷。有偉一僧，具足十相，方坐觀室，寂乎不動，五時八教，心迹俱空，無有滯礙。退而與客作禮，焚香瀹茗，花陰竹影，行雲流水，灑然空翠間，客亦坐忘。及問詰，而知其爲物元也。因示其所作，五言詩多清適古淡，得陶靖節體。又出《山中十一詠》，因俾余其二……既去後，則又來赴余續蘭亭之會于祕圖湖上，尋益交往不輟。』

按，光緒《餘姚縣志》卷十一：『明真講寺，在縣南三十里靈源山。後唐長興元年建，號四明院。治平三年改賜今額。元元貞初、後至元間再新之。』並引《嘉靖志》：『在鳳亭鄉，東晉支遁、許詢講道之所。』續蘭亭會在至正二十年三月，據『既去後，則又來赴余續蘭亭之會』，仁本訪明真寺當在續蘭亭會之前，故繫於此。

十月，方國珍爲江浙行省平章政事。

《元史·順帝紀》：『（至正十九年）冬十月……以方國珍爲江浙行省平章政事。』

十月二十五日，餘姚北城修成。

光緒《餘姚縣志》卷三『城池』：『縣城始築於吴將朱然，圍一里二百五十步，高一丈，厚倍之。元至正十七年秋，方國珍復城之，凡一千四百六十五丈，延袤九里，高一丈八尺，基廣二丈。陸門五，水門三。東通德，西龍泉，南齊政，北武勝、後清。水門三，四面環江爲壕，可通舟楫。』並引高明《修餘姚縣城記》：『餘姚州襟江枕海，南連嶀嵊，北距錢塘……至正十有八年，天子賜印綬節鉞，命江浙平章榮禄方公分省東藩。明年，乃巡行至餘姚，瞻視形勢，顧謂僚屬曰：「是州控扼吴越，不宿重兵以鎮之，可乎？頓兵儲糧，無郛郭以居之，又可乎？」乃議築餘姚城，而屬役於軍士……以至正十九年九月戊午始，十月甲申畢功。凡城以里計者九，以丈計者一千四百六十五有奇。』

冬，貢師泰舟過四明，朱右有《白沙餞別詩序》。

朱右《白沙餞別詩序》：『至正十九年，户部尚書貢公師泰奉旨督漕閩廣。是年十月，度錢塘，將浮東鄞。遵海而南，道過上虞。時朱右洎王霖叔雨各出所著文辭，累數十篇，讀盡日夜，更僕不饜。公曰：「予承命遠役，得與子傾倒，喜幸過望，惜不及待陳白雲、徐季章爾。」舟次餘姚，白雲、季章繼見。而季章偕叔雨自行，同送鄞城，候潮泛白沙島上。』

貢師泰《跋白沙送別聯句》末識：『予奉詔總漕閩南，道過四明，承天台鄭蒙泉、韓諫行、毛彛仲、燕山馬元德、會稽王好問、括蒼王叔雨、四明舒汝臨、僧杇石、上虞徐季章、華陰楊志中諸君欸餞，至白沙猶不忍別，遂留宿舟中，飲酒聯詩，明日迺去。何其情之甚厚也！予時以醉卧，及覺，則詩已成矣，故不及聯。他日，復遲予東海之上，握手道舊，臨風把酒，亦庶見吾黨交義，非世俗所能知也。因識其後。時門生劉中亦侍坐焉。至正十九年冬十二月六日識。』

是年，先生撰《贈胡居敬序》。

卷十三《贈胡居敬序》題注『己亥』。

先生病，滑壽醫之。

朱右《攖寧生傳》：『宋無逸，餘姚大儒也。病瘧瘠損，饘粥難下咽六十餘日，殆甚。

攖寧生聞而往視之，脉數，兩關上尤弦，疾久，體瘠而神則完。生曰：「是積熱居脾，且滯于飲食，法當下。」衆疑而難之。藥再進，而疾去其半。復製甘露飲，柴胡、白虎等劑，浹旬而起如故。後四歲，無逸客昌國。』

按，四年後先生客昌國，與至正二十三年（一三六三）丁鶴年往昌國依附其兄有關，故繫於是。

先生撰《謝都事善政碣記》。

卷十四《謝都事善政碣記》：『至正十八年秋七月，天台謝侯以分省命治賦餘姚，政出一己，衆弊盡去……明年春，督造御茗於餘姚、慈溪境上。』

按，謝都事即光緒《餘姚縣志》卷十八『職官表』之謝理。

陳侯鎮兵餘姚，兼督石堰鹽場。

卷十四《江浙行省左右司員外郎陳侯督賦石堰場善政記》：『江浙行省分治浙左之明年，左右司員外郎天台陳侯總督鎮兵於餘姚……又明年，石堰場官吏民衆慕侯之政，願兼董其職，乃請於分省。分省從之，其歲至正二十年也。』

鄭彝仿高房山作《枯木竹石圖》。

卷四《題鄭山輝效高房山作枯木竹石圖》：『山輝戲作房山畫，已亥經今恰十年。』

僧自悦重修黄山橋。

光緒《餘姚縣志》卷一『黄山橋』：『至正間又壞。十九年，僧自悦重建，潮湍湃不可累石。自悦虔禱，潮竟日不至。橋成，曰福星。』

按，自悦爲先生友，詩中常稱『悦白雲』或『白雲』。光緒《餘姚縣志》卷二十六：『自悦字白雲，天台人。居邑之燭溪，精於本宗，旁通儒書。陶安每與譚《易》，亟稱之。有異術，能呪潮水不至，事在《善政橋記》。洪武初，被徵。見上，講《無祀鬼神論》稱旨。後賜住杭之靈隱寺，及示寂，有堅固子。』

楊維楨六十四歲，滑壽五十六歲，宋濂五十歲，劉仁本四十九歲，朱右四十六歲，戴良四十三歲，顧園三十九歲，丁鶴年二十五歲，趙撝謙九歲。

至正二十年庚子（一三六〇），先生四十九歲。

三月三日，劉仁本在餘姚秘圖山舉行續蘭亭會，先生及友人僧白雲、僧如阜、朱右、王霖、鄭彝、楊瑛兄弟、景星等參與其中。先生詩佚。

光緒《餘姚縣志》卷十四『雩詠亭』引劉仁本《續蘭亭詩序》：『適以至正庚子春，治師會稽之餘姚州……合甌、越來會之士，或以官爲居，或以兵而戍，與夫避地而僑，暨遊方之外者，若樞密都事謝理、元帥方永、鄱陽朱右、天台僧白雲以下得四十二人，同修禊事焉。』又朱右《白雲稿》卷五《上巳燕集補蘭亭詩序》：『至正二十年春，江浙行省郎中劉君德玄督戍餘姚，暇日常以文事從容尊俎，慨流光之易邁，思往古之不可復。乃三月初吉，會文武士四十二人於秘圖湖上，衣冠畢集，羽觴流波，殽羞惟旅，談笑有容，追王謝之風流，想浴沂之詠嘆，充然若有得也。』

按，光緒《餘姚縣志》：『秘圖山，在縣治北，本名方丈山。唐天寶六載改今名。舊書謂神禹藏秘圖之所。其下勺水即秘圖湖。』朱彝尊《明詩綜》卷八十八『劉仁本』：『左司結續蘭亭會，與者四十二人。今名氏未能悉考，詩僅存者，左司而外：都事謝理補晉侍郎謝瑰，鄉貢進士趙俶補參軍孔盛，蕭山主簿朱右補餘杭令謝滕，帥府都事王霖補王獻之，蕭山教諭諸絅補府曹勞夷，平江儒學正徐昭文補府主簿后緜，秘圖隱者鄭彝補山陰令虞國，嘉興路經歷張溥補鎮國大將軍掾卞迪，天台僧自悦補任城呂系，四明僧如阜補任城令呂本，東山僧福報補彭城曹諲。詩皆醇雅，絶類晉人。特事在至正庚子，後九年，始建元洪武，諸君惟俶及右仕明，故其詩不悉録。』又陶宗儀《遊志續編》卷下詳録參會人員名單：『郎中劉仁本、都事謝理、鄉貢進士趙俶、天台僧悦白雲、前蕭山教諭朱右、前帥府都事王霖、蕭山教諭朱炯、四明沙門僧阜、前平江儒學正徐昭、祕圖隱者鄭彝、前嘉興路經歷張溥、前兩浙運司知事杜岳、東山僧福報、餘姚學正車權、縉雲教諭楊燧、繁昌教諭宋元僖、防禦元帥方永、翰林應奉李庚孫、前鉛山教授楊瑛、永嘉典史聞人煥、山陰黄本、慈溪主簿黄謙、餘姚景星、四明李復、丹陽山長劉文彬、餘姚項矩、樞密都事韓諫、靈源僧浄昱、餘姚判官夏韶。』又有『餘不賦詩凡十一人』：『副帥王德華、省宣使楊允、萬户陳國安、萬户沈思惠、鎮撫沈德初、建寧教授周溥、無錫教授趙嵩卿、寧州教授鄭大觀、餘姚楊瑀、餘姚鄭桐、童子徐士學。』

十一月十八日，先生撰《江浙行省左右司員外郎陳侯督賦石堰場善政記》。

卷十四《江浙行省左右司員外郎陳侯督賦石堰場善政記》：『江浙行省分治浙左之明年，左右司員外郎天台陳侯總督鎮兵於餘姚……又明年，石堰場官吏民衆慕侯之政，願兼董其職，乃請於分省。分省從之，其歲至正二十年也……是歲冬十有一月辛未，州人宋某記。』

按，《大明太祖高皇帝實録》卷二十七：『（吴元年十一月）壬辰，方國珍部將徐元帥、李僉院等率所部詣湯和降。國珍見諸將皆叛，不得已，於是亦遣郎中承廣、員外郎陳永奉書于湯和乞降。』疑陳侯即陳永。

是年，夏旱。

十二月十四日，先生撰《聽雪齋記》。

卷十四《聽雪齋記》：『至正庚子冬十有二月，大雨雪。於時，華陰楊君志中，自鄞過予而言曰……遂書爲《聽雪齋記》，而歸諸任君云。是月十有四日，餘姚宋某記。』

按，華陰楊志中見前引貢師泰《跋白沙送別聯句》及楊彝《奉寄蒲庵禪師詩序》：『近得楊志中京師書報，有江浙副提舉之命。賦詩一首，奉寄蒲庵禪師方丈，用發一笑。』

先生撰《贈蔡山人序》。

卷十三《贈蔡山人序》題注『庚子』。

李樞知奉化州。

成化《寧波郡志》卷七《李樞傳》：『李樞，字元中，河東人。至正庚子知奉化州。』

光緒《餘姚縣志》卷二十二《李恭傳》：『李恭，字敬甫，關隴人。爲知州廉平不苛，又習文法，吏奸不行……元季之亂，州人請以其子樞知餘姚。明初，改知奉化，稱良牧。』

光緒《慈溪縣志》卷四十《李樞傳》：『李樞，字元中，石樓人。至正二十年知奉化州，重開新河，省驛夫遞運之半。闢萬家河，溉田四萬餘，堰牐悉爲修治。州當孔道舊無驛置，爲新設。修孔子廟，建尊經閣，朔望奠謁，躬率士子，講經籍未備者，增補之。民田版籍久不明，爲履畝畫圖給券。治州三年，擢行樞密院經歷，分治餘姚。民請於省，得還任。又四年，化行人和，有嘉瓜瑞麥之應。』

王嘉閭擢紹興路同知，以親老不就。

光緒《餘姚縣志》卷二十三《王嘉閭傳》：『至正二十年，擢武略將軍，同知紹興路、知總管事，以親老不赴。』

餘姚普圓院新建浄土殿，朱右撰記。

朱右《普圓院新建浄土殿記》：『餘姚州化安山普圓院，新建西方浄土殿成，住山道欽法師，以書抵鄒陽居士……至正丁酉，法師奉宣政院檄來主是山，慈仁温粹，好善不倦，接人以和，待物以恕，長官敬信，鄉邦皈依。明年，創兩廊。又明年，脩方丈衆室。又明年，建兹浄土殿。百廢具興，佛天輝映，士民至者，莫不瞻依而起敬慕焉。斯不爲難能已乎？樂助貲米者，總制官行樞密院都事謝某、慶元路治中李某。董役以輔成者，寺僧某某也。予托交方外，知法師興復有道，而用心之仁，故不辭而書之。法師號明叟，姓陳氏，世爲台黄巖士族云。』

按，普圓院即今化安講寺。光緒《餘姚縣志》卷十一：『化安講寺，在縣南三十五里。後唐清泰元年建，號化安院。大中祥符元年改賜今額。』並注：『原題普圓院，據嘉靖志改訂。』

滑壽客居上虞魏家。

《滑伯仁先生事實紀年》：『至正二十年庚子，五十七歲。在上虞熙陽，養静於魏氏家。抵蒿城里俞本中所。再閲月，適仲冬五日，南城至，宴蒼雪翁，有「白頭匡拜白頭翁」句。又作《養生箴》。』

按，上虞魏氏世居夏蓋湖，元末魏壽延仲遠曾將友人唱酬之作合編成《敦交集》。本書補編收録先生《奉寄仲遠仲剛漢章賢主賓》，即擷自此集。

楊維楨六十五歲，滑壽五十七歲，宋濂五十一歲，劉仁本五十歲，朱右四十七歲，戴良四十四歲，顧園四十歲，丁鶴年二十六歲，趙撝謙十歲。

至正二十一年辛丑（一三六一），先生五十歲。

八月，朱右偕劉仁本之子劉鼎、餘姚胡璉同游四明東湖諸山。

朱右《游四明東湖諸山五記》：『至正辛丑秋八月，天台朱右訪舊郡，留戀旬……於是偕公之子鼎元發、餘姚胡璉宗器，舟出甬東，由湖北河夜抵鄮峰下寶幢市。』

按，此東湖即今寧波東錢湖。寶幢市，在今寧波鄞州區寶幢老街，近阿育王寺。

是時，朱右、物元交往甚密，常往返於餘姚、上虞之間。

朱右《西閣集序》：『比僑居上虞，師移幢餘姚之明真，相去一近舍，時得往還。聞問以相資，倡和以相酬，春容乎大篇，幽悠乎短章，唯見其温柔不迫，流麗和平，風度閑整，志趣深長，爲可喜也。』

按，次年物元改主圓通寺，故繫於此。

滑壽《難經本義》成。

《滑伯仁先生事實紀年》：『至正二十一年辛丑，五十八歲。《難經本義》成。』

按，劉仁本《難經本義序》末識『至正二十有一年重光赤奮若之歲臘月既望，奉直大夫温州路總管管内勸農兼防禦事天台劉仁本序』。

先生撰《送張彦禧序》。

卷十二《送張彦禧序》：『分省員外郎陳公，以總督鎮兵臨吾州，三年於兹，兵民皆安之，惟恐其去，蓋善治者也。在其幕以佐治者，莫非善類，張君彦禧其一也。』

按，陳侯鎮兵餘姚在至正十九年（一三五九），『三年於兹』則在至正二十一年。

楊維楨六十六歲，滑壽五十八歲，宋濂五十二歲，劉仁本五十一歲，朱右四十八歲，戴良四十五歲，顧園四十一歲，丁鶴年二十七歲，趙撝謙十一歲。

至正二十二年壬寅（一三六二），先生五十一歲。

春，物元奉檄主圓通寺，劉仁本作《送物元阜上人序》。

劉仁本《送物元阜上人序》：『至正二十有二年春，江浙省大丞相領宣政院事，檄舊住錢塘西林物元阜上人主越之圓通寺。時上人在靈源山中，適余過餘姚，方外交朱景純來徵言曰：「物元赴命，幸公作一轉語，以啓行李。」』

按，圓通寺在紹興市，今圮，猶有地名『圓通寺前』。《紹興佛教志》載北宋開寶八年（九七五）少卿皮文燦捨地所建，因置觀音於堂，號觀音院。熙寧中，知州趙忭具奏以祈禱之地，賜額圓通。靈源山，在餘姚市南郊。光緒《餘姚縣志》卷二：『靈源山，在縣西南三十里，有泉曰靈源，故名。』時物元在靈源山之明真講寺。

夏，馬元德（吉雅謨丁）知奉化州，替任李樞。

劉仁本《送馬侯元德任奉化州序》末識『至正二十有二年夏，天台劉仁本序』。

李樞擢行樞密院經歷，分治餘姚。

光緒《慈溪縣志》卷四十《李樞傳》：『至正二十年知奉化州，重開新河，省驛夫遞運之半……治州三年，擢行樞密院經歷，分治餘姚。』

七月，貢師泰過餘姚。劉仁本率鄞越士子，會於龍山永樂寺（今餘姚丈亭）。

劉仁本《虞江宴别詩序》：『至正二十有一年秋九月，有旨以中憲大夫、秘書卿召前户部尚書貢師泰還。時尚書奉使出閩廣，規治漕粟，曠日已久。蓋上方宵旰簡文武僚，圖理中外，思得儒臣掌秘府事，故有是命。值閩有難，稍阻未克進。越明年七月始發，行次四明，將浮海以達。會丞相開府，更欲得公參决大政，遣吏候察邀迎之……乃别具舟，取道餘姚江上，往抵錢塘。凡在門生故舊，合鄞越士，咸樂公至。叙間闊，接慇懃，語孚情洽，不能舍去。遂扳戀出百里外，泊虞公小港，憩永樂僧坊，酌醴爲餞。』

按，虞公小港，今稱虞公渡，在姚江北岸，近永樂寺。雍正《慈溪縣志》卷十二：『永樂寺，縣西南六十里，龍山之東。宋淳祐僧志先建，名報慈庵。景定三年改名永樂寺。明萬曆間重建，有水竹居、二蘭齋，烏斯道俱有記。』

十月十日，貢師泰卒於海寧。

《元史·貢師泰傳》：『二十二年，召爲秘書卿，行至杭之海寧，得疾而卒。』

《貢師泰集》附録二揭汯《有元故禮部尚書秘書卿貢公神道碑銘》：『二十二年夏，自連江、福寧遵海而北。以海寧時夫人留門生朱鐩家，遂寓焉。竟以是年十月十日薨，享年六十有五。』

十一月冬至，餘姚景星撰《學庸集說啓蒙序》。

景星《學庸集説啓蒙序》末識『至正壬寅冬十有一月長至日，後學景星謹識』。

按，景星與先生善，洪武三年（一三七〇）先生撰《送景德輝》。光緒《餘姚縣志》卷二十三《景星傳》：『景星，字德輝。邃於理學，開門授徒。晚爲仁和教諭，以著述爲任。有《四書集説》、《啓蒙》十二卷，明初纂修《四書大全》，采用其説。宋濂稱其「擩哜經腴，朝夕不厭」。蓋經術之士也。』

先生撰《贈白道士序》。

卷十三《贈白道士序》題注『壬寅』。

是年前後，慈溪東海生求先生作詩。

卷一《慈溪人求詩贈醫者章敬德》有『三年艾可得，八載詩未成』句，知求詩在八年前。其中『今秋我爲客，迢遞閩中行』句，指洪武三年（一三七〇）先生典試福建事。

玘大璞赴紹興雲門雍熙寺，趙德純請劉仁本撰序送大璞上人。

劉仁本《送大璞玘上人序》：『乃今至正二十有二年，奉丞相檄文，主越之雍熙席。雍熙爲雲門六寺之一。地有若耶溪，長松樹，斑斑古仙佛蹟，爲越中最勝刹……騎牛野人趙德純來求余序。固識大璞嘗爲作《明白閣詩》，知其人矣，故書以餞之。』

按，先生有《怀紀大璞詩》《送讓無吾住定覺寺兼簡衍福玘大璞講主詩》。光緒《餘姚縣志》卷二十七《如玘傳》：『如玘，字大璞，號真庵。温莊端確，持戒甚嚴，説經偈能感動大衆。嘗住杭之演福寺，詔以爲僧籙司左講經，住天界寺，恩寵甚隆。熟於《藏經》，太祖雅愛之，問曰：「爲僧不了其報，云何？」對曰：「爲僧不了，永墮阿鼻地獄。」上曰：「出何典？」玘曰：「出《藏經》第幾卷。」上變色曰：「然則吾當何報耶？」玘叩頭曰：「天生聖人爲生民主，豈同於凡類耶。」上曰：「此又出何典？」玘曰：「出《藏經》第幾卷。」命取經閲之，信然，大悦，諭諸大臣曰：「卿等雖名有才，不若是僧之忠誠也。」臨終沐浴更衣，請上告訣，適有事不見。玘望位叩頭曰：「臣有生緣，無死緣。」上聞知其語，嘆曰：「噫，玘死矣。」使人視之，果卒。賜祭，驛送還葬。』趙德純，亦先生友，先生有《還自龍河次韻酬趙德純詩》《次韻趙德純阻雨小山有作兼簡徐性全并謝陳氏諸親舊詩》。朱彝尊《明詩綜》卷十五：『宜生字德純，餘姚人，洪武初訓導。黄太冲云：「德純本宋宗室子。至正中，晦跡耕牧，自號騎牛野人。洪武初，舉爲鄉邑訓導。宋無逸詩『往來慰衰暮，感慨寧無同』者，謂德純也。其詩五言學陶，七言彷佛李長吉。」』

方國珍以其弟國珉鎮餘姚。

光緒《餘姚縣志》卷十『學宫』引劉仁本《餘姚州重修學記》：『天子進浙江行省平章

國珍爵司徒，保釐東藩之明年，爲至正二十有二年，司徒檄介弟國珉樞密副使分鎮越之餘姚州。』

楊維楨六十七歲，滑壽五十九歲，宋濂五十三歲，劉仁本五十二歲，朱右四十九歲，戴良四十六歲，顧園四十二歲，丁鶴年二十八歲，趙撝謙十二歲。

至正二十三年癸卯（一三六三），先生五十二歲。

正月十五日，滑壽飲於上虞俞本中齋。

《滑伯仁先生事實紀年》：『至正二十三年癸卯燈夕，雨飲俞本中齋，有「晴光轉憶初三夜，燈市還思第五橋」之句。』

二月，餘姚古靈書院成，危素撰文。

光緒《餘姚縣志》卷十『古靈書院』引危素《古靈書院記》：『至正二十三年，餘姚作古靈書院成，孟春上丁行釋奠禮，迺航海來京，屬汝南危素爲之記。』

按，光緒《餘姚縣志》卷十：『古靈書院，在治北屯山之陽，今廢。』

是年，夏旱。

是年，餘姚學宮修葺成，鄭彝請劉仁本撰《餘姚州重修學記》。

光緒《餘姚縣志》卷十『學宮』引劉仁本《餘姚州重修學記》：『今天子進浙江行省方平章國珍爵司徒、保釐東藩之明年，爲至正二十有二年……又明年，州之學宮修葺一新，爰釋奠於先聖，且落成之。其學官蔣履泰、耆宿鄭彝持狀來請。』

李樞復治奉化州，先生贈序。

卷十二《送樞密經歷李侯再守奉化序》。

光緒《慈溪縣志》卷四十《李樞傳》：『治（奉化）州三年，擢行樞密院經歷，分治餘姚。民請於省，得還任。』

丁鶴年兄馬元德（吉雅謨丁）自奉化赴任昌國。

光緒《奉化縣志》卷十八《吉雅謨丁傳》：『吉雅謨丁，至正十七年舉進士，授定海令……陞奉化州知州，尋調昌國，卒於官。』

先生撰《送雲巖觀提點隋君南遊還京師序》。

卷十三《送雲巖觀提點隋君南遊還京師序》：『君以至正二十有三年，自燕蹈海抵錢唐，上天目，望日出於海。東過會稽，探禹穴，又登舟甬東，取海道至閩粵，然後還京師。』

先生撰《羽庭集序》。

補編《羽庭集序》。

按，劉仁本《羽庭集自序》：『至正癸卯之冬十月，余被戎事過上虞……是年月既望，天台劉仁本書。』

方國珍擬改王嘉閭官。

戴良《竹梅翁傳》：『二十三年，改武德將軍、廣東道宣慰副使、僉都元帥。於時鄉縣已隸方國珍，方聞翁將之官，即議改調。翁聞而笑曰：「吾爲天子命吏，非奉天子詔，吾職不改也。」』

楊維楨六十八歲，滑壽六十歲，宋濂五十四歲，劉仁本五十三歲，朱右五十歲，戴良四十七歲，顧園四十三歲，丁鶴年二十九歲，趙撝謙十三歲。

至正二十四年甲辰（一三六四），先生五十三歲。

正月，朱元璋即吴王位。

《明史·太祖本紀》：『二十四年春正月丙寅朔，李善長等率群臣勸進，不允。固請，乃即吴王位。建百官。以善長爲右相國，徐達爲左相國，常遇春、俞通海爲平章政事。』

九月，滑壽館於劉仁本公署。

《滑伯仁先生事實紀年》：『至正二十四年甲辰重九日，太守羽庭劉公以年誼館於署，會客松閣，有「菊花正好今朝看，酒盞何妨十日傾」之句。時淮南丞相方公舊與族叔康成同官，分省四明，禮致之館。疏薦隱逸，以待徵聘，堅辭不果。』

劉季篪生。

楊士奇《故工部營繕司主事劉君墓志銘》：『永樂二十二年，工部營繕清吏司主事劉季篪卒於官……君諱韶，字季篪，以字行。自幼端静，喜學問，爲父母所愛，既承其家訓，長而進學鄉先生宋玄僖、王孟暘，刻苦自勵，二先生咸器重之，登洪武甲戌進士第，授行人司行人……享年六十有一。』

按，劉季篪爲先生晚年弟子。

是年前後，先生在昌國。

朱右《攖寧生傳》：『後四歲，無逸客昌國。』

按，至正二十三年（一三六三）馬元德赴任昌國，鶴年依其兄而居，遂有先生客昌國之事，姑繫於此。昌國，今舟山。

楊維楨六十九歲，滑壽六十一歲，宋濂五十五歲，劉仁本五十四歲，朱右五十一歲，戴良四十八歲，顧園四十四歲，丁鶴年三十歲，趙撝謙十四歲，劉季篪一歲。

至正二十五年乙巳（一三六五），先生五十四歲。

正月，滑壽在四明（即慶元路）約香山詩社。

《滑伯仁先生事實紀年》：『至正二十五年乙巳人日，樵隱邱公守四明，以從弟雲和出補雲陽丞，由邱公銓選。過四明，遂約香山社會，每分韻，時詩有「故人圖畫逢相識，舊國山川總有情」之句。』

九月十日，先生生母王氏卒，岑敬先來弔。

《餘姚宋氏宗譜》卷九《生母王氏慶五娘子行狀》：『卒至正二十五年乙巳九月初十

日亥時，享年八十六歲。』

卷三《贈岑敬先》：『不見岑徵士，驚心忽二年。三山新歲到，一棹舊情牽。執紼哀吾母，通家見汝賢。相過不相遇，邂逅在梅川。』題注『戊申』。

按，戊申前兩年，即至正二十五年乙巳（一三六五），與《餘姚宋氏宗譜》合。

十二月一日，餘姚重修城隍廟成。

光緒《餘姚縣志》卷十一『城隍廟』引汪文璟《重修城隍廟記略》：『城隍廟，在州東北二十步，故老相傳，宋淳熙間封崇德王。至正二十二年，加封崇德昭應王。越三年九月，命下，而知州王侯瑢來涖是州者二年矣……廟修於至正二十五年四月十有五日，成於十二月一日。』

是年，先生作《送龍子高序》。

卷十一《送龍子高序》：『今年春，子高在海隅，聞皇太子奉征討之命，駐於晉、冀，總兵少保公朝夕在左右，進天下賢才，以輔中興之業。』

按，《元史·順帝紀》：『（至正二十五年）三月庚申，皇太子下令于擴廓帖木兒軍中曰：「孛羅帖木兒襲據京師，余既受命總督天下諸軍，恭行顯罰，少保、中書平章政事擴廓帖木兒，躬勒將士，分道進兵，諸王、駙馬及陝西平章政事李思齊等，各統軍馬，尚其奮義戮力，克期恢復。」』至正二十五年（一三六五）三月庚申，爲三月初二。

先生見應自脩於童蒙之時。

卷三《贈應生自脩》題注『壬子』，有『憶汝童蒙日，從親邑郭時。七年今已過，萬卷早相期』句。以洪武五年（一三七二）上推七年，則在是年。

秋冬，滑壽館穀於慶元路方府。

朱右《攖寧生傳》：『時淮南丞相方公分省四明，聞攖寧生名，禮致見之，館穀留城中。』

《元史・順帝紀》：『（二十五年）九月……以方國珍爲淮南行省左丞相，分省慶元。』

按，『城中』指慶元路府治鄞縣。

是年冬十二月七日，先生葬生母王氏。

《餘姚宋氏宗譜》卷九《生母王氏慶五娘子行狀》：『葬龍泉鄉燭溪湖新壟，坐西向卯。此地乃天台董仲載所擇，得之甚難。至正甲午卯時斬草，當日作穴。生母卒之年十二月初七日庚申申時葬焉。開土時，紫藤滿槨，見風而消。後人不可爲庸術所惑，妄有改動侵犯。違者，當不孝之罪，爲家門之禍。』

是年前後，趙撝謙與邑中士大夫交。

趙撝謙《奉吳耑學書》：『（余）頗好經史百家之言，不憚求益於人也。奔走四方，上下於士大夫間，十有五年矣。』

楊維楨七十歲，滑壽六十二歲，宋濂五十六歲，劉仁本五十五歲，朱右五十二歲，戴良四十九歲，顧園四十五歲，丁鶴年三十一歲，趙撝謙十五歲，劉季篪兩歲。

至正二十六年丙午（一三六六），先生五十五歲。

朱元璋與張士誠戰於江浙。

《明史·太祖本紀》：『（至正）二十六年春正月癸未，士誠窺江陰，太祖自將救之，士誠遁，康茂才追敗之於浮子門。太祖還應天……（秋八月）辛亥，命徐達爲大將軍，常遇春爲副將軍，帥師二十萬討張士誠……甲戌，敗張天騏於湖州，士誠親率兵來援，復敗之於皂林。九月乙未，李文忠攻杭州。冬十月壬子，遇春敗士誠兵於烏鎮。十一月甲申，張天騏降。辛卯，李文忠下餘杭，潘原明降，旁郡悉下。癸卯，圍平江。』

戴良爲避戰亂，自吴門還浙，居於鄞。

戴良《九靈山房集》卷首《年譜》：『二十六年丙午，先生五十歲。春自吴還浙，有《發吴門》以下紀行諸詩。夏適越，居鄞六月。』

戴良爲丁鶴年作《鶴年先生詩集序》。

戴良《鶴年先生詩集序》末識『至正甲午秋九靈山人金華戴良序』。

按，陳垣以爲『甲午當爲丙午之訛』，并引《鄞游集》『至正丙午秋，良與臨安劉庸道，同客四明』，此從之。詳見陳垣《元西域人華化考》卷四《文學篇》。

是年秋末，戴良泛海前往元大都。

戴良《九靈山房集》卷首《年譜》：『二十六年丙午，先生五十歲……秋末即行泛海，是時夫人趙氏挈二子居錢塘。明年始克還家。』

是年前後，先生作《送徐彥威序》。

卷十一《送徐彥威序》。

按，文中『中書左丞相河南王』即『擴廓帖木兒』。《明史·擴廓帖木兒傳》：『擴廓帖木兒，沈丘人……孛羅遂舉兵反，犯京師，殺丞相搠思監，自爲左丞相，老的沙爲平章，禿堅知樞密院。太子求援於擴廓，擴廓遣其將白鎖住以萬騎入衛，戰不利，奉太子奔太原。逾年，擴廓以太子令舉兵討孛羅，入大同，進薄大都。順帝乃襲殺孛羅於朝。擴廓從太子入覲，以爲太傅、左丞相。當是時，微擴廓，太子幾殆。擴廓功雖高，起行間，驟至相位，中朝舊臣多忌之者。而擴廓久典軍，亦不樂在內，居兩月，即請出治兵，南平江、淮。詔許之，封河南王，俾總天下兵，代皇太子出征，分省中官屬之半以自隨。』又《元史·順帝紀》：『（至正二十五年九月）壬午，詔以……擴廓帖木兒爲太尉、中書左丞相、録軍國重事、同監修國史、知樞密院事，兼太子詹事……（閏十月）辛未，詔封擴廓帖木兒河南王，代皇太子親征，總制關陝、晉冀、山東等處並迤南一應軍馬，諸王各愛馬應該總兵、統兵、領兵等官，凡軍民一切機務、錢糧、名爵、黜陟、予奪，悉聽便宜行事……（二十六年二月）擴廓帖木兒還河南，分立省部以自隨，尋居懷慶，又居彰德，調度各處軍馬，陝西張良弼拒命。』徐彦威『繇海道走京師，遂見今中書左丞相河南王於軍中，即擢掾詹事院』，當是擴廓帖木兒在京時；而『自越抵王國，不憚海道艱險』，當是擴廓帖木兒還河南後。姑附於是。

顧元用督運失糧，避居明越之間，改名顧園。

《顧氏宗譜》：『元至正丙午年間，督理海運，颶風陡作，逐淺胡椒沙，舟毁糧失。因棄職捐家，避居崇明，入西沙圖籍。』

趙撝謙《雲屋先生顧公墓志銘》：『凡三往返，乃得朝命，襲父爵爲千户侯，所歷有績。未幾，遭時弗寧，南北隔阻，因卜居定海，蓋樂其山川之勝也。遂杜門謝世事，痛刮去舊習絶嗜，欲刻志文藝，卒以善畫名於世。』

按，顧雲屋爲先生摯友，詩中屢見。

楊維楨七十一歲，滑壽六十三歲，宋濂五十七歲，劉仁本五十六歲，朱右五十三歲，戴良五十歲，顧園四十六歲，丁鶴年三十二歲，趙撝謙十六歲，劉季篪三歲。

至正二十七年丁未（一三六七），先生五十六歲。

是年或稍前，先生作《送胡正辭史景洪序》

卷十一《送胡正辭史景洪序》。

按，《元史·順帝紀》載明軍取福建諸縣於至正二十七年（一三六七）十二月，取廣州路於至正二十八年四月，取廣西諸縣於六月。文有『兵難大作，嶺表幸無事』，故附於是。

三月十九日，先生撰《餘姚宋氏宗譜序》。

補編《餘姚宋氏宗譜序》：『今年過五十，遭時多故，將浮海而爲上國之行，生還未可必也。懼吾宗族子孫忘其本源，忽其支派，而不可不示其大略，此家譜所以率爾而爲也。雖然，爲人子孫者，苟不能讀書而知所重輕，雖有此譜，又安知不以覆醬瓿也耶？然則後人知吾言之足悲，庶幾以讀書爲勉夫。至正二十有七年歲在丁未，三月十九日元僖序。』

按，《戴良年譜》載戴氏於至正二十六年（一三六六）秋末浮海赴上都，至二十七年秋後返鄞。先生撰寫《譜序》時，戴氏尚無消息，故先生亦生浮海之意。

五月十日，先生飲於楊瑀後清漁舍。

卷五《五月十日楊灌園留飲後清漁舍且用梅字韻見教予亦用韻酬之》《爲楊灌園題鄭山輝天涯芳草圖》《五月十日訪楊灌園於後清漁舍而唐景顏澄了然先生留飲至晚與了然還及汪尚志之門遇雨見留甚勤又置酒臨昏而散乃用向所留題韻紀其事》。

按，光緒《餘姚縣志》卷十四：『後清漁舍，在後清門外，楊瑀隱居。』楊瑀字昭度，號灌園，居後清江北。

李樞再任餘姚知州，修永澤廟以祀葉恒。

葉翼《餘姚海隄集》卷一王至《敕封仁功侯賜額永澤廟記》：『至正廿有七年，詔封故餘姚州判官葉恒爲仁功侯，賜其廟額爲永澤廟……越三年，爲至元改元之歲，而隄始成。而侯適以秩滿受代，而民皆晏然。故嘗具隄績，國子監丞陳公旅爲之記，刻諸石矣。是後，侯入官翰林，轉職太學，卒於鹽城縣令，則去州已十年。民皆欲建廟祀侯，而未有卒其事者。又越十有五年，而浙江分樞密院經歷鄭公珩，以分省命來督州事，政無不舉，而民皆悦服，乃以廟事告公。公遂白諸分省，而率其民即州學之傍地，建屋四楹，其間門牖既備，黝堊既施，則中塑侯像而前置祀具。約以每歲春秋二時奉牲醴祀侯，而又合民之詞，以請於朝，故有追封廟額之命。命下於州，則鄭公已去。州之太守李公樞乃屬州人某，記其事。』

按，光緒《餘姚縣志》卷十一：『永澤廟，在儒學之旁，元州判官葉恒築隄捍海，民思其功，請於朝，廟祀之。』

九月十日，先生在賀溪，作《深秀樓記》。

卷十四《深秀樓記》末識『至正丁未九月十日，餘姚宋元禧記』。

按，深秀樓舊址在今餘姚梁弄鎮賀溪畔，今尚有倪氏聚居。

十月二十六日，明軍取温州，劉仁本被俘。

《元史・順帝紀》：『（冬十月）己巳，大明兵取温州。』又《明史・劉仁本傳》：『朱亮祖之下温州也，獲仁本。』

是年秋冬，滑壽歸越東。

《滑伯仁先生事實紀年》：『至正二十七年丁未，淮南漕運嚴儼乃年家子，因渡淮賡和《萬花谷集》成。西走中州，至輝邑，喜山水清雅，茂竹遍城郊，遂入朱園，閉關三月。復回京口，歸越東。』

是年秋冬，先生避亂梅川，多有詩作。

卷三《胡氏斗室》題注『丁未』，及同卷《胡氏一鶴亭》。

卷四《冬夜書懷》題注『丁未』，及同卷《望雪》《胡氏連理榆》《胡氏養志堂》《衛公鶴題畫》《胡達道觀錦軒》《岑氏聯桂東樓》《徐氏怡怡軒》《重過烏山即事》。

按，詩中『烏山寺』，即烏山廟。光緒《餘姚縣志》卷二：『烏山，在縣東北三十五里。』道光《滸山志》卷七：『烏山廟，在烏山南面。邑志「西福昌教寺在梅川鄉烏山」，即此。周廣順元年建，號烏山資福院。宋祥符元年改永樂院，政和元年改賜前額。』

卷八《竹枝詞四首》題注『丁未』，及同卷《書懷四首》《梅川四詠》《即事》《題山水畫》《題蒲萄畫》《即事》。

補編《養志堂序》《胡達道觀錦軒》。

按，光緒《餘姚縣志》卷十四：『養志堂，在梅川天香里，胡維彦同弟斯恭、斯及、斯順、斯復事母方氏，得母之志。築堂，額曰養志，宋僖爲之序。』

是年或稍後，先生與胡惟彥訪虞家城。

卷十四《虞家城記》。

按，光緒《餘姚縣志》卷十四：『虞家城，在梅川鄉。』

是年前後，趙撝謙才華聞名於邑城。

趙撝謙《奉吴耑學書》：『十六七時，而邑之名公聞士，釋道清流，莫不得盡其恭敬焉。』

楊維楨七十二歲，滑壽六十四歲，宋濂五十八歲，劉仁本五十七歲，朱右五十四歲，戴良五十一歲，顧園四十七歲，丁鶴年三十三歲，趙撝謙十七歲，劉季篪四歲。

至正二十八年　明洪武元年戊申（一三六八），先生五十七歲。

正月初一，先生在梅川。

卷四《元日書懷》。

正月，先生逢岑敬先於梅川。

卷三《贈岑敬先》題注『戊申』。

三月，劉仁本卒。

《明史·劉仁本傳》：『劉仁本，字德元，國珍同縣人。元末進士乙科，歷官浙江行省郎中，與張本仁俱入國珍幕。數從名士趙俶、謝理、朱右等賦詩，有稱於時。國珍海運輸元，實仁本司其事。朱亮祖之下温州也，獲仁本，太祖數其罪，鞭背潰爛死。』

陳衛蘭《劉仁本生平事迹考述》引《黄巖縣志》：『次年三月，被朱元璋鞭背而死。』

春夏之交，先生仍在梅川，多有詩作。

卷一《遊宿恭書記林居》《用韻酬友人》《桐湖八詠爲王遯菴作》《川上即事》。

卷三《贈徐生》《歸雁》《送友人》《送謝用敬》。

卷四《眉山王氏雲林書舍》《送張士儀經歷》《宿陸氏山莊》《重過上林井亭感舊》《爲楊仲容題柳莊》《陸氏秀野軒》《楊氏萬竹樓》《楊氏聽水軒》《次韻王允昭遊源山中夜宿有感》《贈陸生》《贈徐生》《凰山范氏碧梧軒》《爲黄克敏賦農隱》《羅氏兩寡婦詩》。

卷八《題梅畫二首》題注『戊申』，及同卷《題水仙圖四首》《題百牛圖》《留題叠嶂樓》《竹石藤蘿畫》。

是年春，先生題鄭彝《枯木竹石圖》。

卷四《題鄭山輝效高房山作枯木竹石圖》有『山輝戲作房山畫，已亥經今恰十年』句。

按，已亥爲至正十九年（一三五九）。

四月十五，先生偕岑宗昭、胡斯美等游竹山精舍。

卷四《四月十五日偕岑宗昭胡斯美及其從弟斯敏遊宿竹山精舍明日題詩於壁而還》。

卷八《四月十五日過東洲書舍見橘花賦詩一首》題注『戊申』。

按，《餘姚岑氏章慶堂宗譜》卷八上：『愷七（明卿）長子，諱文郕，字宗昭。』光緒《餘姚縣志》卷二十三：『胡惟彥，字斯美，號淳樸生。元季隱居，明興，舉遺逸，上《泰平頌》。命賦早朝詩，十章立就，上大悦，拜湖廣參政。懇辭，改兖州知府。政平訟理，卒於官。』又『胡惟聰，字斯敏。七歲喪母楊，事繼母虞、謝、孫，以孝著。弟惟能、惟謹，均虞出。惟能病咳，幾不起，惟聰日夜調治，寢食不遑。惟謹幼病漏腮，惟聰親吮膿血，人以爲難。季弟惟博，庶母姚出也，居宅東樓。惟博死，思之不置，以「看雲」名其樓，取杜甫詩語以寓憶弟之意。宋僖賦詩贈之。從弟惟樂方十齡而孤，惟聰教養周至，惟樂卒成名諸生。故人虞承翔殁，裹殯湣孤，有麥舟之義。著有《渾然草》二卷。』

四月二十八日，先生贈詩胡斯原。

卷一《四月廿八日即事一首貽胡斯原》《四月廿八日川上晚詠示胡斯原》。

六月二日，先生訪梅川胡處士。

卷八《六月二日胡處士宅前即事》。

夏，顧園過餘姚，爲徐性全作《山水圖》。

卷九《題顧雲屋山水圖詩序》：『吴郡顧雲屋，工山水畫。吾鄉鄭山輝稱其有出塵之趣。戊申夏，自鄞還吴，泊舟慈溪之丈亭，觀其山水諸佳處而樂之。過餘姚，爲山輝門人徐性全作此圖。』

按，雲屋此時還吴，與明軍攻克越、明兩州有關。徐本立，字性全，號龍泉生，鄭彝門生。

八月二日，元亡。

《元史·順帝紀》：『八月庚午，大明兵入京城，國亡。』

八月二十二日，先生在徐氏書舍觀楊昭度畫。

卷三《徐氏瞻緑軒》《水竹轩》。

卷八《八月廿二日過徐氏書舍觀楊昭度所作壁上墨竹爲之泫然因題詩一首》。

八月二十六日，先生游梅川長慶寺。

卷一《八月廿六日遊梅川長慶寺有感》。

九月，先生返城，途遇故人李仁山之子光道。

卷四《贈李光道詩序》有『兵變之後，予繇海裔還邑郭，遇仁山之子賚字光道者于途』語。

先生送趙仲容東遊。

卷四《送趙仲容東遊》。

按，洪武元年（一三六八）末，東南戰事少定，趙仲容故能『以繪事遨山海間』。

秋，先生寄詩滑壽。

卷八《寄滑攖寧三首》。

冬，戴良與龍子高、桂彦良等游東山。

戴良《九靈山房集》卷首《年譜》：『明洪武元年戊申，先生五十二歲。元亡，先生隱鄞。』

又《鄞遊稿・東山賞梅詩序》：『戊申之冬，豫章龍君子高偕慈溪桂君彦良、王君彦貞訪沈師程氏於東山，已而錢塘劉君庸道及二三士友亦來會。』

十一月，餘姚知州李樞降明。

《明太祖實録》卷二十七：『先是，（湯）和兵自紹興渡曹娥江，進次餘姚，降其知州李樞及上虞縣尹沈煜。』

是月，明兵取慶元路。丁鶴年兄馬元德或亡於是月。

《元史・順帝紀》：『（冬十月）己巳，大明兵取温州……（十一月）癸未，大明兵取慶元路。』

《明太祖實録》卷二十七：『（吴元年十一月）辛巳，征南將軍湯和克慶元……遂進兵慶元城下，攻其四門，府判徐善等率官屬耆老，自西門出降。方國珍驅部下乘海舟遁去，和率兵追之，國珍以衆逆戰，我師擊敗之，斬首及溺死者甚衆。擒其僞副樞方惟益、元帥戴廷芳等，獲海舟二十五艘，馬四十一匹。國珍率餘衆入海，和還師慶元，徇下定海、慈溪等縣。』

按，丁鶴年《次先兄太守題竹韻詩序》有『先兄死事之十有七年』句，馬元德或死於是年。

十二月二十一日，餘姚景星訪朱右於上虞。

陸心源《穰梨館過眼録》卷十《元人蕤賓鐵琴題詠》，景星題識：『時先生自臨濠歸，且之卷後。歲戊申冬十有二月己卯景星識。』

十二月，朱元璋下詔修《元史》。

宋濂《元史目録記》：『（洪武元年）冬十有二月，乃詔儒臣發其所藏，纂修《元史》，以成一代之典。而臣濂、臣禕實爲之總裁。』

是年，玘大璞主演福寺。

徐一夔《夕佳樓記》：『洪武初元，今具庵法師玘公來主演福時，寺已燬，惟夕佳獨存。』

按，先生有《送讓無吾住定覺寺兼簡衍福玘大璞講主詩》，『衍福』即『演福』。

是年冬或稍後，胡惟彦以耆德應召，赴南京。

《餘姚六倉志》卷二十九《胡惟彦傳》：『胡惟彦字斯美。少時即慕古聖賢之學，務躬行，不事口説，居鄉以耆德見推。元季之亂，隱居行義。明太祖聿興，詔求天下遺逸，縣令陳公達以惟彦耆德應詔，禮送至京。於是，洪武改元，戊申九月六日，惟彦以《太平頌》上進。上嘉納之，命賦早朝詩，立就一章……上益大悦，特拜河南布政司左布政使。惟彦自言「草莽細民，不敢驟居方面之職」，懇辭不受。』

是年及稍後，趙撝謙東遊鄞、台。

趙撝謙《奉吴嵩學書》：『十八九時，東遊鄞、台，得通名者不下百數，而學有原者天台鄭四表，工於《詩》者葉國諒，明於藝者漕南吴主一，涉獵經史者四明樂仲本、鄭千之，外學而博識者噩夢堂、復見心，其尤也。』

《明儒學案》卷四十三《瓊山趙考古先生謙傳》：『年十七八，東遊受業天台鄭四表之門。』

朱彝尊《趙撝謙傳》：『長游四方，樂取友人。有一善一能，輒往訪。隆寒溽暑，恒徒步百餘里。與朱右、謝肅、徐一夔輩定文字交。天台鄭四表善《易》，則從之受《易》。定海樂良、鄞鄭真明《春秋》，山陰趙俶長於説《詩》，迮雨善樂府，廣陵張昱工歌詩，無爲吴志淳、華亭朱芾工草書篆隸，撝謙悉與爲友。』

楊維楨七十三歲，滑壽六十五歲，宋濂五十九歲，朱右五十五歲，戴良五十二歲，顧園四十八歲，丁鶴年三十四歲，趙撝謙十八歲，劉季篪五歲。

洪武二年己酉（一三六九），先生五十八歲。

正月，岑處士來訪。

卷四《新歲岑處士見訪》。

正月初八，先生逢華松溪。

卷四《贈華松溪》題注『己酉』，及同卷《題煮石山房》。

按，兩詩皆關涉龍子高，時子高客居慈溪。

正月十五日，先生、滑壽會飲於梅川王漢章宅。

卷二《己酉冬還自龍河補王漢章宅元夕宴集鐵字韻詩》有『新年會飲元夕節，秩秩賓筵日中設』句，彼時先生未和詩，至是年秋冬史局歸來後補上。《滑伯仁先生事實紀年》：『洪武二年己酉上元，宴集王漢章汲古堂，分韻得樹韻，有「上元良夜當三五，春雪初融舜江渚。人生百歲學頭露，如此光陰能幾度」之句。』與先生詩合。王漢章，梅川人。光緒《餘姚縣志》卷二十三：『王旭，字漢章，號守拙。强學力行，隱居教授，學者多從之遊。洪武中，以茂才徵知英山縣，縣多虎患。旭禱於神，虎輒去。興學勸農，吏民親愛如父母焉。』

二月一日，明廷始開史局。

宋濂《元史目録記》：『明年春二月丙寅，開局。』

清明日，先生在張與權書樓。

卷四《清明日過張與權書樓既爲題唐玄宗擊毬醉歸圖餘興未已又賦五十六字》有

『病翁日夜抱春愁，喜值清明出郭遊』句。

按，病翁，蓋指心疾也。前引卷八《書懷四首》其三有『近日得心疾，遥遥夜不眠』句，《題煮石山房詩序》亦有『近自山野還邑郭，以心疾費調遣，常曳杖徐步静巷中』及『老我多憂得心疾』句。

是年春，先生有數幅題畫。

卷八《題畫梅》題注『己酉』，及同卷《題鄭山輝李石樓蘭竹畫卷》《題唐玄宗出遊圖》《題唐玄宗擊毬醉歸圖》《題趙鳴玉效顧雲屋山水圖》《題畫》《題畫菖蒲》。

四月中下旬，先生前往南京史局編修《元史》。

《明史·趙壎傳》：『洪武二年，太祖詔修《元史》，命左丞相李善長爲監修官，前起居注宋濂、漳州府通判王禕爲總裁官，徵山林遺逸之士汪克寬、胡翰、宋僖、陶凱、陳基、曾魯、高啓、趙汸、張文海、徐尊生、黄篪、傅恕、王錡、傅著、謝徽爲纂修官，而壎與焉。以是年二月，開局天界寺，取元《經世大典》諸書，用資參考。至八月成，諸儒並賜賚遣歸。』

按，卷四《七月廿七日在天界寺送炯用明還永樂寺》有『家問已勞三月望』句，故以先生赴史局在是年四月。

先生經曹娥驛，驛官諸葛仲華求詩。

卷六《留贈諸葛仲華詩序》：『予去歲有龍河之行，往還過其驛，仲華禮甚恭，欲得區區之言，予固心許之矣。』

先生途經錢塘，因病滯留十餘日，遇郭思賢。

卷五《留贈郭思賢詩序》：『去年己酉夏，余有龍河之行，以衰疾留滯錢唐十餘日。寓所與郭子思賢氏相近，間與語，若舊相識。』

夏，先生在南京天界寺史局，送丕大基還明州。

卷一《送丕大基自天界寺歸佛隴》題注『己酉』。

按，丕大基，鄞人，明初高僧。宋濂《清净境亭銘》：『洪武庚戌春正月，部使者贛州劉君承直與寶陀大師行丕，抱杖西東遊……大師字大基，行丕其名，鄞人也。宗説兼通，行解相應，蔚爲時之名僧。初由佛隴升主是山。』天界寺，元代爲大龍翔集慶寺，明初改稱大天界寺，爲史局所在地。《明一統志》卷六：『大天界寺，在聚寶門外。晉建元，文宗改爲龍翔寺，在會同橋北。本朝洪武中徙建於此，賜今名。』明初天界寺在『會同橋北』，近龍河，故亦別稱『龍河』。

夏，先生在南京史局，爲鄭仲涵題鳴鶴軒詩。

卷二《爲浦江鄭仲涵題鳴鶴軒》題注『己酉』。

按，雍正《浙江通志》卷一百八十五：『鄭淵，字仲涵，浦江人。母病踰年，日夜抱持之，積憂至疽發於背，猶跪進湯藥。母病革，思得瓜食，食已，乃卒。每瓜時，淵輒涕泣，終身弗食瓜。居喪哀戚，兩耳皆聾。後居父喪，哀毁骨立。凡遇父母諱日，前期齋七日，至日號慟行禮如初喪，没身不變。』宋濂撰有《鄭仲涵墓銘》。

秋，先生送季芳聯歸四明省母。

卷三《送天界寺書記季芳聯歸四明省母》題注『己酉』。

按，季芳聯，鄞人，天界寺僧。宋濂《送季芳聯上人東還四明序》：『季芳名道聯，鄞人也。幼讀傳書，窮理命之學，長依薦巖義公修沙門行。尋掌内記於大天界寺，遂嗣法於净覺禪師。』

七月二十七日，先生、宋濂送炯用明還龍山永樂寺。

卷四《七月廿七日在天界寺送炯用明還永樂寺》。

按，炯用明，諸暨人，亦天界寺僧。宋濂《送用明上人還四明序》：『用明上人本諸暨楊氏子，素稱儒宦之族，自幼從叔父白石琪公遊四明，遂令捨家於慈溪崇福寺，别江舟公毓以爲法孫……今年之春，與予胥會南京，其威儀之雅，問學之佳，既足以動人視聽，而遊戲篇翰亦皆清逸有可玩者……上人將還四明，徵予言以爲贈。』永樂寺，在餘姚丈亭龍山。

秋，宋濂送許時用還越。

宋濂《送許時用還越中序》：『朝廷纂修《元史》，宰臣奉特旨起濂爲總裁官，使者亦見迫如前。逮濂將戒行李，時用至武林始旬日耳。濂又自念史事甚重，當有鴻博之士任其責者，濂豈敢與聞？藉是以往，或得一見時用，亦豈非至幸歟？濂來南京，寓於護龍河上，方求時用館舍之所在。忽有偉丈夫來見者，問其姓名，亟曰：「我，許時用也，子豈非景濂乎？」……他日又來，言曰：「聖天子寬仁，今用丞相言，如所請矣。已具舟大江之濱，吾子遇我厚，幸一言以爲別。」」

按，許時用，嵊縣人，亦先生友。卷二《采烟山長歌寄贈新昌周銘德》有『見故人王公玉、許時用二先生』語。

先生在史局，送葉夷仲赴任高唐判官，有詩相贈。

卷四《送天台葉夷仲之官高唐》。

按，雍正《浙江通志》卷一百八十一：『葉見泰，字彝仲，寧海人……未幾，使安南，諭其君長來貢。以功授高唐州判官，遷睢寧令，終刑部主事。』又《明史·太祖本紀》：『（洪武元年）五月己卯，廖永忠下梧州，潯、貴、容、鬱林諸州皆降……秋七月戊子，廖永忠下象州，廣西平。』洪武元年（一三六八）七月，明軍定廣西，故有遣使安南，綏撫屬國之舉。葉見泰授高唐州判官應在洪武二年秋，即其『白象南來奉使還』後，時先生仍在史局。

在史局時，先生撰《悼蓉峰處士》。

卷四《悼蓉峰處士》。

按，徐永明《宋濂年譜》載宋父卒於至正二十五年（一三六五）八月。宋濂請先生作悼詩，當在史局時。是詩置於《七月廿七日在天界寺送炯用明還永樂寺》《送天台葉夷仲之官高唐》後，《崔氏萬松山房》前。

在史局時，爲崔氏萬松山房題詩。

卷四《崔氏萬松山房》。

八月上旬，送諸道初、該萬有回寶林寺。

卷五《送諸道初該萬有歸寶林寺》。

按，危素《爲道初上人題趙雪松飲馬圖》有『蕭君學道龍瑞宫，此圖持贈寶林翁』，『越城戰鬭白日昏，故物紛披横道側』，『道初持來慰愁寂，如造吴興大雅堂』語。則寶林寺在越城，寶林山（一名龜山或飛來山）下。雍正《浙江通志》卷二百三十一『紹興府』下：『寶林寺，唐元徽元年法師惠基於寶林山下建。唐會昌中廢，乾符元年重建，改爲應天寺。宋崇寧年詔改崇寧萬壽禪寺，又改爲天寧寺，郡寮祝聖於此。紹興年，改廣孝，又改光孝。』

八月十三日夜，先生與諸儒士會飲天界寺西庭。

卷一《八月十三夜史局儒士醵飲天界寺西庭叙别分韻得天字》《題蘭川圖》。

按，宋濂《元史目録記》：『又至秋八月癸酉，書成。』八月癸酉，爲八月十一日。

八月十五前後，先生送高麗使者歸國。

卷五《送人還高麗》。

按，宋濂《文憲集》卷九有《贈高麗張尚書還國序》，或爲同一人。《明史·太祖本紀》：『（洪武二年八月）癸酉，《元史》成。丙子，封王顓爲高麗國王。』此詩當作於八月十五日（丙子）太祖册封王顓後。

先生返鄉途中，於紹興逢宋顯彰，有詩相贈。

卷二《爲宋顯彰題桐江釣隱圖》。

按，宋顯彰或餘姚人，此『桐江』舊在餘姚城内，秘圖山北，今填塞爲陽明路，僅剩『桐江橋』地名。光緒《餘姚縣志》卷一：『秘圖山之左曰桐江橋。』又卷二：『自小秘圖橋至新橋一帶，名桐江，蓋取桐江一絲之義。』

秋，先生代人作詩，次柳宗岳韻。

卷二《楊妃菊歌代人次柳宗岳韻》。

按，雍正《浙江通志》卷一百三十四『舉人』：『洪武三年庚戌科，柳宗岳，上虞人。』疑先生還自南京，途經上虞時，代人所作。

九月，先生返姚，與趙宜生倡和。

卷一《還自龍河次韻酬趙德純》。

按，卷十《奉和危先生送浩秋江還龍泉寺詩序》：『前二年九月，予常以史局事畢，還自龍河。』趙德純，即趙宜生，明初餘姚士人。

先生爲文送用明禪師赴閩。

卷六《留題鼓山丈室詩序》：『去歲，用明自浙左赴鼓山，予嘗爲文以送之。』

按，先生留題鼓山，在次年典試福建時。

冬至日，先生爲王起東題畫。

卷八《爲王起東題李石樓墨竹遺胡達道》。

按，李石樓，元末餘姚知州李樞，字元中。其先關隴石樓人，故題稱『李石樓』，詩稱『冀北李侯』。孫岳頒《御定佩文齋書畫譜》卷五十五：『李元中，唐肅題其畫竹云：「城南初識李姚江，筆底風生鳳尾雙。只許丹淵相伯仲，開門合受薊丘降。」』

冬，先生爲王紫芝題詩。

卷五《贈紫芝山人》。

冬，補王漢章元夕宴集鐵字韻詩。

卷二《己酉冬還自龍河補王漢章宅元夕宴集鐵字韻詩》。

十二月二十五日，先生送趙鳴玉。

卷五《十二月廿五日送趙鳴玉以其所畫遊南山》。

按，趙鳴玉，即趙仲容。去歲東游，今歲再游南山以售其畫。

是年冬，贈胡桂堂詩。

卷五《贈術者胡桂堂》。

是年前後，大璞主普福寺。

楊士奇《僧録司右善世南洲法師塔銘》：『已而，（善世）從具菴玘公于普福，講求要旨，凡諸經範精粗小大之義，靡不貫串。而旁通儒書，間以餘力爲詩文，多有造詣。玘公命首懺事行三昧法，而自是進於止觀明浄之道。及玘公還演福……洪武辛亥出世，主孤山瑪瑙講寺。』

按，洪武元年（一三六八）至四年間，大璞先主演福寺，再主普福寺，後又主演福寺。其在普福寺時間在洪武二、三年間，故附於是。

楊維楨七十四歲，滑壽六十六歲，宋濂六十歲，朱右五十六歲，戴良五十三歲，顧園四十九歲，丁鶴年三十五歲，趙撝謙十九歲，劉季篪六歲。

洪武三年庚戌（一三七〇），先生五十九歲。

正月，先生送赫彦明遠行。

卷五《送赫彦明》題注『庚戌』。

正月二十三日，先生偕王起東、王紫芝，訪城東葉伯泰。

卷五《留題葉氏隱居》。

按，卷一《十月晦日與諸友過葉伯泰隱居》『行行五里餘，訪舊寂寞處』句，及卷三《自題葉氏隱居壁上墨戲》『重過招賢里，遲留處士家』，葉伯泰所居，在舊城之東五里餘，名招賢里者，當與竹山渡隔江而望。

二月三日，先生夜宿賀溪倪氏深秀樓。

卷五《二月三日過姻戚倪氏深秀樓留宿賦詩一首》。

按，至正二十七年（一三六七）九月先生曾作《深秀樓記》，與『驚心世事三年後』合。

二月五日，先生作《重過倪氏深秀樓十首》。

卷八《重過倪氏深秀樓十首》《賀溪即事四首爲倪立道賦》。

二月六日，先生夜宿賀溪倪以道宅。

卷一《二月六日夜宿倪以道宅爲題畫梅》題注『庚戌』。

卷五《爲倪原道題九老圖》《倪安道一樂堂》《倪焕章藏翠軒》。

二月上旬，在賀溪爲友人汪氏、陳氏、方氏題詩。

卷五《爲汪復初題四明溪舍》《留題上虞陳處士皆山樓》《再題皆山樓》《方氏山意樓》。

二月十六日，先生訪楊氏嘉樹軒，遇三山岑宗昭。

卷五《二月十六日過楊氏嘉樹軒訪三山岑宗昭》《過亡友楊昭度宅見其諸子復習舊業悲喜交集爲賦詩一首》《爲楊生簡兄弟題嘉樹軒》。

按，三山，舊邑北金山、蔡山、封山之合稱，亦岑氏祖居地，岑安卿有『世家三山踰百年，讀書作官還種田』語。光緒《餘姚縣志》卷十四：『嘉樹軒，在梅川鄉匡山，楊璲故居也。』又卷二十三《三楊傳》：『（楊璲）弟瑀，縉雲教諭，並有文名。璲既歸隱，瑛亦隱於陳山，瑀居北郭結廬，臨江榜曰「漁舍」，與黄溍、戴良、宋僖等唱和，人稱爲三楊。』杨瑛，字季常。楊璲，字元度，号西园，所居曰嘉樹軒。楊瑀，字昭度，号灌园，所居曰後清漁舍。据『城東聞笛經三載』句，上推楊昭度卒年在至正二十七年（一三六七）。

二月二十一日，鄭彝卒。

卷八《爲奉古元題鄭李二老合作蘭竹圖詩序》：『今年庚戌春二月廿四日，過古元畫室，出圖觀之。予與坐客七八人皆掩袂而泣，時山輝翁即世三日矣。』

二月二十四日，先生在建初寺題鄭彝畫作。

卷八《爲奉古元題鄭李二老合作蘭竹圖》。

按，建初寺舊址在今餘姚南城筍行弄二十六號，南雷路西側，現爲趙考古（撝謙）祠。

三月一日，先生與岑宗昭、王起東等訪嘉樹軒。

卷五《三月一日再過楊氏嘉樹軒與岑宗昭王起東楊生宗權對酒既用前韻再賦》。

按，其『半月春風兩度來』句，與前二月十六日詩合。

三月十六日，先生會蘇伊舉於楊氏嘉樹軒。

卷五《三月十六日會蘇伊舉於楊氏嘉樹軒辱示見寄詩一首次韻酬之》。

按，蘇伊舉，明初醫家，生平不詳。又見《鶴年詩集》卷二《逃禪室與蘇伊舉話舊有感》，楊翮《佩玉齋類稿》卷十《回蘇伊舉啓》，及王肯堂《證治準繩》卷七「諸見血證」條下。

春，爲城南周原信題詩。

卷五《周原信南溪草堂》《周氏木香亭》。

按，木香亭疑在最良江畔。

三月二十三日，先生訪柯九思之子叔靜，爲其題詩。夜宿建初寺。

卷三《三月廿三夜與張與權宿建初寺燭下爲賦生意坦十四韻》題注「庚戌」。

卷五《喜柯氏復舊物爲賦詩一首詩》《過建初奉上人房》《三月廿三日南門訪柯逸人及還遇張與權偕過建初佛舍觀畫題詩之際與權出舊紙索詩遂爲書五十六字》。

三月二十七日，先生觀玉皇山神燈，夜宿城南孫尚質書舍。

卷五《三月廿七夜與諸友宿孫尚質書舍》、《與諸友宿城南即事詩序》：「吾邑東門外五里許，有岱嶽行祠，在小黄山。俗傳三月廿七夜，其神出而還，恒有火光若列炬。自諸叢祠出送嶽神還，明滅聚散雲霧間不可勝數者，是其徵也。每歲，邑人候而觀之，以爲常。今年其夕，周原信、孫尚質、范德梓、郭廷羽、趙自立、張與權、陳子範輩要予宿南門外。初不知觀所謂神燈者，因賦詩一首，以寓感慨之意云。』

按，光緒《餘姚縣志》卷十一：『東嶽廟，在縣治東大黄山。宋政和四年知縣廖天覺建，通直郎顧復機捨廟址。建炎間燬。市舶使史應炎捨今址復建。』又卷二：『小黄山，在縣東二里。』下按：『山在大黄山少西北，今俗稱小玉皇山。』又『大黄山，在縣東二里，亦名鳳山。山之脊曰雁嶺，以漢虞國致雁而名。春末夏初，嘗出神鐙，憑高望之，彌山徧野，下爲雁泉。山巔有玉皇殿，今遂名玉皇山。』先生文中『小黄山』或誤記，東嶽廟在大黄山。

三月，先生飲於汪尚志成趣軒。

卷五《留飲汪尚志成趣軒》。

春，先生送景德輝。

卷三《送景德輝》題注『庚戌』。

按，洪武二年（一三六九）十月，明廷詔天下府州縣皆立學，又於三年春選拔教諭分赴各縣。宋濂亦有《送會稽景德輝教授鄉郡序》，其文云：『會稽，古諸侯之國，今爲浙河東大郡。會學官闕教授員，鄉之子弟咸曰：「言篤而行醇，惟我景先生則然。」其黄髮老成人又曰：「擩嚌經腴，朝夕不自饜，著述成書，惟我景公則然。」既而郡僚聞之，府公亦聞之，相與謀曰：「府庠之無師，二千石之責也。景君之賢，信如子弟、老成人之語，以鄉人之所尊而爲鄉弟子之所師，未見其不可也，盍上其事於選曹乎？」選曹既從其請，試景君以《春秋》經義一通，白于丞相府，報下如章。景君将東還泣教事，詞林編摩之英，成均宿學之士，藩府賔僚之賢，咸造文若詩榮之，而以首簡授濂序。』

春夏之際，先生居餘姚，多有贈詩、題畫之作。

卷二《題三香圖短歌》題注『庚戌』。

卷三《蘭室》《竹深軒》《王生允承以其畫像求詩像畫古冠服手執書卷有抱琴者從其後于古槐之下游息焉蓋其家有軒扁曰嘉樹云》《爲徐自牧題李侯墨竹》。

卷五《題鄭山輝畫蘭》《爲王漢章題鄭山輝李石樓合作蘭竹圖》《爲老圃生題錢舜舉畫瓜》《爲聞人生題鄭先生李太守合作蘭竹圖》《松雲軒》《題張立中負米詩卷》《題沈錬師樵雲卷》。

卷八《題紅白梅花》《爲趙子和題李太守墨竹》《題畫》《題山輝畫》。

卷九《贈王駿》《題山輝畫二首》《爲倪原道題梅花畫扇》《爲胡生懋題王時敏紅梅畫》《題紅梅畫四首》。

春，楊維楨、朱右抵京，續修《元史》。

宋濂《故晋府長史朱府君墓銘》：『洪武三年詔修《元史》，予時爲總裁官，薦君名，自布衣召入使館。』

貝瓊《鐵崖先生傳》：『大明革命，召諸儒考禮樂，洪武三年正月，至京師。』

陶凱《故晋府長史朱公行狀》：『洪武三年春，用薦召至京師，預修《元史》。』

朱彝尊《楊維楨傳》：『洪武二年，編纂禮樂書，别徵儒士修《元史》。帝遣翰林院侍讀學士詹同奉幣詣其門召之，辭不赴。明年，有詔敦促，賜安車詣闕廷。』

立夏日，爲楊士立題其父昭度畫作。

卷九《立夏日爲楊昭度孤子題山輝畫》。

四月，宋濂送楊維楨還越。

朱彝尊《楊維楨傳》：『留四月，禮書條目畢，史統亦定，遂以白衣乞骸骨，帝許之，仍給安車還。』

《明史·楊維楨傳》：『帝許之，賜安車詣闕廷，留百有一十日，所纂叙例略定，即乞骸骨。帝成其志，仍給安車還山。史館冑監之士祖帳西門外，宋濂贈之詩曰：「不受君王五色詔，白衣宣至白衣還」，蓋高之也。』

四月二十九日，先生晚宿楊氏嘉樹軒。

卷五《四月廿九夜宿楊氏嘉樹軒》。

按，其『前月城南連夜宿』句指卷五《三月廿七夜與諸友宿孫尚質書舍》『連夜城南隨處宿』事。

卷九《四月廿九日過楊氏嘉樹軒見紅葵盛開賦絶句一首》《四月廿九日爲楊生士立

題其先父昭度畫竹》。

五月二十五日，楊維楨卒。

宋濂《楊鐵崖墓銘》：『元之中世，有文章鉅公起於浙河之間，曰鐵崖君。聲光殷殷，摩戛霄漢，吳越諸生多歸之，殆猶山之宗岱，河之走海，如是者四十餘年乃終。瀕死，召門弟子曰：「知我文最深者，惟金華宋景濂氏，我即死，非景濂不足銘我。爾其識之！」卒後三月，吏部主事張學暨、朱芾等七人奉其師之治命來請，濂既爲位哭，復繫其爵里行系而造文曰……時明之洪武庚戌夏五月癸丑也，年七十五。』

五月二十八日，梅川羅翁索詩於先生。

卷五《五月廿八日爲梅川羅翁題會稽俞景山山水圖》。

六月前後，贈詩四明山杖錫寺安大愚長老。

卷五《贈杖錫寺安大愚長老》。

按，雍正《浙江通志》卷二百三十：『仗錫禪寺，鄞縣西一百二十里，奉化、餘姚、上虞、嵊五縣交界。唐龍紀元年，天童山紀禪師飛錫至此建。宋寶元二年賜仗錫山延勝院額。元季，僧仁讓、起予重興。』

是年夏，滑壽往還南京，爲先生傳書信。

卷一《寄宋景濂先生三十韻》有『去年攖寧叟，往還情爲傳。我亦蔫行邁，南閩涉山川』句，則滑壽『往還傳情』與先生赴閩在同一年。
七月九日，宋濂失朝，降編修。
《明太祖實録》卷五十四：『（洪武三年秋七月乙未）翰林學士宋濂、待制王褘坐失朝，降編修。』
七月，先生赴閩，錢塘又遇郭思賢。
卷五《留贈郭思賢詩序》：『去年己酉夏，余有龍河之行，以衰疾留滯錢唐十餘日。寓所與郭子思賢氏相近，間與語，若舊相識。然其家世業婦人醫，由汴徙錢唐已及三百年，而其名不替，以趙郭氏稱于遠近者是。今年七月，予以考藝適閩，道經錢唐，復與思賢會，迺爲賦詩一首，蓋塞其去年之請也。』
先生出錢塘，經富春嚴子陵釣臺及建德大浪灘。
卷五《過釣臺》《大浪灘》。
按，嚴子陵釣臺在今桐廬縣城南十五公里富春江畔；大浪灘，在建德縣東十里。此爲水路入閩路徑。
先生至常山縣，遇傅伯原。
卷九《爲傅伯原題白雲親舍圖詩序》：『予以事適閩道，過常山，伯原爲驛官于茲，而復與予會。』

按，常山在廣信府與金華蘭溪之間。

七月二十三日，先生至崇安驛（今武夷山市），次日遇夏文敬。

卷六《過崇安縣留贈税使夏文敬詩序》：『今年秋七月，予有閩中之行。廿三日入分水關，其暮抵崇安縣驛而宿。明旦，遇税使夏文敬于縣郭中。文敬，益都人，年未三十。』

七月二十五日，先生離開崇安。

卷三《七月廿五日題崇安驛壁》。

七月二十七日，先生至福建水口驛，遇四明桂同德。

卷一《七月廿七日以考藝至福建水口驛驛官姚惠卿乃吾鄉人有沐浴飲食之留而四明桂同德又先至半日以俟皆出望外喜而賦詩》。

按，水口鎮在今福建古田縣南，閩江畔。光緒《慈溪縣志》卷二十五：『桂同德，字容齋，萬榮四世孫。性謹厚敦樸，篤性好學，於經史無不淹貫。身若不勝衣，嘿焉若不能言，心恒坦坦，與物無競。學行聞遠近，經生學士過從者無虚日。教授郡庠序，以德行爲本。嘗立諸生講堂下懇懇言曰：「窮經究史，固學者事。入孝出弟，尤所當先。今日之孝，即他日之忠。忠孝兩全，人道備矣。苟規規章句而不真履實踐，此爲人之學，非聖賢之學也。」故一時親炙，其教者咸有成立。越九年，卒於官。』

八月二日，先生留題靈山菴。

卷三《八月二日留題靈山菴靈山去福建省治十五里》。

按，靈山菴或是侯官縣靈山寺。雍正《福建通志·寺觀》：『（侯官縣）靈山寺，在二十一都。唐咸通九年建，十年賜額。』

是年秋，悦白雲、秋江上人及朱右先後自龍河還。

卷十《奉和危先生送浩秋江還龍泉寺詩序》：『去年秋，吾鄉前龍泉住持天台白雲翁，亦以高僧徵至龍河而還。其大弟子從其往還者，秋江上人也……既和其詩，同郡朱雲巢徵士時續筆史局，相繼東還，過龍泉，亦於臨川之詩和之。』

按，朱彝尊《曝書亭集》卷六十二《朱右傳》：『洪武三年，以宋濂薦召修《元史》，史成，乞還田里。』又黄佐《翰林記》卷十三《修史》：『（洪武三年）七月丁亥朔，續修《元史》成。』又朱右《白雲稿》卷十《危學士哀辭》：『後予既竣事，爲公留者四浹旬，遂歸上虞。』朱右離開龍河在八月十日前後。

先生在閩近一個月，多有詩作。

卷一《在閩省試院次韻主文盱江吴尚志述懷之作》《次韻廬陵王子讓秋夜試院有作》。

卷六《爲閩省掾劉宗海題瀛洲圖》《送人赴惠安驛》《題牧羊圖》《毘陵卞孝子永清幼失其母於兵難求之十三年得見於龍河軍營中而未遂迎養臨川危先生爲序其事今年秋予

遇永清於閩出示其卷有感於中爲賦詩一首》《休寧任本立水南山房》。

八月二十三日，先生游鼓山。次日，與用明别。

卷六《八月廿三日至鼓山夙病復作述懷》《留題鼓山丈室詩序》：『鼓山，閩之勝地也，予故人用明師主其寺焉。去歲，用明自浙左赴鼓山，予嘗爲文以送之。今年秋，不意叨與考藝，亦有三山之行。既事，主文江右吴、蕭二先生而下凡七人，約遊鼓山。予與四明桂徵士同德先至山下以俟。及暮，諸公不至，乃登山，入其寺宿焉。與用明語至夜半，有足感者。其夜，風雨俄至，煩熱頓解，遂賦律詩一首。明旦，録上鼓山丈室，就以爲别。八月廿四日也。』

八月二十六日雨止，先生與諸公復游覽鼓山風景。

卷一《八月廿六日雨止遊鼓山靈源洞至天風海濤亭賦詩一首》。

卷六《閩省宣使張文中伴諸公遊鼓山索詩爲贈》。

九月九日，參與福建鄉試考官七人，會飲三山驛，然後返途。

卷一《吴尚志蕭自省而下七人九日自三山驛飲罷登烏石山分韻序别以五字十句爲率得盡字》。

按，三山驛在福州府。明萬曆《福州府志·建置》：『三山驛在府治西南，屬府不屬縣，西出抵侯官芋原驛，南出抵閩縣大田驛。』

九月十五日，先生至懷安驛，與劉允泰别。稍後遇鄭居貞。

卷二《庚戌秋在閩中爲新安鄭居貞題練溪漁隱圖》。

卷六《九月十五日自三山驛還至懷安驛廬陵劉允泰以詩贈别次韻酬之》。

按，雍正《福建通志》卷五十一《鄭居貞傳》：『鄭居貞，父潛，新安人，宦閩，遂家于懷安之瓜山。洪武中，居貞舉明經，歷官河南左參政。』時鄭居貞居懷安瓜山。

先生與桂同德、陸公亮還至水口驛。

卷九《與三山驛官陸公亮同舟至水口驛爲題胡廷輝山水畫》《趙文敏馬圖》《題王山農畫梅》《題畫》《唐馬圖》《垂柳雙燕圖》。

按，水口驛在舊福建古田縣。雍正《福建通志·郵傳》：『（古田縣）水口驛，上至黄田驛五十里，下至白沙驛一百二十里。』先生赴閩時，亦宿水口驛，卷四有《七月廿七日以考藝至福建水口驛驛官姚惠卿乃吾鄉人有沐浴飲食之留而四明桂同德又先至半日以俟皆出望外喜而賦詩》。

先生還至建寧，與胡彦功别。

卷二《自閩省還至建寧作短歌行贈别胡彦功》。

按，建寧府治在今福建建甌市，其地處於水口驛與武夷山之間。

九月二十三日，先生與桂同德夜宿武夷宫。

卷六《九月廿三夜留題武夷宫殿壁》《九月廿三夜宿武夷宫燭下爲魏松岡提點題閩中士大夫送歸武夷詩卷》。

按，武夷宫，在今武夷山主峰大王峰南麓，九曲溪口。董天工《武夷山志》卷一：『冲佑觀，一曲上溪北，初名天寶殿，歷改武夷觀、會仙觀、萬年宫。土名武夷宫。』

九月二十四日，先生與桂同德游武夷九曲，是日返浙。

卷三《贈魏松岡俞復嬰二道士十韻詩序》：『予以庚戌秋九月廿四日，自閩省還至崇安。武夷宫魏錬師松岡率紫清菴俞逸人復嬰，以小舟偕予與四明桂徵士同德等數客遊九曲，以水淺，中道而還。是日，予與同德出溪口，上驛舟，向浙水東而歸。』

按，董天工《武夷山志》卷四：『九曲溪，發源於三保山，出大源山馬月巖。奔注十里，經曹墩，合周、杉二溪，過星村。入武夷折爲九曲，盤繞山中者約二十里。至山前渡，合於大溪。』

九月下旬，過鉛山鵝湖寺。

卷三《還自閩中過鵝湖寺詩》。

按，雍正《江西通志》卷十一：『鵝湖山，在鉛山縣北十五里。三峰揭秀，其巓有瀑布泉，周圍四十餘里，蓋縣之鎮山也……建仁壽院，今名鵝湖寺，宋淳祐間始以朱、陸諸儒會講於此，即於寺旁創立書院，賜名文宗。』

九月二十八日，先生夜宿石溪。

卷九《還自閩中九月廿八夜宿石溪徐氏店》。

按，石溪今屬江西鉛山縣青溪鎮，在今鉛山、上饒兩縣交界處。雍正《江西通志》卷十一：『石溪，在鉛山縣北三十五里，源出瀘水，流爲石溪，又十五里入傍羅水。』

十月一日，先生行至廣信府玉溪驛。

卷九《十月一日早發廣信玉溪驛舍次桂同德韻》。

按，廣信即今江西上饒。雍正《江西通志》卷三：『廣信府。元至元十四年陞爲信州路。明改爲廣信府，領縣六，屬湖東道。』玉溪指江西信江流經玉山縣境内一段，玉溪驛屬玉山縣，往東北爲常山縣。

十月十一日，先生行至蘭溪。

卷九《十月十一日蘭溪道中感懷二首》。

按，蘭溪即今浙江蘭溪縣。《明一統志》卷四十二『金華府』：『蘭谿縣，在府城西五十里，本隋金華西部，地屬東陽郡。唐置蘭谿縣，屬婺州。宋因之。元陞爲州。本朝仍爲縣。』

十月十三日，先生還至浙江驛，游表忠觀。

卷九《十月十三日至浙江驛候潮而渡有半日之留表忠觀去驛一里許土人無有識之者

驛使毛和仲金華儒家子也獨能以表忠爲言遂導吾入游焉感而爲賦絶句二首》。

按，雍正《浙江通志》卷八十八：『錢塘縣浙江驛，《錢塘縣志》：「在縣南十里，瀕江，龍山閘左，洪武中建。」』又卷二百十七：『錢王祠，嘉靖《浙江通志》：「在湧金門外，祀吴越錢武肅王鏐。宋時名表忠觀，在妙因山，歲久湮廢。」咸淳《臨安志》：「表忠觀，在錢湖門外方家峪寶藏寺左，錢氏五王皆祠焉。」』

十月中旬，先生還至曹娥驛，爲諸葛仲華題詩。

卷六《留贈諸葛仲華詩序》：『金華名族諸葛仲華爲曹娥驛官，三年于兹矣，以廉能稱。被其惠者眷眷焉，惟懼其去，而借留于上官者甚衆，仲華之修職于斯者可知已。予去歲有龍河之行，往還過其驛，仲華禮甚恭，欲得區區之言，予固心許之矣。今年秋，以考藝適閩。冬十月還，與仲華會，日昃未飯，爲具食私舍，不獲固辭。』

初冬抵餘姚，先生爲醫者章敬德作詩。

卷一《慈溪人求詩贈醫者章敬德》。

十月末，先生與友訪城東葉伯泰隱居。

卷一《十月晦日與諸友過葉伯泰隱居》。

是年冬，爲王孟陽借驢事有戲作。

卷九《即事戲作詩序》：『王孟陽從章宗厚借驢往龍山，宗厚俟其還。及還，過宗厚家西二里許，其小蒼頭從行者以無其主言，固持驢不放去，至欲以杖擊之。孟陽笑而還其驢。予爲戲成口號一首。』

按，王孟陽，即王至，先生門人，曾撰岑安卿先生行狀。光緒《餘姚縣志》卷二十三：『王至，字孟暘，明《春秋》《三禮》學，博聞强識，爲文比物連類，下筆沛然，經其指授，多爲名儒。平居恭儉，慎默論議，援經質史，英氣絶纖，懍如也。明初爲本縣訓導，終於潛教諭。』

冬至前一日，先生宿龍山永樂寺水竹居。

卷三《冬至前一日宿永樂寺水竹居次鄭山輝吴主一壁間倡和韻》。

按，鄭山輝卒於是年二月。雍正《浙江通志》卷一百九十四引《成化四明郡志》：『吴志淳，字主一，以字行，濟南人。工詩，善草隸，以父蔭歷官靖安、都昌二縣簿。元季棄官，寓鄞之東湖。至正末，執政奏除待制翰林，命下，爲權倖所匿。志淳已在耄耋，若不聞焉。當時若南昌揭伯防、會稽盛景華、魏郡邊魯生、永嘉柴養吾，亦嘗寄跡於鄞。至如龍子高之寓慈溪，戴叔能之寓定海，數君子者或賦詩，或作文，或論書法，各逞所長，故詞章翰墨，人得之不啻拱璧。』

冬至日，先生爲孫尚質題畫。

卷六《爲孫尚質題山輝翁蘭蕙圖》。

按，孫尚質居城南，先生友人，卷五有《三月廿七夜與諸友宿孫尚質書舍》《與諸友宿城南即事》。

歲末，贈詩岑山人。

卷六《送岑山人》。

是年歸自閩省，較多題畫詩。

卷二《爲王漢章題王山農畫梅》。

卷八《峨眉春曉圖》《瘦馬圖》。

卷九《題懸崖蘭畫》《題畫》《張介夫畫山水》《題趙文敏寒風瘦馬圖》《題王時敏畫梅二首》《題王山農畫梅》《在梅川爲人題畫梅》《蕙花圖》。

滑壽焚舊作。

《滑伯仁先生事實紀年》：『洪武庚戌，括蒼蒼頭至，竟不啓函。是夜，買舟走錢塘，遂焚諸集，并小楷吟詠，俱爲灰燼無餘。』

按，買舟、焚集之事，似與劉基有關。

是年，趙撝謙館於金罍。

趙撝謙《奉吴岦學書》：『二十時，館於金罍，金罍之學稱浩博者，朱伯言、劉坦之、夏時中、中孚兄弟，其尤也。聰達而得狂名者，謝肅、柳原泰也。僕嘗於盛暑祁寒時，一日中躡屣走百餘里，往來問於朱氏，與肅、原泰辨，或至抗抵。當時以爲狂，然不爲無益也。郡中如王萊山、趙待制、錢國博、唐丹厓，或密或疎，皆得實際者。他如丹厓之子愚士、迮士霖、柯伯循者，亦不下五十輩。』

滑壽六十七歲，宋濂六十一歲，朱右五十七歲，戴良五十四歲，顧園五十歲，丁鶴年三十六歲，趙撝謙二十歲，劉季篪七歲。

洪武四年辛亥（一三七一），先生六十歲。

正月，先生寄詩朱右、周宗性。

卷一《雨中寫懷奉寄朱伯言周宗性兼呈悦白雲》題注『辛亥』。

正月初七，先生在餘姚南城家中。

卷六《人日有作》題注『辛亥』。

正月十五，先生送趙仲容（鳴玉）還會稽。

卷六《送趙仲容還會稽》《正月十五夜趙鳴玉還郡城與予語别遂賦詩送之》。

二月初一，先生訪燭溪廣濟寺。

卷三《懷紀大璞詩序》：『二月朔，過廣濟寺，覩上虞士人送傅本真、徽正音遊學杭之《普福詩卷》。有懷大璞講主，且喜傅、徽二子已還舊隱，乃題詩卷末。』

按，光緒《餘姚縣志》卷十一：『護聖廣濟禪寺，在燭溪鄉。泰定二年建，至正二十年燬，尋復之。正德二年燬，嘉靖四年僧文剛重建。』

二月四日，北城爲王大本題山輝畫。

卷六《二月四日久雨始霽過水北王大本家觀山輝翁春草圖爲題詩一首》。

二月八日，有雨。先生在家。

卷一《二月八日雨中有作》。

二月雨後，爲胡桂堂題畫。

卷九《爲術者胡桂堂題山輝翁圖》。

二月二十日，先生在城南僧舍。

卷九《二月廿日夜在城南僧舍題山輝翁春草圖》。

按，時鄭彝去世一周年，疑在建初寺。

二月，韋惟善初抵餘姚，先生贈詩。

卷二《孤雲曲爲韋惟善作》。

按，卷六《和韋惟善登龍泉山舜江樓二首》作於是年四月前後，卷六《十二月廿九日承滑擊寧先生韋惟善與鄉中諸親友以予初度之辰致禮見過因賦詩一首奉謝》作於是年岁末。據『孤雲度江江北來，江南二月百花開』句，當作於洪武四年二月，韋惟善甫抵餘姚時。

二月前後，先生爲嚴宗道題詩。是年前後，撰《蒼雲軒燕集詩序》。

卷六《嚴氏蒼雲軒》。

按，光緒《餘姚縣志》卷十四：『蒼雲軒，在嚴公山，子陵裔所居。』戴良有《蒼雲圖贊序》，其云：『姚江嚴宗道，漢子陵先生之裔孫也。嘗扁所居之室曰蒼雲，蓋取范文正公《祠堂記》語所以寓，夫懷思祖德之裔意云耳。』又有《近造嚴宗道蒼雲軒見宋庸菴壁間舊題因借韻嗣賦》：『先生去隱富春山，贏得聲名滿世間。往事只今成變滅，荒祠終古倚孱顔。九霄共睹冥鴻遠，千載誰聞海鶴還。自是賢孫知述德，故題軒宇領餘閑。』戴良所借之韻，即先生《嚴氏蒼雲軒詩》。唐肅亦有《蒼雲軒燕集詩後序》，其云：『肅與嚴君宗道別去二載，一日馳書來京師，示以《蒼雲軒燕集》諸詩，并宋庸菴先生所爲詩序，且徵肅題其末簡。肅讀之再四，而興嘆曰：「夫觀天下之盛衰者，不觀諸朝，而觀諸野，朝廷之間，賢舉政脩，教化下暨，六合之内，薰然大和，則窮山荒澤，逸人雅士，始得以被澤承休，鼓舞歌詠焉，以適其寬閑安肆之志。故遊康衢而聞童謡者，不待入冀都之境，聆大章之樂，而陶唐氏之盛，有足徵焉。然則諸子所以獲是樂者，謂非亂極還治，否窮復泰之時，而有之乎？肅也縻於官守，相去千餘里，想像一時之勝集，猶能以之興懷，而况藻繪之文，爛然在目，金玉之什，洋洋盈耳哉？且采民風，紀國俗，史官職也。肅不敏，固與聞之矣。敢書此以復宗道，且用質諸庸菴云。」』

二、三月間，作《送周宗性上昌化教諭》，并題《釋交卷》。

卷一《送周宗性上昌化教諭》。

按，其中「睽違倏九載」句，指九年前，即至正二十二年（一三六二）有過會面，或劉仁本《虞江宴別詩序》時。

卷三《題釋交卷》。

三月四日，先生偕友過燭溪潘鈞輔家。

卷六《題潘氏壁詩序》：「今年春三月四日，予偕邑子周原信、王公遠過燭溪潘鈞輔家。鈞輔與其季鈞茂情好若舊，留宿其東軒，張燈置酒，主賓甚樂。戊戌、己亥間，以避地，常挈家累輩寓其家，今十三四年矣。舉觴道故舊，且觀故太守李侯墨竹、亡友鄭先生墨蘭，喜戚交集，而于鈞輔伯季之更世變能不失其常者，尤有感焉。」

卷九《題山輝翁畫詩序》：「今年三月四日，復過其家，鈞輔昆弟出鄭山輝先生畫，索予題詩。」

三月十五日，滑壽隱居餘姚清風里，作《花萼外篇》。

《滑伯仁先生事實紀年》：「洪武四年辛亥三月既望，復作《花萼外篇》，有「花聯萼輝承雨露」之句。青田賜歸老鄉里，乃撰《良遯章》《休休集》，遺蒼頭詣青田。遂高卧餘之清風里。」

按，『青田』即劉基。《明史·劉基傳》：『（洪武）三年授弘文館學士。十一月大封功臣，授基開國翊運守正文臣、資善大夫、上護軍，封誠意伯，禄二百四十石。明年賜歸老於鄉。』與《事實紀年》『青田賜歸老鄉里』合。

舊傳滑壽爲劉基之兄。乾隆《紹興府志》引《萬曆志》：『葉知府逢春云：「壽蓋劉文成基之兄，易姓名爲醫。文成既貴，嘗來勸之仕，不應，留月餘乃去。」』

抄本『里』下附『港』字。舊城清風港有二：一在餘姚北城，舊小秘橋東，一在南城西門外。光緒《餘姚縣志》卷二：『由小秘橋而南三十步分流東西，西者不過數武，東者可三十餘丈，相傳名清風港。』下注：『南城西門外亦有名清風港者，此則在民居中，漸淤塞矣。』伯仁所居，似在南城西門外之清風港。

是年春，先生爲門生周德如題畫。

卷九《題顧雲屋山水圖》題注『辛亥』，及同卷《浣花溪圖》《爲周德如題鄭山輝蘭圖》。

閏三月二十二日，先生過北郭王氏書舍。

卷十《閏三月廿二日過北郭王氏書舍觀酴醿留飲花下酒酣爲題王山農畫圖時立夏已九日矣》。

按，延祐元年（一三一四）、元統元年（一三三三）、至正十二年（一三五二）、至正二十三年及洪武四年（一三七一）有闰三月。十卷本《庸庵詩集》收録詩歌多爲至正二十七年至洪武六年間所作。

春，爲张德言書舍題詩。

卷三《次毛進仁留題張氏書舍韻》《留題張德言書舍》。

按，據顧雲屋《丹山圖》題跋者『會稽毛鋭』鈐『毛氏進仁』。

是年春夏，應胡汝州之邀，爲新昌周銘德、吕德升題畫。

卷二《采烟山長歌寄贈新昌周銘德》《吕山人養父歌》。

按，明吴寬《孝子吕德升象贊并序》：『德升爲愚隱處士之子，今給事獻之五世祖也。國初應召不仕，養親以孝聞，給事奉遺象求贊而述其平生尤詳。』

卷十《爲周銘德題春草圖》。

四月，先生過東山寺，爲王雲谷題畫。

卷三《過東山寺航毒海房留題》。

按，光緒《餘姚縣志》卷十一：『隆慶院，在縣東北六十里。梁大同元年建，號上林院。唐文德元年改仙居院。大中祥符元年改賜今額，俗稱東山寺。宋亡，邑之搢紳群至寺中哭。臨元季兵興，衣冠避難多所萃至。今名仙居庵。』民國《餘姚六倉志》卷二十五：『在上林吴山西灣。』

卷六《爲王雲谷題王若水畫詩序》：『吾鄉王雲谷先生，奉其母夫人官中吴。時錢唐王若水處士以其親年過八十，且有禄養之樂，爲作《萱塘竹雀圖》贈之，其年至正癸未也。後二十有八年，予過邑之東山，雲谷出此圖以觀，感慨之際，爲題五十六字。』

按，『至正癸未』爲至正三年（一三四三），『後二十有八年』即在是年，詩有『江南四月薰風涼』句。

卷九《題王若水畫三首》。

四月前後，先生與韋惟善登龍泉山、舜江樓。

卷六《和韋惟善登龍泉山舜江樓二首》。

四月前後，先生與滑壽飲于周氏。

卷六《同滑先生飲酒周氏荼蘼亭分韻得堂字》。

按，荼蘼開於晚春，姑附於此。此周氏當是周原信。

是年，先生作《寄宋景濂先生三十韻》。

卷一《寄宋景濂先生三十韻》。

按，其『去年攖寧叟，往還情爲傳。我亦薦行邁，南閩涉山川』句，指去歲赴閩事。徐永明《宋濂年譜》繫事於洪武五年（一三七二），誤。此『相違已三年』指洪武二、三、四年。

五月前後，先生作《義猫歌》等。

卷二《義猫歌》。

卷六《賦白氏瓶中梅》《題白太常三歲時手書卷後》。

五月前後，先生再訪城南張氏書舍。

卷六《過張氏書舍》。

初秋，先生作《秋熱嘆二首》。

卷一《秋熱嘆二首》。

七月十二日，先生、悦白雲在龍泉寺。

卷十《奉和危先生送浩秋江還龍泉寺詩序》：『前二年九月，予常以史局事畢，還自龍河。去年秋，吾鄉前龍泉住持天台白雲翁，亦以高僧徵至龍河而還。其大弟子從其往還者，秋江上人也。秋江還龍泉，臨川危先生在龍河，用其先世章簡公《龍泉晚意》韻，賦絶句一首送之，兼簡白雲翁。翁蓋與臨川有三十年之雅。既和其詩，同郡朱雲巢徵士時續筆史局，相繼東還，過龍泉，亦于臨川之詩和之。今年辛亥七月十二日，白雲翁偕予登秋江所居之閣，乃取三絶句以觀，俾予次韻于後，且言秋江將以唱和諸章，并其所和者，刻石留山中，何其好事若是也。』

按，光緒《餘姚縣志》卷十一：『龍泉寺，在縣西二百步，東晋咸康二年建。唐會昌五年廢。大中五年重建，咸通二年賜今額。宋建炎間毁，高宗南狩，幸龍山，賜金重建。元至元十三年毁，元貞改元重建。有彌陀閣、千佛閣、蟠龍閣、羅漢院、上方寺、中天院、東禪院、西禪院、鎮國院、喚仙亭、更好亭、龍泉亭。自山麓至絶頂，殿閣儼然，背山面水，爲一邑佳處。』

八月十五前後，作《秋懷十首》。

卷三《秋懷十首》。

秋，訪城東葉伯泰。

卷三《自題葉氏隱居壁上墨戲》。

八月二十三日，先生偕白雲訪西隱於龍泉寺。

卷六《八月廿三日偕白雲訪西隱於龍泉山閣西隱將有四明之行與予語别遂賦詩送之》。

八月二十五日夜，先生、王時敏在鳳亭夏叔方之遺安室。

卷二《八月廿五夜宿鳳亭夏叔方遺安室聽王時敏鼓琴夜分不寐叔方求詩題其素壁爲書短歌一首》。

卷十《八月廿五夜爲人題畫梅》《八月廿五日題梅畫之際俄有蜜蜂自燈前飛集畫上再賦絶句一首》。

按，鳳亭，在餘姚市西南郊，今猶此名。

八月二十八日，先生、王時敏夜宿賀溪（今屬餘姚）倪弘道家。

卷十《即事詩序》：『八月廿八夜，與徐性全、汪復初、吴温夫、王時敏宿上虞倪弘道家。弘道爲置酒，其季如道戲以棗核加燭上，發輝若五出花，坐客皆爲盡歡而醉。如道請予賦詩，遂成二十八字。』

九月三日，先生、王時敏仍在上虞賀溪。

卷十《爲倪原道題王時敏畫梅》《雪月梅畫》《題王時敏所作倪氏孝思菴壁上老梅圖》，《自題畫》原注：『今年辛亥歲九月三日，予在媢戚倪氏孝思庵，與王時敏、吴温夫、汪復初、倪原道及其從弟安道、從子用彰鈔書。午飲既酣，原道令人拭壁，請予作墨戲。予素不解此技，連日見時敏爲人作梅畫，紙價涌貴，老夫未免技癢，亟呼茅帚，隨意揮洒，此效党太尉掉書袋也。時敏乃狂躍稱賞，不知何故。是日，别予而去，不及見予一時之狂者，原道世父谷真翁、徐性全也；爲研墨執硯侍立不倦者，原道從子玄福其姊壻；在旁從衆而觀者，吾季兒邦哲；庵居供茗飲，與倪氏有媢戚之舊者，馬本道也。』

九月上旬，先生與王時敏返餘姚，途徑梁弄曉山陳氏書舍。

卷一《小山陳氏清暉樓》。

卷三《次韻徐性全同宿小山陳氏書樓有作》。

卷六《爲蘇養正題子猷訪戴圖》《題赤壁圖》。

卷十《題王時敏畫詩序》：『今年辛亥八月下旬，予與王時敏游上虞賀溪半月，乃過小山陳氏書舍。甫及其門，而時敏有儒士之徵，使者繼至。明旦，還吾邑，猶爲陳子範等作墨梅數紙，且爲賦詩，可見其迂之甚矣。故予題其畫，以記一時之事。』《遠近榮枯雙樹圖》《在小山題畫梅》《趙鳴玉爲小山陳隱居作小像於雙松之下鳴玉既爲丞江寧縣隱居出此畫索予題詩》《雪窗畫蘭》《王山農畫梅》《爲陳生子範題鄭山輝東山指石圖》《題丹山圖》《在賀溪題王時敏畫梅》《題倪元鎮平遠圖》《題趙文敏竹石圖》。

按，小山，今作曉山，在今溧弄鎮賀溪曉山村。

九月末，先生有詩寄趙德純、徐性全及小山陳氏諸親舊。

卷六《次韻趙德純阻雨小山有作兼簡徐性全并謝陳氏諸親舊》。

十月，先生送讓無吾住杭州定覺寺。

卷六《送讓無吾住定覺寺兼簡衍福玘大璞講主》。

十月十六，先生在三山、上林。

卷三《三山王叔婉世善堂》。

卷六《冬十月過上林鄉爲岑孝廉題鄭山輝雜畫就用其韻》。

卷七《留題岑氏隱居詩序》：『冬十月既望，予過三山岑西峰隱居，嘗再宿焉。』

十一月二日，先生與顧園等遊丹山。

上海博物館藏顧園《丹山紀行圖卷》尾跋先生五言詩，詩尾末識『洪武辛亥年十一月二日餘姚宋玄僖』。

按，丹山赤水，在今餘姚市大嵐鎮柿林村。

十一月十二日，先生過竹山胡氏書舍。

卷六《十一月十二日過竹山胡氏書舍觀王時敏梅畫賦詩一首》。

按，是年九月時敏有儒士之徵，故稱『竹山書舍王徵士』。此指慈溪市横河鎮竹山，民國《餘姚六倉志》卷二：『竹山，舊在龍舌山南，山中産竹，東近羅墅江。』

冬至日，先生爲楊昭度之子題畫。

卷十《冬至日爲楊生題李松雲墨竹》。

十一月十五日，先生再訪梅川岑西峰。

卷七《留題岑氏隱居詩序》：『冬十月既望，予過三山岑西峰隱居，嘗再宿焉。明月十五日，自游原將過梅川，西峰長子子軿又要予宿其家。西峰蓋善士，晚歲恒誦佛書，不涉外事。是日夜，予與其父子語至雞鳴不睡，明日别去，留題律詩一首。』

卷十《爲岑西峰題鄭山輝畫懸崖蘭用其韻》《爲岑西峰題畊雲友西峰圖二首》。

冬至後三日，留題方氏南樓。

卷六《冬至後三日留題方允彰南樓》。

十一月二十日，先生題楊昭度所作墨竹圖。

卷十《辛亥歲十一月二十日夜觀楊昭度所作墨竹有感遂題其上》。

歲末，先生聞宋思賢將還，有詩作。

卷七《聞宋思賢等將還有作》。

按，光緒《餘姚縣志》卷二十三：『宋棠，字思賢。明《易》，學士多從之講説。元舉爲新城簿，不赴。洪武初，以明經召備顧問，尋引疾歸，自號退翁。有文集，及編次《唐代絶句精華》行世。子洵，亦有文名。』

是年除夕，先生六十生辰，滑壽、韋惟善等親友賀之。

卷六《十二月廿九日承滑攖寧先生韋惟善與鄉中諸親友以予初度之辰致禮見過因賦詩一首奉謝》。

按，洪武元年（一三六八）至四年皆以廿九日爲除夜，五年以十二月三十爲除夜。

是年，物元上人逝。

補編《靈秘山明真寺記》：『物元者，名如皐，精修梵行。洪武四年，以高僧徵至京，館于天界寺，無疾而逝。』

是年，王綱徵至南京。

光緒《餘姚縣志》卷二十三《王綱傳》：『洪武四年，以基薦徵至京師，年七十，齒髮神色如少壯。』

按，卷一《題雪浦待渡圖詩序》之『王性常』即王綱，其玄孫王華（王陽明之父）。

是年，先生題畫作。

卷二《題牧溪所作阿羅漢圖》。

卷六《白雲軒》。

卷九《枯木蘭石圖》《題李石樓清明墨竹二首》《題張淑厚畫三首》《劉伶荷鍤自隨圖》。

卷十《趙松雪唐馬圖》《雲山圖》《爲沈生題畫蘭》《蘭石圖》《蘭石雨竹圖》《唐馬圖》《觀杜牧之題烏江廟詩有感於謝疊山之評因次韻見意》《題夏圭畫》《蓬島圖》。

滑壽六十八歲，宋濂六十二歲，朱右五十八歲，戴良五十五歲，顧園五十一歲，丁鶴年三十七歲，趙撝謙二十一歲，劉季篪八歲。

洪武五年壬子（一三七二），先生六十一歲。

先生作《新正即事》。

卷七《新正即事》題注『壬子』。

二月初，先生會天台葉貴中。

卷七《葉貴中自天台還臨濠寓所正月晦舟過餘姚江上與予別五載而會話舊之際悲喜交集因賦律詩一首寄題其寓所曰竹居者末意蓋有所祝也》。

三月一日，先生在僧舍題山輝畫。

卷十《三月一日在僧舍題山輝枯木圖》。

春，先生與顧雲屋訪小山陳氏、羅壁方氏。

卷七《爲陳山人題顧雲屋大松圖》《羅壁隱居圖雲屋爲方溟遠作》《爲方允恭題顧山人龍門雪霽圖》《與顧山人宿羅壁方氏停雲樓贈詩一首》。

按，羅壁山，在今餘姚市郊西南街道。光緒《餘姚縣志》卷二：『羅壁山，在縣南十八里。舊經引孔曄《記》云：「山有虞國墅，襟帶山溪，表裏疇苑。郗太守遍遊諸境，棲情此地。每至良辰，携子弟游憩，後以司空臨郡，遂卜居之。」其巔有龍門，洪武五年九月邑人宋無逸、昆山顧雲屋登高賦詩於此。』

春，先生作《春夜曲》。

卷二《春夜曲》題注『壬子』。

四月二日，先生訪鄭朝益書舍。

卷十《四月二日過鄭生朝益書舍既晏遇雨生爲煮筍具飯飯罷以李太守墨竹求予題詩》。

四月七日，先生有詩記夢。

卷一《壬子歲四月甲申夜紀夢》。

按，宋庠《元憲集》卷二亦録此詩。宋庠生於北宋至道二年（九九六），卒於治平三年（一〇六六），合壬子者爲大中祥符五年（一〇一二），是年四月無甲申。

是月多雨，有遺懷詩。

卷七《雨中遺懷》。

先生題詩高氏萬緑堂。

卷七《題高氏萬緑堂》。

五月初，先生爲承漢德題詩。

卷三《送承漢德復往濠梁兼寄王遯庵十四韻》。

卷七《雨中席上贈承漢德》《鄭山輝春草圖》《爲承漢德題淵明采菊圖》。

五月十四日，先生過應平仲書塾。

卷三《贈應生自脩》題注「壬子」。

卷七《五月十四日過應平仲書塾其夜至明日雨不止有懷藍溪許月山化安真浄源》。

六月三日，先生過聞人叔勉家。

卷七《過聞人叔勉家賦詩一首》。

六月十六日，先生與滑壽宴集鄉校東齋。

卷三《次韻滑先生六月十六日宴集鄉校東齋有作》。

七月十二日，先生往慈溪訪揭汯。

卷七《題朱叔經怡雲樓》原注：『壬子歲七月十二日，謁豐城揭先生于慈溪朱叔經家，登其怡雲樓。時先生之子平仲以教授館于其家。他壤有不雨之閔，而山中田穀已有熟者，其鄉多龍湫，故詩及之。』

按，揭汯，揭傒斯之子。光緒《慈谿縣志》卷四十：『揭汯字伯防，荆楚人。少淳樸苦學，同舍生以成誦，出嬉遊，汯獨坐諷不休。夜爇薪以繼，必精熟乃已。年十八，盡通六經大義，攻古文辭。侍父於燕，補太學生，端方有威儀，六館士敬憚之。或譁笑方殷，聞汯履聲輒止。以蔭補祕書郎，遷國史編修，歷官至肅政廉訪司僉事，使守建寧。僞漢陳友諒兵寇松關，建寧受圍，吏民相繼出奔，汯與經略使普顔不花協謀禦賊，設方略，復延平等三州。改江西行省，未赴，以工部郎中召。時淮浙亂，道不通，留家四明之慈溪。挾子樞浮海趨遼東，制授刑部侍郎。既而順帝宵遁，乃南還。洪武六年二月八日，卒於寓舍。』

八月十六，先生跋《文章緒論》。

補編《文章緒論》：『跋文章緒論後：玄極始來自天台，時齒甚稚，資甚敏，而與古人之學，信之甚篤。余衰弛無所蓄，以玄極叩之之勤，不免强有所應。凡區區與説者，玄極輒録而藏之。後余始知其然，則既愧且懼，而玄極終不以爲不可。因索觀其録而修爲十有一條，如前所筆者以授之玄極。古文之學，固益進於篤信，然余所以爲愧懼者，則益無以自釋也。噫！壬子歲八月既望，餘姚宋玄僖題。』

九月，先生、顧園客居羅壁山多日，又游南山，多有題詩。

卷一《題雲屋所贈高峰遠澗圖詩序》：『今年壬子秋九月，余與玉山逸人顧雲屋連夜宿吾邑羅壁山中，時近九日。羅壁之顛有所謂龍門，足以適登高眺遠之興。雲屋以余未遊爲歉，明日將偕往，先爲作《高峰遠澗圖》以贈。及還，予乃賦詩書其上云。』及同卷《題雪浦待渡圖詩》《萬壑樹聲圖》《爲徐性全題顧山人天際歸舟圖》《爲方景常題顧雲屋蘭亭圖》。

按，光緒《餘姚縣志》卷二十三：『王綱，字性常，有文武才。善劉基，常語曰：「老夫樂山林，異時得志，勿以世緣累我。」洪武四年，以基薦徵至京師，年七十，齒髮神色如少壯。太祖異之，策以治道，擢兵部郎……玄孫華，自有傳。』

卷二《題雲屋山人大松圖歌》《題顧山人秋江叠嶂圖歌》《題顧侯江山圖歌》《爲方處士題顧山人所作鑑湖漁隱圖》。

卷七《爲方出翁題顧雲屋大松圖》《龍門眺遠圖》《秋日過郁仁齋翠深軒與顧山人夜坐有作》《顧山人畫》《龍門大松圖》《長江叠嶂圖》。

九月九日，滑壽偕友登龍泉山。

《滑伯仁先生事實紀年》：『洪武五年壬子重九，偕謝龍泉、岱宗師登龍泉巔，聯句有

「亦有棲禪意，塵纓未脱羈」句。』

秋，朱右來訪，與先生互有唱和。

卷一《次韻朱雲巢遊鍾山有作》。

先生作《挂劍臺行》。

卷二《挂劍臺行》題注『壬子』。

是年，先生贈詩及題畫詩。

卷三《鄭氏竹亭》《爲王生題東軒》《輝谷上人東軒》。

卷七《贈沈生從訓》《張氏梅花塢》《題畫》《贈徐常》。

卷十《蕙花圖》《題畫》《爲王生思誠題趙待制圖畫》《題柯博士畫》《題風烟雪月梅畫》《西湖竹枝詞》。

是年前後，朱右應趙撝謙之請，爲物元上人《西閣集》撰序。

朱右《西閣集序》：『《西閣集》者，四明阜法師之詩集也。法師清謹博雅，温厚有持，傳天台旨於息菴孜公，兼通内外典，有能詩名。往主錢塘之廣惠，予嘗訪之。師坐予雪堂，談論詩篇，體裁清古，詞意冲粹，有風人之思，心竊愛之。比僑居上虞，師移幢餘姚之明真，相去一近舍，時得往還。聞問以相資，倡和以相酬，春容乎大篇，幽悠乎短章，唯見其温柔不迫，流麗和平，風度閑整，志趣深長，爲可喜也。未幾，以行業高等，被命入覲，竟以疾終於南京，人莫不爲之嗟悼。一日，友生趙撝謙詮次其平日所爲詩，凡若干卷，來囑予序……法師名如皋，字物元。』

是年，趙撝謙領鄉薦。

趙撝謙《奉吴耑學書》：『二十二時領鄉薦，得恣遊錢塘名勝地，明博如徐大章，老成如張光弼，善書如俞子仲，占卜如張子員，外學之識道理者如巽樸，兼習内外典者如二一初，其最名者大較若是，而出羣類亦爲不少。』

滑壽六十九歲，宋濂六十三歲，朱右五十九歲，戴良五十六歲，顧雲屋五十二歲，丁鶴年三十八歲，趙撝謙二十二歲，劉季篪九歲。

洪武六年癸丑（一三七三），先生六十二歲。

正月，鄭仲涵卒。

宋濂《鄭仲涵墓銘》：『生於元泰定丙寅九月十三日，卒於今洪武癸丑正月十一日，壽四十八。』

按，洪武二年（一三六九）先生在南京史局時，嘗爲鄭仲涵題《鳴鶴軒詩》。

正月二十五日，滑壽避居武林。

《滑伯仁先生事實紀年》：『洪武癸丑，越州牒舉賢才二人，而公與焉。堅辭以避，過武林，懸弧日爲倪學士邀入城東樂壽堂，稱觴祝壽，詩傳有次。次日，爲三司馬移舟邀至西溪梅花墅，賦詩稱祝。時不期而會祝者五十七人，有次詩賦。』

按，『懸弧日』指男子生辰。《滑氏家譜世系源流圖》：『始祖諱壽，字伯仁，别號攖寧生。生於大德八年甲辰正月二十五日丑時。』倪學士，雲林也。

正月二十八，先生偕悦白雲訪葉伯泰。

卷三《正月廿八日偕白雲長老過葉伯泰隱居》。

二月八日，揭汯卒于慈溪。

宋濂《元故秘書少監揭君墓碑》：『洪武六年二月八日，卒于寓舍，年七十。四月一日，權厝舍西香蘇山之原，以某年月日葬某地。』

按，戴良亦有《哭揭秘監三十四韻》《祭揭秘監文》。洪武五年（一三七二）七月，先生曾訪揭汯於慈溪。

二月十二日，先生居城南家中。

卷七《二月十二日即事書懷》題注『癸丑』。

按，大雪至十六日方止。

二月十六，先生爲陳克和題《李唐牧牛圖》。

卷二《題李唐牧牛圖詩序》：『金華柳待制、天台柯博士，爲吾餘姚前貳守鐵侯題李唐《郊原曉牧圖》已三十餘年矣。此圖今爲吾邑陳生克和所得。癸丑歲二月望後，大雪始霽，予過克和家，見此圖，適有所感，因題七言古詩一首。』

按，《詩序》『吾餘姚前貳守鐵侯』，指餘姚州同知宋天祥。光緒《餘姚縣志》卷十八『職官表』載至元五年（一三三九）前後爲那海、陳柏，及至正五年（一三四五）宋天祥爲州同。玄僖常自稱『鐵心翁』，與唐代宋璟《梅花賦》有關，皮日休《桃花賦序》：『余嘗慕宋廣平之為相，貞姿勁質，剛態毅狀。疑其鐵腸石心，不解吐婉媚辭。』

三月二日，先生訪小山。

卷七《三月二日過陳處士家爲題眠松圖》。

卷八《爲陳子範題后泉書舍圖》《顧雲屋效米元暉畫》。

三月六日，先生前往邑北東山（今餘姚泗門），弔唁前知州汪文璟。

卷三《挽汪太守二十韻》題注『癸丑』。

卷六《今年春三月六日過東山哭故太守汪公柩公之子彦舉留宿書樓其禮甚恭其意甚勤感嘆之際以詩贈之》。

卷七《代人挽汪太守二首》。

按，嘉靖《餘姚縣志》卷十二《汪文璟傳》：『後江浙盜起，文璟擇地避之，曰：「不如餘姚其民愛我。」乃家焉。洪武元年卒，年八十九。』六、元形近，疑《縣志》有誤。民國《六倉志》卷二十三『冢墓』引《東山志》：『知州汪文璟墓，在東山夏公嶴。』

三月七日，先生過黄中立草堂。

卷六《三月七日留題黄草堂壁》。

卷九《題尚節亭詩卷》《三月予過邑之東山馮處士要予觀鄭先生所作東山指石圖爲題詩一首》。

按，朱右《東山草堂記》：『越有隱君子黄本中立，居餘姚之東山，清慎有守，躬耕以自食，暇則考圖讀書，日與里之善人遊。予往過之，坐予草堂上，出古今人名畫法書第觀之。方時雨新霽，雲氣在四山，仰見牟湖群峰，蒼翠層設，蜿蜒起伏。日光隱見林杪間，晦明殊態。衆流匯合爲湖，水渌之氣，蒸然上浮，環居屋左右。』又劉基《尚節亭記》：『會稽黄中立，好植竹，取其節也。故爲亭竹間，而名之曰「尚節之亭」，以爲讀書遊藝之所，澹乎無營乎外之心也。』岑安卿亦有《題黄中立樵雲卷》，其詩曰：『三衢仙人石橋弈，隅坐野樵心自適。不知柯爛歲月深，人世歸來已非昔。越山客亦樵雲中，碧山杳杳雲重重。香爐捫蘿春蓊鬱，若耶涉水秋冥濛。斧聲丁丁響深谷，猿猱鹿豕唤相從。懷章太守歸故里，讀書處士棲長松。古人千載不可見，二公出處誰將同。君于此計豈長往，草衣芒屩姑從容。仙人倘遇不須久，歸來歌我樵徑風。』

三月十四日，先生宿邑北周叔榮家。

卷六《三月十四日夜宿周叔榮家留贈》。

是年春，謝用文寄竹扇，任從義寄石鼎。

卷七《天台謝用文寄惠竹扇以詩謝之》《任從義寄惠新昌石鼎以詩謝之》。

五月二十四日，先生過城南僧舍，作《次韻喜雨有作》。

卷七《次韻喜雨有作詩序》：『吾邑自五月梅雨不降，及夏至，種有未入土者，皆以爲憂。是月廿三日甲子乃雨，其夜雷殷殷而鳴，土俗有梅霖之望矣。明日，予過城南僧舍，客有賦《喜雨詩》者，予次韻和之。』

按，洪武六年（一三七三）五月二十三日爲甲子。

六月上旬，大雨解旱，先生有詩。

卷一《六月十日過極樂寺寫懷》。

卷七《六月喜雨有作》。

七月二十日，先生在城南極樂寺。

卷七《七月廿日與永蘭亭納凉極樂寺贈詩一首》。

按，永蘭亭，僧人。張庸《南窗爲永蘭亭上人賦》有『永師姚江開竹塢，茅齋背子窗當午』句。張庸字惟中，號全歸，慈溪人。

九月九日，爲諸友人題所藏顧雲屋畫。

卷七《爲徐性全題萬壑秋聲圖》《爲趙德齊題林壑隱居圖》《觀陳履常所藏春山圖有

懷雲屋山人》。

是月，先生在梅川。

卷七《看雲樓》《胡生芙蓉館觀花》。

按，先生爲胡斯厚最後一次題畫在洪武四年（一三七一）。光緒《餘姚縣志》卷十四：『看雲樓，在梅川天香里，胡維聰（斯敏）憶弟維博（斯厚），故名。』道光《滸山志》卷五：『看雲樓，在天香里，胡斯敏憶弟斯厚也，因以「看雲」額之。』

九月末，先生宿王氏書舍，聞遯菴東歸之音，有詩作。

卷七《九月晦宿王氏書舍早起即事有懷遯菴翁而喜有東歸之音因賦詩一首》。

是年秋，在秦湖（秦川）。

卷七《邵氏秦湖隱居》。

卷八《秦川八詠爲王景善作》。

按，戴良曾寓於秦湖，嘗撰《秦湖漁隱爲袁桂芳賦》。光緒《餘姚縣志》卷十四：『秦湖隱居，在石堰秦湖，戴九靈流寓。』王景善，即王嘉閭。

是年，先生贈詩及題畫詩。

卷一《題畫》題注『癸丑』。

卷七《柏山堂》《題畫松四首》《爲山陰朱善之賦三山樵隱》《贈天台僧日東巖》。

卷八《題畫》題注『癸丑』，及同卷《題梅畫二首》《題畫兔》《題畫菜》《題畫》。

朱右奉召赴南京修《日曆》。事成，授翰林編修。

陶凱《故晋府長史朱公行狀》：『公（洪武六年）八月至京師。九月四日，上命公特入史館纂修《日曆》……十二月二十一日，《日曆》稿成。』

朱彝尊《朱右傳》：『（洪武）六年，召修《日曆》，除翰林院編修。』

滑壽七十歲，宋濂六十四歲，朱右六十歲，戴良五十七歲，顧園五十三歲，丁鶴年三十九歲，趙撝謙二十三歲，劉季篪十歲。

洪武七年甲寅（一三七四），先生六十三歲。

是年，朱右在南京。

陶凱《故晋府長史朱公行狀》：『七年，學士宋公與公等又奏所纂《皇明寶訓》五卷。正月十六日，駕幸翰林院。公應制賦《簷鵲春聲詩》。二月，賜春衣羅一縑，絹一匹，高麗布一匹……六月十一日，學士宋公傳旨俾公入晋府講書。十三日早朝，復見上東黄閣。上諭之曰：「老朱爾去教晋王，講經史，令其通曉大義，知詩文法度。」十五日，奉旨賜茶。十一月，上御城南齋宫敕諸儒，與公同考《正韻》書。十二月，令考古喪禮。』

二月，滑壽與劉基次子劉璟至四明雪竇。

《滑伯仁先生事實紀年》：『洪武甲寅仲春，青田仲景過姚，握手對泣三晝夜。屏去從者，引至四明雪竇消垢草庵。幾逾月，見志已堅固，强辭去，遂作《永訣歌》，送至隄上。邑人莫之曉，或有二三旁覺其蹤跡，亦付之行雲流水而已。』

按，『仲景』即『仲璟』，劉基次子。

滑壽七十一歲，宋濂六十五歲，朱右六十一歲，戴良五十八歲，顧園五十四歲，丁鶴年四十歲，趙撝謙二十四歲，劉季篪十一歲。

洪武八年乙卯（一三七五），先生六十四歲。

秋，朱右爲晋王長史。

朱彝尊《朱右傳》：『（洪武）八年，擢晋相府長史，尋奉命同宋濂定議王國禮樂。晋王隨太子游中都講武事，右實從。』

陶凱《故晋府長史朱公行狀》：『八年正月一日，奉旨與公考歷代后妃、儀衛、車從、時禮……八年秋，授晋府長史。』

四月，劉基卒，滑壽致生芻以祭。

《明史·劉基傳》：『胡惟庸方以左丞掌省事，挾前憾，使吏訐基，謂談洋地有王氣，基圖爲墓，民弗與，則請立巡檢逐民。帝雖不罪基，然頗爲所動，遂奪基禄。基懼入謝，乃留京，不敢歸。未幾，惟庸相，基大戚曰：「使吾言不驗，蒼生福也。」憂憤疾作。八年三月，帝親製文賜之，遣使護歸……居一月而卒，年六十五。』

《滑伯仁先生事實紀年》：『洪武乙卯春日，過桐江訪姚天章處士，偕之遊釣台。忽有誠意四月疾革訃至，遂作《望蒼悲》十章，致生芻一束。遣人詣括，得璉、阮報書，涕漣屢日。』

按，『誠意』，誠意伯劉基。『璉』，劉基長子劉璉。

九月九日，先生與滑壽登龍山。

《滑伯仁先生事實紀年》：『重九，偕宋學士登龍山巔，有「登臨重九日，感慨百年心」之句。』

滑壽七十二歲，宋濂六十六歲，朱右六十二歲，戴良五十九歲，顧園五十五歲，丁鶴年四十一歲，趙撝謙二十五歲，劉季篪十二歲。

洪武九年丙辰（一三七六），先生六十五歲。

正月十日，命宋濂、朱右定王國所用禮。

《明太祖實録》：『（洪武九年正月）乙丑，享太廟，命翰林院學士宋濂、王府長史朱右等定王國所用禮。』

二月十四日，朱右卒。

宋濂《故晉府長史朱府君墓銘》：『（洪武）九年二月十四日以疾終……而其壽僅六十有三。』

陶凱《故晋府長史朱公行狀》:『至是不幸以疾卒,洪武九年春正月十四日也。』

朱彝尊《朱右傳》:『(洪武)九年,以疾卒,葬蘭風鄉。』

徐永明《宋濂年譜》:『(洪武九年)正月,朱右卒,年六十三。』

按,朱右卒月,宋、陶相差一個月,此從《墓銘》。宋濂《墓銘》載朱右墓『在餘姚凌雲峰之原』,據光緒《餘姚縣志》卷二『山川』載,姜山有五峰:金雞、蛾眉、積翠、凌雲、白馬,舊屬『蘭風鄉』,在今餘姚市牟山鎮。

滑壽送從侄至京口,歲末還餘姚。

《滑伯仁先生事實紀年》:『洪武丙辰,從侄泗源自閩漳别駕解任,歸中州,渡越會晤旬有七日。同探大禹穴,謁南鎮神。過攢宫,謁宋六陵。讀《冬青樹詩》,詠贊唐義士高風,詩成以志。遂同西渡,送至京口,下榻仲彝家幾一月。復至招隱精舍,得曠上人聯句成帙。入焦山一月。歸姚度歲。』

滑壽七十三歲,宋濂六十七歲,戴良六十歲,顧園五十六歲,丁鶴年四十二歲,趙撝謙二十六歲,劉季篪十三歲。

洪武十年丁巳(一三七七),先生六十六歲。

先生遇葉恒子葉晋。

補編《寄王君仲遠詩序》:『今年丁巳,侯之子孔昭氏過吾邑,别久而會,殆若所謂隔世者。然而語及海隄事，余不無歉焉。蓋侯平日知余爲深，諸大夫士海隄記詠爲侯而作者，溢於卷軸，獨闕余之所賦。知余之淺者，幾何不以厚於王君，薄於葉侯者議之。孔昭既索寫此詩，姑以附其卷末。異日當有，以專補其缺也。』

滑壽往苕溪訪友，復過姑蘇。

《滑伯仁先生事實紀年》：『洪武丁巳，西渡過苕溪，得休文孫沈無瑕，偕孫吉士、顧天復過姑蘇，遊虎邱，坐千人石，看劍池、生公石，各賦詩以志。』

滑壽七十四歲，宋濂六十八歲，戴良六十一歲，顧園五十七歲，丁鶴年四十三歲，趙撝謙二十七歲，劉季篪十四歲。

洪武十一年戊午（一三七八），先生六十七歲。

正月十六或稍後，先生題趙撝謙篆書《戒銘卷》。

補編《跋趙撝謙篆書戒銘卷》：『觀撝謙近作，乃平正典雅，非向時所作者比。文之有進，如其爲人。《詩》謂：「温温恭人，惟德之基。」孔子謂「有德者必有言」，撝謙其有進于此歟？老夫當愈刮目以待。庸菴題。』

按，撝謙自識：『洪武戊午正月既望，後學趙古則謹識。』撝謙自識在前，先生題跋在後。

是年前後，劉季篪求學於先生。

楊士奇《故工部營繕司主事劉君墓志銘》：『既承其家訓，長而進學鄉先生宋玄僖、王孟暘之門，刻苦自勵，二先生咸器重之。』

滑壽七十五歲，宋濂六十九歲，戴良六十二歲，顧園五十八歲，丁鶴年四十四歲，趙撝謙二十八歲，劉季篪十五歲。

洪武十二年己未（一三七九），先生六十八歲。

春，紹興府辟先生、滑壽等八人。

《滑伯仁先生事實紀年》：『洪武己未春，越州牒起廢學士宋元禧等六人，隱逸二人，而公與焉。以年邁，堅辭不起，遁入青槅。』

按，此稱先生『廢學士』，不知何故，或與洪武文禍、黨禍對文人的打擊殘害有關。青槅，在四明山。黄宗羲《四明山志》卷四《九題考》：『唐陸龜蒙、皮襲美有《四明山倡和》，分爲九題。後之言四明名勝者，莫不淵源於是……八曰青槅子。今亦無識之者，所謂「味極甘，而堅不可卒破」者，按以求之，更無一物相似，豈草木之種類亦有絶歟？』

無愠《山菴雜録》：『宋無逸，餘姚人，别號庸菴……洪武九年六月，因疾，命門人王至等爲書《示子詩》一首，笑談自若。忽以扇摇曳，止其家人曰：「我方静，汝毋撓我。」遂閉目，以扇掩面而終。時天隆暑化，斂容色，含喜笑，益鮮潤。有《庸菴藁》若干卷行於世。』

按，先生既於洪武十年遇葉晋，又於十一年跋趙撝謙的《戒銘卷》，《雜録》『九年』當誤。是年之後，先生行迹不見，故譜止於此。

是年，趙撝謙應聘入京師修《洪武正韻》

《明史·趙撝謙傳》：『洪武十二年命詞臣修《正韻》，撝謙年二十有八，應聘入京師，授中都國子監典簿。』

趙撝謙《奉吴耑學書》：『二十九上京師。京師，天下人物所聚之地也，乃得出入其中，與之上下。』

滑壽七十六歲，宋濂七十歲，戴良六十三歲，顧雲屋五十九歲，丁鶴年四十五歲，趙撝謙二十九歲，劉季篪十六歲。

附：

宋　濂，卒於洪武十四年（一三八一）。

顧　園，卒於洪武十五年（一三八二）。

戴　良，卒於洪武十六年（一三八三）。

滑　壽，卒於洪武十九年（一三八六）。

趙撝謙，卒於洪武二十八年（一三九五）。

丁鶴年，卒於永樂中。

劉季篪，卒於永樂二十二年（一四二四）。